ELLA DANZ

Schockschwerenot

UNBEKÖMMLICH Karolin Berner, die neue Wirtin, verwandelt die Klinik-Cafeteria in ein attraktives Café. Ihr graut vor dem Gespräch mit der Verwaltungschefin der Fortesana Klinik, die davon wenig begeistert ist. Doch der Termin fällt aus. Karolin findet Maren Seemann tot vor ihrer Müslischale, erstickt an einem anaphylaktischen Schock. Ihre hochgradige Kiwiallergie war jedermann in der Klinik bekannt. Verdächtig ist bald die Gattin des Chefarztes, dessen Beziehung zu Maren Seemann ein offenes Geheimnis war.

Kriminalhauptkommissar Georg Angermüller hat die traumhaft gelegene Klinik bei Heiligenhafen während der Kur seiner Frau öfters besucht. Die miese Cafeteria ist ihm in besonders lebhafter Erinnerung. Umso erfreuter ist er über das appetitliche neue Angebot. Doch Zeit zum Genießen bleibt ihm kaum, denn nur einen Tag nach dem ersten Mord liegt der Chefarzt Dr. Paulsen tot in seinem Büro. Am Tatort wird ein mysteriöser Stein mit einem Flügelsymbol gefunden. Genau so einer hatte auch neben Maren Seemanns Leiche gelegen …

Ella Danz, gebürtige Oberfränkin, lebt seit ihrem Publizistikstudium in Berlin. Ihr spezielles Interesse gilt der genauen Beobachtung von Verhaltensweisen und Beziehungen ihrer Mitmenschen. Außerdem wird in ihren Büchern stets ausgiebig gekocht und gegessen sowie das Zusammenleben ihrer Protagonisten mit Genuss und Ironie durchleuchtet. Ella Danz ist aktiv bei Slow Food und sie hat Kommissar Georg Angermüller erfunden, einen sympathischen Oberfranken im Lübecker Exil, der nicht nur gegen das Verbrechen, sondern auch gegen schlechtes Essen kämpft. Die Geschichten um den Genießer im Polizeidienst haben ihr bei der Kritik den Titel »Agatha Christie des Gourmetkrimis« eingebracht.

Bisherige Veröffentlichungen im Gmeiner-Verlag:
Unglückskeks (2014)
Geschmacksverwirrung (2012)
Ballaststoff (2011)
Schatz, schmeckt's dir nicht? (2010)
Rosenwahn (2010)
Kochwut (2009)
Nebelschleier (2008)
Steilufer (2007)
Osterfeuer (2006)

ELLA DANZ

Schockschwerenot

Angermüllers neunter Fall

GMEINER SPANNUNG

Besuchen Sie uns im Internet:
www.gmeiner-verlag.de

Im Ehnried 5, 88605 Meßkirch
Telefon 07575/2095-0
info@gmeiner-verlag.de

1. Auflage 2015

Lektorat: Claudia Senghaas, Kirchardt
Herstellung: Mirjam Hecht
Umschlaggestaltung: U.O.R.G. Lutz Eberle, Stuttgart
unter Verwendung eines Fotos von: © Giuseppe Porzani – Fotolia.com
Druck: GGP Media GmbH, Pößneck
Printed in Germany
ISBN 978-3-8392-1766-5

Für meine ganze Familie – in der Ferne so nah

KAPITEL 1

Abschied nehmen, in aller Ruhe den Traum loslassen, für den sie jahrelang hart gearbeitet und gespart hatte. Diesen Moment wollte sie sich heute früh noch gönnen, bevor der unangenehme Teil ihres Tages begann. Bereits um sieben hatte sie den Gesprächstermin, vor dem ihr graute. Der kleine Fiat rollte über die gewundene Straße zwischen Feldern und kleinen Wäldern, vorbei an den Torhäusern alter Gutshöfe, vereinzelt stehenden Katen, hin und wieder einem Herrenhaus hinter Parkbäumen, und erklomm schließlich die letzte Steigung. Auf dem Hügel, dessen weites Plateau sich über dem Steilufer erstreckte, tauchte das reetgedeckte Gebäude auf.

Sie stieg aus, und das Herz wurde ihr schwer. Die Sonne war gerade aufgegangen, schemenhaft schwamm Fehmarn hinter Morgendunst am Horizont, und rechts davon lag die offene See. Was für ein wundervoller Ort! Genau danach hatte sie immer gesucht, ihn endlich gefunden, und nun war es damit schon wieder vorbei. Sie seufzte. Es versprach ein strahlender Tag zu werden, einer, an dem sie sicher Stühle und Tische auf die Terrasse gestellt hätten, der Eisumsatz wäre exorbitant gewesen, und wahrscheinlich hätten sie mindestens eine Aushilfe gebraucht. Ach ja. Hätte, hätte, Fahrradkette …

Karolin Berner kramte in den Tiefen ihres Lederrucksacks nach dem Schlüssel. Heute Abend wollte sie sich mit der Vermieterin treffen und damit das Ende ihres Traumes besiegeln. Hier, auf der Anhöhe über der Ostsee, wo der Blick keine Grenze hatte, an diesem einmaligen Platz hatte sie ihre Zukunft angesiedelt. Vor vier Wochen, an ihrem Dreißigsten, hatten sie hier auf der Baustelle ein Riesenfest gefeiert. Sie war so glücklich gewesen. Hier hatte sie leben und arbeiten wollen, leben und arbeiten mit dem Mann ihres Lebens.

Ihre Augen brannten und tränten, die Nase lief, was aber nicht ihrer Aufgewühltheit, sondern einer Rapsallergie zu verdanken war. Begierig atmete Karo die frische Luft ein, die vom Wasser her wehte, während sie die letzten Meter zum Haus zurücklegte, und plötzlich überkam sie ein merkwürdiges Gefühl. Irgendetwas stimmte nicht. Stühle und Tische, die sie ordentlich neben dem Eingang aufgestapelt hatte, waren umgestoßen. Und dann schrak sie zusammen: Die Eingangstür stand offen!

Karo blieb stehen. Während sie versuchte, durch die Fenster zu spähen, ob sich drinnen vielleicht irgendwelche Eindringlinge befanden, ahnte sie bereits, auf wessen Konto dieser Einbruch ging, und als sie schließlich das Chaos im Gastraum sah, war sie sich dessen sicher. Kein Stück Mobiliar stand mehr an seinem Platz, alles lag kreuz und quer, teilweise beschädigt, die teure italienische Profikaffeemaschine war umgekippt und lag in einer Wasserlache, das Glas der Eistheke war zersplittert. Einzig der gemauerte Tresen hatte der Zerstörungswut standgehalten.

›Pass bloß auf!‹, prangte es an der Wand in dem leuchtenden Griechenlandblau, mit dem Karo Türen und Fenster gestrichen hatte. Sie stöhnte auf. Was für ein Ärger! Aber war das nicht zu erwarten gewesen, seit sie letzte Woche auf Anraten ihres Anwalts Anzeige erstattet hatte?

Unwillkürlich schüttelte Karo den Kopf. Immer wieder rätselte sie, wie sie sich so hatte irren können. Trauer und Enttäuschung waren zum Glück schon überwunden. Eine Stinkwut war das Gefühl, das sie inzwischen beherrschte.

Als sie jetzt vor den sprichwörtlichen Trümmern ihres Lebenstraumes stand, wurde Karo noch wütender. Sollte er gedacht haben, sie mit dieser Vandalenaktion einschüchtern zu können, hatte er sich aber gründlich getäuscht! Sie sah auf die Uhr. Vor ihrer Verabredung mit Maren Seemann schaffte sie das nicht mehr. Aber heute am frühen Nachmittag würde sie wieder zur Polizei gehen und ihn erneut anzeigen, diesmal wegen mutwilliger Zerstörung. Und er würde dafür zahlen, jeden einzelnen Cent, das schwor sie sich!

Schnell machte sie mit dem Handy noch ein paar Aufnahmen von den Verwüstungen und verschloss, nachdem sie auch diese fotografiert hatte, notdürftig die beschädigte Eingangstür. Hier gab es eh nichts mehr zu holen, und kaputt gemacht werden konnte schon gar nichts mehr.

Karo eilte aus der Lobby in den Klinikflur. Auf dem Parkplatz hatte sie dieser arme Irre aufgehalten, der den ganzen Tag um die Klinik herum am Fegen war. Er wollte ihr unbedingt die Hand schütteln, was wohl ein Zeichen großen Vertrauens war, wie ihr Arne, einer der Physiotherapeuten erklärt hatte. Der war ihr auch noch begegnet, war gerade dabei, sein Fahrrad anzuschließen. Und dann war Benni, Arnes Kollege, auf seinem Roller angeknattert gekommen. Sie hatte den beiden nur kurz zugewinkt und ihren Weg fortgesetzt.

Als sie jemanden fürchterlich husten hörte, beschleunigte sie ihren Schritt. Bestimmt war das der Schulze, dieser unangenehme Mensch, der hier länger Patient war als irgendwer. Bloß dem blöden Kerl jetzt nicht über den Weg laufen. Als sie um die Ecke in Richtung Cafeteria bog, wäre sie beinah mit Karwen Barzani, einem jungen Neurologen, zusammengeprallt. Er war genauso überrascht wie sie, aber freute sich offensichtlich, sie zu sehen.

»Guten Morgen, liebe Karo! Gerade habe ich die Sachen zurückgebracht. Auftrag ausgeführt. Ich möchte ein Lob hören!«

»Total super, Karwen, kriegst ein Sternchen!«

Er grinste. Sie hatte sich vor ein paar Tagen mächtig aufgeregt, weil alle sich Tassen und Teller aus der Cafeteria borgten und es nicht für nötig hielten, die Sachen wieder an Ort und Stelle zurückzubringen.

»Einen schönen Milchkaffee krieg ich ja leider nicht, oder?«

Karo hob bedauernd die Schultern. Natürlich wollte Karwen quatschen, aber das passte jetzt gerade gar nicht.

»Sorry, ich hab's echt eilig. Bin mit der Seemann verabredet.«

»Au weia. Na, dann viel Glück! Ich muss auch. Bis später!«

»Ja, bis später!«

Fünf Minuten nach sieben. Die Seemann hasste Unpünktlichkeit, auch wenn es nur ein paar Minuten waren, das hatte Karo sofort kapiert. Hastig stellte sie das Müsli zusammen, das die Klinikdirektorin am Morgen zu sich nahm und das sie ihr heute persönlich servieren sollte. Die Spezialrezeptur hing in der Küche der Cafeteria an der Wand. ›Wünsche einen guten Start in den Tag – Gruß Bille‹, stand handschriftlich auf der Kopie. Es stammte wahrscheinlich von einer von Seemanns Freundinnen. Für die Verwaltungsdirektorin gab es Naturjoghurt, frische Früchte, fünf Sorten Getreideflocken sowie Cranberries, Mandeln und Haselnüsse – alles bio. Den Insassen der Reha Klinik Dünenhöhe, jedenfalls den Kassenpatienten, wurde zu faden Haferflocken abgepackter Erdbeerjoghurt serviert, rosa und zuckersüß, der nach allem schmeckte, nur nicht nach echten Erdbeeren. Kaum hatte Karo den Job in der Cafeteria angetreten, hatte sie beschlossen, wenigstens in ihrem Bereich ein Kontrastprogramm zu dem üblen Billigfutter anzubieten. Und genau darüber wünschte die Seemann, die ein wiedergeborener Rotstift zu sein schien, mit ihr heute zu sprechen.

»Wir wollen doch nicht dem am obersten Limit kalkulierten, höchst ausgewogenen Angebot unserer bewährten Patientenverpflegung Konkurrenz machen, oder?«, hatte die Klinikdirektorin mit gefährlicher Freundlichkeit gefragt, ohne eine Antwort zu erwarten. Unwillkürlich drückte Karo das Kreuz durch. So schnell wollte sie nicht klein beigeben, sie war auf Kampf eingestellt.

Sie streute ein paar von den edlen gerösteten Mandeln über das Müsli, stellte die Schüssel auf ein Tablett, legte Löffel und Serviette dazu und machte sich auf den Weg zu dem Trakt, in dem die Klinikdirektorin residierte.

»Guten Morgen«, grüßte Karo die Frau, die soeben eiligen Schritts aus dem Büro von der Seemann zu kommen schien.

»Morgen«, bekam sie undeutlich gemurmelt zur Antwort. Von irgendwoher glaubte Karo die Person mit dem wippenden braunen Pferdeschwanz zu kennen, die da in einem ausgesprochen eleganten Jogginganzug ihren Weg kreuzte. Aber sie kam nicht darauf. Karo klopfte kräftig an die Bürotür. Keine Antwort.

»Da ist niemand«, rief ihr die andere Frau über die Schulter zu. »Ich hab's eben vergeblich probiert«, nahm den Ausgang in den Park, wo sie von aufgeregtem Hundegebell begrüßt wurde, und war verschwunden.

Mist! Und deshalb bin ich nun so früh hier angetanzt, ärgerte sich Karo, dann kann ich ja wieder gehen. Die Cafeteria öffnete erst um neun, und heute war auch noch Jana ab acht eingeteilt, sodass für die Vorbereitungen weniger Zeit als sonst benötigt wurde. Und außerdem hatte sie wirklich gerade andere Sorgen! Einmal klopfte sie noch, ohne eine Reaktion zu erhalten, und wollte gerade den Rückweg antreten, da hörte sie von drinnen ein dumpfes Geräusch, gleichzeitig fiel ihr Blick auf einen Schlüssel, der auf dem Boden gleich neben der Tür lag. Vorsichtig, um die gefüllte Müslischale auf dem Tablett nicht ins Rutschen zu bringen, bückte Karo sich danach und steckte ihn, ohne lange nachzudenken, kurzerhand ins Schloss. Er passte. Also schloss sie die Tür auf und balancierte mit der anderen Hand das Tablett mit Maren Seemanns Spezialmüsli. Wenigstens das konnte sie schon mal hier lassen.

Der Schreibtisch stand vor einem großen Fenster, durch das gleißend die Morgensonne fiel, sodass Karo erst einmal geblendet den Blick abwandte. Als sich ihre Augen an die Helligkeit gewöhnt hatten, fuhr sie erschrocken zusammen, so gespenstisch war das Bild, das sich ihr bot.

»Frau Seemann?«

Keine Reaktion.

»Was ist denn los mit Ihnen?«

Hinter ihrem Schreibtisch saß Maren Seemann auf einem Bürostuhl und starrte sie aus weit aufgerissenen Augen an. Das sonst so sorgsam frisierte Blondhaar stand ziemlich wirr vom Kopf ab. Das Gesicht, wie üblich perfekt geschminkt, schimmerte bläulich und sah seltsam aufgedunsen aus, fand Karo, und beide Hände schienen am Kragen der weißen Bluse zu zerren.

»Frau Seemann, kann ich Ihnen irgendwie helfen?«, fragte Karo, ohne eigentlich zu wissen, wie, und trat näher heran. Im nächsten Moment sackte die Klinikdirektorin zusammen, und ihr röchelnder Atem war nur noch ganz schwach zu vernehmen.

»Ganz ruhig, ich hole sofort einen Arzt«, verkündete Karo beschwichtigend, obwohl ihr das Herz plötzlich bis zum Halse schlug, »gibt hier ja genug davon.«

Schnell stellte sie das Müslitablett auf dem Schreibtisch ab und stutzte.

»Das gibt's doch nicht! Was ist das denn?«

Völlig entgeistert schüttelte Karo den Kopf. Vor Maren Seemann stand ein Tablett mit genau derselben Schale wie der ihren, gefüllt mit Müsli. Jetzt sah Karolin Berner auch die Spuren von Joghurt und Flocken, die um den Mund der bewusstlosen Frau klebten. Die vollen Lippen, die Jana für garantiert aufgespritzt hielt, erschienen ihr noch praller als sonst.

Karos Blick fiel auf die Handtasche, die neben dem Bürostuhl auf dem Boden lag, deren Inhalt scheinbar ausgekippt worden war und von einem Löffel mit Müslispuren gekrönt wurde. Sehr eigenartig war das alles. Hatte jemand die Seemann ausrauben wollen? Aber egal, jetzt hieß es, so schnell wie möglich Hilfe zu holen. Das Gespräch, das ihr so bevorgestanden hatte, würde nun ja wohl ausfallen. Wenigstens eine gute Wendung an diesem schwarzen Morgen.

»Bin gleich wieder da!«, rief Karo der Seemann zu, ob die sie nun hörte oder nicht, und rannte los, um Hilfe zu holen.

Was für ein unangenehmer Ton! Benommen tastete Angermüller nach seinem neuen Handy. Den sollte er unbedingt ändern, der war ja unerträglich. Mühsam öffnete er die Augen. Es war kurz nach sechs. Hatte er die falsche Uhrzeit eingegeben? Eigentlich wollte er heute doch eine Stunde länger schlafen! Endlich hörte das Mobiltelefon auf, ihn zu belästigen, doch nur, um gleich darauf wieder Alarm zu geben. Da begriff er, dass dies nicht der Wecker, sondern ein Anruf war.

»Derya, Schatz. Guten Morgen«, brummte er nach

einem Blick auf das Display leicht verwirrt, »was ist denn los?«

»Ach Georg! Ganz schrecklich«, hörte er ihre aufgeregte Stimme. »Mein Vater ist heute Nacht ins Krankenhaus gekommen. Irgendwas mit seinem Herz. Meine Mama ist völlig hilflos und komplett durcheinander. Sie konnte mir nicht mal erzählen, was er genau hat, und im Krankenhaus konnte ich auch niemanden erreichen, der mir Auskunft geben kann.«

Und dann heulte sie los und war nicht zu stoppen.

»Derya, das tut mir leid, das sind keine guten Nachrichten. Kann ich was für dich tun?«

Beruhigend redete Georg auf seine Freundin ein. Er hörte sie noch eine Weile schniefen und sich dann die Nase putzen.

»Ich hab solche Angst um ihn! Ich muss da sofort hin! Eigentlich hab ich gar keine Zeit. Endlich mal wieder ein paar Aufträge in dieser und der nächsten Woche. Aber die muss ich absagen. Meine Mutter ist völlig überfordert, die kriegt das allein nicht gebacken.«

Georg dachte daran, dass Derya für ihren kleinen Catering-Service ›Deryas Köstlichkeiten‹ auf jeden Kunden angewiesen war und ihr das Absagen bestimmt nicht leichtfiel.

»Was ist mit deiner Schwester?«

»Ach, Bilhan, die steckt doch mitten im Wahlkampf! Jetzt nach Istanbul? Natürlich würde sie das für unsere Eltern machen, aber das kann ich ihr nicht antun!«

Es war bezeichnend für Derya, dass sie für Familie und Freunde alles zu geben bereit war, eben auch für Bilhan. Deryas ältere Schwester, die eine leitende Position in der Schulverwaltung innehatte und sich in einer Partei engagierte, wollte in die Bürgerschaft gewählt werden. Dafür opferte sie ihre gesamte Freizeit. Laut Derya hatte Bilhan deshalb weder ein richtiges Privatleben noch einen Mann. Und wenn sie ihrer Schwester mal einen vorstellte, verwickelte diese ihn sofort in hartnäckige politische Diskussionen, die ihn schnell vergraulten. So jedenfalls Deryas Meinung. Nach Georgs Ansicht war Bilhan einfach glücklich, sich nach zwei Scheidungen nur noch um sich selbst und die Politik kümmern zu müssen. Sie wollte gar keinen Mann.

»Wann willst du fliegen?«

»Heute noch.«

»Heute, ehrlich?«

»Ich habe keine Ahnung, in welchem Zustand sich mein *Baba* befindet. Ich will nicht zu spät kommen, verstehst du?«

Ihre Stimme drohte wieder zu kippen.

»Du hast ja recht«, sagte Georg schnell. »Soll ich dich nach Hamburg zum Flughafen fahren?«

»Das wäre super! Ich hänge mich gleich an den Computer und suche nach Flügen für heute Nachmittag oder Abend. Ich muss noch packen und meinen Kunden absagen.«

Sie machte eine kurze Pause.

»Und ich dachte, das nächste Mal fliege ich zusammen mit dir nach Istanbul, um dir meine schöne Geburtsstadt zu zeigen. Ach ja.«

Das hörte sich sehr betrübt an.

»Ich melde mich dann wieder bei dir.«

Nach dem Telefonat war er hellwach. Also stand Georg Angermüller auf, ging ins Bad und bereitete sich auf einen ruhigen Tag vor. Seit Wochen arbeiteten sie in der Kriminalinspektion an einem ungeklärten Altfall, was hauptsächlich im Durchwühlen von Aktenbergen bestand. Doch er freute sich über diese konzentrierte, ruhige Arbeit, die seinem Alltag eine gewisse Regelmäßigkeit verlieh, die er inzwischen sehr zu schätzen wusste. Und entdeckte man einen Anhaltspunkt, ein übersehenes Detail bei dieser Forschung, wurde es richtig spannend. Wenn sie nach Jahren, Jahrzehnten den Täter doch noch entdeckten, war das ein unglaubliches Hochgefühl.

Aber jetzt wollte er in aller Ruhe frühstücken, er war ja eine Stunde zu früh dran.

Beim Duft des Bauernbrotes vom Biobäcker in der Glockengießerstraße merkte er erst, wie hungrig er war. Heute durften auch Käse, Katenschinken und Mettwurst auf den Tisch. Angermüller genoss das ausgedehnte Morgenmahl, trank in Ruhe seinen Tee und las die Lübecker Zeitung.

Als er sich zum Abschluss das von seiner Mutter selbst gemachte würzige Pflaumenmus aufs Brot strich, fiel ihm ein, dass er sich nach seinem Besuch im vergangenen September vorgenommen hatte, von jetzt ab öfter in Niederengbach vorbeizuschauen. Im Oktober dieses Jahres wurde seine Mutter 73 – eigentlich kein Alter heutzutage. Doch sie hatte schon mehrere leichte Schlaganfälle hinter sich, und das Leben war nun einmal endlich. Zwar hatte sich seine Mutter immer recht gut erholt, doch bei Derya erlebte er gerade, wie man aufschreckte, wenn den Eltern in der Ferne etwas passierte. Im Gegensatz zu Istanbul war es nach Oberfranken ein Katzensprung. Eben deshalb würde er bald wieder hinfahren, beschloss er.

Wenig später schwang Angermüller sich auf sein Fahrrad und machte sich auf den Weg zur Arbeit. Er nahm eine Route durch wenig belebte Nebenstraßen in St. Jürgen, freute sich über Vogelgezwitscher und Fliederduft in den Vorgärten, die blühenden Kastanien am Straßenrand und rollte schließlich durch Tor 1 aufs Gelände der Polizeidirektion Lübeck. Er parkte sein Fahrrad in der ehemaligen Waschhalle, die zur Fahrradgarage umgebaut worden war, nahm den Schleichweg am Schießkino vorbei und schließlich einen der dortigen Fahrstühle in den siebten Stock, wo das K1 residierte.

»Morgen, Claus!«, begrüßte er Kriminalkommissar Jansen, mit dem er ein Büro teilte, das durch einen kleinen Zwischenflur in zwei Räume getrennt wurde.

»Was für ein schöner Tag heute!«

»Moin«, kam es gleichmütig zurück, »Wieso? Hast du im Lotto gewonnen oder wat?«

»Was bist du doch für ein Materialist! Die Sonne scheint, der Himmel ist blau, ein wunderbarer Frühsommertag heute!«

»As du meinst Berta. Hab ich hier drin nix von.«

Angermüller wusste, was Jansen querlag. Im Gegensatz zu ihm liebte der Kollege das Aufarbeiten von Altfällen ganz und gar nicht. Er war am liebsten draußen unterwegs, rauschte mit dem Dienstwagen durch die Landschaft, unterwegs zu Recherchen und Vernehmungen, mochte es auch gerne mal ein bisschen aufregend. Zu viel Büroarbeit drückte ihm aufs Gemüt, weshalb er regelmäßig schlechte Laune bekam.

Im Flur gurgelte bereits die altersschwache Kaffeemaschine, und ein intensiver Geruch versprach belebenden Kaffeegenuss. Angermüller war aber klar, dass man in dem Fall seiner Nase nicht trauen und lieber nicht auf exquisiten Geschmack der schwarzen Brühe schließen sollte. Nur mit Milch, mit sehr viel Milch fand er sie einigermaßen genießbar.

»Krieg ich einen Kaffee?«

Angermüller wusste, dass Jansen diese Bitte erfreute. Auch heute sprang der Kollege eilfertig auf. Von jeher hatte er die Herrschaft über Maschine und Kaffee ausgeübt, weshalb das Zeug auch so schmeckte, wie es schmeckte.

»Klar, kommt sofort. Mit viel Milch.«

»Danke dir.«

Angermüller nahm den, wie stets, übervollen Kaffeepott in Empfang.

»Heut werd ich früh Feierabend machen, wollt ich dir gleich sagen.«

»Willst du zum Strand?«

»Nein, zum Flughafen nach Hamburg.«

»Malle oder Malediven?«

»Ach Claus, du wieder! Derya muss überraschend nach Istanbul. Ich bring sie zum Flieger.«

»Kavalier oder wat?«

»Genau. Könntest du auch mal versuchen.«

Jansen schnitt nur eine Grimasse, während sich der Kriminalhauptkommissar an seinen Schreibtisch zurückzog und den PC einschaltete, um neu eingegangene Nachrichten zu sichten. Daneben legte er sich den siebten von 25 Aktenordnern bereit, in denen das Schicksal einer fünfköpfigen Familie dokumentiert war, die vor 17 Jahren in einem wahren Massaker zu Tode gekommen war. Eine Mutter, ihre zwei erwachsenen Söhne, die Frau des einen und deren Kleinkind hatte jemand regelrecht hingerichtet. Tatortfotos und Asservate kündeten von rasender Gewalt. Angermüller erinnerte sich gut, wie sehr ihn der Fall mitgenommen hatte.

Er war damals ganz neu in Lübeck und bei der Kriminalpolizei und hatte Mühe, die grausamen Bilder nach Feierabend aus dem Kopf zu bekommen. Die Toten waren türkischstämmig und mit mehreren eigenen Restaurants in Ostholstein zu bescheidenem Wohlstand gelangt. Als Motiv war Konkurrenzneid angenommen worden, oder auch mafiöse Verwicklungen der Opfer. Doch alle Nachforschungen hatten keinerlei konkrete Ergebnisse erbracht, sodass der oder die Mörder frei herumliefen. Nachdem sich eine andere Serie von Tötungsdelikten an Migranten als Mordanschläge einer rechten Untergrundgruppe entpuppt hatte, bestand umso mehr die Notwendigkeit, auch dieses grässliche Verbrechen endlich aufzuklären.

Gerade wollte sich Angermüller in die Akten vertiefen, da riss ihn das Telefon aus seiner Konzentration. Es war ein Kollege vom Kriminaldauerdienst.

»Aktendeckel zuklappen und den Wagen vorfahren, Claus«, sagte er nach dem Telefonat zu seinem Kollegen, der bereits erwartungsvoll in seine Richtung gespäht hatte. »Wir haben einen Fall.«

»Das war ja nicht so schwer zu erraten, nachdem du Ameise und Mehmet angefordert hast«, meinte Jansen und gab sich gleichgültig. Aber seine Miene hellte sich auf, und er schob eiligst die Papiere auf seinem Schreibtisch zusammen.

»Wo?«

»Im Norden, zwischen Lütjenbrode und Grube.«

»Da bin ich schon ewig nich mehr lang gekommen!«

»Aber du kanntest da mal jemanden, nehme ich an?«, stichelte Angermüller in Gedanken an die, jedenfalls in der Vergangenheit, quer durchs Land verteilten Beziehungen seines um zehn Jahre jüngeren Kollegen. Der grinste nur achselzuckend.

»Ich weiß genau, wo wir hin müssen, ich kenn mich da oben ganz gut aus. Details erzähl ich dir unterwegs. Ich komme gleich nach, muss nur noch kurz telefonieren.«

Ach ja, warum musste es gerade heute einen Toten geben? Seit einiger Zeit vermisste er die Leidenschaft, die ihn sonst bei einem neuen Fall gepackt hatte, das Jagdfieber, den Täter so schnell wie möglich zu stellen. Waren es die ewig gleichen Prozeduren, die den Job für ihn langsam zu ermüdender Routine machten, oder war es der Job selbst? Er schob die belastenden Gedanken beiseite und griff zum Telefon. Wenn Derya enttäuscht war über seine Absage, dann ließ sie sich das nicht anmerken.

»Wat mutt, dat mutt, Herr Kommissar! Aber das ist wirklich kein Problem. Ich bitte Bilhan, mich zu fahren. Sie ist mir so dankbar, dass sie nicht fliegen muss, da macht sie das bestimmt gern.«

Dann versprach sie, sich aus Istanbul zu melden, sobald sie mehr wusste, und wünschte ihm viel Erfolg bei seiner Arbeit.

Ungeduldig kreuzte Karo die Arme vor der Brust, streckte die Beine von sich und atmete laut hörbar aus. Was dachten sich diese beiden Bullen bloß? Wie lange sollte sie noch untätig hier rumsitzen und ihre Arbeit vernachlässigen? Hielten die sie etwa für verantwortlich für den Tod von der Seemann?

»'tschuldigung! Wie lange muss ich hier noch warten? Ich müsste so langsam mal los zu meinem Job.«

Der jüngere Uniformierte, der seine Angebersonnenbrille übers Haar geschoben und sich breitbeinig vor der Bürotür von der Seemann postiert hatte, warf ihr nur einen gelangweilten Blick zu, der andere sah auf die Uhr und meinte:

»Dat kann nich mehr lang dauern. Die Kripo müsste gleich eintreffen. Dann werden Sie als Zeugin befragt und können anschließend zur Arbeit gehen.«

»Oder auch nich«, murmelte sein Kollege mit einem abfälligen Grinsen in Karos Richtung. Dr. Paulsen, der Ärztliche Direktor, der neben ihr saß, nahm keine Notiz von dem, was um ihn herum vorging. Er starrte nur finster vor sich hin und strich sich ab und zu nervös übers Kinn. Dr. Paulsen war der Erste, auf den Karolin Berner bei ihrer Suche nach ärztlicher Hilfe getroffen war. Ihre Schilderung vom Zustand Maren Seemanns hatte ihn sogleich in helle Aufregung versetzt, und ohne sich weiter um sie zu kümmern, war er sofort losgelaufen.

»Oh Gott, Maren, oh mein Gott!«, hatte er beim Anblick der Klinikdirektorin gestammelt, hektisch im Zimmer herumgeschaut und sich dann auf den Inhalt der ausgekippten Handtasche gestürzt.

»Wo hast du die Spritze? Wo ist denn die verdammte Spritze?«

Er fand nicht, was er suchte, fühlte stattdessen Maren Seemanns Puls und schüttelte schließlich resigniert den Kopf.

»Ein anaphylaktischer Schock. Davor hast du immer solche Angst gehabt. Es tut mir so leid, ich bin zu spät gekommen, Maren«, entschuldigte er sich, ohne Karo zu beachten, und strich ein paar Mal behutsam über Maren Seemanns zerzaustes Haar. Langsam begriff Karo. Sie hatte die Frau nicht gemocht, aber dass die Klinikchefin nun tot war, ließ ihr doch einen kleinen Schauder über den Rücken laufen, und sie machte einen Schritt zurück. Dr. Paulsen stand mit traurigem Blick neben der Verwaltungschefin. Schließlich beugte er sich zu der Toten herunter und berührte mit seinen Lippen ihre Stirn. Abrupt drehte er sich danach zu Karo um.

»Haben Sie Frau Seemanns Tasche ausgekippt? Wo ist das Notfallset, wo ist die Adrenalinspritze geblieben?«

»Ich habe keine Ahnung. Die Tasche lag schon so auf dem Boden, als ich hier reinkam.«

Karos Antwort schien ihn nicht zu überzeugen.

»Haben Sie für Frau Seemann das Müsli zubereitet?«

»Wieso?«, fragte Karo verblüfft ob der plötzlichen Schärfe in seiner Stimme.

»Beantworten Sie bitte meine Frage!«

»Ja, ich habe ihr ein Müsli fertig gemacht, aber ...«

»Und Sie wussten von ihrer Unverträglichkeit?«

»Natürlich! Ich habe die Mischung nach dem Rezept zusammengestellt, das mir Frau Seemann gegeben hat. Darin hat sie extra auf die Allergie hingewiesen.«

»Aber?«

»Wieso aber?«

»Das haben Sie eben gesagt: Sie haben ihr ein Müsli fertig gemacht, aber ...«

»Ja, ich habe das Müsli wie bestellt fertig gemacht. Als ich hier reingekommen bin, da hatte sie schon ein Tablett mit einer Schale vor sich stehen. Schauen Sie doch: Da ist das Tablett, das schon hier war – und das hier ist meines.«

Ratlos blickte der Ärztliche Direktor zum Schreibtisch, dann zu Karo.

»Wie auch immer, ich finde das ist alles ziemlich verworren, was Sie hier erzählen. Ich rufe jetzt die Polizei«, entschied er und holte ein Handy aus der Tasche seiner weißen Hose. »Und Sie bleiben hier!«

Vergeblich versuchte Karo, dem Chefarzt zu versichern, dass Maren Seemann sich bereits in der misslichen Lage befunden hatte, als sie das Büro betrat, doch er ignorierte ihre Erklärungen genauso wie ihre Person. Und so saß Karo seit über einer Stunde auf diesem harten Plastikstuhl vor dem Büro der Klinikdirektorin. Ihr Versuch, den beiden Streifenpolizisten das Vorhandensein zweier Müslis auf Maren Seemanns Schreibtisch plausibel zu machen, war schon in den ersten Ansätzen gescheitert.

Hinter der Glastür, die von der Lobby zum Verwaltungstrakt führte, standen ein paar Patienten herum, angelockt von dem rot-weißen Band mit dem Aufdruck ›Polizeiabsperrung‹, das der Sonnenbrillen-Cop sogleich mit wichtigem Gesicht quer über den Flur gespannt hatte. Sie waren nicht zu hören, aber schienen angeregt zu diskutieren und glotzten immer wieder neugierig zu Karo und Dr. Paulsen. Achim Schulze, der Stammkunde aus der Cafeteria und vor allem ein ziemlich unangenehmer Stänkerer, nickte ihr zufrieden zu und zeigte triumphierend seinen hochgereckten Daumen, was auch immer er damit sagen wollte. Sie wandte genervt den Kopf.

Inzwischen war auch Frau Franzmeyer, die Sekretärin von der Seemann, zur Arbeit erschienen. Als sie hörte, was mit ihrer Chefin passiert war, schüttelte sie ungläubig den Kopf und wiederholte ständig, wie schrecklich das alles sei, oh nein, oh Gott, ganz entsetzlich, die Arme! Als sie sich gar nicht beruhigen konnte, riss sie mit ihrem Gejammer sogar den Paulsen aus seiner Lethargie, weshalb er sie bat, sich doch an ihren Arbeitsplatz zu begeben, sie könne hier eh nicht helfen. Leicht verschnupft zog sich die Franzmeyer zurück. Aus ihrem Büro, das neben dem der Seemann lag, war nun unablässig leises Gebrabbel zu hören. Wahrscheinlich verbreitete sie per Telefon flächendeckend die Nachricht vom Ableben der Klinikdirektorin, versäumte aber nicht, alle paar Minuten erwartungsvoll die Nase aus der Tür zu stecken.

Karo atmete zum wiederholten Mal tief durch und fasste sich in Geduld. Auf jeden Fall würde sie die hier vergeudeten Stunden als Arbeitszeit abrechnen, das war ja wohl klar.

»Du kannst die Abfahrt Jahnshof nehmen und dann über Neukirchen fahren. Das ist näher als über Heiligenhafen, und auf der Landstraße kommt man ganz gut durch.«

Den Weg nach Dünenhöhe kannte Angermüller in- und auswendig. Mehrmals die Woche war er im letzten Jahr mit den Kindern, manchmal auch mit seinen Schwiegereltern, in die Reha-Klinik südlich von Lütjenbrode gefahren. Meist herrschte graues Schmuddelwetter. Fast drei Monate hatte Astrid hier zugebracht, viele Stunden mit Physio- und Ergotherapeuten trainiert, um nach ihrem schweren Fahrradunfall sprichwörtlich auf die Beine zu kommen, bevor sie kurz vor Weihnachten entlassen wurde.

Heute standen Bäume und Wiesen in jungem Grün, dazwischen leuchteten unzählige Rapsfelder. Die weiße Vorderfront, die vor ihnen auf dem Hügel auftauchte, hätte auch gut zu einem Hotel gehören können. Eine weitläufige Gartenanlage mit Blumenrabatten, Büschen und Rasenflächen umgab die Gebäude, Bänke standen an den Wegen verteilt, und in einer Ecke ragte ein Pavillon auf. Neben einigen Menschen in Rollstühlen oder an Krücken und der sehr legeren Kleidung der dort Wandelnden – ein paar Morgenmäntel, meist Jogginganzüge – verriet ein großes Schild direkt am Portal die wahre Bestimmung der Anlage: Es begrüßte die Gäste auf dem Gelände der Reha-Fachklinik Dünenhöhe für Neurologie und Orthopädie, die zum Fortesana Gesundheitskonzern gehörte, und wünschte einen erholsamen Aufenthalt.

Angermüller erinnerte sich gut, wie es hinter der Fassade aussah, und dass ihm nach Astrids Entlassung eines klar war: Sollte er jemals in die unangenehme Lage kommen, eine Reha in Anspruch nehmen zu müssen, auf gar keinen Fall in diesem Etablissement. Allein das Essen! Innerlich schüttelte es ihn bei dem Gedanken an Schlimme-Augen-Wurst, geschmacklose blasse Käsescheiben und lappiges Graubrot – für Menschen, die sich erholen sollten! Jansen parkte den Dienstwagen nicht weit vom Haupteingang auf dem Besucherparkplatz, der um diese Morgenstunde so gut wie leer war.

»Großer Mann, ich kenne dich!«, tönte es auf dem Weg zum Eingang plötzlich hinter ihnen. Angermüller schaute sich erstaunt um. Ein Mann in einem blauen Arbeitskittel bearbeitete mit einem Besen die Gehwegplatten, die zum Raucherpavillon führten. Sein rundgeschnittenes weißes Haar wippte im Rhythmus seiner kräftigen Armbewegungen.

»Meint der dich?«

»Keine Ahnung. Vielleicht hat er mich manchmal hier gesehen, wenn ich Astrid besucht habe«, überlegte Angermüller und rief: »Hallo, meinen Sie mich? Wollten Sie etwas von mir?«

Sie verharrten einen Moment, doch der Angesprochene reagierte nicht, widmete sich nur mit großer Inbrunst seiner Reinigungstätigkeit, sah nicht einmal vom Boden auf.

»Komm, lass! Wir haben was anderes zu tun«, drängte Jansen seinen Kollegen. Sie betraten die weitläufige Lobby. Während sie sich am Empfang meldeten, fuhren draußen die Kollegen vor und luden Spurensicherungskoffer und andere Gerätschaften wie Laptops und Kameras aus dem Kofferraum. Bald darauf bogen die beiden Kommissare mit den Kriminaltechnikern Andreas Meise und Mehmet Grempel rechts in den Trakt, wo die Büros der Verwaltung lagen. Angermüller schnupperte neugierig. Irgendetwas war anders als im letzten Herbst, er kam nur nicht drauf, was.

»Polizei! Machen Sie bitte den Weg frei!«

Nur zögernd traten die zehn, zwölf Gaffer auf Jansens energisch vorgebrachte Forderung zur Seite. Sensationslüstern musterten sie die Beamten. Endlich eine aufregende Abwechslung im gleichförmigen Kuralltag.

»Werden wir jetzt alle verhaftet?«, rief ihnen eine ältere, sehr blonde Frau in einem pinkfarbenen Jogginganzug zu. Die umstehenden Jogginganzüge kicherten.

»Wenn Sie 'ne ordentliche Belohnung zahlen, hab ich vielleicht einen Tipp, Herr Kommissar. Sagen Sie doch mal!«

Der Sprücheklopfer, so ein kleiner Dicker, bog sich über seine Bemerkung vor Lachen, bis es in einen rasselnden Raucherhusten überging und er schleunigst in Richtung Ausgang verschwand.

Claus Jansen schüttelte genervt den Kopf, hob das Band an, der Öffner summte, und beide Flügel der Glastür sprangen auf.

»Moin«, sagte Jansen wenig freundlich zu den beiden Streifenpolizisten, die sie empfingen, und deutete hinter sich.

»Sorgen Sie dafür, dass die verschwinden? Danke.«

Vom anderen Ende des Flurs blickte dem Lübecker Team ein weiteres Grüppchen erwartungsvoll entgegen. Ein Mann ganz in Weiß erhob sich augenblicklich von seinem Stuhl.

»Paulsen mein Name, Dr. Eicke Arthur Paulsen. Ich bin der Ärztliche Direktor dieser Klinik und Chefarzt der Neurologie. Ich habe bei Maren, Frau Seemann, nur noch den Tod feststellen können. Ein anaphylaktischer Schock. Irgendetwas in ihrem Müsli muss mit einem Allergen behaftet gewesen sein. Sie hatte eine hochgradige Kiwiallergie, vielleicht litt sie auch an einer bisher nicht aufgetretenen Kreuzallergie. Ich weiß es nicht. Jedenfalls bin ich zu spät gekommen.«

Betroffen senkte er den Kopf.

»Guten Tag, Kriminalhauptkommissar Angermüller, Kommissar Jansen. Das sind die Kollegen von der Kriminaltechnik«, stellte der Kriminalhauptkommissar vor und wies auf Ameise und Mehmet Grempel, die gerade ihre Schutzkleidung anlegten.

»Eine Allergie als Todesursache? Das hört sich nicht nach Fremdverschulden an. Weshalb haben Sie die Polizei gerufen, Herr Paulsen?«

»Mir sind einige Ungereimtheiten aufgefallen, aufgrund derer ich guten Gewissens keinen Totenschein mit einer natürlichen Todesursache ausstellen konnte. Kann ich allein mit Ihnen sprechen?«, fragte er mit einem Seitenblick auf die große, kräftige Frau mit der praktischen Kurzhaarfrisur und einem auffälligen schwarzen Brillengestell, die auf dem Stuhl daneben saß und bei seinen Worten nur stumm mit den Augen rollte.

»Gleich, Herr Paulsen, wir werden gleich mit Ihnen sprechen. Erst würden wir uns gern selbst ein Bild machen, wenn Sie erlauben.«

Bis auf das Summen einer fetten schwarzen Stubenfliege war es im Büro der Klinikdirektorin völlig still und ziemlich warm. Wahrscheinlich kam das von der Sonne, die ungehindert durch die beiden großen Fenster schien. Die vier Beamten verharrten einen Moment am Eingang. Jeder auf seine Art maß die Szenerie mit Blicken. Die Kriminaltechniker in ihren weißen Overalls näherten sich als Erste der Toten am Schreibtisch und walteten in stummer Geschäftigkeit ihres Amtes. Grempel umkreiste das Opfer, fotografierte es, fertigte Videos von der Lage der Gegenstände auf dem Schreibtisch, der Tasche mit ihrem ausgekippten Inhalt auf dem Boden und sprach währenddessen seine Kommentare. Andreas Meise ging seiner Lieblingsbeschäftigung nach und suchte akribisch Zentimeter für Zentimeter den Boden ab.

»Auf den ersten Blick irgendwas Auffälliges?«, fragte Angermüller.

»Nee«, knurrte Ameise kurz angebunden. Ameise, so nannten sie den Kriminaltechniker immer, wenn er es nicht hören konnte, denn der Kollege reagierte ziemlich angefressen auf diese Bezeichnung. Aber sie passte so gut. Ameise war klein, wuselte mit Inbrunst an Tatorten auf dem Boden herum, so wie eben gerade, und auf dem Schild an seiner Bürotür in der Polizeidirektion Lübeck stand ›A. Meise‹. Angermüller respektierte Ameise, denn er leistete als Spurenleser hervorragende Arbeit, aber er mochte ihn nicht, von Anfang an, was auf Gegenseitigkeit beruhte, und fand ihn nach all den Jahren in seiner ewigen Miesepetrigkeit manchmal unerträglich.

»Klar ist, die Frau hat von dem Müsli gegessen, das da vor ihr steht. Ein paar Krümel hängen ihr noch am Mund.«

Mehmet Grempel zeigte zum Schreibtisch. Auch der dicke Brummer hatte diese Krümel entdeckt und krabbelte emsig auf der Wange der Toten im Kreis herum. Allergien waren seiner Spezies wahrscheinlich fremd.

»Aber seht ihr, da stehen zwei Tabletts vor der Frau. Beide mit identischer Müslischale mit Inhalt. Da hat wohl jemand der Allergikerin ein ganz spezielles Müsli angerührt, obwohl: Kiwistücke sind auf den ersten Blick nicht zu entdecken. Wieso jetzt zwei Portionen hier sind, müsst ihr rauskriegen. Die Müslimischungen kommen jedenfalls beide mit ins Labor.«

»Und wat haben wir hier?«, tönte es missmutig aus der Ecke neben dem Schreibtischstuhl. »So 'n komischer Stein mit Flügeln drauf. Wat soll dat?«

»Bestimmt so eine Art Glücksbringer«, meinte sein Kollege nach einem kurzen Blick darauf.

»Glücksbringer?«

Ameise ließ ein höhnisches Lachen hören.

»Wenn du mich fragst, hat er der Tante aber kein Glück gebracht.«

»Dich fragt aber keiner«, bemerkte Angermüller und sah zu Jansen.

»Lass uns jetzt mal mit den Leuten da draußen reden. Hier sind wir momentan überflüssig.«

»Das seh ich auch so«, bestätigte Ameise bissig.

Mit wichtigem Gesicht verließ der Ärztliche Direktor den Konferenzraum, in den sich die Kripo mit ihm zur Befragung zurückgezogen hatte. Karo würdigte er dabei keines Blickes. Der jüngere, dünnere der beiden Beamten, der Jansen hieß und so ein Galgenvogelgesicht hatte, winkte ihr, dass sie nun an der Reihe war.

»Na endlich.«

Sie hatten einen der Tische aus dem Hufeisen gezogen, das diese normalerweise bildeten, und drei Stühle herumgestellt, dort nahmen Jansen und sein älterer Kollege, der wuscheliges dunkles Haar und einen Dreitagebart hatte, gegenüber von Karo Platz. Angermüller hieß der zweite Mann, war so um die 40 und wohl der Chef. Nachdem sie ihre Personalien aufgenommen hatten, forderte er sie auf zu schildern, wie ihr Morgen abgelaufen war.

»Also, ich hatte um sieben eine Verabredung mit der Direktorin. Und ich sollte ihr Spezialmüsli mitbringen, das sie jeden Morgen frühstückt. Das hab ich in der Küche von der Cafeteria fertig gemacht und bin schnell mit dem Tablett rübergelaufen, weil ich spät dran war. Es waren nur ein paar Minuten, aber die Seemann konnte schon deswegen ziemlich kiebig werden.«

»Ist Ihnen auf Ihrem Weg irgendjemand begegnet?«

Karo wollte erst verneinen, aber dann fiel ihr die Frau ein.

»Ja, da war eine Frau, die mir noch gesagt hat, dass die Seemann nicht da wäre.«

»Kannten Sie die?«

»Ich glaube, ich hab die schon mal gesehen, aber … Nee, tut mir leid.«

»Vielleicht fällt's Ihnen noch ein. Und dann?«

»Ich hab geklopft, aber es reagierte niemand, wie die Frau ja schon gesagt hatte, und die Tür war abgeschlossen. Da war ich ziemlich sauer, denn eigentlich hätte ich heute erst viel später kommen können, und nur wegen dieses doofen Gesprächs … Na ja. Dann hab ich aber drinnen ein Geräusch gehört, so eine Art Plopp, als ob was runtergefallen ist. Irgendwie fand ich das komisch. Als ich dann den Schlüssel auf dem Boden gesehen hab, dacht ich mir, ich schau mal rein. Außerdem kann ich wenigstens ihr Müsli gleich hier lassen.«

»Woher wussten Sie, dass es der Schlüssel für die Bürotür war?«

»Wusst ich natürlich nicht. Aber er hat gepasst. Und dann hab ich die Seemann an ihrem Schreibtisch gefunden. Ich wusste erst gar nicht, was mit ihr los war. Sie sah irgendwie aufgequollen aus, konnte nicht sprechen, hechelte nur so komisch, kriegte wohl nicht richtig Luft. Und da bin ich los, einen Arzt holen, und der Erste, den ich gefunden hab, war der Paulsen.«

Karo überlegte, ob sie irgendetwas vergessen hatte in ihrem Bericht. Die Kommissare schauten sie aufmerksam an, dann fragte der ältere:

»Sonst ist Ihnen am Fundort nichts aufgefallen?«

»Ich war natürlich aufgeregt. Aber eins ist mir sofort aufgefallen: Ich komm da an mit dem Müslitablett, und vor der Seemann steht schon genau dasselbe! Ich dachte, ich spinne! Und sie hatte auch schon davon gegessen, denn sie war um den Mund ganz verschmiert. Und dann hab ich ihre Handtasche am Boden gesehen, die war ausgekippt.«

Ihr fiel noch etwas ein.

»Der Paulsen war auch ganz außer sich, als er gesehen hat, in welchem Zustand die Seemann war. Und als er ihr nicht mehr helfen konnte, war er total fertig. Der scheint sie irgendwie gut zu kennen. Ja, das war's. Kann ich jetzt gehen? So langsam wird's Zeit, dass ich in die Cafeteria komme.«

»Sie sagten ja schon, Sie arbeiten in der Cafeteria«, sagte dieser Angermüller und fügte mit einem spöttischen Lächeln an: »Im Bockwurstparadies.«

»Ja, ja, ich weiß, so nannte man das hier. Bis vor Kurzem!«

Immer wieder ärgerte sich Karo, wenn jemand das erwähnte, obwohl sie damit nichts zu tun hatte.

»Aber seit ich hier arbeite, ist das vorbei. Wir haben jetzt mehr Salate, Quiches, Suppen, und die meisten Sachen sind bio. Manchmal gibt's auch Würstchen. Aber auf keinen Fall so wie früher, nur Bockwurst und Salat aus dem Eimer!«

»Ah ja, interessant. Jetzt weiß ich auch, was sich hier verändert hat! Es hat früher schon in der Lobby ganz aufdringlich nach dieser Bockwurst gerochen. Das hab ich heute vermisst!«

Er schaute sie interessiert an.

»Sie sind also die streitbare junge Dame, die sich für die Cafeteria ein neues Konzept ausgedacht hat.«

»Wer sagt das?«

»Herr Paulsen.«

»Der Chefarzt? Als ob der davon 'ne Ahnung hätte. Hier arbeitet doch jeder am andern vorbei. Ich bin zwar noch nicht so lange hier, aber die Verpflegung wird sicher nicht mit den Ärzten abgesprochen, außer Diabetiker- und sogenannte Schonkost, die auch ein Witz ist! Wenn Sie mich fragen, der letzte Fraß! Nee, nee, hier ist die Hauptsache, dass die Zahlen stimmen, deshalb wird nur billig, billig eingekauft, da hat die Seemann für gesorgt.«

»Wie war sie denn insgesamt so, die Frau Seemann?«

Karo hob ungeduldig die Schultern. Eigentlich hatte sie gerade andere Sorgen, als sich den Kopf um das Wesen der Verblichenen zu zerbrechen. Immer wieder tauchten vor ihrem inneren Auge die Verwüstungen im Dünenbistro auf.

»Wie gesagt, ich bin ja erst seit ein paar Wochen hier und ich kannte die Frau kaum. Sie war allgemein aber ziemlich unbeliebt, das hab ich gleich mitbekommen. Alle hier meckern über sie. Eben vor allem wegen ihrer ständigen Sparmaßnahmen, beim Personal, bei den Gehältern, bei der Ausstattung und eben auch beim Essen. Und sie war knallhart. Keine Kompromisse.«

»Stimmt es, dass Sie wegen Ihrer eigenmächtigen Neuerungen öfters Auseinandersetzungen mit Maren Seemann hatten?«

»Hat der Paulsen das gesagt? Und deswegen hab ich sie mit Kiwi gefüttert, oder was? Der spinnt doch!«

»Woher wissen Sie, dass sie an einer Kiwiunverträglichkeit gestorben ist?«

Langsam gingen Karo die Fragen des Kommissars auf den Geist.

»Das weiß ich natürlich nicht. Nur, wenn sie an diesem komischen Schock gestorben ist, wie der Paulsen gesagt hat, dann war es eine allergische Reaktion, worauf auch immer, und wenn es jemand darauf angelegt hatte …«

»Sie wussten also von Frau Seemanns Kiwiallergie?«

»Ja, natürlich! Erstens steht das ganz groß handgeschrieben neben dem Spezialrezept für dieses Müsli von der Seemann, das an der Pinnwand der Cafeteriaküche hängt, und außerdem wissen das hier alle. Ist ja auch logisch. Das war als Vorsichtsmaßnahme gedacht. Schon die kleinste Menge Kiwi ist für so jemanden gefährlich.«

Der dunkelhaarige Beamte nickte.

»Kann denn jeder in die Küche von der Cafeteria oder die Großküche marschieren und Tablett und Müslischale holen?«

»Muss er ja gar nicht, wäre aber sogar möglich. Doch die Tabletts und die Schalen gibt's auch auf den Stationen, das Geschirr ist überall gleich – bis auf die Privatstation natürlich. Aber an das normale Geschirr kommt eigentlich jeder ran, ob Patient, Mitarbeiter oder Besucher.«

»Aha«, nickte der Kripomann. »Hast du noch Fragen, Claus? Nein? Gut, dann war es das vorerst. Für alle Fälle, falls Ihnen noch was einfällt, hier meine Karte. Und jetzt können Sie endlich zu Ihrer Arbeit. Später kommen wir vielleicht mal vorbei, das Angebot in Ihrer Cafeteria testen«, zwinkerte er ihr freundlich zu.

Komische Bullen, dachte Karo beim Hinausgehen. Sie schaute auf die Visitenkarte dieses KHK Georg Angermüller und schob sie dann in die Tasche ihrer Jeans. Der eine sagt fast nix und guckt nur misstrauisch, und der andere scheint sich vor allem fürs Essen zu interessieren. Sieht man ihm auch irgendwie an. Aber zumindest hat er eine ganz nette Art.

KAPITEL II

Mittlerweile war der Rechtsmediziner eingetroffen und spulte seine Tatortroutine ab. Steffen hatte seinen Mitarbeiter Manfred Eberle geschickt, der ihn seit letztem Herbst am Lübecker Institut unterstützte und aus Freiburg stammte. Der junge Mann war hoch motiviert und arbeitete sehr gewissenhaft, nur wenn er in seinen Dialekt verfiel, verstanden die Kollegen oft nichts und wandten sich Hilfe suchend an Angermüller, von dem sie wohl vermuteten, er als Franke könne übersetzen. Dabei war ihm diese kehlige Sprache, die gerne die Endsilben verschluckte und aus ganz vielen Zischlauten bestand, ebenso fremd.

»Des doo isch högscht interessant«, begann Eberle begeistert, als Angermüller nach ersten Erkenntnissen fragte. Dann sah der Rechtsmediziner Jansens skeptischen Gesichtsausdruck und bemühte sich sogleich um eine allgemein verständliche Ausdrucksweise.

»Gestorben ist die Person an einem anaphylaktischen Schock aufgrund ihrer Allergie, wahrscheinlich erstickt, wie der Kollege aus der Klinik Ihne ja scho gsait hät. Also insofern keine Fremdeinwirkung. Aber wenn ihr jemand des Allergen untergschobe hät – die Annahme isch, dass es sich um Kiwi handelt, in welcher Form auch immer –, dann liegt der Fall natürlich ganz anders. Gut, dass der Kollege angesichts einiger Ungereimtheiten die Polizei benachrichtigt hat. Irgend so ein Landarzt hätt womöglich einfach einen Totenschein uusgstellt. Hochgradige Kiwiallergie bekannt – und des wär's dann gwese.«

Der junge Rechtsmediziner arbeitete an seiner Dissertation mit dem Thema ›Vergleichende Analyse der Leichenschau in Deutschland am Beispiel Schleswig-Holsteins und Baden-Württembergs‹ und war mit größtem Eifer bei der Sache. In Deutschland sei nämlich die Zahl unerkannter gegenüber aufgeklärten Tötungsdelikten aufgrund mangelhafter Fachkenntnis vieler Ärzte gleich hoch, also ein echter Skandal, wurde er nicht müde zu verkünden.

»Luege Se mol, Herr Angermüller: Noch eine interessante Kleinigkeit hier am Halsansatz. Da gibt es rechts und links kaum ausgeprägte schmale Hämatomstreifen, als ob jemand das Opfer dort mit ziemlich festem Griff gehalten hat. Und rechts sieht man an der Stelle eine winzige Hautabschürfung, eine zwei Zentimeter lange Kratzwunde, wahrscheinlich durch einen Fingernagel.«

»Ich kann also die Staatsanwaltschaft informieren, dass von einem Tötungsdelikt auszugehen ist?«

»So isch es. Die Details müsse mir zwar bei der Obduktion genau kläre, aber die könne getroscht e Verfahre eröffne. Und mir fahre jetz.«

Der Rechtsmediziner winkte den Männern vom Bestattungsinstitut, die gerade mit einem Zinksarg hereingekommen waren.

»Vielen Dank, Herr Eberle. Zwei von uns sind dann morgen dabei.«

Eigentlich hatte Angermüller wenig Neigung, den Termin im Institut für Rechtsmedizin selbst wahrzunehmen, doch er konnte sich nicht immer drücken. Also stimmte er sich darauf ein, am nächsten Morgen nach einem kargen Frühstück die unangenehme Prozedur der Obduktion über sich ergehen zu lassen.

»Habt ihr noch irgendwas gefunden, das weiterhilft, Andreas?«, wandte sich der Kriminalhauptkommissar an den Kriminaltechniker, nachdem er mit Staatsanwalt Lüthge telefoniert hatte. Ameise war gerade dabei, den auf dem Boden verstreuten Inhalt der Handtasche des Opfers spurensicher in Plastikbeutel zu verpacken.

»Ich kann dir genau sagen, wo die Frau den Löffel abgelegt hat: Da«, sagte Ameise höhnisch und zeigte auf den Löffel mit den Müslispuren am Boden, »aber sonst nix und wir sind gleich durch«, fügte er sichtbar unzufrieden hinzu.

»Na gut. Dann sehen wir uns heute Abend bei der Teambesprechung in Lübeck. Bis dann!«

»Ich kann's kaum erwarten.«

Ameise konnte einfach nicht aus seiner Haut. Angermüller versuchte wegzuhören, sah nach der Uhrzeit und dann zu Jansen.

»Kleine Denkpause bei einem Kaffee?«

»Sehr gute Idee«, lobte der. »Kaffee und was zwischen die Kiemen erhöhen meine Leistungsfähigkeit ungemein.«

»Ein Mord in Dünenhöhe! Mensch, jetzt erzähl doch mal! Krimi in Echtzeit, find ich ja geil.«

Karo zuckte mit den Schultern.

»Ich hab's doch schon erzählt.«

»Na ja«, empörte sich Jana, »erzählt!«

Ihr blasses Gesicht unter den schwarz gefärbten Haaren hatte tatsächlich einen zarten Rotton angenommen, was Karo nicht für möglich gehalten hatte. Jana war Anfang 20, arbeitete als Küchenhilfe mit ihr in der Cafeteria und kannte sich bestens aus mit dem Klatsch und Tratsch, der die Gänge der Klinik erfüllte. Für vermeintliche Skandale und Sensationen war sie immer zu haben. Nachdem die beiden Frauen ihre morgendlichen Vorbereitungen abgeschlossen hatten, gönnten sie sich nun eine Pause am Personaltisch in einer Ecke der Küche. Jana brannte vor

Neugier. Mit Vorliebe las sie Krimis, und nun hatte sich ein echtes Kapitalverbrechen ganz in ihrer Nähe ereignet!

»Du hast nur gesagt, du wolltest ihr das Müsli reinstellen, und dann hast du sie gefunden. Wie war das denn genau? Bist du doll erschrocken? Hat sie noch gelebt? Hat sie was gesagt? Was hat der Paulsen gesagt?«

Die Einsilbigkeit ihrer Kollegin versetzte Jana in zappelige Erregung.

»Nu sach doch schon!«

»Weißt du, Jana, auch wenn die Seemann nicht meine Freundin war, es ist nicht angenehm, wenn jemand quasi vor deinen Augen stirbt. Aber wenn du das so interessant findest«, seufzte Karo, nahm ihre Brille ab und rieb sich den Nasenrücken. Dieses topmodische Gestell drückte ein wenig.

»Natürlich bin ich total erschrocken, als ich die Seemann gesehen hab, das Gesicht so aufgequollen, furchtbar. Und ihre Lippen …«

»Aufgespritzt, klar!«

»Also du immer! Nein, ich hab gedacht, ihre Lippen platzen gleich, irre angeschwollen waren die, und die Augen hatte sie so ganz weit aufgerissen. Aber da hat sie noch gelebt. Ich hab ja noch so 'n Röcheln gehört.«

»Manno, stell ich mir irgendwie schrecklich vor«, gruselte sich Jana.

»Das kannst du laut sagen! Aber ehrlich gesagt war ich vor allem geschockt, weil da schon ein Tablett mit einem Müsli stand. Ich hab das erst überhaupt nicht kapiert.«

»Und dann?«

»Dann hab ich Hilfe geholt, also den Paulsen, und der hat gleich gesagt, dass sie wohl an ihrer Allergie gestorben ist. Und da hab ich verstanden, was mit dem anderen Müsli los war. Das sah eigentlich ganz normal aus. Ich meine, ob's das gleiche Rezept war, weiß ich nicht, aber irgendwer hat der Seemann eine ordentliche Portion Kiwi untergemischt.«

»Echt krass!«

»Allerdings. Und der Paulsen, der Idiot, hat natürlich sofort gedacht, ich wär das gewesen.« Karo trank einen Schluck Kaffee.

»Na ja, das musst du ihm nachsehen«, griente die Kollegin, »der war nicht ganz zurechnungsfähig, wo doch gerade seine Geliebte verschieden ist.«

Bellender Raucherhusten kam aus dem Gastraum.

»Kriegt man hier auch mal 'n Kaffee?«, rief jemand ungeduldig.

»Komme gleich«, antwortete Karo und fügte leise hinzu, »Dauerpatient Schulze, diese Nervensäge, der will doch nur Sensationsmeldungen aus erster Hand von mir haben.«

Sie spielte mit ihrer Brille.

»Was hast du gerade gesagt? Seine Geliebte?«

»Hast du das etwa noch nicht mitgekriegt? Schon als ich vor zwei Jahren hier angefangen hab, waren die ein Paar. Nicht zu übersehen.«

»Jetzt, wo du das sagst«, nickte Karo, »jetzt versteh ich auch, warum der Paulsen so total fertig war. Aber der ist doch verheiratet?«

»Ach Karo«, lächelte Jana mitleidig, »und?«

»Ja natürlich, du hast ja recht.«

Wirklich eine blöde Feststellung, ausgerechnet von mir, dachte Karo. Als ob eine Heirat, ein Treueschwur, eine vermeintlich perfekte Beziehung, als ob irgendwas irgendwen davon abhalten konnte, sich neu zu orientieren. Sie hatte es gerade selbst erlebt. Und ihr fiel ihr aktuelles Problem wieder ein. Doch Janas Wissbegier war noch nicht gestillt.

»Und was haben die Bullen dich gefragt? Wirst du verdächtigt?«

»Keine Ahnung, ob die glauben, ich war's. Ist mir auch schietegal. Die wollten halt alles ganz genau wissen, wie das heute Morgen war, über das Müsli, wer alles an das Klinikgeschirr rankommt. So 'ne Sachen halt.«

»Krieg ich jetzt 'n Kaffee oder muss ich erst unfreundlich werden?«, tönte es wieder vom Tresen her, gefolgt von einem rasselnden Hustenanfall.

»Ja doch!«

Mit einer entschlossenen Bewegung setzte Karo die Brille zurück auf die Nase.

»Kannst du mir bitte den blöden Schulze abnehmen? Ich muss mich um einiges für die Bestellungen kümmern.«

»Na klar.«

Jana stand auf, und Karo nahm sich die Bestelllisten vor.

»Tut mir leid. Der Herr möchte nur von der Chefin bedient werden.«

Eine Grimasse schneidend zeigte Jana hinter sich. Mit einem Stöhnen warf Karo die Papiere auf den Tisch, drückte sich vom Stuhl hoch und ging zum Tresen.

»Herr Schulze, was darf's denn sein?«

»Ein Pott Kaffee, hab ich doch schon oft genug gesagt. Und ansonsten: Gratuliere!«

»Bitte? Wozu?«

Karo verstand kein Wort. Sie nahm die Glaskanne aus der Maschine und goss einen Becher voll bis zum Rand, so wie Herr Schulze das stets wünschte. Er konnte sehr unangenehm werden, wenn man seine Wünsche nicht exakt erfüllte. Er legte Einsfünfzig auf den Tresen, zog den Kaffeepott zu sich heran, steckte fünf Zuckerpäckchen in die Tasche seiner ausgebeulten Jogginghose und zwinkerte Karo verschwörerisch zu.

»Na ja, eure Chefin«, er machte eine Geste wie zum Halsabschneiden, »Ende Gelände!«

Karolin Berner schaute ihn verständnislos an und zuckte mit den Achseln.

»Glauben Sie, mir hat das Spaß gemacht, heute Morgen die tote Verwaltungsdirektorin zu finden?«

»Na ja, Mädchen, ich verstehe. Brauchst nichts weiter sagen.«

Immer duzte sie dieser Schulze, und jetzt tätschelte er mit seiner dicken Pfote auch noch ihre Hand, die sie schnell zurückzog. Der Dauerpatient, seit mehr als zwei Monaten in Dünenhöhe und mit besonderen Rechten ausgestattet, wie er anzunehmen schien, lächelte schief.

»Ich wollte nur sagen, habt ihr gut gemacht. Meinen Segen habt ihr, und ich schweige wie ein Grab.«

Er beugte sich vor.

»Gegen einen Gratiskaffee oder Kuchen ab und zu hab ich natürlich auch nichts«, raunte er vielsagend. »Sag das ruhig auch deiner Kollegin. Also tschüsskes – man sieht sich!«

Geräuschvoll sog er einen großen Schluck Kaffee ein, damit er nicht überschwappen konnte, dann zog er grinsend mit seiner Tasse von dannen.

Kopfschüttelnd sah Karo ihm nach. Was bildete der sich eigentlich ein?

»Puh! Der Kerl is so was von unangenehm!«, beschwerte sie sich, zurück in der Küche bei Jana, »der denkt wohl, ich hab die Seemann abgemurkst! So ein Schwachmat!«

»Reg dich nicht auf, irgendwann ist auch die Kur von dem mal zu Ende.«

»Na hoffentlich!«

»Hallo, jemand zu Hause?«, rief jemand aus dem Gastraum, während es rhythmisch dazu auf den Boden klackte. Karo ging zum Tresen.

»Ach, Frau Sczepanski, hallo. Ich muss jetzt Bestellungen machen, aber wenn Sie was möchten, gebe ich's Ihnen gern noch.«

Nach einer Knieoperation musste die Patientin an zwei Krücken laufen. Aber es ging schon wesentlich besser als noch vor zwei Wochen. Frau Sczepanski, Witwe, ehemalige Friseurin mit violettbraun gefärbten Haaren und ständig neuen Kreationen auf dem Kopf, war wohl so um die 70. Ihr genaues Alter behielt sie für sich. Karo plauderte öfter mal mit ihr, denn sie war witzig und nahm sich kein Blatt vor den Mund. Sie kam aus Berlin – Neukölln, wie sie stets betonte – und bemühte sich, ihren Dialekt so weit wie möglich zu unterdrücken, was ihr nicht immer gelang. Gerne berichtete sie mit Eifer von den abartigen Kreationen aus der Klinikküche, schimpfte auf die Klinikleitung, die an allem und jedem sparte, und war schon deshalb eine Art Verbündete für Karo.

»Nee danke, ich möchte nichts. Ich hab heute schon zwei Becher Kaffee zum Frühstück gehabt, na ja, wat die so Kaffe nennen. Ich wollte dir nur schnell was zeigen, meine Kleene.«

Frau Sczepanski duzte ausnahmslos jeden und reichte Karo grade bis zur Schulter. Sie förderte ein Smartphone aus den Tiefen ihrer Jogginghosentasche zutage.

»Hätte ich mir ja nie selbst gekauft. Hat mein Sohn mir geschenkt, damit ich mich nicht sozial isoliere! Aber is schon ganz praktisch, wenn's funktioniert«, sie tippte erfolglos auf dem Gerät herum. »Ah, jetzt. Das Foto, kiek mal!«

Ein paniertes Stück Fleisch lag neben einem Häufchen Nudeln, die mit einer hellroten Soße übergossen waren.

»Gab es gestern tatsächlich Schnitzel zu Mittag?«

»Schnitzel! Das hab ich auch gedacht.«

Frau Sczepanski stieß empört die Luft aus.

»Das ist eine dicke Scheibe fetter Wurst, paniert und in Fett gebraten, dazu matschige Nudeln unter einer Tomatensoße, die nie eine Tomate gesehen hat. Ekelhaft!«

»Ja, das ist wirklich nicht zu glauben, was die den Leuten hier manchmal vorsetzen.«

»Das sind die schmackhaften, ausgewogenen Speisen, welche die Klinikköche täglich frisch für unsere Patienten zubereiten. So steht's jedenfalls auf der Hochglanzwebsite, mit der sie um Kundschaft werben. Da denkst du ja, dich erwartet hier ein Fünf-Sterne-Hotel!«

»Ich weiß. Irreführende Werbung nenn ich so was. Wer das vorher gesehen hat, der glaubt, er ist an der falschen Adresse, wenn er hier ankommt.«

»Na, vielleicht wird jetzt ja alles anders«, meinte Frau Sczepanski mit Verschwörerblick.

»Sie wissen es also schon?«

»Alle wissen Bescheid, Schätzchen, es gibt kein anderes Gesprächsthema. Aber wir quatschen ein ander Mal weiter. Ich will dich nicht länger aufhalten. Tschüsschen!«

»Ja, jetzt muss ich wirklich an meine Bestellungen gehen! Tschüss, Frau Sczepanski.«

Karo griff sich schnell ihre Listen.

»So Jana, ich verschwinde dann mal in den Kühlraum.«

Sie machte ein paar Schritte zur Tür, aber blieb dann plötzlich stehen.

»Weißt du, was mir gerade eingefallen ist: Mir ist im Flur von Seemanns Büro eine Frau begegnet, die mir irgendwie bekannt vorkam. Und jetzt weiß ich auch, woher ich die kenne!«

Die Cafeteria wirkte viel einladender, als Angermüller sie von seinen Besuchen vor ein paar Monaten in Erinnerung hatte. Das lag vielleicht an der neuen, lockeren Anordnung der Tische und an den kleinen Deckchen und Blumen, die darauf dekoriert waren. Auch die Abwesenheit der Gardinen, die früher den Blick nach draußen behindert hatten, sorgte für freundliche Helligkeit. Außerdem duftete es verlockend nach Espresso.

Von den wenigen Tischen, die besetzt waren, folgten ihnen gespannt alle Augen. Die meisten Patienten waren um diese Zeit am späten Vormittag bei ihren Therapien, wie Angermüller von Astrids Aufenthalt wusste. Ein gut aussehendes Mädchen, mit rabenschwarzem Haar zu mehlweißer Haut, das sie unverhohlen musterte, nahm ihre Wünsche am Selbstbedienungstresen entgegen.

»Sie sind von der Polizei, oder? Wegen der Seemann?«, fragte sie, während sie an der Kaffeemaschine hantierte.

»Jou«, nickte Jansen. »Warum? Wollen Sie uns was erzählen?«

»Ich? Quatsch. Als ich um acht oder bisschen später hier zum Dienst erschienen bin, hab ich nur gehört, dass die gestorben ist. Ich kann da gar nix zu sagen.«

»Von wem haben Sie von Frau Seemanns Tod erfahren?«

»Karo, das ist meine Kollegin hier, die hat mir eine SMS geschickt, dass sie später kommt, weil sie mit der Polizei sprechen muss, weil die Seemann … na ja«, meinte die Schwarzhaarige und machte eine flatterige Handbewegung.

»Karo kommt gleich, die wollte Ihnen nämlich noch was sagen, glaub ich.«

»Ach ja. Und wie ist Ihr Name, was machen Sie hier?«, machte Angermüllers Kollege auf streng dienstlich.

»Ich bin Jana Hellmann und arbeite in der Cafeteria – wie man ja sieht«, antwortete sie selbstbewusst.

»Wie haben Sie sich mit Frau Maren Seemann verstanden?«

»Wie bitte? Also direkt hatte ich nix mit der zu tun. Okay, sie war halt die oberste Chefin. Gemocht hat sie keiner. Ich auch nicht.«

»So, so«, wiegte Jansen seinen Kopf und fixierte die Zeugin. Die erwiderte gelassen seinen Blick.

»Geben Sie mir doch mal einen schönen Pott heißen Kaffee, Jana. Schwarz, bitte«, grinste er dann. »Und was Kräftiges gegen den Hunger brauch ich auch noch.«

Angermüller verzichtete darauf, etwas zum Essen zu bestellen, und orderte nur einen Milchkaffee. In den letzten Monaten hatte er an Gewicht zugelegt und wusste auch, warum. Nicht zuletzt verband ihn mit Derya die große Leidenschaft fürs Kochen und Essen, und es gab für sie beide kaum Schöneres, als gemeinsam neue Genüsse zu entdecken. Und so mussten seine halbherzigen Versuche, den Zeiger auf der Waage nach unten zu bewegen, in den letzten Monaten allesamt an kulinarischen Verführungen scheitern. Und eigentlich bereute er das auch nicht. Doch Deryas unerwartete Abwesenheit bot eine gute Gelegenheit, fand er, ab sofort einmal Disziplin walten zu lassen.

»Bitte schön, Herr Kommissar. Ein schwarzer Kaffee und eine hausgemachte Frikadelle.«

Ein freches Lächeln bekam Jansen von der jungen Frau zusätzlich serviert. Angermüller hatte einen Tisch in einer abgeschiedenen Ecke gewählt. Er nippte an seinem Milchkaffee, der heiß und aromatisch war, und wunderte sich über Jansens Wirkung auf das andere Geschlecht. Er beobachtete den Kollegen, wie der mit Schmackes in das äußerst appetitlich aussehende Brötchen biss. Dann zwang er sich, woanders hinzuschauen, und landete bei einer Platte mit Croissants und Rosinenbrötchen, neben der ein traumhaft aussehender Rührkuchen mit dickem Zuckerguss lockte. Angermüller versuchte, die begehrlichen Signale seines

Magens weiterhin zu ignorieren und die wenigen Fakten in seinem Kopf zu sortieren, die sie bisher gesammelt hatten. Allein, die Konzentration fiel ihm schwer und er stand auf.

»Das ist unser Zitronenmohnkuchen, hausgebacken, kann ich wirklich sehr empfehlen«, pries die junge Frau hinter dem Tresen ihr Angebot.

Sie hatte nicht zu viel versprochen. Das dicke Stück Gebäck war saftig, der Geschmack unglaublich zitronig, und die kleinen Mohnkörnchen knackten so angenehm zwischen den Zähnen – der Kriminalhauptkommissar bereute es nicht, schwach geworden zu sein. Jetzt konnte er deutlich besser denken.

»Nehmen wir an, es stimmt, dass die Direktorin an ihrer Kiwiunverträglichkeit gestorben ist, dann war das dem Täter oder der Täterin entweder aus dem privaten Umfeld oder hier aus der Klinik bekannt. Wir sollten uns die Dienstpläne geben lassen und mit den Leuten sprechen, die heute Morgen eingeteilt waren. Und ein zweites Team wär nicht schlecht. Hier hatte fast jeder die Möglichkeit, dem Opfer ein Müsli zu servieren, auch einer von den Patienten. Als Erstes würde ich an die denken, die schon länger hier sind und sich auskennen.«

»Die Frage ist auch«, überlegte Jansen kauend, »ob dem Opfer das Müsli offen serviert wurde oder ob jemand das Tablett im Büro abgestellt und sich dort versteckt hat, bis die Wirkung einsetzte.«

»Aber würde jemand, der unter so einer Allergie leidet, von etwas essen, von dem er nicht wirklich weiß, wo es herkommt?«, zweifelte Angermüller. »Andererseits die Schüssel, das Tablett – auf den ersten Blick sah alles aus wie immer.«

Sein Kollege wiegte den Kopf und nahm einen großen Schluck aus dem Kaffeepott.

»Wenn die Frau aber gesehen hat, wer ihr das Müsli brachte, dann hat sie denjenigen gekannt und ihm vertraut – jedenfalls bis sie den ersten Löffel von dem Zeug gegessen hat. Aber da war es zu spät, und dann hat der oder die mit Gewalt dafür gesorgt, dass sie sitzen blieb, wie unser Schwabe festgestellt hat.«

»Und außerdem hat der Täter die überlebenswichtige Spritze verschwinden lassen.«

Die beiden Beamten sahen einen Moment stumm vor sich hin.

»Ich ruf jetzt an, dass die uns Anja-Lena und Teschner zur Verstärkung schicken. Wir können nicht immer alles allein machen«, verkündete Angermüller. Vom Tresen her war Jana Hellmanns Stimme zu hören. Sie winkte jemanden aus der Küche heran.

»Mensch, da bist du ja endlich. Wo warst du denn?«

»Auf dem Parkplatz. Der Bäcker hatte eine neue Brotsorte dabei. Kartoffelbatzen heißt die. Ich hab eins zur Probe bekommen. Mmh, riecht echt lecker. Hier.«

Karolin Berner erschien hinter dem Tresen und hielt einen braunen, runden Laib in die Höhe. Ungeduldig nahm ihre Kollegin das Brot entgegen und schob sie am Tresen vorbei in Richtung von Angermüller und Jansen.

»Die von der Kripo sitzen da drüben.«

»Da, das Weiße da vorn, das muss es sein.«

Nach Karolin Berners Hinweis hatten sie dank Jansens Ortskunde den Weg von Dünenhöhe nach Heiligenhafen über Schleichwege in weniger als einer Viertelstunde zurückgelegt. Auf Angermüllers Frage, ob er hier auch mal jemanden gekannt hatte, war von Jansen nur eine sehr vage Andeutung über einen lange zurück liegenden heißen Sommer gefallen.

Sie parkten den Wagen und gingen zu Fuß den Sandweg entlang, der durch eine Schranke für Nicht-Anlieger gesperrt war. Eine beeindruckende Landschaft öffnete sich vor ihnen. Aus einer einstigen Insel hatte das Meer aus Sand und Geröll immer mehr Strandwälle aufgeschüttet und im Laufe der Jahrhunderte eine schmale Halbinsel parallel zum Festland geformt, den Graswarder. Zwischen Dünen auf der Seeseite standen vielleicht 15, 18 hübsche Strandvillen im Baustil der Jahre um 1900. Gleich daneben erstreckte sich zur Landseite, zwischen Salzwiesen und Lagunen, ein Naturschutzgebiet für viele Vogel- und Pflanzenarten. Privilegierter konnte man wirklich kaum wohnen.

In einer Parkbucht stand ein dunkelbrauner Mini neben einem älteren Golf. Stockrosen in Weiß und Rosa säumten den das Grundstück umgebenden Jägerzaun. Durch ein hölzernes Türchen betraten sie einen kleinen Vorgarten mit Rasen und ein paar Obstbäumen, links neben dem reetgedeckten Haus neigte sich ein weiß blühender Fliederbusch über Gartentisch und Stühle. Auf ihr Klingeln ertönte sofort wütendes Hundegebell. Durch eine verglaste Öffnung in der Haustür konnte man auf ein Fenster an der gegenüberliegenden Außenwand sehen und durch dieses hindurch auf die Ostsee.

»Guten Tag?«, grüßte die kleine, schlanke Frau, welche die Tür öffnete, die Beamten fragend, und hielt gleichzeitig den aufgeregten, schwarzen Hund am Halsband.

»Pscht, Lizzy! Ruhig jetzt!«

»Sie sind Frau Sibylle Paulsen?«

Angermüller stellte sich und Jansen vor, sie zückten ihre Dienstausweise, und er erklärte:

»Frau Paulsen, wir müssten Ihnen einige Fragen stellen. Sie kennen eine Frau Maren Seemann?«

Ein wachsamer Blick traf die Beamten.

»Die Verwaltungschefin der Fortesana Klinik? Ja, die kenne ich. Warum?«

»Maren Seemann ist heute Morgen verstorben, und wir haben Grund zu der Annahme, dass sie einem Anschlag zum Opfer gefallen ist. Dürfen wir kurz reinkommen?«

»Maren? Ein Anschlag? Wieso das denn?«

Verständnislosigkeit lag in Sibylle Paulsens Gesicht.

»Maren und Terroristen, oder was?«

»Dürfen wir?«, wiederholte Angermüller nur.

Wenig angetan vom Ansinnen der Beamten warf sie einen Blick auf die zierliche goldene Uhr an ihrem Handgelenk.

»Ich habe nicht viel Zeit. Um halb zwölf muss ich in der Schule sein.«

»Es dauert nicht lange.«

»Bitte.«

Sie gab die Tür frei und führte die Männer durch den Flur in den Raum, der sich zur Strandseite anschloss. Der Hund folgte. Es war ein recht geräumiges Wohnzimmer mit einem gemauerten Kamin an der rechten Wand, links öffnete es sich zu einem angebauten Wintergarten. Direkt vor den Fenstern lagen Strand und Meer. Niedrige Decken, Holzfußboden – es hätte sehr gemütlich sein können, doch die spärlich verteilten, edlen Möbelstücke strahlten eher die unterkühlte Atmosphäre eines Ausstellungsraumes aus. Lizzy umkreiste die beiden Fremden neugierig, bis diese mit der Hausherrin mitten im Raum an einem klobigen Holztisch auf ebensolchen, recht unbequemen Stühlen mit sehr hohen Rückenlehnen Platz nahmen. Jansen notierte Sibylle Paulsens Personalien, und sie gab ihr Einverständnis, das Gespräch aufzuzeichnen. Der Hund lag wachsam neben ihr.

»Also, Frau Paulsen, in welcher Beziehung standen Sie zu Maren Seemann?«

»Maren. Ein Anschlag.«

Sie schüttelte ungläubig den Kopf. Ihr glänzendes braunes Haar schwang locker hin und her. Der kurze beigefarbene Rock und die schlichte weiße Bluse standen ihr sehr gut. Die Frau wirkte auf eine ganz natürliche Weise elegant. Wüsste ich nicht ihr Alter, würde ich sie bestimmt zehn Jahre jünger schätzen, auf Anfang 40 oder so, überlegte Angermüller.

»Wie ist das denn passiert? Wie hat man denn, ich meine …«, wollte die Zeugin wissen.

»Tut mir leid, darüber kann ich Ihnen momentan keine Auskunft geben«, beschied sie der Hauptkommissar, dem klar war, dass spätestens, wenn ihr Mann nach Hause kam, sie über die Todesumstände ins Bild gesetzt würde. Mit einem leichten Ruck straffte sich Sibylle Paulsen auf ihrem Stuhl.

»Ich kenne Maren Seemann seit mehreren Jahren als Kollegin meines Mannes. Bei offiziellen Anlässen in der Klinik sind wir uns hin und wieder begegnet, mal ist man auch zusammen ausgegangen, mal hat mein Mann Kollegen aus der Klinik zu uns nach Hause zu einem Essen eingeladen.«

»Wann haben Sie Frau Seemann das letzte Mal gesehen?«

Die Zeugin überlegte einen Moment.

»Das war vorletzte Woche, denke ich. Da hatte eine Schwester 25-jähriges Dienstjubiläum, und es gab eine kleine Feier in der Klinik. Und da war auch Maren dabei.«

»Sie waren befreundet?«

»Weil wir uns duzen? Nein. Wie gesagt, wir kennen uns eben schon mehrere Jahre, aber nur oberflächlich. Eine persönliche, private Beziehung hatten wir eher nicht.«

Man hörte jemanden schnellen Schrittes die Treppe herunterkommen, dann erschien ein junger Mann in der Tür, eine Reisetasche in der Hand. Der Hund rappelte sich vom Boden hoch und sprang freudig auf ihn zu.

»Ja, Lizzy, bist eine ganz Liebe!«

Er versetzte dem Tier einen liebevollen Klaps. Erst jetzt entdeckte er die Beamten.

»Ach, du hast Besuch, Bille. Guten Tag!«, nickte er zu Angermüller und Jansen. »Kann ich mich trotzdem kurz verabschieden? Ich muss los.«

»Klar, Lasse!«, lächelte Sibylle Paulsen und stand auf. Der groß gewachsene Junge setzte seine Tasche ab, beugte sich zu ihr herunter, und die beiden umarmten sich. Sie musste sich auf Zehenspitzen stellen, um ihn auf die Wangen zu küssen.

»Vielen Dank, Bille, dass du mich wieder so verwöhnt hast. Und grüß Papa noch mal von mir. Nächstes Wochenende zur Regatta bin ich spätestens wieder da.«

»Ja, schön! Wir freuen uns immer, wenn du kommst, weißt du doch. Gute Fahrt!«

Für einen Moment verströmte Frau Paulsen warme Herzlichkeit.

»Danke. Tschüss zusammen!«, winkte der junge Mann in Richtung der Beamten, griff seine Tasche und stürmte davon. Der Hund lief ihm nach, wartete verdutzt vor der sich schließenden Haustür und ließ sich auf alle Viere nieder.

»Ihr Sohn?«, wollte Angermüller wissen.

»Lasse ist der Sohn meines Mannes aus seiner ersten Ehe«, erklärte sie und blieb neben dem Tisch stehen, jetzt wieder ganz die kontrollierte, reservierte Dame des Hauses.

»Haben Sie auch gemeinsame Kinder?«

»Nein«, antwortete Sibylle Paulsen kurz. »Sind wir eigentlich fertig? Oder haben Sie noch mehr Fragen?«

Sie schaute erneut auf ihre Armbanduhr.

»Allerdings fürchte ich, dass ich Ihnen nichts weiter zu Frau Seemann erzählen kann.«

»Eine Frage haben wir auf jeden Fall noch, und die können Sie uns bestimmt beantworten, Frau Paulsen«, antwortete der Kriminalhauptkommissar bedächtig. »Wo waren Sie heute Morgen zwischen sechs und halb acht?«

Sie nahm am Tisch Platz, und wieder traf Angermüller der wachsame Blick.

»Um die Zeit gehe ich jeden Morgen mit dem Hund. Heute bin ich in die Nähe von Kraksdorf gefahren. Da gibt es einen schönen Weg oberhalb vom Strand.«

»Kommt man von dort zu Fuß nach Dünenhöhe? Und wie lange dauert das?«

»Das kann man in 20 Minuten schaffen.«

Der Kriminalhauptkommissar war sich sicher, dass sie inzwischen wusste, worauf er hinauswollte. Trotzdem antwortete sie zwar völlig korrekt, aber nur gerade so viel, wie sie musste. Aus welchem Grund auch immer. Jansen schaute zunehmend griesgrämig auf die Zeugin, lehnte sich auf seinem Stuhl zurück, so weit das die senkrecht stehende Lehne erlaubte, und verschränkte die Arme vor der Brust. Sein ausgestrecktes linkes Bein wippte nervös. Angermüllers geduldiges Nachfragen war Jansens Sache nicht. Er stürmte am liebsten mitten hinein ins Thema.

»Und haben Sie es heute in der Zeit geschafft?«

»Nein. Weil ich gar nicht nach Dünenhöhe gegangen bin, nur den Dünenweg ein Stück hin und zurück und dann mit dem Auto nach Hause.«

»Direkt nach Hause?«

»Nein, ich bin noch kurz an der Klinik vorbei.«

Endlich waren sie an dem entscheidenden Punkt angelangt.

»Was haben Sie dort gemacht?«

Wenn ihr die folgende Antwort schwerfiel, war das Sibylle Paulsen in keiner Weise anzumerken: »Ich fand heute Morgen, noch bevor ich losging, eine SMS von Maren Seemann auf meinem Handy. Sie hat mich um ein Treffen gebeten.«

Jetzt war es an Angermüller, sein Erstaunen zu verbergen. »Aus welchem Grund? Was wollte sie von Ihnen?«

Ruhig richtete sie ihre hellen, fast türkisfarbenen Augen auf den Kriminalhauptkommissar: »Das kann ich Ihnen nicht sagen. Angeblich war es dringend. Ich habe trotzdem mit Lizzy einen kurzen Morgenspaziergang gemacht und bin erst dann nach Dünenhöhe gefahren. Aber die Bürotür war verschlossen und ich habe niemanden angetroffen.«

»Um welche Zeit war das genau?«

Langsam schüttelte sie den Kopf, wie um zu betonen, dass sie keine Ahnung hatte.

»Genau? Kann ich nicht sagen. So gegen sieben, würde ich meinen.«

»Ist Ihnen sonst jemand begegnet?«

Sie überlegte einen Moment.

»Draußen auf dem Parkplatz war nur dieser Mensch im blauen Kittel mit seinem Besen. Der war schon wieder am Fegen, wie immer, und Lizzy hat ihn angebellt, das macht sie auch immer. Er hat mächtig Respekt vor dem Hund. Und im Gebäude hab ich nur noch eine junge Frau getroffen, die wohl Maren das Frühstück bringen wollte. Ich hab ihr aber gleich gesagt, dass niemand im Büro ist.«

»Hat Sie die Verabredung mit Frau Seemann um so eine frühe Tageszeit nicht verwundert?«

Gleichgültig zuckte Sibylle Paulsen mit den Schultern.

»Ich bin sowieso immer um die Zeit unterwegs. Und soviel ich von meinem Mann weiß, hat auch Maren sehr früh an ihrem Schreibtisch gesessen. Sie war sehr engagiert. Er hielt große Stücke auf sie.«

»Die Beziehung Ihres Mannes zu Maren Seemann war rein beruflicher Natur?«, fragte Angermüller und sah die Frau aufmerksam an. Sie blickte zur Seite. Ein kaum wahrnehmbares Lächeln glitt über ihr Gesicht.

»Ach ja, die Dünenhöher Gerüchteküche – der sind wohl auch Sie aufgesessen. Seit fünf Jahren arbeiten mein Mann und Maren zusammen. Erst in Düsseldorf und seit drei Jahren hier oben. Und ja, da war mal eine kleine Affäre. Eine junge, gut aussehende Kollegin, da kommt das schon mal vor«, jetzt schaute sie Angermüller direkt in die Augen, kühl und distanziert, »doch das ist Vergangenheit. Im Übrigen müsste ich jetzt wirklich los in die Schule.«

»Sind Sie doch Lehrerin?«

Bei ihren Personalien hatte sie Hausfrau angegeben. Sie hatte wohl alles Mögliche studiert, unter anderem auch Pharmazie, wie sie auf Angermüllers Nachfrage erklärte, aber nie einen Beruf ausgeübt. Jetzt schüttelte sie den Kopf.

»Nein. Wir haben mit ein paar Damen aus dem Club ein Hausaufgabenprojekt für Kinder aus sozial schwachen Familien gestartet. Da bin ich als Helferin dabei.«

»Na gut. Ich denke, wir wären vorerst am Ende mit unseren Fragen, oder, Claus?«

»Nur Ihr Handy benötigen wir noch, Frau Paulsen«, verlangte Jansen statt einer Antwort und zog einen verschließbaren Klarsichtbeutel aus seiner Jackentasche.

»Muss ich Ihnen das aushändigen?«

»Müssen Sie nicht«, teilte ihr Angermüller mit, »wir können auch mit einem Beschluss von der Staatsanwaltschaft …«

»Ach, lassen Sie nur«, wehrte Sibylle Paulsen mit einem müden Lächeln ab, »nehmen Sie es mit. Ich hab damit kein Problem.«

Wie jeden Tag saßen sie in der Küche der Cafeteria zusammen, Karo und Jana, Benni Göpfert und Arne Thaler, die beiden Physiotherapeuten, Bùi Hanh, die Krankenschwester, sowie Agneta Sörensen, eine Pflegehelferin, und seit Neuestem auch Karwen Barzani, der Neurologe. Der gut aussehende Stationsarzt kurdisch-irakischer Abstammung war ein zurückhaltender Typ mit ganz eigenem Humor, und Jana war sich sicher, dass er nur dabei war, weil er ein Auge auf Karo geworfen hatte. Die fand ihn zwar ganz sympathisch, aber mit dem Thema Männer wollte sie sich momentan am allerwenigsten beschäftigen.

Es war heute nicht so entspannt und gemütlich wie sonst bei ihrer Mittagsrunde. Agneta und Karwen standen in der zum Park geöffneten Tür, durch ein Gebüsch vor fremden Blicken geschützt und rauchten, was eigentlich – bis auf den Raucherpavillon – auf dem gesamten Klinikgelände verboten war. Auch Karo, die sich die Dinger endlich abgewöhnen wollte, hatte hastig eine Zigarette geraucht. Wehe, Goldi, die Oberschwester, würde sie erwischen, die würde das sofort nach ganz oben melden. Normalerweise verstießen sie auch nicht gegen das Verbot, doch der ereignisreiche Morgen hatte über alle eine merkwürdig nervöse Atmosphäre gebreitet.

Wilde Geschichten vom Tod der Klinikdirektorin kursierten den ganzen Vormittag: Sie sei vergiftet worden, sie sei süchtig gewesen und an einer Überdosis gestorben, die verrücktesten Spekulationen schossen ins Kraut. Sie verbreiteten sich durch die Flure der Klinik, und auch das von Karo so genannte Küchenkabinett stellte fleißig Motiv- und Täterhypothesen auf.

»Ob die Polizei euch wohl alle verhören wird?«, fragte Jana wissend, »mit mir haben sie schon gesprochen.«

»Die haben sich die Dienstpläne geben lassen und sprechen zuerst mit allen, die um die Uhrzeit heute Morgen in der Klinik waren«, wusste Karwen, »mit mir haben sie schon geredet. Und mit dir, Agneta, stimmt's?«

Agneta nickte.

»Aber ich konnte da gar nix zu sagen. Ich hab ja nichts von der Sache mitgekriegt. Um sieben ist auf der Neurologie Frühstück angesagt, und ich muss meinen Schätzchen beim Brötchenschmieren helfen, manche füttern. Da hab ich keine Zeit, einen abzumurksen.«

»Wir sind raus«, freute sich Arne, »Benni und ich sind so um sieben gleichzeitig angekommen und hatten Teamsitzung. Da platzte dann die Sensationsmeldung rein. Die Franzmeyer hat bei uns in der Physio angerufen und alles erzählt. Hallöchen, liebe Kollegen, ich bin ja sonst wirklich keine Plaudertasche«, der blonde, junge Mann unterbrach sich und hechelte in ein imaginäres Telefon, »aber habt ihr schon gehört, was mit unserer lieben Frau Seemann Grässliches passiert ist, hä?«

Die Runde grinste. Arne gab gerne den Clown und sorgte mit seinen Schauspielereien immer wieder für Belustigung.

»Von wegen keine Plaudertasche! Nicht nur bei euch hat die angerufen. Ich glaube, die Franzmeyer hat alle Abteilungen, alle Stationen informiert. Ich hab sie jedenfalls ständig telefonieren hören, als ich auf dem Flur gewartet hab«, erzählte Karo.

Natürlich war niemand so nah am Geschehen wie sie selbst, weshalb Jana sie drängte, doch den anderen zu erzählen, wie das am Morgen genau gewesen war, als sie die Klinikdirektorin in ihrem Zimmer gefunden hatte.

»Muss das denn sein?«, wehrte sich Karo unwillig. Bis auf Karwen und Benni wollten alle gern aus erster Hand hören, was sich zugetragen hatte, und so ließ sie sich erweichen und berichtete noch einmal von den Vorgängen am frühen Morgen.

Hanh, die sonst immer viel lachte, hielt sich die ganze Zeit eine Hand vor den Mund und wirkte ziemlich entsetzt, während Arne und Agneta eher gleichgültig reagierten.

»Die hat sich bei vielen Leuten unbeliebt gemacht, die Seemann«, stellte Arne fest.

»Ich will nicht sagen, dass sie es verdient hat. So was hat keiner verdient«, Agneta blies den Rauch aus, »aber wundern tut mich das nicht, ehrlich gesagt. Das hab ich auch der Polizei erzählt, als die gefragt haben, was für ein Mensch sie war. Ein guter jedenfalls nicht, hab ich gesagt. Die Frau konnte doch so was von fies sein!«

»Auf jeden Fall muss der Mörder aus der Klinik gewesen sein, jemand, der das mit ihrer Kiwiallergie wusste und ihre Gewohnheiten kannte«, warf Karo ein, die sich eigentlich gar nicht an der Diskussion hatte beteiligen wollen. Doch der Umstand mit dem zweiten Müslitablett beschäftigte sie nach wie vor. Es war albern, aber irgendwie fühlte sie sich dadurch persönlich in ihrer Ehre angegriffen.

»Zumindest jemand, der sich mit ihren Gewohnheiten und in der Klinik auskannte. Und ich wüsste sogar jemanden, der ein Motiv gehabt hätte!«

Triumphierend sah Jana in die Runde.

»Ach ja? Und wer sollte das sein, Miss Marple?«

Jana ließ sich von Bennis spöttischem Einwurf nicht beeindrucken.

»Ihr Mann hatte ein Verhältnis mit der Seemann«, sie machte eine dramatische Pause, »und die Dame wurde heute Morgen von einer Zeugin in der Nähe des Tatorts gesehen: Die Frau vom Paulsen! Die Polizei wollte auch schon zu ihr.«

»Was du nich alles weeßt!«

Benni schüttelte den Kopf über seiner Kaffeetasse. Karo mochte den ruhigen, freundlichen Mann, dessen Thüringer Herkunft ihm deutlich anzuhören war. Er hatte weißes Haar und einen ebensolchen Bart, war so um die 50, schätzte Karo, und der Älteste in ihrer Runde. Von den anderen war niemand über 40. Benni war ungefähr zur selben Zeit wie sie hierher an die Klinik gekommen.

»Ich wäre mit solchen Verdächtigungen vorsichtig, Jana. Kennst du mehr als Gerüchte über die Ehe vom Chef?«, zweifelte Karwen Barzani.

Jana zuckte mit den Achseln.

»Aber Karo hat seine Frau doch heute Morgen vor der Tür von der Seemann getroffen! Auf jeden Fall wäre Eifersucht ein Motiv.«

»Okay, aber ein Motiv könnte so mancher haben. Auch von uns haben welche schon mächtig Zoff mit der Seemann gehabt oder unter ihrer Gnadenlosigkeit gelitten. Hanh zum Beispiel, der sie keinen Urlaub gewährt hat, um zu ihrer Mutter nach Vietnam zu fliegen, als die so krank war.«

Hanh blickte erschrocken auf. Sie sagte nichts, aber schüttelte zum Beweis ihrer Unschuld heftig den Kopf. Doch Karwens dunkle Augen spähten durch seine randlose Brille weiter in die Runde. Es bereitete ihm scheinbar Spaß, die anderen zu provozieren.

»Oder du, Jana! Du standest doch kurz vorm Rausschmiss, weil du ein paar Mal zu spät gekommen warst und die frühere Cafeteriachefin sich bei der Seemann mehrmals über dich beschwert hatte.«

Jana zeigte dem Stationsarzt empört einen Vogel.

»Das ist doch ewig her!«

»Na und?«

»Ich bitte euch, wir werden uns doch jetzt wegen dieser Geschichte nicht streiten! Es ist ein grässliches Verbrechen, das steht fest«, versuchte Karo die Gemüter zu beruhigen, »und ebenso steht fest, dass keiner von uns die Seemann wirklich mochte. Ich hätte heute Morgen auch einen echt unangenehmen Gesprächstermin bei ihr gehabt, aber deswegen bringt man doch niemanden um, Karwen. Also wirklich!«

Der junge Arzt sagte nichts mehr, warf Karo einen langen Blick zu und bedachte sie mit einem charmanten Lächeln. Er schien sich gut zu amüsieren.

»Du brauchst gar nicht so zu grinsen, du hast doch mit der Seemann richtig Krieg gehabt! Du wärst der Erste gewesen, den sie rausgeschmissen hätte!«, konnte Jana sich nicht zurückhalten, Karwen anzugreifen.

»Trotzdem«, beharrte sie etwas ruhiger und verschränkte trotzig die Arme vor der Brust, »ich wette mit euch, die Paulsen war's.«

»Irgendwer wird schon seinen Grund gehabt haben«, brummte Benni in seinem beruhigenden Bass aus der Ecke. »Lass mal gut sein. Wie Karo schon sagt, ist doch Quatsch, deshalb zu streiten.«

»Ja, find ich auch. Ich bin sowieso vor allem gespannt, ob sich was ändert, wo die Seemann mit ihrem harten Sparmaßnahmenkatalog nicht mehr da ist.«

Agneta schüttelte ihre blonden Locken und drückte die zweite Zigarette, die sie nur halb geraucht hatte, auf einer Untertasse aus.

»Und vor allem: Wer wird ihr Nachfolger?«

Die gut aussehende Agneta bewies immer wieder ihre Fähigkeit, die Dinge auf den Punkt zu bringen. Das war wirklich die spannendste Frage, fand Karo. Da meldete sich ihr Handy. Sie stand auf und ging vor den Tresen, um Gerlindes Anruf entgegenzunehmen. Ihr Gesichtsausdruck war zunehmend irritiert.

»Beruhige dich, Gerlinde«, beendete sie schließlich das Gespräch, »das kommt öfter mal vor. Ich wollte heute sowieso eher Feierabend machen, Jana kann mich vertreten. Ich fahr gleich los und schau, bei welcher Freundin Flori heute nach der Schule hängengeblieben ist.«

So ruhig, wie sie sich ihrer Mutter gegenüber gegeben hatte, war Karo natürlich nicht. Auch sie hatte ein ungutes Gefühl, wenn sich das Kind verspätete und war stets überglücklich, wenn sie Flori wohlbehalten in die Arme schließen konnte. Deshalb vergaß sie auch jedes Mal, den strengen Tadel anzubringen, den sie sich zuvor extra zurechtgelegt hatte.

Die anderen fragten erstaunt, ob etwas passiert sei, als Karo sich plötzlich so schnell aus der Runde verabschiedete. Doch sie wiegelte mit einer witzigen Bemerkung ab, gab Jana noch ein paar Instruktionen für den Nachmittagsbetrieb in der Cafeteria und fuhr dann los, nach Flori zu suchen. Ihr war plötzlich das Graffito eingefallen, das sie am Morgen im Strandbistro entdeckt hatte, und ihr Herz hatte angefangen, einen Takt schneller zu schlagen.

»Ich bin der Rächer alles unschuldig vergossenen Blutes! Keiner der Mörder entgeht meinem Schwert, das sich ihnen ins Herz bohrt und sie ihrem bösen Gewissen nicht mehr entrinnen lässt!«

Den Besenstiel tatsächlich wie ein Schwert umfasst, stand der kleine Mann in seinem abgewetzten, blauen Kittel auf dem Parkplatz, als die Beamten in Dünenhöhe aus dem Auto stiegen. Fast sah es so aus, als ob er auf sie gewartet hatte.

»Guten Tag! Sie haben heute Morgen gesagt, dass sie mich kennen. Ich bin Kommissar Angermüller, das ist mein Kollege, Kommissar Jansen. Können wir Ihnen helfen?«

Starr blickte der Angesprochene in die Ferne, stand stramm wie ein Soldat mit seinem Besen, obwohl er vor allem durch den Topfschnitt seines dichten, weißen Haars und eine kahle Stelle am Hinterkopf eher an einen Mönch erinnerte. Auf Angermüllers Versuch der Kontaktaufnahme reagierte er nicht. Es war nicht zu erkennen, ob er die Worte des Kommissars überhaupt gehört hatte. Jansen wippte auf den Fußspitzen ruhelos auf und ab und zeigte deutlich, dass er sich mit diesem Irren nicht befassen wollte.

»Wie ist denn Ihr Name?«, versuchte es Angermüller noch einmal.

»Ich bin ein Rächer Gottes«, erklang es mit Grabesstimme. »Ich bin der Todesengel. Mein Name ist Henim!«

»Na ja, nicht ganz. Du heißt Hein, Hein Bork«, widersprach plötzlich jemand neben ihnen. Der junge Mann, blaues T-Shirt mit Klinikemblem, weiße Hose, kurze blonde Haare, grinste sie an.

»Unser Hein ist hier so eine Art Hausmeisterassistent. Er erzählt manchmal paar merkwürdige Sachen, aber keiner fegt so ordentlich wie er. Nicht, Hein?«

Er klopfte dem Kittelträger freundschaftlich auf die Schulter, worauf dieser aus seiner Erstarrung erwachte, sanft lächelte und ihm seine linke Hand zum Abklatschen hinhielt.

»Ja, gib mir fünf, Hein!«

Der große Blonde schlug ein, und der andere freute sich.

»Und wer sind Sie?«

»Ich bin Arne, Arne Thaler. Ich arbeite hier als Physiotherapeut. Ihr Kollege kennt mich. Wie geht es Ihrer Frau, Herr Kommissar?«

»Mensch ja, Arne, Sie sind das! Meiner Frau geht es ziemlich gut. Toll, was Sie und Ihre Kollegen da geleistet haben. Sie kann wieder prima laufen, den Arm gebrauchen, alles bestens.«

»Das freut mich«, nickte der Physiotherapeut, »und jetzt sind Sie beruflich hier. Wegen unserer Frau Direktor. Wissen Sie denn schon …?«

Angermüller lächelte.

»Sie kennen das bestimmt aus Fernsehkrimis: Ich kann und darf Ihnen zum jetzigen Zeitpunkt leider keine Auskunft geben. Und was ist mit ihm?«, fragte der Kommissar mit Blick auf den Straßenfeger, der sich ein paar Meter von ihnen entfernt hatte und dort mit Eifer seinem Job nachging.

»So genau weiß ich das auch nicht. Als ich hierher kam, vor drei Jahren, da war Hein schon da. Er lebt allein in einem Häuschen nicht weit von hier. Er ist nicht doof oder beschränkt, nur ein totaler Eigenbrötler und ein bisschen seltsam. Vielleicht irgendwie autistisch oder so, ich hab keine Ahnung. Irgendwann ist er hier aufgetaucht und wollte einen Job, und weil er so hartnäckig war, hat ihm irgendwer schließlich gesagt, er könnte ja die Gehwege fegen. Und jetzt macht er das halt, ausschließlich und perfekt. Ab und zu gibt ihm jemand ein Trinkgeld, und damit gibt er sich zufrieden.«

»Und diese wilden Geschichten vom Gottesrächer?«

»Ich hab keinen Schimmer, wie er drauf kommt. Aber so was erzählt er öfter. Vielleicht liest er gern das Alte Testament?«

Arne zuckte mit den Schultern.

»Doch ansonsten ist der Hein völlig harmlos. Okay, ich muss zum nächsten Patienten. Oder haben Sie noch Fragen, Herr Kommissar?«

»Im Moment nicht.«

»Na denn tschüss.«

»Tscha, das is interessant: Die Paulsen hat tatsächlich eine SMS erhalten: ›Hallo, Bille, würde dich gerne sprechen. BALD. Es ist DRINGEND!!! Bin im Büro. LG Maren.‹ Das war exakt um 6.10 Uhr«, sagte Jansen, der mit behandschuhten Händen das Mobiltelefon der Zeugin inspizierte.

»Und die kam von Maren Seemanns Handy?«

»Ja. Ameise hat das bestätigt.«

»Dann hat sie um die Zeit noch gelebt.«

»Sieht so aus.«

Angermüller und Jansen saßen auf einer sonnenbeschienenen Bank am Rande des zum Meer leicht abfallenden Klinikparks, von wo aus der Blick grandios war. Links in der Ferne leuchteten die weißen Wohnwagenwürfel eines Campingplatzes, vor ihnen loderte ein Feld in Rapsgelb, und am Horizont über der funkelnden Ostsee trieben träge ein paar Schönwetterwolken vorbei. Selbst an den wolkenverhangenen Herbsttagen, als er wegen Astrid häufig hier gewesen war, hatte ihn die Umgebung fasziniert. Die Landschaft war allerdings fast das Einzige, was Angermüller positiv an Dünenhöhe aufgefallen war.

Aber er wollte nicht ungerecht sein, auch das Engagement einiger Therapeuten, wie Arne zum Beispiel, war bemerkenswert. Vor allem aber, was die größte Herausforderung, das Sprechen lernen, betraf, hatte er nur gute Erfahrungen gemacht. Täglich lieferte sich Astrid einen Kampf mit den Tücken der Sprache, betreut von zwei sich abwechselnden Logopädinnen. Nach dem schweren Schädel-Hirn-Traum war die Sprachbibliothek in ihrem Kopf ziemlich durcheinandergeraten, und die Therapeutinnen halfen ihr, wieder Ordnung zu schaffen, was Astrid sehr anstrengte, aber niemals entmutigte.

Bei dem Gedanken an die Sprachverwirrung seiner Frau lächelte Angermüller spontan. Manche Worte fielen ihr einfach nicht ein, für andere nutzte sie fantasievolle Umschreibungen, um zu erklären, was sie meinte, und hin und wieder kamen wahre Wortungetüme bei ihrer Suche nach dem richtigen Ausdruck heraus. Zum Glück konnte sie selbst am meisten über ihr Kauderwelsch lachen, ging mit ihren Defiziten sehr geduldig um und war im Ganzen völlig locker und entspannt. Irgendwie ganz anders als vor dem Unfall, dachte Georg erstaunt und fragte sich manchmal im Stillen, ob vielleicht Astrid nicht ohne Grund so heftig vor den Kopf gestoßen worden war. In den letzten Jahren schien sie ihm immer mehr verhärtet zu sein, nur noch aus Verstand und Disziplin zu bestehen. Inzwischen waren ihr die Sprachprobleme kaum noch anzumerken. Ihre neu erworbene Gelassenheit hatte sie beibehalten, was den Umgang miteinander wesentlich angenehmer gestaltete. Gedankenverloren ging Angermüllers Blick in die Ferne, wo sich gerade der Weg zweier Fähren kreuzte.

»Sach ma, hörst du mir eigentlich zu, Herr Kriminalhauptkommissar?«

Die ganze Zeit über, während sein Kollege seinen Gedanken nachhing, hatte Jansen die Speicher des Mobiltelefons inspiziert.

»Äh, ja, natürlich! Was denn?«

»Ich habe gesagt, dass unsere Zeugin nicht nur heute Morgen eine SMS vom Handy des Opfers bekommen hat, sondern gestern Abend mit derselben Nummer ein Gespräch von exakt drei Minuten geführt hat.«

»Interessant, davon hat sie uns nichts gesagt.«

»Eben. Da müssen wir nachhaken. Aber zuvor sprechen wir mit ihm. Komm.«

»Mit wem?«

»Ach Mann, Georg! Wo hast du deinen Kopp? Mit dem Paulsen natürlich! Wie das genau war, zwischen ihm und seiner geschätzten Kollegin.«

In der Lobby trafen sie auf Anja-Lena Kruse und Norbert Teschner, die soeben aus Lübeck eingetroffen waren. Angermüller fiel das nette Lächeln auf, das Jansen der blonden Kollegin sandte und das diese kaum merkbar erwiderte. Hatte er da etwas nicht mitbekommen? Noch vor einem halben Jahr hatte in seinem Team eine katastrophale Stimmung geherrscht, und er hatte schon befürchtet, dass es auseinanderfliegen würde, nicht zuletzt, weil Jansen seine Kollegin der Weitergabe von Interna an Verdächtige für fähig hielt. Der Kriminalhauptkommissar hatte einige klärende Gespräche führen und viel Diplomatie aufwenden müssen, um seine Truppe wieder zusammenzufügen. Na, umso besser, wenn man sich jetzt anlächelte.

Er erklärte kurz die Todesumstände von Maren Seemann, brachte die beiden Kollegen auf den aktuellen Informationsstand und wies sie an, sich anhand der Belegungspläne die am längsten in der Klinik weilenden Patienten vorzunehmen.

»Viel Erfolg, ihr zwei! Ihr meldet euch sofort, wenn's Fragen oder sonst was Wichtiges gibt. Wir sehen uns nachher in Lübeck zur kleinen Lage. Claus, kommst du?«

KAPITEL III

»Was glauben Sie denn, warum der Herr Doktor seine Tür zum Flur abgeschlossen hat? Der braucht mal einen Moment Ruhe. Aber so was interessiert Sie anscheinend nicht.«

Den Kommissaren folgten missbilligende Blicke der eleganten Vorzimmerdame, als sie ihnen endlich den Weg durch ihr Reich ins Büro von Dr. Paulsen freigab. Die Absätze ihrer Pumps knallten energisch unter ihren Schritten, und lauter als nötig zog sie die Tür hinter sich ins Schloss. In ihren Augen hatte ihr verehrter Chef nach dem schrecklichen Erlebnis am Morgen vor allem Ruhe und Schonung nötig, und sie fand es schlichtweg empörend, dass die Beamten den armen Mann schon wieder mit Fragen belästigen wollten.

Tatsächlich war dem Ärztlichen Direktor eine Erschöpfung anzusehen, die auch sein sonnengebräunter Teint nicht verdecken konnte. Als die Beamten ihm ihr Begehr vorgetragen hatten, erhob er sich stumm von seinem Schreibtischsessel und bedeutete ihnen, auf der Sitzgruppe aus noblen Designermöbeln Platz zu nehmen, die vor dem Fenster zum Park angeordnet war.

»Sehen Sie meiner Sekretärin bitte die Rigorosität nach. Die gute Frau Heim ist eben besorgt um mich«, lächelte Paulsen milde in Richtung Vorzimmer, nachdem sie Platz genommen hatten. »Das Heimchen ist ein echtes Goldstück! Natürlich stehe ich Ihnen jederzeit für Auskünfte zur Verfügung, die dazu beitragen können, die Todesumstände meiner geschätzten Kollegin aufzuklären.«

»Das denken wir uns, Herr Paulsen«, bestätigte Angermüller und musterte dabei den gerade 60-Jährigen, der mit seinem recht langen, grauen Haar etwas Bohemienhaftes ausstrahlte. In seinem weißen Hemd mit aufgekrempelten Ärmeln, der weißen Hose, weißen Slippern vermittelte er, wie die meisten seiner Kollegen in ihrer Dienstkleidung, eine saloppe Eleganz. Kommissar Jansen blickte skeptisch von einem zum andern und wippte ungeduldig mit dem linken Bein.

»Wir würden gern mehr über Ihre Beziehung zu Frau Seemann erfahren. Heute Morgen haben Sie uns nur über die berufliche Seite berichtet. Wie gut oder wie eng waren denn Ihre privaten Kontakte?«

Die Züge des bisher so um Jovialität bemühten Arztes bekamen etwas Argwöhnisches.

»Nun gut, wenn Sie diesen Aspekt für Ihre Ermittlungen für wichtig halten: Frau Seemann und ich kennen uns oder besser kannten uns seit fünf Jahren. Wir haben bereits in Düsseldorf an derselben Klinik gearbeitet.«

»Und hatten Sie auch privat miteinander zu tun?«

»Was soll ich sagen?«, Dr. Eicke Arthur Paulsen hob hilflos seine Hände, »mal eine kleine Feier in der Klinik, mal ein Empfang oder eine gemeinsame Fahrt zu einem Fachkongress. Aber das waren ja auch eher berufliche Zusammenhänge. Das Privateste war wohl hin und wieder ein Essen bei uns zu Hause im kleinen Kreis. Wie das unter vertrauten Kollegen so usus ist.«

Er schenkte den Polizisten ein verbindliches Lächeln, das jedoch nicht die Überheblichkeit verbergen konnte, die er ausstrahlte. Jansen verzog keine Miene. Angermüller nickte verständig. Er versuchte, sich vorzustellen, welche Anziehungskraft sein Gegenüber auf weibliche Wesen ausübte. Bestimmt war diese, allein schon durch den Nimbus seiner Position, nicht zu unterschätzen.

»Wir haben vorhin mit Ihrer Frau gesprochen, Herr Paulsen.«

»Ah ja.«

Der Chefarzt stemmte sich ein Stück in seinem Sessel hoch, verschränkte die Arme vor der Brust und kniff die Augen zusammen.

»Dann wissen Sie bestimmt, dass Maren und ich«, er suchte nach den passenden Worten, grinste verhalten, »dass sich unsere privaten Wege vor Längerem bereits getrennt haben.«

Unglaublich, wie unmittelbar der Herr Doktor umschwenkte und es vermied, die Dinge beim Namen zu nennen, staunte Angermüller. Der Mann verlor keine Sekunde die Contenance.

»Vor Längerem?«

»Lassen Sie es fünf, sechs Monate her sein, so genau weiß ich das nicht mehr.«

»Und Ihre Frau?«

»Ich weiß zwar nicht, wozu Sie all diese privaten Details wissen müssen …«

Die gedehnte Sprechweise zeigte, dass ihm diese Fragen überhaupt nicht passten. Doch er antwortete mit demonstrativer Gelassenheit:

»Aber wenn's der Wahrheitsfindung dient: Meine Frau und ich, wir haben uns gerade auf einen neuen Anfang geeinigt.«

»Ihre Frau hatte also überhaupt keinen Anlass mehr, gegen Maren Seemann irgendwelchen Groll zu hegen?«

»Ich fürchte, ich verstehe Ihre Frage nicht.«

»Man hat Ihre Frau heute Morgen vor dem Büro des Opfers gesehen. Wie es aussieht, um den Todeszeitpunkt herum. Sie hatte eine SMS erhalten, dass sie sich dort einfinden sollte. Von Maren Seemanns Handy.«

Angermüllers Auskunft machte, dass Dr. Paulsen nun doch ziemlich verblüfft schaute und einen Moment brauchte, bis er fragen konnte:

»Heißt das, Sie verdächtigen meine Frau?«

Er schüttelte den Kopf.

»Ich kann das gar nicht glauben!«

»Davon habe ich nichts gesagt, Herr Paulsen. Wir stehen ganz am Anfang unserer Arbeit und ermitteln in alle Richtungen. Ihre Frau ist eine Zeugin, genau wie Sie, genau wie jeder andere, den wir zum Tod von Frau Seemann befragen.«

Auch diese sachliche Auskunft, von Angermüller freundlich vorgebracht, ging völlig an dem Mann vorbei.

»Das ist ja total absurd! Unterstehen Sie sich, Ihre Verdächtigungen im Zusammenhang mit meiner Frau in der Öffentlichkeit zu erwähnen! Sie hat durch diverse Ehrenämter eine prominente Stellung in der Stadt, und ich verbitte mir …«

»Herr Paulsen, ich verstehe Ihre Aufregung nicht«, schnitt Angermüller dem Chefarzt das Wort ab. »Von einem Verdacht war doch überhaupt keine Rede. Wir gehen den Spuren nach, die wir vorfinden. Und so lange Sie kein Aufhebens von der Sache machen – wir machen bestimmt keins. Wir tun nur unsere Arbeit. Dann verabschieden wir uns fürs Erste.«

Die Kommissare standen auf, auch Paulsen erhob sich. Er wirkte angespannt, alle Blasiertheit vom Anfang war verschwunden.

»Eines würde ich gern noch wissen«, fügte Angermüller, schon im Gehen, an. »Standen Maren Seemann und Ihre Frau regelmäßig in persönlichem Kontakt?«

»Nicht, dass ich wüsste«, war die zerstreute Antwort. Der Mann war mit seinen Gedanken offensichtlich ganz woanders. Sie ließen ihn in der Obhut seiner Sekretärin zurück, die sogleich ins Zimmer drängte, kaum, dass die Kommissare aus der Tür getreten waren.

»Arrogantes Arschloch!«

»Na, na, Herr Kollege!«, mahnte Angermüller.

»Etwa nich? Komisch, dass solche Typen immer so sind.«

»Nicht alle, Claus. Es gibt auch andere. Aber hier auf dem Lande, als Ärztlicher Direktor und Chefarzt, da bist du eben wer.«

Jansen hörte gar nicht richtig zu.

»Außerdem, wat hat der bloß? Der is ja tierisch unter Druck, der Typ«, kommentierte Jansen auf dem Weg zu ihrem Wagen. Der Kriminalhauptkommissar nickte.

»Ich denke mal, wie der das eben dargestellt hat, so glatt und einfach, hat sich sein Beziehungschaos bestimmt nicht in Wohlgefallen aufgelöst. Und wer weiß, worüber die beiden Damen kommuniziert haben.«

Seit diesem Schuljahr besuchte Flori die fünfte Klasse der Warderschule am Sundweg, die praktischerweise nur wenige Gehminuten von ihrer Wohnung entfernt an der Theodor-Storm-Straße lag. Ob es richtig gewesen war, ihre Tochter zur Regionalschule zu schicken, konnte Karo nicht beurteilen. Sie hatte keinen festgeschriebenen Plan für die berufliche Zukunft des Kindes. Für Flori zählte nur, dass sie weiterhin mit ihrer Freundin Annika zusammenbleiben wollte, und das wichtigste Argument für Karo war wiederum, dass ihr Kind glücklich war. Bisher jedenfalls schien sich die Entscheidung als richtig zu erweisen. Flori fühlte sich wohl in der Klasse, ging gerne zur Schule, hatte ein passables Halbjahreszeugnis nach Hause gebracht und neben Annika noch zwei weitere nette Freundinnen gefunden.

Karo parkte den Wagen verbotenerweise am Wendekreis und lief zum Pausenhof. Nur wenige ältere Schüler und Schülerinnen standen dort vor den Gebäuden herum, aber auch an den Tischtennisplatten, einem beliebten Treffpunkt von Floris Klasse, konnte sie ihr bekannte Kinder nicht entdecken.

Bevor sie die Suche bei Floris Klassenkameradinnen zu Hause fortsetzte, fuhr sie zum Steinwarder Weg am Yachthafen. Vielleicht waren die Mädchen bei diesem sommerlichen Wetter zu ihrem Lieblingsspielplatz gegangen, um dort zu picknicken. Das machten sie manchmal. Sie sparten sich ihre Pausenbrote auf und zogen nach der Schule auf eine Bank, eine Wiese oder eben den Spielplatz. Ach ja, sie sollte für Flori wohl doch ein Handy anschaffen, was sie für eine gerade Elfjährige zwar übertrieben fand, doch dann wäre das Kind jederzeit erreichbar, und diese nervenaufreibenden Suchaktionen würden unterbleiben.

Der Platz lag verwaist. Weder auf dem Spielboot noch auf der Leuchtturmrutsche herrschte Betrieb. Seufzend stieg Karo ins Auto. Nun musste sie wohl in den sauren Apfel beißen und Flori bei ihren Mitschülerinnen suchen. Sie machte das mit großem Unbehagen. Es gab viele berufstätige Mütter in Floris Klasse, aber als berufstätige Alleinerziehende bildete Karo mit zwei weiteren Müttern eine Ausnahme. Und ausgerechnet die besten Freundinnen ihrer Tochter wurden von überzeugten Vollzeitmüttern versorgt. Oft genug wurde ihr von diesen Frauen freundlich angeboten, sich nach der Schule um Flori zu kümmern. Das mochte Karo gar nicht. Bestimmt war es gut gemeint, aber Karo konnte sich des Eindrucks nicht erwehren, dass immer auch Mitleid im Spiel war, und darauf konnte sie gerne verzichten.

Bis vor Kurzem gab es Thorben. Er hatte sich in der Kinderbetreuung sehr engagiert, das musste sie zugeben, und sie hatte sich schon fast an den Alltag als Kleinfamilie gewöhnt. Jetzt hatte sie immerhin noch ihre Mutter vor Ort, was allerdings auch nicht ohne Probleme war. Doch das war ein anderes Thema.

Annika selbst öffnete, als Karo an der Tür des großzügigen, gepflegten Einfamilienhauses klingelte.

»Nö, weiß nicht, wo Flori ist«, gab sie mit beleidigter Miene Auskunft, »möchte ich auch nicht wissen.«

»War irgendwas los?«

»Flori ist doof. Wir haben uns gestritten.«

»Ach, Annika! Morgen ist das vergessen«, mischte sich Imke ein, die mit ihrem Jüngsten auf dem Arm zur Tür kam.

»Hallo, Karo! Hast du Lust auf einen Kaffee? Viel Zeit hab ich nicht, aber ein kurzes Schwätzchen wär doch nett«, lächelte Imke verschwörerisch.

Blond, leicht gebräunt, ein zitronengelbes Kleid, weiße Sandaletten, dezenter Goldschmuck – wie immer sah sie aus wie aus dem Ei gepellt. Ihr Mann verdiente scheinbar nicht schlecht als Immobilienmakler. Sie hatten eine Putzfrau, einen Gärtner, eine Kinderfrau für die beiden kleineren Kinder, und trotzdem war Imke immer in Zeitdruck. Na ja, Imke spielte Tennis, sie hatte ein Pferd, sie fuhr häufig zum Shoppen nach Hamburg, da man ihrer Meinung nach nur dort gute Klamotten bekam, und sie plante die vielen Reisen, die sie, teils mit ihrem Mann allein, teils mit der ganzen Familie unternahmen – ihre Tage waren also ausgefüllt.

»Nee, vielen Dank, Imke! Ich muss weiter. Hab noch eine Menge zu tun. Meine Mutter hat Flori beim Abholen irgendwie verpasst, deshalb such ich sie jetzt«, log sie, denn Flori hatte heute allein zu ihrer Mutter gehen sollen, was ungefähr 20 Minuten Fußweg bedeutete, der einem elfjährigen Mädchen durchaus zuzumuten war, wie Karo fand. Aber sie war sich nicht sicher, wie Imke darüber dachte.

»Du solltest ihr ein Handy kaufen. Annika hat ihres schon ganz lange, stimmt's, meine Süße?«

Beiläufig strich sie ihrer Tochter übers Haar, das genauso goldblond wie ihr eigenes war. Ach ja, Imke wusste immer ganz genau, wie man's machen musste.

»Ja, ja, hab ich auch schon drüber nachgedacht. Also, vielen Dank trotzdem und einen schönen Nachmittag noch! Tschüss!«

Auch bei Jasmin und Lara Marie hatte Karo kein Glück. Die hatten zwar nicht mit ihrer Tochter gestritten, aber ihre Wege hatten sich nach Schulschluss getrennt, da Flori sich gleich auf den Weg zu ihrer Oma gemacht hatte, wie Jasmin berichtete. Diese Auskunft fand Karo nicht gerade beruhigend, denn dann hätte sie längst angekommen sein müssen. Langsam fuhr sie die Strecke zu ihrer Mutter mit dem Auto ab, ständig rechts und links die Bürgersteige nach Floris schmaler, langer Silhouette absuchend. Die Mühe war vergebens. Ängstliche Unruhe machte sich in Karo breit. Vielleicht war Flori inzwischen bei der Oma am Thulboden angelangt, hoffte sie inständig.

Doch Gerlinde stand mit besorgtem Gesicht vor der Tür des kleinen Häuschens, das nicht weit von der Stadtkirche lag.

»Du hast das Kind nicht gefunden? Mein Gott, hoffentlich ist ihr nichts zugestoßen! Neulich haben sie erst wieder so eine grässliche Geschichte im Fernsehen gezeigt!«

»Hallo, Gerlinde! Sie wird schon wieder auftauchen. Mach dir bitte keine unnötigen Sorgen.«

»Wie kannst du nur so dickfellig sein? Es gibt solche bösen Menschen heutzutage!«

»Es hilft doch nicht weiter, jetzt in Panik zu verfallen,

Gerlinde«, antwortete Karo, in deren Fantasie auch die schlimmsten Szenarien wucherten, so gelassen wie möglich, »wir müssen in aller Ruhe überlegen, wo Flori sein könnte.«

»Na ja, du bist eben das Kind deines Vaters«, gab ihre Mutter verbittert zurück, drehte sich um und ging ins Haus.

Womit wir mal wieder beim Thema wären, dachte Karo schicksalsergeben, schloss die Tür hinter sich und folgte ihr nach drinnen.

Die verwunschene kleine Fachwerkkate lag an einer Pferdekoppel am Rande von Ölendorf, keine zehn Minuten mit dem Auto von Dünenhöhe entfernt. Es gab keinen Garten, nur Rasen und ein paar blühende Büsche. Eine Reihe Blumentöpfe mit Margeriten und Männertreu stand um einen Sitzplatz, der vor einer breiten Glastür angelegt und mit einem Tisch und zwei Stühlen ausgestattet war. In zwei großen Terrakottakübeln, welche die Haustür an der schmalen Seite des reetgedeckten Häuschens rahmten, prangten blaue Hortensien.

Nach zwei Versuchen hatte Jansen den Hausschlüssel an dem Bund gefunden, das sie aus der Klinik mitgenommen hatten. Mit Füßlingen und Schutzhandschuhen angetan traten die Beamten ein. Das Erdgeschoss bestand aus einem einzigen großen Raum, der Wohn- und Esszimmer wie auch einen Küchenbereich beherbergte. Hinter einer Tür lag ein Badezimmer, hinter einer anderen eine Art begehbarer Schrank. Es gab einen großen Kaminofen, und in einer Ecke führte eine Holztreppe nach oben auf eine Galerie.

»Schönes Häuschen für eine Person«, fand der Kriminalhauptkommissar mit einem anerkennenden Blick,

»alles, was der Mensch so braucht. Und mit den rohen Holzbalken, dem Bullerofen und der offenen Küche ausgesprochen gemütlich!«

»Und sehr romantisch«, griente Jansen von der Galerie herunter, »das hier oben ist eine einzige, riesige Kuschelecke.«

»Und was fällt dir sonst auf, außer der Romantik?«

»Das Bett ist nur auf einer Seite benutzt. Darauf liegt ein Nachthemd, ein Damennachthemd würde ich sagen.«

»Hier im Bad stehen zwei Becher mit Zahnbürsten und auf dem Regal Rasierzeug, Herrenduft, Deo und Duschgel. Vielleicht hat die Seemann das als Souvenirs stehen gelassen.«

»Oder es gibt schon einen Nachfolger für den Paulsen.«

»Vielleicht«, murmelte Angermüller und machte sich an die Untersuchung der Küchenzeile, stöberte durch den Kühlschrank und die anderen Schränke.

»Also, viel gekocht wurde hier nicht«, stellte er kritisch fest. »Wirklich schade bei einer solchen Luxusküche! Der Herd ist mit allem Schnickschnack, der Kühlschrank hat verschiedene Temperaturzonen und was ist drin? Eine Flasche Champagner, ein Ei, drei Möhren und ein Becher Magerjoghurt. Und die anderen Vorräte beschränken sich neben Knäckebrot und Marmelade auf Nudeln, Tomatensauce, ein paar Thunfischdosen und eine sehr mäßige Auswahl an Gewürzen.«

»Das muss für einen Feinschmecker wie dich ja echt schlimm sein«, bemerkte Jansen spitz, dessen Haushalt wahrscheinlich ähnlich sparsam ausgestattet war.

»Na ja, Kochen und Genießen ist doch ein Stück Lebensqualität. Das Einzige, was es hier im Überfluss gibt, ist Rotwein und Brandy.«

»Echt? Und kein Bier? Das find ich jetzt aber daneben!«

Ohne auf Jansens Frotzelei einzugehen, warf der Kriminalhauptkommissar einen Blick in den Abfalleimer, dessen Inhalt neben zwei Plastiktabletts, wie sie für Fertig-Sushi üblich sind, hauptsächlich aus leeren Joghurtbechern bestand. Er zog die Sushitabletts samt den Essstäbchen heraus und steckte sie in eine verschließbare Plastiktüte. Die kleine Spülmaschine war wohl vor Kurzem gelaufen und voll mit sauberem Geschirr, aus dessen Zusammenstellung nicht ersichtlich war, wie viele Personen es benutzt hatten.

Inzwischen war Jansen von der Galerie heruntergestiegen und hatte sich an den kleinen Schreibtisch gesetzt, der unter der Treppe stand. Hier war alles sauber sortiert und aufgeräumt. Nur ein paar Rechnungen für Telefon, Strom und eine Versicherung lagen auf einem Stapel, daneben eine Postkarte aus Thailand, wohl von einer Freundin geschickt. In der kleinen Schublade waren bezahlte Rechnungen abgelegt. Es gab keinen PC und keinen Laptop. An der Wand hing ein Pinnbrett mit einer Sammlung von Fotos.

»Hier, schau doch mal: das glückliche Paar!«

Angermüller trat heran und begutachtete die Schnappschüsse, die ausschließlich Maren Seemann und Dr. Paulsen zeigten, die mal vor Palmen, mal am Strand vor untergehender Sonne, mal auf einem Fischkutter und an weiteren schönen Orten fröhlich in die Kamera strahlten.

»Zumindest haben sie sich nicht im Bösen getrennt, denke ich. Sonst hätte sie bestimmt diese Fotos nicht mehr hier hängen.«

»Vielleicht haben die sich gar nicht getrennt«, meinte Jansen schulterzuckend und wollte sich gerade abwenden, als etwas in der Mitte der Pinnwand seine Aufmerksamkeit erregte. »Und was soll das hier sein?«

Jansen nahm den DIN-A4-Ausdruck, der durch zwei der Fotos etwas verdeckt worden war, von der Wand ab, und beide Kommissare beugten sich interessiert darüber. Einige Abkürzungen und Zahlen waren darauf gedruckt und der Name einer Arztpraxis.

»Das ist das Datum von Freitag vergangene Woche«, stellte Jansen fest.

»Solche Aufnahmen kenne ich gut«, nickte Angermüller, »nur dass es bei uns gleich zwei waren, jedenfalls auf manchen Bildern.«

»Du meinst?«

»Ja, das ist ein Ultraschall von einer Schwangeren. Ach ja, schau mal, da steht's doch: 14. SSW, das heißt 14. Schwangerschaftswoche! Was sagst du dazu?«

»Der Hammer!«

Warum tu ich mir das an, dachte Karo erbittert. Ewig muss ich mir dieselbe Leier anhören! Gerlinde ließ wieder einmal den ganzen Frust über ihr vermeintlich schiefgegangenes eigenes Leben an ihrer Tochter aus. Die fühlte sich, so lange sie denken konnte, als ungeliebtes Kind, und fand, dass es langsam mal gut war. Was konnte sie dafür, dass der Vater sie beide verlassen hatte, als sie drei war? Lange genug hatte sie als Kind unter dem Schuldgefühl gelitten, der Grund für sein Verschwinden gewesen zu sein. Und war es etwa Karo anzulasten, dass ihre Mutter danach keinen neuen, beständigen Partner mehr gefunden hatte?

Mit den Jahren war ihr Vater zum Sinnbild alles Verachtenswerten, alles Negativen geworden. Und wenn es Ärger zwischen Karo und ihrer Mutter gab, war sofort der Schuldige gefunden. Der Mann, dem Karo wie aus dem Gesicht geschnitten war und dessen schlechte Eigenschaften sie angeblich eins zu eins geerbt hatte.

»Ach Gerlinde«, gab Karo sich versöhnlich und griff über den Esstisch nach der Hand ihrer Mutter, »glaubst du wirklich, ich mach mir keine Sorgen wegen Flori?«

Die beiden Frauen saßen sich vor den aufgedeckten, leeren Tellern gegenüber. Keiner von beiden war nach Essen zumute. Sie konnten nur warten. Jetzt zog Gerlinde ihre Hand vor Karos zurück und wandte nur beleidigt den Kopf zur Seite. Ach ja, Karo würde diese Szenen weiter ertragen müssen, denn sie brauchte ihre Mutter, brauchte sie für Flori, zumindest noch so lange, bis man dem Mädchen mehr Selbständigkeit zutrauen konnte.

»Mein Tag hat heute übrigens auch nicht gut angefangen«, versuchte Karo abzulenken und erzählte von ihrem schrecklichen Erlebnis am Morgen.

»Auch wenn meine Chefin im Umgang ziemlich unangenehm sein konnte, ist mir die Sache schon an die Nieren gegangen. War kein schöner Anblick, das kann ich dir sagen!«

Gerlindes Reaktion war mehr als verhalten, und statt Karo zu trösten, schien sie ihr den Vorwurf machen zu wollen, wie sie sich in eine so dumme Situation hatte bringen können.

»Was ist denn eigentlich mit deinem Thorben?«, fragte sie auf einmal übergangslos, »wann kommt der denn endlich von seiner Fortbildung zurück? Der kümmert sich doch so gut um dein Kind, sagst du immer!«

»Das dauert noch, und Flori ist ja auch groß genug, diesen kurzen Weg zu dir allein zurückzulegen, wenn du mal nicht kannst. Ich möchte keinesfalls, dass du wegen uns auf deine Gymnastik verzichtest, die ist wichtig für deinen Rücken!«

Sie erntete einen unfreundlichen Blick für ihre ehrlich gemeinte, fürsorgliche Bemerkung. Die Entscheidung, mit

Flori nach Heiligenhafen zu ziehen, als das Kind zur Schule kam, war einerseits natürlich in der Hoffnung geschehen, dass die Kinderbeutreuung mit der Oma vor Ort einfacher sein würde. Aber Karo hatte durchaus auch an ihre Mutter gedacht, die zwar noch nicht alt war, aber seit ihrer Jugend unter Rheumaattacken litt und insgesamt keine robuste Gesundheit besaß, weswegen sie nicht mehr berufstätig sein konnte. Karo war das einzige Kind, und da es auch sonst niemanden gab, fühlte sie ganz selbstverständlich eine Verantwortung, sich um Gerlinde zu kümmern.

Außerdem hoffte sie immer noch, irgendwann einmal eine Art Wertschätzung von ihrer Mutter zu erfahren, denn das war es doch, wonach sie sich ihr Leben lang sehnte, Zuneigung und Anerkennung des Menschen, der ihr am nächsten stand.

Anfangs schien ihre Mutter die Nähe zu schätzen, freute sich an ihrer Enkelin, mischte sich nicht in Karos Entscheidungen, kritisierte nicht an allem und jedem herum. Leider hielt der Frieden nicht lange. Vor allem, wenn Karo mal mit einem Mann ausging, erntete sie Vorhaltungen und Kritik. Auf Thorben war Gerlinde regelrecht eifersüchtig gewesen, wenn der Flori von der Schule abgeholt und Karo des Öfteren auf ihre Dienste verzichtet hatte. Noch hatte sie ihr gar nicht berichtet, was aus der Beziehung geworden war, einer Beziehung, die ihre Mutter natürlich ohnehin missbilligt hatte. Auch Flori hatte sie eine Geschichte von einer längeren Fortbildung Thorbens irgendwo in Süddeutschland aufgetischt. Sie wollte einen günstigen Moment abwarten, um dem Kind die Wahrheit zu erzählen, denn dass dieses sehr enttäuscht sein würde, war abzusehen. Verflixt, was für eine bescheuerte Situation!

Vor einem Jahr hatte sie Thorben kennengelernt, das Bett mit ihm geteilt, dann auch die Wohnung, schließlich ihr

Leben. Thorben, selbst noch nicht richtig erwachsen, hatte mit Begeisterung die Vaterrolle bei Flori übernommen, und das sonst recht misstrauische Mädchen hatte ihn gleich ins Herz geschlossen. Im Winter, bei einem ihrer Spaziergänge zu dritt, waren sie an dem leer stehenden Café über dem Steilufer vorbeigekommen. Bald ging dieser Platz Karo nicht mehr aus dem Kopf, und als sie Thorben von ihrer Idee mit dem Dünenbistro erzählte, war er sofort Feuer und Flamme gewesen und hatte ihren Traum geteilt. In den schönsten Bildern hatte er ihrer beider Zukunft gemalt und Karo damit zur glücklichsten Frau der Welt gemacht.

Im Frühjahr dann hatte sie geackert wie ein Pferd. Obwohl sie gerade den neuen Job in der Klinikcafeteria angetreten hatte, war sie immer nach Feierabend zum Bistro gefahren, hatte geplant und gerechnet, später gemalert und gebaut, während Thorben sich in dieser Zeit um Flori gekümmert hatte. Dass er sich kaum in die Planungen einbrachte und sie meist allein dort arbeiten ließ, obwohl er es doch zu ihrem gemeinsamen Projekt erklärt hatte, störte sie nicht weiter. Er hatte eben zwei linke Hände, wie er selbst sagte.

Das Einzige, was er verantwortlich übernommen hatte, waren die Finanzen. Er hatte das Betriebskonto verwaltet, auf dem ihr Vermögen lag, alles, was sie von ihrem nicht gerade üppigen Verdienst in den letzten Jahren zurückgelegt hatte – und die 15.000 Euro, die sie vor Jahren von der Oma geerbt hatte. Er hatte es zwar oft angekündigt, doch dann immer wieder verschoben, einen eigenen Anteil einzubringen. Es gab einige Cashflow-Probleme mit seinem Konto, wie er das nannte. Aber er hatte alle Ausgaben in einer Excel Liste geführt, die Rechnungen sorgfältig abgeheftet und immer den aktuellen Überblick über ihre Geldmittel parat.

Eines Morgens vor zwei Wochen hatte er sich wie immer zu seinem Job in einem Handyladen verabschiedet und war nicht wiedergekommen. An dem Abend war Karo fast gestorben vor Angst, dass ihm etwas zugestoßen sein könnte. Sie erreichte ihn nicht, er ging nicht an sein Handy, niemand konnte ihr sagen, wo er steckte. Wie immer hatte er den Kollegen einen schönen Feierabend gewünscht, und dann verlor sich seine Spur. Langsam begann sie den Gerüchten zu glauben, die ihr schon vor Längerem zu Ohren gekommen waren, nämlich, dass Thorben mit der Dunkelhaarigen aus der Parfümerie, die neben dem Handyladen lag, etwas angefangen hätte. Natürlich hatte er ihr mit Leidenschaft geschworen, dass das nicht wahr wäre. Drei Tage später kontrollierte sie endlich einmal das Betriebskonto. Es war bis zum Gehtnichtmehr überzogen, und bis auf die Miete war kaum eine der Kostenrechnungen bezahlt worden. Genau zu der Zeit erreichte sie eine SMS: ›Tschüss Karo, es ist vorbei. Such mich nicht. Küsschen für Flori.‹

Flori! Karos Magen krampfte sich zusammen. Sie sah wieder die Drohung an der Wand im Dünenbistro vor sich. Auch wenn er sich wie ein Schwein benommen und ihr Konto komplett leer geräumt hatte, sie traute Thorben nicht zu, dass er Flori etwas antun würde. Aber wer weiß, was ihre Anzeige bei ihm ausgelöst hatte?

Der Gong der Türklingel schlug an. Gleichzeitig schossen Karo und ihre Mutter von den Stühlen hoch.

»Hallo, Omi!«

»Kind!«

Karos Mutter schloss die Enkelin in ihre Arme, vom Gefühl der Erleichterung offensichtlich so überwältigt, dass sie erst einmal kein Wort herausbrachte. Flori warf Karo über die Schulter der Oma fragende Blicke zu.

»Wo bist du nach der Schule so lange gewesen?«, wollte Karo wissen, um einen ruhigen, sachlichen Ton bemüht.

»Na, Thorben hat mich abgeholt. Und wir waren Hamburger essen und ein Eis und …«

»Wieso Thorben? Sein Kurs ist doch noch gar nicht zu Ende!«

Karo kam ins Stottern, und ihre Knie wurden plötzlich ganz weich.

»Dann hat er wohl seinen für nächste Woche geplanten Kurzbesuch vorgezogen«, fügte sie geistesgegenwärtig an.

Das Kind löste sich von seiner Oma.

»Ja, er hat gesagt, das wär 'ne Überraschung und du weißt Bescheid. Auf jeden Fall war es supertoll und sooo lecker! Und wir haben noch Minigolf gespielt und ganz viel Spaß gehabt!«

»Ach so, ja«, Karo schlug sich mit der flachen Hand gegen die Stirn, »dann hab ich da wohl bei den Daten was durcheinandergebracht. Das tut mir wirklich leid, Gerlinde!«

Die Angesprochene schüttelte nur stumm den Kopf. Doch der vorwurfsvolle Gesichtsausdruck, mit dem sie ihre Tochter bedachte, sprach Bände. Da Karo wusste, dass die Sprachlosigkeit ihrer Mutter nicht lang anhalten und bald die üblichen Anschuldigungen und Klagen auf sie niedergehen würden, zog sie es vor, mit Flori schnell das Feld zu räumen.

»Okay, Gerlinde, wir müssen los. Könntest du Flori denn am Donnerstag von der Schule abholen und mit ihr zu Mittag essen?«

Ihre Mutter machte eine unschlüssige Handbewegung und vermied es, sie anzusehen.

»Wenn dein Thorben da wieder keine Zeit hat.«

»Setz dich schon mal ins Auto. Ich muss nur kurz telefonieren«, sagte Karo dem Kind, als sie im Freien standen. Sie wollte ihre Anwältin fragen, wie sie am besten vorgehen sollte, um die Verwüstungen im Dünenbistro bei der Polizei anzuzeigen, doch die war zu einer Tagung unterwegs, wie die Büroangestellte sagte, und nicht vor Montag zurück. Gut, dann musste sie es eben ohne juristische Hilfe machen. Es war ziemlich eindeutig, dass Thorben hinter dem Vandalenüberfall stand. Und wenn erst einmal die Polizei nach ihm fahndete, würde er mit Sicherheit Abstand zu ihr und vor allem zu Flori halten.

»Mama, fahren wir jetzt nach Hause? Jasmin wollte nachher zu mir kommen. Wir wollten Hausaufgaben machen und spielen.«

»Bald, Flori. Ich hab noch kurz was bei der Polizei zu erledigen, und dann geht's nach Hause, versprochen!«

»Bei der Polizei?«, staunte ihre Tochter mit großen Augen,. »Warum denn?«

»Ach, es geht um einen Strafzettel wegen Falschparkens. Die müssen jemanden mit mir verwechselt haben, und da will ich mich beschweren.«

Da Karo schon des Öfteren ein Knöllchen kassiert hatte, erschien dem Kind diese Erklärung plausibel. Drei Minuten später hielten sie auf dem Grundstück der Polizeistation, die in einem freundlichen, weißen Haus an der Lauritz-Maßmann-Straße untergebracht war.

»Es dauert nicht lange, mein Schatz, bin in fünf Minuten wieder da!«

Energisch schlug Karo die Autotür zu und schrak zusammen, als plötzlich, wie aus dem Boden gewachsen, ein Mann vor ihr stand. Da er nicht wie sonst seinen weißen Kittel trug, sondern Jeans und T-Shirt, erkannte sie Karwen nicht sofort.

»Hallo, das ist ja eine nette Überraschung! Was machst du denn hier?«

Neugierig äugte er in den Wagen, wo ihn aus dem Rückfenster Flori aufmerksam musterte.

Ihre Geschichte mit Thorben und der Anzeige wollte Karo ihm ganz gewiss nicht auf die Nase binden. Niemand wusste bisher, dass ihr Freund abgehauen war, vor allem nicht, unter welchen Umständen, nicht einmal Jana.

»Äh …«

»Darf ich euch zu einem Eis einladen? Heute ist schon richtig Sommer, da passt das doch prima.«

»Wir haben leider gar keine Zeit. Ich will bei der Polizei was erledigen, und Flori muss noch alle Hausaufgaben machen. Ein Eis hatte sie heute sowieso schon.«

»Bei der Polizei, so, so«, Karwen sah sie mit einem seltsamen Blick an, »du bist wegen der Seemann hier, oder? Du hast einen bestimmten Verdacht, stimmt's?«

»Quatsch! Ich bin wegen eines Knöllchens hier, das ich nicht bezahlen will, weil ich das nicht einsehe.«

»Aha.«

Er klang nicht überzeugt.

»Es tut mir leid, ich hab's wirklich eilig, Karwen!«

Immer noch schaute ihr der junge Mann prüfend ins Gesicht, dann gab er den Weg frei.

»Schade. Hätte gern mal deine Tochter kennengelernt. Sieht nett aus!«

Er beugte sich etwas in den Knien und winkte Flori zu, die ihn nur verwundert anschaute und dann den Kopf wegdrehte.

»Ein andres Mal, ja? Ich muss jetzt wirklich! Bis morgen!«, verabschiedete sich Karo und lief los.

»Ja, auf jeden Fall bis morgen, freu mich drauf!«, rief Karwen ihr nach, »da kannst du mir erzählen, was du bei der Polizei wirklich wolltest.«

Das werd ich ganz bestimmt nicht, dachte Karo, während sie auf die Tür der Polizeistation zueilte.

»Der Herr Doktor ist nicht mehr hier«, beschied sie Frau Heim schon an der Tür ihres Büros mit unüberhörbarer Schadenfreude in der Stimme, als die Kommissare erneut Dr. Paulsen aufsuchen wollten.

»Wissen Sie vielleicht, was er vorhatte, wo er jetzt sein könnte?«

»Er wollte nach Hause, um sich von diesem entsetzlichen Tag zu erholen. Das kann man wohl verstehen.«

»Ah so, zum Graswarder. Vielen Dank.«

Angermüller und Jansen wandten sich zum Gehen.

»Sie wollen ihn doch nicht jetzt am Feierabend stören?«

Jansen schickte einen eindeutigen Blick gen Himmel.

»Ich fürchte, das lässt sich nicht vermeiden, Frau Heim. Wir müssen den Tod von Frau Seemann aufklären. Ihnen ist doch auch nicht egal, wer Ihre Verwaltungschefin auf dem Gewissen hat, oder?«, fragte Angermüller.

»Also, natürlich nicht, aber …«

Sie spielte nervös mit ihrer Perlenkette. Der Kriminalhauptkommissar schaute sie freundlich an. Ihre perfekt geschminkten Lippen schnappten stumm nach Luft, dann schloss sie abrupt die Tür.

»Alte Zicke«, murmelte Jansen und drehte sich um.

»Was hast du, Claus? Die ist ihrem Chef halt treu ergeben. So hätt ich das auch gern mal!«

»Das meinst du hoffentlich nicht ernst!«

»Doch, total!«, freute sich Angermüller. »Aber sind wir mal gespannt, wie harmonisch das bei dem Herrn Doktor zu Hause zugeht!«

Plötzlich wurde die Glastür zum Verwaltungstrakt aufgestoßen. Eine korpulente Person stürzte auf die Beamten zu. Kurz vor ihnen blieb sie stehen.

»Ooh, was bin ich froh, dass ich Sie antreffe«, stöhnte

sie, klopfte sich mit einer Hand auf den Ausschnitt und schnaufte beängstigend.

»Entschuldigen Sie, ich hab mich so beeilt! Mein Name ist Käthe Gold. Ich bin hier die Oberschwester, äh, die pflegerische Leiterin der Neurologie. Ich muss Ihnen was sagen. Es geht um den Mord an Frau Seemann!«

»Frau Gold, ja?«

Die Frau in der blendend weißen Dienstkleidung atmete tief durch, streckte erst Jansen, dann Angermüller mit einer energischen Bewegung die Hand hin.

»Schwester Käthe, mit einem Herz aus Gold.«

Sie versuchte ein neckisches Lächeln.

»Sagen Sie Schwester Käthe zu mir, das ist mir vertrauter. Früher hießen wir alle so. Jetzt gibt es so neumodische Regelungen, von wegen diesem Gender und dem ganzen Quatsch. Die Bezeichnung Schwester ist diskriminierend heißt es. Tsss«, machte sie abfällig, »und wenn man Madame zu mir sagen würde, die Arbeit bleibt die gleiche, sag ich immer.«

Angermüller schüttelte ihre Hand. Er erinnerte sich gut an die vielleicht 50-jährige, resolute Person mit der haselnussbraunen Betonfrisur. Einmal hatte er es gewagt, weil Astrid plötzlich Sehstörungen bekam und sonst niemand erreichbar war, Schwester Käthe auf den Flur der benachbarten Privatstation zu folgen und um Hilfe anzusprechen. Er war von der Frau mit dem Herz aus Gold zusammengefaltet worden wie ein Rekrut beim Militär. Sein Kollege beäugte voller Argwohn die Schwester mit dem zupackenden Händedruck.

»Waren Sie auf der Liste, der heute Morgen Diensthabenden?«

»Ich hatte heute Morgen frei. Aber als ich vorhin kam und hörte, was unserer verehrten Verwaltungsdirektorin, der

Frau Seemann, angetan worden ist, war mir klar, ich muss der Sache nachgehen. Und mein Verdacht hat sich bestätigt!«

Sie hob einen Plastikbeutel, den sie die ganze Zeit in ihrer Linken gehalten hatte, in Augenhöhe vor die Beamten.

»Das hier wollte ich Ihnen übergeben.«

»Wat is dat?«, murrte Jansen und nahm wenig begeistert die Tüte entgegen, durch die undefinierbarer Inhalt schimmerte.

»Das hab ich im Arztzimmer auf der Neurologie gefunden. Im Papierkorb.«

Mit verschränkten Armen wartete Schwester Käthe offenbar auf Dank und Anerkennung und schaute die Beamten herausfordernd an. Ziemlich lustlos warf Jansen einen Blick in das Objekt.

»Mmh.«

Er hielt Angermüller den Beutel hin.

»Mmh«, machte auch der, »die Reste einer Kiwi.«

»Die Reste von drei Kiwis! Und ich sag Ihnen eins: Ich hab diesen Menschen noch nie zuvor irgendein Obst essen sehen. Der lebt sonst total ungesund, dieser Raucher! Und ausgerechnet heute finde ich das in seinem Papierkorb! Das stinkt doch kilometerweit! Und dass er Frau Seemann gehasst hat, weiß hier jeder!«

»Wenn Sie so freundlich wären, uns zu verraten, von wem Sie sprechen?«, forderte der Kriminalhauptkommissar die Oberschwester auf.

»Na, von diesem Barzani! Der ist Stationsarzt auf der Neurologie, leider. Von Anfang an hat der sich mit Frau Seemann in der Wolle gehabt, hat sich gegen jede Maßnahme aus der Verwaltung gesträubt, schon aus Prinzip. Die Dienstpläne, die Arbeitszeiten, die Patientenverpflegung, den Personalschlüssel auf den Stationen – ach, einfach alles stellt der infrage.«

»Das klingt erst einmal nach legitimer Kritik. Die sollte wohl erlaubt sein. Ein Mordmotiv kann ich da noch nicht erkennen«, wandte Angermüller ein.

»Er hat auch die anderen Mitarbeiter aufgehetzt. Und als das alles überhandnahm, sollte er bei Frau Seemann eine Unterlassungserklärung unterschreiben. Er hat sich natürlich geweigert, soweit ich weiß, und nun ja …«

Die Oberschwester zögerte und zupfte an ihrem perfekt sitzenden Haar.

»Ja?«

»Na ja, es war ein offenes Geheimnis, dass die Klinikdirektorin ihn loswerden wollte, weil er so viel Unruhe in den Betrieb bringt. Und sie hätte bestimmt einen Kündigungsgrund gefunden, das wäre bei dem kein Kunststück. Ihre Geduld war am Ende, das hätte nicht mehr lange gedauert, glauben Sie mir.«

Sie atmete tief durch.

»So, jetzt geht es mir schon besser, das musste einfach raus. Wissen Sie, wir arbeiten hier mit Menschen, Herr Kommissar«, sprach jetzt das Herz aus Gold, »für diese schöne und befriedigende Aufgabe benötigen wir all unsere Kraft! Und so ein zersetzendes Element wie diesen Barzani können wir da nicht gebrauchen.«

Sie faltete die Hände und lächelte fromm.

»Vielen Dank, Schwester Käthe, können Sie uns sagen, wo wir Herrn Barzani und das Arztzimmer finden?«

»Das Zimmer zeige ich Ihnen gerne. Aber der Barzani ist nicht mehr hier, der hat Feierabend. Ich gebe Ihnen gleich seine Adresse.«

»Oh Mann, dat is ja ne Olsch! Bei der möcht ich nich krank sein. Und arbeiten auch nich«, murmelte Jansen, während er diverses spurensicher verpacktes Material im Kofferraum des Dienstwagens unterbrachte. Ob der Papierkorb, die Tüte mit den Kiwiresten, die benutzte Kaffeetasse mit der Hertha BSC Flagge sowie ein Obstmesser aus dem Arztzimmer zu Beweismitteln taugten, mussten Ameise und Kollegen klären.

»Tja, die Frau mit dem goldenen Herzen«, nickte Angermüller und ließ sich auf dem Beifahrersitz nieder, »die glaubt das wirklich. Ich hatte schon während Astrids Zeit das Vergnügen mit der barmherzigen Schwester.«

»Und wat nu? Planänderung? Erst mal zu dem Barzani?«

»Ja, sollten wir vielleicht. Einfach mal sehen, wie der reagiert. Von seinen speziellen Problemen mit Maren Seemann hat er uns nichts erzählt, und immerhin ist medizinisches Wissen bei der Art, wie in diesem Fall getötet wurde, ganz nützlich. Und der Paulsen läuft uns nicht weg. Soll ich die Adresse in mein Navi eingeben?«

Er suchte nach seiner Lesebrille. Das neue Handy des Kriminalhauptkommissars war ein Smartphone. Inzwischen kam er sogar einigermaßen mit der Bedienung klar, obwohl er immer wieder neue, erstaunliche Funktionen entdeckte, von denen er gar nicht gewusst hatte, dass es sie gab. Gelegentlich ließen ihn seine halbwüchsigen Töchter gönnerhaft an ihrem Wissensvorsprung teilhaben, was ihn sich jedes Mal mit seinen 42 Jahren furchtbar alt fühlen ließ. Da es stets einer umständlichen Prozedur bedurfte, um sich ein Navigationsgerät für den Dienstwagen auszuleihen, hatte sich Angermüllers Smartphone schon des Öfteren als hilfreich erwiesen.

»Nee, Navi brauchen wir nich. Wat sacht die olle Knieptang? Er wohnt in der Achterstraße, die vom Wasser hochführt, parallel zu der Straße, wo die Polizeidienststelle ist. Da weiß ich, wie wir hinkommen.«

Den Dienstwagen stellten sie auf dem großen Parkplatz am Binnensee ab. Angermüller war froh, den kurzen Weg bis zur angegebenen Hausnummer zu Fuß gehen zu können, und atmete tief die wohltuende Frische der Seebrise ein. Das vertrieb die Müdigkeit, die ihn des Öfteren am Nachmittag übermannte. Helles Sonnenlicht flutete das gepflasterte, schmale Sträßchen und ließ den weiß gestrichenen Klinkerbau erstrahlen, der aus Erdgeschoss und erstem Stock bestand. Hier waren sie richtig, aber niemand antwortete auf ihr Klingeln. Sie wollten sich gerade zum Gehen wenden, da öffnete sich über ihnen ein Fenster.

»Wollten Sie zum Herrn Doktor?«

»Zu Dr. Karwen Barzani, ja. Ist er nicht zu Hause?«, bestätigte Jansen nach oben.

»Das ist ja schade«, bedauerte die alte Frau, »da bekommt er mal Besuch und dann ist er nicht da. Der Herr Doktor hat heute seinen freien Nachmittag. Da geht er immer einkaufen. Er hat sich vorhin meine Liste geholt. Er ist nämlich so nett und kauft für mich mit ein, wissen Sie. Hab ich nicht ein Glück, so einen hilfsbereiten Untermieter zu haben?«

Sie lächelte auf die Kommissare herab. Ihre Hand, die den Fenstergriff hielt, zitterte merklich.

»Na klar! Wissen Sie, wann er ungefähr zurückkommt?«

»Wahrscheinlich so in einer Stunde. Kann ich dem Herrn Doktor etwas ausrichten?«

»Danke, lassen Sie man, wir kommen später noch mal vorbei.«

»Ja, machen Sie das. Das freut den Herrn Doktor bestimmt.«

»Das werden wir sehen«, brummte Jansen, nachdem sich das Fenster geschlossen hatte, »dann besuchen wir erst mal den andern Doktor, oder?«

»Vorher würde ich gerne was essen«, meinte Angermüller, der plötzlich fast schmerzhaft seinen hungrigen Magen spürte, »hatte ja nur das Stück Kuchen heute Vormittag.«

»Hab ich nix gegen.«

Sie ließen den Wagen stehen und machten sich zu Fuß auf die Suche nach etwas Essbarem. Links, wo sich hinter der Landseite des Graswarders ein großer Yachthafen befand, blinkte ein Wald von Masten in der Sonne. Bei den frühsommerlichen Temperaturen herrschte reichlich Betrieb. Männer und Frauen in wetterfester Segelkleidung tummelten sich zwischen den Stegen, und ihr gebräunter Teint und das zerzauste Haar ließen ahnen, dass draußen auf See eine stärkere Brise wehte. Heiligenhafen schien ein Mekka des Segelsports zu sein. Angermüller musste an Astrid denken, der das sicherlich gefallen hätte. Wahrscheinlich kannte sie dieses Revier ohnehin von einem ihrer zahlreichen Segeltörns mit Martin. Da er selbst sich auf schwankenden Planken ziemlich unsicher fühlte und zudem regelmäßig seekrank wurde, hatte Georg seine Versuche, sie zu begleiten, sehr bald eingestellt. Tja, wenn er diese Leidenschaft mit ihr hätte teilen können, sinnierte er plötzlich, wer weiß …

Mittlerweile waren Angermüller und Jansen im Fischereihafen angelangt, um den sich zahlreiche Restaurants, Cafés und Verkaufsbuden gruppierten.

»Ah, Fischhalle, das hört sich doch gut an!«

Rechts vor ihnen lag ein lang gestrecktes Gebäude mit einer in bunten Erdtönen gestreiften Fassade.

»Ein Matjesbrötchen oder zwei kämen mir jetzt genau recht.«

»Sach ma, kriegst du den Fischkram eigentlich nie über?«

»Mensch Claus, du bist ein Kind von der Küste und magst keinen Fisch! Das werd ich nie verstehen. Was gibt es Besseres hier oben als ein knackiges Brötchen, schön mit Matjes oder Bismarck und Zwiebeln? Mmh, dieser Geschmack nach Frische und Meer! Mir läuft jetzt schon das Wasser im Munde zusammen.«

»Ich hab dieses stinkende Zeug nie gemocht.«

»Wenn der Fisch stinkt, sollte man ihn allerdings nicht mehr essen. Da hast du recht. Vielleicht hattest du als Kind mal ein traumatisches Erlebnis in der Art?«

Jansen warf einen schrägen Blick in Richtung seines Kollegen.

»Ich mein ja nur. Gib dir doch mal einen Ruck und probier's mal wieder. Du hast doch so eine Vorliebe für Burger! Komm, ich lad dich zu einer Fischfrikadelle ein.«

Angermüller holte sich je einmal Matjes und Bismarck, und dazu eine Apfelschorle. Zu seinem großen Erstaunen hatte Jansen seine Einladung angenommen. Sie nahmen Platz an einem der Holztische in dem hellen modern gestalteten Innenraum. Vor den großen Fenstern schlenderten Urlauber träge am Kai entlang, beobachteten die Ankunft von Angeltouristen oder bestaunten die Aufbauten auf einem Hochseekutter. Hatte er ziemlich misstrauisch einen ersten Bissen genommen, stellte sich bei Jansen bald das gewohnte Esstempo ein, und in wenigen Minuten hatte er den knusprigen Bratling vertilgt. Ohne Erläuterung stand er auf und holte sich eine zweite Portion. Der Kriminalhauptkommissar verkniff sich einen Kommentar, freute sich aber, einen weiteren kleinen Beitrag zu Jansens Geschmackserziehung geleistet zu haben. Nicht, dass er ein Dogmatiker war! Nein, er fand es schade, was der Kollege mit seiner eingleisigen Vorliebe für Fastfood an echten Genüssen verpasste.

Während dieser Überlegungen fiel ihm die Einladung zum Abendessen bei Steffen und David ein. Sein Freund würde sich wieder die größte Mühe geben, ihn mit einem Reigen von Köstlichkeiten zu verwöhnen. Steffen von Schmidt-Elm war als Koch mindestens so begabt wie als Rechtsmediziner, und sein Partner David verstand es bestens, die passenden Getränke zu kredenzen. Mittlerweile steuerte er auch des Öfteren wunderbare Torten und Desserts zum Menü bei. Wirklich schade, dass Derya nicht dabei sein konnte. Wie es ihr wohl ging? Ob sie schon mit ihrer Mutter im Krankenhaus beim Vater war? Bestimmt würden seine Gastgeber heute Abend enttäuscht sein, wenn er allein erschien. Zum einen mochten sie Derya, die gleich nebenan wohnte, waren sogar nicht ganz unbeteiligt am Zustandekommen seiner Beziehung zu ihr. Zum anderen gaben sie sich immer größte Mühe mit aufwendigen Tischdekorationen, und so ein verwaister Platz störte die harmonische Optik der liebevoll gestalteten Tafel. Vielleicht sollte er jemanden zum Abendessen mitbringen, damit die Runde komplett war?

KAPITEL IV

Neben dem braunen Mini von heute Morgen stand jetzt ein dunkelgrünes Morgan Cabriolet in der Parkbucht vor der Strandvilla. Erregte Stimmen drangen nach draußen, zu undeutlich, um sie zu verstehen, und sie verstummten augenblicklich, als die Kommissare an der Haustür klingelten. Dafür begann der Hund zu bellen, schnelle Schritte waren zu hören, dann riss der Klinikchef die Tür auf, eine Strähne seines langen Haars fiel ihm ins Gesicht, das leicht gerötet war, und der Kragen seines Hemdes stand weit offen. Ihm hatte wohl eine unfreundliche Bemerkung für die Verursacher der lästigen Störung auf der Zunge gelegen, die er beim Anblick der Polizisten aber rasch hinunterschluckte.

»Sie?«

»Dürfen wir kurz reinkommen, Herr Paulsen? Wir hätten da noch ein paar Fragen.«

Das Missbehagen, das Angermüllers Begehr bei ihm auslöste, war offensichtlich, doch er gab wortlos die Tür frei. Im Wohnzimmer drehte sich Frau Paulsen erstaunt nach ihnen um. Sie saß auf einem grauen Filzsofa, das neben dem Kamin mit Blick zum Strand aufgestellt war, hielt den Hund am Halsband und mahnte ihn, still zu sein. Auf der dicken Glasplatte eines niedrigen Tischchens vor ihr standen eine Flasche Whisky, eine teure, schottische Marke, wie Angermüller registrierte, und zwei gefüllte Gläser, sehr gut gefüllte Gläser.

»Ehem, ja«, begann Angermüller, der die Situation etwas unangenehm fand, »wäre es wohl möglich, mit Ihnen allein zu sprechen, Herr Paulsen?«

»Kein Problem«, Sibylle Paulsen war sogleich aufgestanden, »ich wollte ohnehin nach dem Garten sehen. Komm, Lizzy.«

»Bleib, Bille, ich wüsste nicht, was ich vor dir zu verbergen hätte«, forderte ihr Mann sie auf, seine Stimme war forsch, aber schwankte ein wenig, »wir waren ohnehin gerade bei dem Thema.«

Sie zuckte mit den Achseln und setzte sich. Auch der Hund legte sich auf seinen alten Platz zu ihren Füßen.

»Wie Sie meinen«, sagte der Kriminalhauptkommissar nur. Man gruppierte sich auf das Sofa und die dazugehörigen Sessel.

Paulsen griff nach seinem Whiskyglas und lächelte schief.

»Es ist wahrscheinlich müßig, Ihnen einen Drink anzubieten, oder, die Herren?«

Angermüller hob abwehrend die Hand. Der Chefarzt nahm einen kräftigen Schluck.

»Was gibt es denn so Dringendes, dass Sie mich hier überfallen?«

Wortlos legte Jansen die Klarsichthülle, in die er das Ultraschallbild gesteckt hatte, auf den Tisch. Suchend klopfte Paulsen seine Taschen ab und blickte, nachdem er seine Lesebrille schließlich gefunden hatte, verständnislos auf den Ausdruck. Angermüller vermerkte, dass der Zeuge immer noch stumm darauf starrte, als er wohl längst begriffen hatte, was da vor ihm lag.

»Sie können erkennen, worum es sich handelt?«, wollte er wissen.

Umständlich nahm Eicke Arthur Paulsen seine Lesebrille ab.

»Ein Ultraschall einer Schwangeren, würde ich sagen.« Seine Stimme war belegt und er mied den Blick des Kriminalhauptkommissars.

»Richtig. Die Aufnahme wurde letzte Woche angefertigt, zeigt den Zustand in der 14. Schwangerschaftswoche und stammt aller Wahrscheinlichkeit nach von Maren Seemann.«

Frau Paulsen, die dem Gespräch aufmerksam gefolgt war, ohne eine Art von Reaktion zu zeigen, stellte ihr Glas ab. Es klirrte leise. Ihr Mann warf ihr einen irritierten Blick zu.

»Wussten Sie, dass Frau Seemann schwanger war, Herr Paulsen?«

Zerstreut schüttelte der den Kopf und spielte nervös mit seiner Lesebrille. Im Zimmer wurde es still. Durch das Rauschen von Meer und Wind, das in das geöffnete Fenster drang, gellten vereinzelte Möwenschreie.

»Sie entschuldigen mich jetzt? Wie gesagt, ich habe im Garten zu tun«, sagte Sibylle Paulsen nach einer Weile und erhob sich mit einem höflichen Lächeln.

»Frau Paulsen, wussten Sie von Maren Seemanns Schwangerschaft?«

Sie blieb stehen und sah Angermüller ins Gesicht.

»Nein«, sagte sie nur, ging hinaus und ließ die Männer allein zurück. Der Hund trottete ihr nach.

»Nun, Herr Paulsen?«

»Ich hatte keine Ahnung«, entfuhr es dem, doch nach kurzem Nachdenken fügte er an: »Nein, das stimmt nicht. Geahnt habe ich schon irgendwas.«

Er verstummte kurz und senkte den Kopf. Dann richtete er sich auf und schien einen Entschluss gefasst zu haben.

»Letzten Freitag hat Maren mich zu sich eingeladen. Es gab Sushi aus dem Tiefkühler, wie meistens. Maren war eine grässliche Köchin.«

Ein kaum wahrnehmbares, nachsichtiges Lächeln spielte um seinen Mund.

»Ich hatte die ganze Zeit über das Gefühl, dass sie mir etwas sagen wollte. Aber irgendwie haben wir nur über die Vergangenheit geredet. Dabei hat Maren mich immer so merkwürdig angesehen. Hätte ich sie doch nur gefragt, was los ist! Wir haben unsere Beziehung eigentlich vor Monaten beendet, wie ich Ihnen schon erzählt habe, weil ich mit meiner Frau einen Neuanfang versuchen wollte.«

Er stockte. Seine gerade wieder erlangte Sicherheit schien zu schwinden.

»Sie sagen: eigentlich beendet. Wieso?«

Auch Jansen, der seinem Kollegen die Gesprächsführung überließ, aber aufmerksam zuhörte, hob den Kopf und betrachtete interessiert den Zeugen.

»Weil, also, ich habe mich ehrlich bemüht …«

Der Mann hob verlegen die Schultern. Der erfolgreiche Klinikchef war verschwunden. Jetzt saß hier nur ein verzweifelter Mensch, der Angermüller fast schon leidtat in seiner Hilflosigkeit. Maren Seemann schien wohl seine große Liebe gewesen zu sein.

»Es hat einfach nicht funktioniert.«

»Und Sie denken, Frau Seemann war von Ihnen schwanger?«

»Ich bin mir fast sicher. Wir haben beide furchtbar unter der Trennung gelitten und uns immer wieder heimlich getroffen. Ich war kurz davor, zu Maren zurückzukehren, wissen Sie. Hätte ich gewusst, dass sie schwanger ist, dann wäre ich natürlich sofort … Mein Gott, das macht ihren Tod noch schrecklicher.«

Erschüttert verbarg er sein Gesicht hinter beiden Händen.

»Sie und Ihre Frau haben keine Kinder. Warum?«

»Meine Frau kann keine Kinder bekommen.«

»Könnte es sein, dass Ihre Frau von der Schwangerschaft gewusst hat?«

»Woher sollte sie, wo nicht einmal ich Bescheid wusste?«, tönte es dumpf hinter seiner Abschirmung.

»Vielleicht hat Maren Seemann deshalb den Kontakt zu Ihrer Frau gesucht, um endlich klare Verhältnisse zu schaffen?«

Weil Sie selbst dazu nicht in der Lage waren, dachte Angermüller den Satz weiter und fuhr laut fort: »Schließlich war Ihre Frau heute früh von Maren Seemann per SMS in ihr Büro bestellt worden, wie wir Ihnen vorhin sagten.«

Paulsen nahm die Hände herunter und schüttelte entschieden den Kopf.

»Dass Maren meiner Frau erzählt haben soll, dass sie schwanger ist, kann ich mir überhaupt nicht vorstellen, wo sie sich noch nicht einmal mir anvertraut hatte! Außerdem hat meine Frau niemanden angetroffen, wie sie Ihnen gesagt haben wird. Und bei all unseren privaten Problemen traue ich ihr eines gewiss nicht zu, dass sie Maren auf diese widerliche Art und Weise umgebracht haben soll. Ihre Verdächtigungen sind absurd!«, empörte er sich, allerdings nicht mit der gleichen Vehemenz, die er zuvor in seinem Büro an den Tag gelegt hatte, wie Angermüller wahrzunehmen glaubte.

»War Ihrer Frau die Kiwiallergie von Frau Seemann bekannt?«

»Wie? Ach so, selbstverständlich«, antwortete Paulsen zerstreut, »ich sagte Ihnen doch, dass es hin und wieder private Essenseinladungen bei uns gab.«

Mit nachdenklicher Miene betrachtete er von Neuem die Ultraschallaufnahme.

»Ein Kind, was für ein Geschenk!«

Der Klinikchef schüttelte ungläubig seinen Kopf.

»Auch wenn ich mir sicher bin, ich hätte doch gern die absolute Gewissheit, ob sie mit meinem Kind schwanger war«, fügte er leise an, »gerade jetzt, wo Maren nicht mehr da ist.«

»Das ist auch für unsere Ermittlungen wichtig«, meldete sich Jansen erstmals zu Wort, »wir würden für die Rechtsmedizin gern eine Haarprobe von Ihnen mitnehmen.«

Er fummelte eine wiederverschließbare Plastiktüte aus seiner Jackentasche.

»Wenn Sie so freundlich wären.«

Paulsen kam Jansens Aufforderung nach, ohne so recht bei der Sache zu sein.

»Können Sie uns noch sagen, was Ihnen zu Ihrem Mitarbeiter Dr. Karwen Barzani einfällt?«, bat Angermüller den Chefarzt. Der zuckte mit den Schultern.

»Auf seinem Fachgebiet sicherlich ein guter Arzt. Leider hat der junge Mann etwas unrealistische Vorstellungen vom Alltag in einer Klinik. Maren hatte große Probleme mit ihm. Beim Kampf um seine Ideen wird er zum Gerechtigkeitsfanatiker, wie viele dieser Gutmenschen. Wenn er sich da nicht ändert ...«

Mehr sagte Paulsen nicht, der ziemlich aufgewühlt und ganz mit seinem Innenleben beschäftigt schien. Angermüller gab seinem Kollegen ein Zeichen, sie verabschiedeten sich und ließen Paulsen, der nicht einmal den Kopf hob, allein im Wohnzimmer zurück.

Als sie den Garten in Richtung Tor durchquerten, war Sibylle Paulsen gerade dabei, Zweige aus dem üppig blühenden Flieder zu einem Strauß zu fassen. Die Brise, die von der Ostsee her wehte, hob ihr braunes Haar. Auf die Entfernung konnte man die zierliche Frau leicht für ein junges Mädchen halten. Angermüller hob eine Hand zum Abschiedsgruß. Unverwandt schaute sie herüber. Es war nicht auszumachen, ob ihr seine Geste entgangen war oder ob sie nur nicht darauf reagieren wollte. Einzig der schwarze Hund verabschiedete die Kommissare mit einem herzhaften Bellen.

Die Polizisten wollten keine Anzeige aufnehmen, bevor sie sich nicht selbst von der Schwere der Sachbeschädigung überzeugt hatten. Das hätte sie vorher wissen können, ärgerte sich Karo. Außerdem wiesen die Beamten darauf hin, dass eine Anzeige nicht gleich auch Schadensersatz für die kaputten Sachen und Beschädigungen bedeutete, sondern sie nur für die strafrechtliche Verfolgung zuständig seien. Genau wie bei der Unterschlagung würde der Fall an die Staatsanwaltschaft übergeben werden, und diese würde nach Würdigung aller Fakten ein Strafverfahren gegen Thorben eröffnen. Anschließend müsste sie eine zivilrechtliche Klage anstrengen, was eine Menge vorzuschießender Kosten verursachen würde, und am Ende des Verfahrens blieb die große Frage: War Thorben überhaupt in der Lage, irgendetwas zu ersetzen oder zurückzuzahlen? Keine erfreulichen Aussichten.

Das Wetter stand im krassen Gegensatz zu ihrer Stimmung. Der Himmel war strahlend blau, und vom Binnensee wehte ein angenehmer Wind, als sie ins Freie trat. In einer Stunde war Karo mit den Polizisten am Dünenbistro verabredet. Sie würde Flori überreden, selbst Jasmin zu besuchen, statt diese zu ihnen nach Hause kommen zu lassen. Weder wollte sie ihre Tochter nach Thorbens Auftauchen allein zu Hause lassen noch wollte sie Flori ins Dünenbistro mitnehmen. Schon seit Wochen hatte die sich so auf das neue Café ihrer Mutter gefreut, weshalb Karo ihr den Anblick der Verwüstungen auf keinen Fall zumuten wollte. Außerdem würde das viel zu viele Fragen provozieren. Auch den Termin mit der Vermieterin musste sie verschieben, denn bei ihrem Treffen sollten sich die Räume in einem einigermaßen vorzeigbaren Zustand befinden, vor allem da sie hoffte, aus dem Mietvertrag vorzeitig herauszukommen. Oh Mann, wusste Thorben eigentlich, was er ihr da angetan hatte? Das Geräusch eines Motorrollers riss sie aus ihren trüben Gedanken, das Gefährt kam genau auf sie zu.

»Hey!«

Karo machte einen Schritt zur Seite, als der Fahrer mit Helm und Schutzbrille seinen Roller direkt neben ihr stoppte.

»Na, was machst'n du hier?«, fragte eine vertraute Stimme, und schließlich erkannte sie ihn an dem Parka mit den vollgestopften Taschen und seinem weißen Bart.

»Benni! Das kann ich dich auch fragen«, gab Karo zurück.

»Ich war in der Bibliothek«, er zeigte mit dem Daumen hinter sich, wo gleich beim Stadtpark die Bücherei lag, »hab mir Lesestoff besorgt.«

Benni las viel. Auch in der Klinik hatte er immer ein Buch dabei. Lesen schien seine einzige Leidenschaft zu sein. Ansonsten lebte er wohl ziemlich bescheiden, wohnte in einer möblierten Mansarde in einem kleinen Dorf nicht weit von Dünenhöhe, wie er erzählt hatte. Bei den Freizeitaktivitäten am Wochenende, zu denen sich das Küchenkabinett manchmal außerhalb der Klinik traf, hatte er bisher noch nie dabei sein können, weil er da stets zu seinem pflegebedürftigen, alten Vater in der Nähe von Saalfeld fuhr. Da sie in den vergangenen Wochen immer im Dünenbistro werkelte, hatte auch Karo nur einmal mitgemacht, als sie sich an einem Sonntag zum Boßeln mit anschließendem Kaffeeklatsch getroffen hatten. Das war sehr lustig gewesen. Na ja, in ein paar Wochen würde auch sie wieder mehr Zeit am Wochenende haben.

»Nu sach doch, was machst'n hier bei der Polizei?«

»Mann, seid ihr alle neugierig! Karwen hat vorhin auch gefragt«, maulte Karo. »Ich hab's furchtbar eilig. Natürlich hab ich euch alle angeschwärzt, wegen der Seemann, ist doch klar!«

Verwundert schob Benni seine Motorradbrille hoch.

»Quatsch!«

Karo lachte. Und da Benni ein netter Kerl war und vor allem kein Schwätzer, der alles gleich weitererzählte, verspürte sie plötzlich das Bedürfnis, ihm ihr Herz auszuschütten.

»Du weißt doch, dass ich das Dünenbistro übernommen habe?«

Er nickte, während Karo sich einen Ruck gab, ihm das ganze Elend zu offenbaren.

»Also, ich sitze richtig tief in der Schiete.«

Mit Blick auf das im Auto wartende Kind erzählte sie Benni in knappen Worten die Thorben-Dünenbistro-Finito-Geschichte, ohne etwas zu schönen. Nur den Teil mit Flori ließ sie weg.

»Ja, und ich dumme Kuh bin auf so einen Typen reingefallen! Liebe macht eben blind. Als er mitbekommen hat, dass ich ihn bei der Polizei angezeigt habe, hat er auch noch das Café in ein Trümmerfeld verwandelt. Deshalb war ich hier, damit die ihn wegen dieser Vandalenaktion drankriegen.«

»Also, wenn du Hilfe brauchst, um im Café aufzuräumen, sag Bescheid. Am Wochenende kann ich nicht, weeßte ja, aber wochentags nach Feierabend helf ich dir gern.«

»Das ist total lieb von dir, Benni, vielen Dank! Komm ich bestimmt drauf zurück.«

Sie umarmte ihn spontan, was er überrascht geschehen ließ.

»Ach, bitte: Du bist der Einzige, dem ich bis jetzt von meiner Dusseligkeit erzählt habe. Es wäre nett, wenn du zu niemandem was davon sagst.«

»Großes Indianerehrenwort«, lächelte er.

»Ich danke dir! Aber jetzt muss ich echt los!«

»Mama!«

Wie zur Bestätigung erklang Floris drängendes Rufen, und sie wedelte mit beiden Armen aus dem geöffneten Autofenster.

»Wann kommst du endlich?«

»Deine Tochter, ja?«, fragte Benni mit Blick auf Karos Wagen. Karo nickte.

»So ein großes Kind hast du schon!«

»Ja, Flori ist elf.«

»Hallo, Flori, ich bin der Benni«, stellte er sich vor, »hast keine Lust mehr zu warten, das versteh ich! Ich hör auf, mit deiner Mama zu quatschen, sag ihr gleich tschüss, okay?«

»Okay«, machte Flori großzügig und ließ sich auf den Autositz zurückfallen.

»Sieht nett aus, dein Mädchen. Freut mich für dich. Na, dann hüte sie gut! Kinder sind doch unser größter Schatz, oder?«

Das war typisch Benni.

»Also, du sagst Bescheid, wenn ich putzen oder aufräumen oder malern oder irgendwas machen soll!«

»Klar!«

Er schob seine Motorradbrille herunter, winkte und fuhr davon. Hatte er eigentlich selbst Kinder? Wenn, dann waren sie wahrscheinlich schon erwachsen, denn Benni war ohne eine Familie an die Ostsee gekommen. Solcherart weise Sprüche gab er häufig von sich. Auf jeden Fall weiß er nicht, wie recht er hat, dachte Karo. Gerade heute.

Mit geöffneter Heckklappe parkte ein sandgelber Mercedes, der bestimmt schon 30 Jahre oder mehr auf dem Buckel hatte, vor dem kleinen, weißen Haus in der Achterstraße. Im Kofferraum warteten noch einige Tüten und zwei Getränkekisten auf Entladung. Jansen lugte durch die offen stehende Haustür in den Flur. Von oben klangen die Stimmen der alten Frau und Karwen Barzanis herunter.

»Ach ja, dat wär wohl angebracht, wenn ich alte Tante man ins Erdgeschoss ziehen würde. Dann müssten Sie auch nicht alles hier hochschleppen! Aber ich habe fast mein ganzes Leben hier oben verbracht, da gibt es so viele Erinnerungen, das mag ich nicht mehr ändern. Verstehen Sie das, Herr Doktor?«

»Natürlich versteh ich das, Frau Grawert. Und ist doch kein Ding, wenn ich Ihnen mal was hochtrage, das versteht sich doch von selbst.«

»Sie wissen ja gar nicht, wie froh ich bin, Sie im Haus zu haben, Herr Doktor. Das ist wirklich ein Glück. Und vielen, vielen Dank für den Einkauf!«

»Da nich für, Frau Grawert. Ich mach das gern, das wissen Sie doch. Hat ja auch nicht jeder so eine nette Vermieterin.«

»Herr Barzani?«, rief der Kommissar im Treppenhaus nach oben, »wir müssten bitte mit Ihnen sprechen. Kripo Lübeck.«

»Ach, das hab ich ganz vergessen, Ihnen zu sagen: Die beiden Herren waren vorhin schon hier. Aber sind das gar keine Freunde von Ihnen?«

»Kein Problem, Frau Grawert. Ob das meine Freunde

sind, wird sich noch herausstellen. Sie kommen allein klar?«

»Danke, vielen Dank, Herr Doktor!«

Mit ein paar großen Schritten hatte der junge Mann die Treppe genommen und sprang Jansen in dem engen Flur direkt vor die Füße.

»Was gibt's? Wollen Sie mich verhaften? Hat Karo Ihnen den Tipp gegeben?«, grinste er.

»Guten Tag, Herr Barzani«, sagte Angermüller freundlich, der wusste, dass sein Kollege diese Art Scherze gar nicht liebte, »uns schickt niemand. Wir haben nur ein paar Fragen. Können wir kurz reinkommen?«

»Bitte!«

Barzani öffnete die Tür zu seiner Wohnung und schickte die Beamten in sein Wohnzimmer am gegenüberliegenden Ende der Diele.

»Ich mach nur noch den Kofferraumdeckel zu, dann bin ich bei Ihnen.«

Der Kriminalhauptkommissar blickte sich um. Einfache Holzregale voller Bücher und Krimskrams bedeckten zwei Wände, an der dritten stand ein Schreibtisch mit einem Computer, und die vierte wurde von einem großen Fenster und einer Glastür beherrscht, hinter der ein Garten lag. Trotzdem war es unter der niedrigen Decke nicht übermäßig hell. Außerdem roch es merkbar nach kaltem Zigarettenrauch. Überall auf dem Tisch, dem Fußboden gab es Zeitschriften und Papierstapel, aber alles wirkte recht geordnet. Ein Durchgang rechts führte zu einer kleinen Küche. Jansen warf über die Schulter schnell einen Rundblick. Die Obstschale auf dem Fensterbrett war ziemlich leer. Kiwis waren keine zu sehen.

»So, worum geht's denn?«

Der Arzt bot ihnen Plätze an dem runden Holztisch im

Wohnzimmer an. Bevor er sich zu ihnen setzte, öffnete er die Tür zum Garten, leerte schnell den Aschenbecher und schob einen Haufen Zeitungen sowie eine benutzte Tasse beiseite, die auf dem Tisch herumstanden.

»Sie mögen Kiwis?«, begann Jansen.

»Eigentlich nicht so sehr.«

Zwar schien Barzani die Frage zu amüsieren, doch gleichzeitig richtete er sich auf seinem Stuhl auf und wirkte mit einem Mal wachsam. Aber er sagte nichts weiter, sondern schaute die Kommissare abwartend an.

»Wir haben das hier im Papierkorb des Arztzimmers auf Ihrer Station gefunden. Was sagen Sie dazu?«

Am ausgestreckten Arm hielt Jansen die Plastiktüte hoch, in der grünlichbraun die Kiwiabfälle schimmerten. Streng sah er den Arzt an.

»Oh, Sie sind ja wirklich gründlich! Haben Sie sämtliche Papierkörbe der Klinik durchsucht?«

Barzani schien ehrlich erstaunt. Als niemand antwortete, erklärte er: »Also, dazu sag ich, dass ich den Papierkorb in meinem Zimmer nicht allein nutze. Die Oberschwester hat einen Schlüssel, meine Kollegin, mit der ich mir den Dienst teile, ebenfalls, und andere Pflegekräfte halten sich zuweilen auch im Arztzimmer auf, ebenso wie Patienten und deren Angehörige. Das vorweg. Und nun dazu.«

Er deutete auf die nicht gerade appetitlich aussehende Plastiktüte auf dem Tisch vor sich.

»Sie haben mich erwischt. Ich mag Kiwi wirklich nicht besonders gern. Aber Frau Grawert, die studiert immer mit Eifer sämtliche Prospekte mit Sonderangeboten. Und letzte Woche gab es Kiwis sehr günstig. Da hat sie mich gebeten, ihr eine Kiste mitzubringen. Ich hab gar nicht weiter nachgedacht und ihren Wunsch erfüllt, aber das waren gleich so um die 20 Stück. Na ja, und gestern hat sie mir die restlichen aufgedrängt, weil sie keine Kiwi mehr sehen konnte.«

Entspannt lehnte sich Karwen Barzani zurück.

»Und als braver Junge hab ich heute während des Dienstes alle drei Kiwis aufgegessen. Geschmeckt haben sie nicht besonders.«

»Okay, wir überprüfen das.«

»Ach ja?«

Ohne auf die spöttische Reaktion des Zeugen zu achten, nahm Jansen die Tüte an sich.

»Ansonsten bleiben Sie dabei, heute zwischen sechs Uhr und acht Uhr bei der Übergabe und der Dienstbesprechung ausschließlich auf Ihrer Station beschäftigt gewesen zu sein?«

»Natürlich. Wieso sollte sich daran plötzlich was geändert haben?«

Der junge Mediziner wirkte etwas ungehalten.

»Außerdem habe ich Ihnen ja, wie heißt das bei Ihnen, mindestens zwei Zeuginnen genannt, die bei diesen Treffen dabei gewesen sind.«

»Es ist nicht möglich, dass Sie sich zwischendurch unbemerkt entfernt haben, um das Büro von Frau Seemann aufzusuchen?«

»Wie bitte? Um ihr ein Kiwimüsli zu servieren?«

Barzani schüttelte den Kopf.

»’tschuldigung, ich verstehe, dass Sie unter Erfolgsdruck stehen, aber jetzt geht Ihre Fantasie mit Ihnen durch! Was für ein Motiv sollte ich denn bitte haben?«

»Genau das ist der Punkt«, übernahm Angermüller, bevor Jansen den Zeugen weiter mit seiner Hauruckmethode aufbrachte, »Sie haben uns heute Morgen gesagt, Sie hätten mit Frau Seemann in Ihrer Funktion als Klinikdirektorin kaum etwas zu tun gehabt. Also alles ganz normal, oder?«

Statt zu antworten, zog der Befragte aus der Tasche seiner Jeans ein Päckchen Zigaretten und zündete sich eine davon an. Er fixierte seine Gesprächspartner und nahm einen tiefen Zug. Scheinbar wollte er Zeit zum Nachdenken gewinnen und schob die Zigarettenpackung auf dem Tisch hin und her.

»Entschuldigung, ich darf doch?«, fragte er etwas verspätet mit Blick auf die brennende Zigarette in seiner Hand.

Angermüller machte eine gleichgültige Geste.

»Hauptsache, wir bekommen bald eine Antwort, Herr Barzani. Wie war Ihr Verhältnis zu Frau Seemann? War sie eine gute Verwaltungschefin?«

Karwen Barzani blies den Zigarettenrauch in Richtung Garten. Hinter seiner Brille kniff er konzentriert die Augen zusammen.

»Das ist eine Frage der Definition, oder? Wenn Sie bei einer Klinik das Wirtschaftsunternehmen an vorderster Stelle sehen, haben Sie andere Prioritäten als jemand, der in erster Linie das Wohl der Patienten und die Qualität der medizinischen Versorgung im Auge hat.«

»Liege ich richtig mit der Annahme, dass Sie beide nicht ganz einer Meinung waren?«

»So kann man das sagen, ja«, nickte der Arzt.

»Und wie hat sich das bemerkbar gemacht?«

»Alle meine Vorschläge zur intensiveren Betreuung der auf fremde Hilfe angewiesenen Patienten, zur Verbesserung der Pflegequalität, der Patientenverpflegung, der Erhöhung der Dienstbesetzung bei Vollbelegung, alle meine Vorschläge wurden ungeprüft abgeschmettert. Ich fühlte mich in meiner Arbeit behindert. In anderen Häusern völlig selbstverständliche Dinge mussten erkämpft werden, das meiste ging gar nicht. Ich fand das sehr anstrengend. Anfangs hieß es immer, ich sei noch zu neu, ich könne das gar nicht beurteilen. Inzwischen bin ich ein Jahr hier und hab gelernt, die erste Frage in Dünenhöhe gilt immer der Rendite. Zum Beispiel wurde auf der Privatstation luxussaniert, während für die Kassenpatienten Einzelzimmer zu Zweibettzimmern gemacht wurden. Ich weiß noch, wie die Seemann auf Kritik antwortete, dafür würden jetzt aber alle mit Flachbildschirmen ausgestattet. Doch die Dinger sind weder schwenkbar noch mit Kopfhörern versehen – und das bei hirngeschädigten Menschen, die vor allem viel Ruhe brauchen! Ein Witz! Und das wollte sie auch noch als große Modernisierung verkaufen!«

Er schüttelte den Kopf.

»Nein, die Devise dieser Frau war immer nur billig, billig. Und es wurde immer weiter gekürzt, an allen Ecken und Enden. Am Personal, an den Gehältern, an der Ausstattung. Der Gewinn für den Fortesana Konzern war die Richtschnur, der alles untergeordnet wurde. Stellen wurden gestrichen, sodass die Versorgung der Patienten zeitweise kaum noch gewährleistet war. Zum Glück sind wir keine Akutklinik, in der es häufig um Leben und Tod geht. Aber gerade auf einer Neurologie braucht es ein ruhiges Klima, viel Zuwendung, geduldiges Sich-Kümmern. Zum Teil sind das schwer traumatisierte Menschen, die bei einem Unfall, einem Schlaganfall das Sprechen verlernt haben, vielleicht nur noch einen Arm gebrauchen können, auf einen Rollstuhl angewiesen sind, die erst einmal mit einem völlig veränderten Leben zurechtkommen müssen. Die müssen üben, wie man isst, wie man auf die Toilette geht, sich selbstständig anzieht, die einfachsten Tätigkeiten. Aber da muss auch das Pflegepersonal mitarbeiten, die Ergotherapiestunden allein bringen das nicht. Doch schaffen sie das mal, wenn eine Schwester und zwei Pflegehelfer für über 40 Leute zuständig sind, die teils gewaschen, angezogen, gewindelt werden müssen, nicht mehr wissen, wie sie heißen, sich kein Brot schmieren und schon gar nicht selbstständig ihre Medikamente einnehmen können.«

Je länger Barzani redete, desto mehr schien ihm einzufallen. Die Zigarette in seiner Hand verglühte, ohne dass er ihr weiter Beachtung schenkte.

»Wissen Sie, ich kenne Kliniken, da bemüht man sich, den Patienten sogar am Wochenende Therapiemöglichkeiten zu bieten oder zumindest ein sinnvolles Freizeitprogramm.«

Er lachte bitter.

»Hier heißt es: Therapiepause zum Wohl der Patienten. Doch wer hat schon den ganzen Sonnabend oder Sonntag Besuch? Manche, vor allem alleinstehende Alte, bekommen gar keinen. Die warten dann sehnsüchtig, dass es Montag wird, und die Verwaltung freut sich, weil sie sparen kann. Wir sind uns zwar nicht begegnet, weil ich erst Urlaub hatte und Sie zu Zeiten kamen, wenn ich gerade nicht im Dienst war. Aber wie hat es denn Ihrer Frau bei uns gefallen? Sie war doch letzten Herbst bei uns.«

Kraftvoll drückte Barzani den übrig gebliebenen Zigarettenstummel im Aschenbecher aus und wartete auf eine Antwort des überraschten Kommissars.

»Äh, was soll ich sagen. Mit den Therapien war sie so weit zufrieden. Es geht ihr recht gut.«

»Verstehen Sie mich nicht falsch: Das sollte keine Kritik an dem gesamten Team sein, das an der Rehabilitation der Leute arbeitet. Der Qualitätsanspruch der Therapeuten und der Mehrzahl der Ärzte hier ist durchaus hoch.

Aber unsere Arbeit wird durch diesen rigorosen Sparkurs torpediert. Wie war Ihre Frau denn mit der Betreuung allgemein zufrieden?«

»Glücklicherweise war sie nur in geringem Maße, und das auch nicht lange, auf fremde Hilfe im Alltag angewiesen, insofern kann ich dazu nicht viel sagen«, antwortete Angermüller, dem die private Ebene, in die das Gespräch mit dem Zeugen zu rutschen begann, ziemlich unangenehm war.

»Zurück zum Thema. Es geht hier nicht um die Frau meines Kollegen, sondern um Sie. Um Ihr Verhältnis zu der toten Klinikdirektorin«, ging Jansen unfreundlich dazwischen, »und das war ja scheinbar nicht das beste.«

Karwen Barzani würdigte den Beamten keines Blickes.

»Eines muss ich noch anfügen: Die Situation war vor allem deshalb so schwierig, weil sich die höchste Ebene, also unser Ärztlicher Direktor und die Verwaltungschefin, immer sehr einig gewesen sind. Die kamen im Doppelpack hierher, hatten vorher schon in einer anderen Klinik des Fortesana Konzerns ihr Unwesen getrieben.«

»Darum geht es jetzt aber nicht«, unterbrach Kommissar Jansen mürrisch, und Angermüller fügte an: »Der Ärztliche Direktor hält Sie für einen uneinsichtigen Gerechtigkeitsfanatiker.«

»Ja, und? Aus dem Mund dieses Mannes ist das doch ein Kompliment! Ein echtes Traumpaar, unser Direktorat. Er, der Halbgott in Weiß, sie, der wandelnde Rotstift, natürlich nicht beim Chefarztgehalt. Es ist so ekelhaft. Aber vielleicht wird jetzt alles anders, besser, eigentlich kann es nur besser werden.«

Barzani hatte scheinbar gesagt, was er sagen wollte, denn er lehnte sich entspannt auf seinem Stuhl zurück, verschränkte die Arme und beobachtete interessiert zwei

Spatzen, die sich auf dem Gartentisch draußen um ein Stück Brötchen balgten.

»Und Sie haben der Klinikleitung Ihre Kritik offen dargelegt?«, hakte Angermüller nach.

»Ja. Erst mündlich, dann schriftlich. Ich habe Eingaben bei der Konzernleitung gemacht, Unterschriften gesammelt, Protestaktionen innerhalb von Dünenhöhe organisiert, mich an die Berufsverbände gewandt, ach, auch alles mögliche andere. Aber erst als ich gesagt habe, dass man mit den Zuständen an die Öffentlichkeit gehen könnte, da wurden sie zumindest hellhörig.«

»Hat denn Ihr Vorgehen irgendwelche Folgen für Sie? Müssen Sie persönliche Nachteile befürchten?«

Der junge Arzt zuckte mit den Achseln.

»Und wenn schon. Unter diesen Bedingungen wäre ich sowieso nicht mehr lange geblieben.«

»Es stimmt also, dass Sie von Kündigung bedroht sind?«

»Haben Sie das von Goldi? Der Oberschwester dürfen Sie sowieso kein Wort glauben, mit der hatte ich von Anfang an Ärger. Die ist so was von obrigkeitsfixiert! Frau Direktor Seemann hier, Herr Direktor Doktor Paulsen da!«

Mit einem spöttischen Lachen schüttelte er den Kopf. Als keiner der Kommissare reagierte, fügte er hinzu: »Natürlich hat die Klinikleitung versucht, mich loszuwerden. Aber da gibt es zum Glück gesetzliche Regelungen, die selbst diese Herrschaften nicht aushebeln konnten. Außerdem, wie schon gesagt, mein Herz hängt ohnehin nicht an diesem Job. Jetzt kann sich das natürlich ändern.«

Eigentlich klangen die Argumente des jungen Arztes recht vernünftig, fand der Kriminalhauptkommissar. Ja, Barzani zeigte außergewöhnliches Engagement, aber von Hass oder anderen unkontrollierbaren Gefühlen, die ihn zu einer solchen Mordtat hätten verleiten können, meinte

Angermüller nichts zu bemerken. Trotzdem hatte er noch eine Frage.

»Warum haben Sie uns heute Morgen über Ihr gespanntes Verhältnis zur Klinikdirektorin im Unklaren gelassen?«

»Wozu hätte ich das alles aufrühren sollen? Die Frau war gerade gestorben. Und ich dachte nicht, dass solche innerbetrieblichen Auseinandersetzungen für Ihre Ermittlungen wichtig sind«, antwortete der Mann gelassen.

»Wat wichtig ist und wat nich, dat überlassen Sie man uns«, mischte sich Jansen etwas unvermittelt ein, »und dann interessiert mich noch eines: Wieso erwähnten Sie vorhin Karolin Berner, als wir bei Ihnen aufgetaucht sind?«

»Hab ich das?«

Barzani hob nicht den Kopf, klopfte stattdessen eine neue Zigarette aus dem Päckchen vor sich. Langsam griff er nach seinem Feuerzeug.

»Sie haben gefragt, ob Karo uns den Tipp gegeben hat. Wörtlich. Wieso haben Sie das gefragt?«, ließ Jansen nicht locker.

»Ach so! Das war nur so als Witz gemeint, nichts weiter.«

Er steckte sich die Zigarette an und blies ein paar Ringe in die Luft.

»Kann ich erst mal nicht drüber lachen«, konstatierte der Kommissar ungerührt.

Der Arzt tippte nervös mit der brennenden Zigarette auf den Rand des Aschenbechers.

»Also, ich hab Karo vorhin vor der Wache getroffen und sie im Spaß gefragt, ob sie wegen der Seemann bei der Polizei war, weil sie den Täter kennt. Aber sie war nur dort, um sich über eine Anzeige wegen Falschparkens zu beschweren, hat sie gesagt.«

Dass sein Kollege nicht mit der Antwort zufrieden war, merkte Angermüller ihm deutlich an. Er gab ihm trotzdem ein Zeichen, hier abzubrechen, da er nicht glaubte, bei Barzani zu neuen Erkenntnissen kommen zu können. Missmutig erklärte Jansen die Vernehmung für beendet und packte das kleine Aufnahmegerät ein. Als sie wieder auf der Straße standen, bekräftigte er seine Einschätzung, dass Barzani in seinen Augen durchaus einen Grund hatte, Maren Seemann zu beseitigen.

»Hier«, zum Beweis tippte er an seine Nase, die ihm während der Arbeit des Öfteren als Orientierung diente. »Ich riech das. Der hält mit irgendwas hinterm Berg, der saubere Herr Doktor.«

Jetzt lenkte Jansen schweigend den Dienstwagen in hohem Tempo über die A 1 in Richtung Süden. Es gab zwei Dinge in der Aufgabenteilung zwischen den beiden Kommissaren, die sie nie besprochen hatten, die aber für immer zementiert schienen: Jansen fuhr und Jansen kochte Kaffee. Wobei er das Erstere ziemlich gut beherrschte. Fast war es, als ob er mit dem Auto eins wurde, bremsen, Gas geben – wie ein Pferd schien es jeder seiner Bewegungen zu gehorchen. Jansen war früher in seiner Freizeit Rallyes gefahren, nahm immer noch jede Tour als Herausforderung, was Geschwindigkeit und Geschicklichkeit vor allem im Zurücklassen von Konkurrenten betraf, und ging zumeist als Sieger aus seinen imaginären Rennen hervor. Prinzipiell vertraute Angermüller den Fahrkünsten seines Kollegen, nur manchmal, wenn Jansen die Tachonadel fast bis zum Anschlag drückte, mahnte er ihn zur Mäßigung, allerdings ohne Erfolg.

Ohne sie wirklich wahrzunehmen, schaute Angermüller zu den Windrädern rechts der Autobahn, deren Rotoren sich langsam um die eigene Achse drehten. Auf welch grausame Weise war die junge Klinikchefin gestorben, ging es ihm durch den Kopf, an einer Gefahr, die ihr bekannt war, vor der sie sich zu schützen versucht hatte, indem sie ihre gesamte Umgebung darüber informierte, und genau das war ihr wohl zum Verhängnis geworden.

Nichts war geraubt worden, soweit sie festgestellt hatten. Vielleicht wollte jemand irgendeinen anderen Vorteil aus ihrem Tod ziehen, nur welchen? Konnte Karwen Barzani tatsächlich gemordet haben, aus Angst, seinen Job zu verlieren? Aus seiner Abneigung gegen die Verwaltungschefin hatte er kein Hehl gemacht. Aber würde ein junger Mensch wie Barzani deshalb seine ganze Zukunft aufs Spiel setzen? Zu dieser Art zu töten gehörte einerseits ein starkes Motiv, andererseits eine gute Portion Kaltblütigkeit. Die Gelegenheit dazu hätte er gehabt, denn so hieb- und stichfest war sein Alibi keineswegs. Und über das medizinische Wissen verfügte er auch. Aber war die Tat Karwen Barzani zuzutrauen? Eine müßige Frage, wie Angermüller aus Erfahrung wusste, der schon so manchem offenen, sympathischen Menschen begegnet war, der Unvorstellbares getan hatte.

Und was war mit Sibylle Paulsen, der von ihrem Mann hintergangenen und vor allem kinderlosen Ehefrau? Hatte sie vorhin gelogen und doch von der Schwangerschaft gewusst? Warum das Telefonat und die Bitte um ein Treffen von Maren Seemann?

Die Stimmung zwischen Sibylle Paulsen und ihrem Mann hatte Angermüller als sehr unterkühlt empfunden. Sie war in der Nähe des Tatorts gesehen worden und wusste von Seemanns Kiwiallergie. Sie schien eine kluge Person zu sein und hatte wahrscheinlich längst erkannt, dass ihr Mann trotz aller Beteuerungen seine Geliebte nie verlassen würde. Wie hart würde die Paulsen der Gesichtsverlust durch eine gescheiterte Ehe in der überschaubaren Kleinstadtgesellschaft treffen? Und wie sehr musste sie Maren Seemann hassen für die Schwangerschaft, die ihr verwehrt geblieben war?

Vor ihnen tauchte der Wasserturm von Bad Schwartau auf. Mit einem tiefen Atemzug beendete Angermüller seine Überlegungen. In Kürze würden sie die Polizeidirektion Lübeck in der Possehlstraße erreichen, das altbekannte Ritual der ersten Lagebesprechung mit seinem Team stand ihm für diesen Fall bevor.

Bahnbrechende Erkenntnisse solle er von ihnen nicht erwarten, hatte ihn Anja-Lena bei ihrem letzten Telefonat gewarnt, kurz bevor sie in Heiligenhafen aufgebrochen waren. Wenn Angermüller auch nicht sehr optimistisch gestimmt war, der Austausch in der Gruppe, das Sammeln von vielen kleinen Puzzleteilen, so nebensächlich sie auch erschienen, das Diskutieren der unterschiedlichen Standpunkte waren ein unverzichtbarer Bestandteil ihrer Arbeit.

»Zum nächsten Ersten müsste ich das auf jeden Fall schaffen. Und wenn Sie sagen, Sie haben schon einen Interessenten für das Café, das wäre echt toll. Vielleicht will er ja nahtlos in meinen Vertrag einsteigen. Das wäre wirklich eine große Entlastung für mich.«

Karo war etwas zu früh beim Dünenbistro angekommen. Sie hatte die Zeit genutzt, endlich die Vermieterin anzurufen, um zu erklären, was passiert war und den gemeinsamen Termin zu verschieben. Zum Glück war die ältere Frau, der das Café gehörte, sehr entgegenkommend und bemüht, Karo in ihrer schwierigen Situation zu unterstützen.

»Vielen Dank für Ihr Verständnis. Ich melde mich, sobald alles für einen Besichtigungstermin hergerichtet ist.«

Erleichtert steckte Karo das Handy weg und schnaubte sich gründlich die Nase. Diese verdammte Rapsallergie! Alle Menschen um sie herum begeisterten sich für die strahlend gelben Felder, viele Touristen machten sich extra während der Rapsblüte auf die Reise hierher. Karo, der die Augen tränten und die Nase lief, fand das einfach nur nervig. Außerdem verteilte sich überall, im Auto, in der Wohnung ein feiner, gelber Staub. Sie war froh, wenn der Spuk vorbei war.

Während sie auf die Polizei wartete, fertigte sie eine Liste, was alles repariert und neu gestrichen werden musste. Reichlich Arbeit, aber zum Glück nicht ganz so schlimm, wie es heute Morgen auf den ersten Blick ausgesehen hatte. Trotzdem packte sie die Wut, wenn sie angesichts der mutwilligen Zerstörungen an die vielen Stunden an Arbeit dachte, die sie wochenlang hineingesteckt hatte. Und an das Geld. Thorben! Neben ihrem Ärger machte sich allerdings auch eine unangenehme Angst breit, seit Thorben heute eigenmächtig mit Flori unterwegs gewesen war, ohne dass sie etwas hätte dagegen unternehmen können. So schwierig es auch war, dem Kind die ganze Geschichte zu erzählen, ohne Thorben zu verteufeln und Flori Angst zu machen, sie musste ihr die Wahrheit sagen. Und vor allem durfte sie ihre Tochter von nun an nicht mehr allein lassen. Thorben hatte heute bewiesen, dass er einiges tun würde, um Karo zu treffen, und er wusste, ihre verwundbarste Stelle war das Kind.

Als die Polizisten eintrafen, sahen sie sich gründlich um, fertigten ein Protokoll über die Schäden und nahmen ihre Anzeige auf. Alles ging zügig vor sich, und bald konnte sich Karo auf den Rückweg machen. Im Supermarkt kaufte sie schnell Äpfel, Eier, Milch und eine Packung Vanilleeis. Das bevorstehende Gespräch mit Flori lastete ihr auf der Seele, und sie wollte ihnen beiden das Drumherum so schön wie möglich machen. Flori liebte Apfelbeignets, und heute Abend sollte sie sich daran satt essen. Das machte zwar alles nicht ungeschehen, hatte aber hoffentlich einen tröstenden Effekt. Das Mädchen würde vielleicht die unangenehmen Neuigkeiten so besser verwinden. Sie saß gerade im Auto, da erklang der Ton ihres Handys.

»Jana, was gibt's?«

»Hallo, Karo! Ich wollte dich nur warnen.«

»Wie bitte? Warnen? Wovor denn?«

Thorben, dachte Karo sofort panisch, dreht der jetzt völlig durch?

»Unser Stammgast, der Schulze, der hat heute Nachmittag einen Aufstand gemacht, wollte Kaffee und Kuchen umsonst haben.«

Karo fiel ein Stein vom Herzen.

»Ach, der Idiot! Hast du hoffentlich nicht gemacht, oder?«

»Natürlich nicht! Aber der hat behauptet, er hätte das so mit dir geregelt und das sei ein Skandal, dass ich nichts davon wüsste.«

»Der Spinner! Gar nichts hab ich mit dem geregelt.«

»Jedenfalls hat er gesagt, dass er sich das so nicht vorgestellt hat und er nun wohl doch den Bullen einen Tipp geben müsste. Was meint der denn damit?«

»Ach, der hat 'ne Macke. Der glaubt tatsächlich, ich hätte was mit dem Tod von der Seemann zu tun. Einfach ignorieren.«

»Okay, dann ist's ja gut. Aber ich dachte, ist besser, du weißt Bescheid. Was schniefst du denn so?«

»Ach, meine blöde Allergie. Dank dir auf jeden Fall, Jana, hast ja recht. Aber is kein Grund zur Aufregung. Der Schulze, der kriegt von mir eins aufs Dach!«

Jana hätte gerne noch ein bisschen gequatscht, aber Karo musste sich beeilen. Sie hatte Jasmins Mutter gesagt, dass sie in einer Stunde zurück wäre.

»Ich wünsch dir einen schönen Feierabend! Wir sehen uns morgen!«, verabschiedete sie die Kollegin, packte das Handy weg und startete den Wagen.

Wie gewöhnlich fiel Flori der Abschied von Jasmin schwer. Immer, wenn sie abgeholt wurde, beschwerte sie sich, das sei gemein, weil gerade jetzt spielten sie so schön. Doch das Zauberwort Apfelbeignets ins Ohr des Kindes geflüstert wirkte Wunder.

»Ist heute was Besonderes, Mami?«, fragte Flori, als sie im Auto saßen, »ich meine nur, wegen der Apfelbeignets.«

Ach ja, Kinder und ihre Antennen!

»Na ja, nicht direkt. Jetzt lass uns erst mal nach Hause. Ich erzähl es dir später.«

Irritiert schob Karo kurz darauf ihre Wohnungstür auf. Hatte sie heute nur einmal abgeschlossen? Sie drehte den Schlüssel doch immer zweimal im Schloss. In der nächsten Minute wusste sie, dass sie sich nicht geirrt hatte. Er war in der Wohnung gewesen. Natürlich, er hatte ja einen Schlüssel!

Den größten Teil seiner Sachen hatte er schon am Tag seines Verschwindens mitgenommen – sie passten in eine Reisetasche. Jetzt waren auch die Sportjacke, die immer noch an der Garderobe gehangen hatte, sowie seine teuren Sportschuhe, die er sich vor kurzer Zeit gekauft hatte – von ihrem Geld! – aus dem Flur verschwunden. Ein neues Schloss, sie musste sofort ein neues Schloss einbauen lassen, schoss es ihr durch den Kopf.

»Soll ich schon mal die Kerne aus den Äpfeln stechen?«

»Ja, prima! Hände waschen, und dann kannst du loslegen.«

Unglaublich, dass Thorben es wagte, hier einzudringen! Noch bevor sie ihre Jacke auszog, warf Karo schnell einen Kontrollblick in alle Zimmer, ob etwas fehlte oder er auch hier Schaden angerichtet hatte. Nein, auf den ersten Blick war nichts angerührt worden. Sie fühlte sich plötzlich total ohnmächtig und völlig allein. Während des Jahres mit Thorben hatte sie die wenigen Freundschaften, die sie in Heiligenhafen geknüpft hatte, sträflich vernachlässigt. Es würde wohl eine Weile dauern, die alten Kontakte aufleben zu lassen. Nachdem sie vorhin Benni eingeweiht hatte, würde sie morgen auch anderen aus dem Küchenkabinett von ihrer Misere berichten. Sie seufzte und hängte ihre Strickjacke an die Flurgarderobe. Das schwierigste Gespräch aber, das stand ihr jetzt bevor, mit ihrer Tochter. Der schrille Ton der Türklingel riss sie aus ihren sorgenvollen Gedanken und versetzte sie sofort in Angst. Neugierig kam Flori aus dem Badezimmer angesaust.

»Du wolltest doch die Äpfel vorbereiten. Ab in die Küche«, befahl Karo dem Kind so barsch, dass Flori ganz erschrocken guckte und sofort verschwand, »ich mach auf.«

Das Herz klopfte Karo bis zum Hals, als sie sich vorsichtig mit einem Auge dem Türspion näherte. Sie schüttelte ungläubig den Kopf, aber nach kurzem Zögern drückte sie schließlich doch die Klinke herunter.

»Was willst du denn hier?«

KAPITEL V

Der Kriminalhauptkommissar lehnte am Fenster und schaute in Richtung Altstadt, wo die Türme des Doms hoch über frischem Maigrün standen. Hinter ihm, in einem Besprechungsraum des K1 im siebten Stock, hatten sich die Kollegen versammelt, über Dienstliches und Privates wurde geredet, die verschiedensten Themen flogen im Raum hin und her. Wieder einmal standen sie am Beginn einer Ermittlung, kein Fall war wie der andere, trotzdem kam Angermüller die Situation wohlbekannt vor. Er empfand diesen Zeitpunkt stets als Chaosphase. Dass die meisten Fehler am Anfang passierten, hatte er ziemlich früh gelernt. Am Tatort wurden Spuren übersehen, bestimmten Umständen, die sich später als sehr wichtig herausstellten, wurde keine Bedeutung beigemessen, eigentlich altbekannte Routinen wurden versäumt.

Jetzt war die volle Konzentration aller gefordert, um eine Struktur in ihre Arbeit zu bringen. Er streckte beide Arme nach oben und dehnte sich. Dabei merkte er, wie verspannt er schon wieder um die Schultern war. Ach ja, sein Arzt empfahl ihm immer, für mehr gezielte Bewegung zu sorgen. Aber abgesehen vom Zeitfaktor war Sport eben einfach nicht sein Ding. Angermüller suchte sich einen Platz am Kopf der hufeisenförmig aufgestellten Tische.

»Wollen wir dann mal?«

Wer es noch nicht getan hatte, setzte sich, und es wurde ruhig im Raum. Die Kriminaltechniker machten den Anfang. Um alle auf den gleichen Informationsstand zu bringen und um möglichst kein Detail zu vergessen, stellte

Mehmet Grempel in einer Präsentation die von ihm angefertigten Fotos und Videoaufzeichnungen vom Fundort und der Auffindesituation des Opfers vor.

»Die Rechtsmedizin nimmt einen allergischen Schock als Todesursache an, also Tod durch Ersticken, verursacht durch die Kiwianteile im Müsli der Frau, die dagegen hochgradig allergisch war. Diese Tatsache war im Umfeld von Maren Seemann allgemein bekannt. Zusätzlich hat die Person, die das Allergen verabreicht hat, das Opfer mit körperlicher Gewalt daran gehindert, sein Notfallset zu benutzen beziehungsweise dieses nach der Tat verschwinden lassen, um ganz sicher zu gehen, dass die Situation unumkehrbar ist«, erläuterte Angermüller.

»Und wieso stehen da zwei Tabletts und zwei Müslischalen?«, wollte Thomas Niemann wissen. Er war in der Lübecker Dienststelle für die Aktenführung zuständig, sammelte alle Fakten, welche die Kollegen ihm lieferten, recherchierte in den Akten, in Polizeidateien und im Internet, versuchte, das gesammelte Wissen in einen logischen Zusammenhang zu bringen. Wenn jemand einen Überblick hatte über den Stand der Ermittlungen, dann Niemann, der ein fast fotografisches Gedächtnis besaß und jeder Fährte mit dem Instinkt eines Spürhundes folgte.

»Gute Frage. Maren Seemann hatte ihr übliches Müsli schon am Vortag bei Karolin Berner bestellt. Das ist eine junge Frau, die die Klinikcafeteria leitet. Die beiden waren um sieben Uhr verabredet. Als die Berner ihr das Müsli servieren wollte, stand da bereits ein Tablett vor der Klinikdirektorin, die hatte offensichtlich schon davon gegessen und zeigte deutliche Erstickungsmerkmale. Frau Berner holte zwar sofort ärztliche Hilfe, aber als Paulsen, der Chefarzt, dazukam, war es zu spät.«

»Kannst du bitte noch mal das Foto von eben zeigen, Mehmet.«

Der Kriminaltechniker rief die Aufnahme erneut auf.

»Und vergrößern. Ja, danke.«

Niemann fixierte aufmerksam eine Stelle auf dem Boden neben dem Schreibtisch der toten Klinikdirektorin.

»Was ist denn das für ein merkwürdiger Stein?«

»Ach dat«, murrte Ameise und kramte eine durchsichtige Plastiktüte aus dem Karton mit den Asservaten heraus, den er mitgebracht hatte.

»Ham wir natürlich eingepackt. Hier, wenn du's unbedingt genauer sehen willst. Dat is son Stein mit Flügeln drauf, wahrscheinlich eine Art Talisman, gehörte wohl der Toten.«

Niemann drehte die Tüte und betrachtete das Teil von allen Seiten.

»Okay, interessant.«

Er gab es an den Kollegen zurück.

»Und sonst, Andreas, seid ihr noch auf irgendwas Wichtiges gestoßen?«, wollte Angermüller wissen.

»Klar ist, dass in dem Müsli keine Fruchtstücke, sondern nur Kiwisaft gewesen ist, und ansonsten«, der stets schlecht gelaunte Ameise stieß verächtlich die Luft aus, »nix, keine Fingerabdrücke auf Tablett, Müslischale und so weiter. Da hat mal wieder einer Handschuhe getragen. Und seine Visitenkarte hat der Täter auch diesmal nicht dagelassen, Herr Kriminalhauptkommissar.«

Angermüller ignorierte den gereizten Ton des Kriminaltechnikers und wandte sich an Anja-Lena Kruse und Norbert Teschner.

»Was ist denn bei euren Gesprächen herausgekommen?«

Die beiden sahen sich an. Anja-Lena nickte ihrem Partner zu, der es übernahm, zu berichten.

»Unter den Patienten, die mit ihr persönlich was zu

tun gehabt haben, hat im Übrigen keiner etwas Positives zu Maren Seemann gesagt. Entweder sie haben sich gar nicht zu ihr geäußert oder haben geschimpft. Es scheint, als ob die Klinikdirektorin jegliche Kritik oder Beschwerden sofort abgeschmettert hat«, beendete Teschner seinen kurzen Vortrag, »die Frau hat die Interessen des Fortesana Konzerns mit solchem Nachdruck vertreten, als ob es ihre eigenen gewesen wären.«

»Leider gab es auch niemanden, der von den Vorgängen im Verwaltungstrakt etwas beobachtet hätte. Um die Zeit waren die Patienten alle beim Frühstück, einige auf den Stationen, die meisten im Speisesaal«, ergänzte Anja-Lena.

»Das stimmt nicht ganz«, korrigierte Teschner, »da war doch dieser Mann, der uns angesprochen hat, als wir grade los wollten.«

»Ach so, du meinst diesen Schulze.«

Die junge Frau rutschte unbehaglich auf ihrem Stuhl herum.

»Nee Norbert, ganz ehrlich, den halte ich nicht für besonders glaubwürdig. Bei unserem ersten Gespräch gab er an, überhaupt nichts zu wissen, und nachmittags erzählt er plötzlich von einem konspirativen Treffen, das er beobachtet haben will. Der wollte sich vor allem wichtig machen, hatte ich das Gefühl.«

»Was für ein Treffen denn?«, mischte sich Claus Jansen ein.

»Angeblich hat der heute Morgen mitbekommen, wie sich Karolin Berner vor der Cafeteria mit einem Arzt getroffen hat. Um sieben Uhr rum war das, sagt dieser Schulze. Er war allerdings zu weit weg, um Einzelheiten zu verstehen, von dem was die beiden gesprochen haben. Nur in einem ist er sich ganz sicher, dass zumindest der Name Seemann gefallen ist.«

»Weiß der Zeuge denn, wer das war, wie der Arzt heißt?«

»Moment.«

Anja-Lena schaute in ihre Aufzeichnungen.

»Das war ein Dr. Karwen Barzani.«

Ein zufriedenes Grinsen breitete sich auf Jansens Gesicht aus. Aber er sagte nichts, sondern tippte nur mit dem Zeigefinger gegen seine Nase und sah provozierend zu Angermüller.

»Mmh, der Geschichte müssen wir wohl nachgehen«, murmelte der überrascht und machte sich eine Notiz. »Der Barzani hat uns gesagt, dass er seine Station den ganzen Morgen nicht verlassen hat.«

»Genau. Und der Mann hatte ständig Auseinandersetzungen mit der Seemann. Die wollte ihn loswerden und hätte das bestimmt auch geschafft«, gab Jansen nun doch seine Meinung kund. »Für mich hat dieser Barzani auf jeden Fall ein Motiv. Könntet ihr denn an den Kiwiresten aus dem Arztbüro feststellen, ob die Früchte mit dem Saft im Müsli identisch sind, Andreas?«

»Nee, müssten wir zum LKA nach Kiel weitergeben. Aber ob die das so eindeutig zuordnen können, bezweifle ich. Die kochen auch nur mit Wasser.«

Ameises Antwort war nicht die erhoffte, wie Claus Jansens Gesicht anzusehen war.

»Alle Mitarbeiter der Klinik, mit denen wir bisher gesprochen haben, hatten ein Alibi«, ergriff Angermüller daraufhin das Wort, »es gibt allerdings eine Person, die heute Morgen tatsächlich in der Nähe des Tatorts gesehen wurde. Das ist die Frau des Chefarztes, Sibylle Paulsen. Und da gibt es folgende bemerkenswerte Verbindung.«

Er schilderte kurz die Beziehung zwischen Maren Seemann und Dr. Paulsen.

»Das ist ja stark, die Tote schwanger vom Ehemann der

Paulsen«, kommentierte Thomas Niemann, als Angermüller mit seinen Ausführungen zu Ende war. »Diese hinterhältige Art, zu töten, würde doch zu einem Mord aus Eifersucht gut passen.«

»Seh ich auch so«, stimmte Angermüller zu, »ich bin mir ziemlich sicher, dass die Rechtsmedizin feststellen wird, dass Paulsen der Vater des Kindes ist. Wäre also durchaus denkbar, dass Maren Seemann der Frau ihres Liebhabers stolz ihre Schwangerschaft verkündet hat. Und wer weiß, was das in der ausgelöst hat.«

»Aber das mit der Schwangerschaft muss die Ehefrau schon gewusst haben, als sie heute morgen die SMS vom Opfer erhalten hat. Das war kurz nach sechs. Angeblich war sie noch zu Hause und ist daran anschließend mit dem Hund spazieren gewesen. Das ist zwar ziemlich knapp, aber reicht vielleicht grade für die Vorbereitung von diesem Kiwimüsli«, meinte Anja-Lena zweifelnd.

»Und kannte die Paulsen denn die Ernährungsgewohnheiten des Opfers? Konnte sie wissen, wo das Müslirezept zu finden war?«, warf Thomas Niemann ein.

»Das alles müssen wir rausfinden. Zumindest konnte sie sich als Frau vom Chef in der Klinik überall ungehindert bewegen und wusste von der Kiwiallergie. Und klar ist auch, dass Sibylle Paulsen vorhin abstritt, von der Schwangerschaft gewusst zu haben, uns aber einen Anruf des Opfers vom gestrigen Abend verschwiegen hat«, antwortete Angermüller. »Das alles abzufragen, ist das morgige Programm von Claus und mir. Und jetzt mal zu einem anderen Thema: Freiwillige vor. Wer möchte unbedingt morgen früh bei der Obduktion dabei sein?«

Flori passte es gar nicht, dass dieser Mann bei ihnen am Küchentisch saß und ihr dabei zusah, wie sie die Äpfel entkernte und in Ringe schnitt, das sah Karo ihrer Tochter deutlich an. Aber als Karwen mit einem schüchternen Lächeln und einem niedlichen Strauß Maiglöckchen vor der Tür stand, hatte es Karo nicht fertiggebracht, ihn wegzuschicken. Sein Gesicht hatte ernsthafte Besorgnis ausgedrückt, und so unsicher hatte sie den jungen Arzt noch nie erlebt.

»Hallo, Karo, bitte entschuldige den Überfall. Ich muss dich unbedingt sprechen. Es ist wirklich wichtig.«

»Da musst du mit in die Küche kommen, wir bereiten gerade das Abendessen vor.«

Karwen nahm Platz zwischen ihnen und mühte sich redlich, Kontakt zu Flori aufzunehmen, stellte Fragen nach der Schule, nach ihren Vorlieben, ihren Freundinnen, aber das Kind ließ ihn ungerührt ins Leere laufen. Manchmal wünschte sich Karo, sie könnte auch so gnadenlos ehrlich wie ihre Tochter sein, doch dazu war sie scheinbar schon zu lange erwachsen.

»Dann sag doch mal, Karwen, was ist los, was ist denn so wichtig?«

»Also«, er warf einen kurzen Seitenblick auf das Kind, »heute Nachmittag sind die beiden Herren aus Lübeck noch einmal bei mir gewesen und haben mir eine Menge Fragen gestellt.«

»Wieso das denn?«

»Die haben das zwar nicht bestätigen wollen, aber ich bin mir sicher, dass die Oberschwester dahintersteckt. Sie wussten genau Bescheid über mein gespanntes Verhältnis zur Seemann und behaupteten, dass ich von Kündigung bedroht wäre. Das kann denen eigentlich nur Goldi gesteckt haben, die wäre mich auch gerne los.«

»Ja und? Denken die deswegen etwa, dass du …«

Karo vollendete den Satz nicht und sah zu Flori, die scheinbar völlig von ihrer Arbeit mit den Äpfeln absorbiert war. Doch ihre Mutter wusste, dass sie jedem Wort der Unterhaltung aufmerksam folgte.

»Na ja, ich weiß nicht«, der junge Mann schaute Karo betreten an, »ich habe heute halt auch Kiwis gegessen.«

»Was?«, prustete Karo los, »sind die deshalb zu dir gekommen? Das ist ein Witz, oder?«

Karwen zuckte mit den Schultern.

»Die hatten sogar eine Tüte mit den Kiwischalen aus dem Müllkorb im Ärztezimmer dabei.«

Erstaunt blickte Flori zu ihrer Mutter, die gar nicht aufhören konnte zu lachen.

»Also ehrlich, das ist ja der Hammer! Weil du Kiwi gegessen hast!«

Karo schüttelte den Kopf.

»Aber was hab ich damit zu tun? Warum wolltest du mich so dringend sprechen?«

»Zum einen wollte ich wissen, ob du heute Nachmittag auf dieser Dienststelle, du weißt schon«, er druckste herum, »irgendwas über heute Morgen erzählt hast.«

»Ach so, nein. Ehrlich, dass ich dort gewesen bin, hatte mit der Geschichte überhaupt nichts zu tun.«

»Du musst dich dann aber mal um den Teig kümmern, Mama«, ließ sich Flori vernehmen, »ich bin gleich beim letzten Apfel.«

Es klang sehr bestimmt.

»Ja, Flori, gleich. Du kannst schon mal die Rührschüssel und alles bereitstellen. Karwen und ich sind fast fertig«, sie gab ihm unauffällig ein Zeichen, »ich bring dich nach draußen, okay?«

»So«, im Flur zog sie den Mann ins Wohnzimmer, »jetzt noch mal in Druckbuchstaben: Was soll ich der Polizei über heute Morgen berichtet haben?«

»Dass wir uns so gegen sieben vor der Cafeteria begegnet sind. Ich hab das denen nämlich nicht erzählt, weiß auch nicht, hab gesagt, ich war die ganze Zeit auf Station. Und das Blödeste ist, ich dachte vorhin, du warst deswegen bei der Polizei, und hab die gefragt, ob du sie geschickt hättest. Hab das zwar relativiert und als Witz verkauft, aber dieser jüngere, dünne Beamte, der sah nicht so aus, als ob er mir geglaubt hat.«

»Warum hast du denen denn nicht gesagt, dass wir uns heute früh zufällig begegnet sind?«

Karwen raufte sich die dunklen Haare.

»Bescheuert, ich weiß, aber … heute Vormittag hatte ich es wirklich vergessen zu erwähnen. Dann hab ich dich vor der Polizeidienststelle gesehen, da ist es mir wieder eingefallen, und als die dann bei mir waren, da hab ich mich plötzlich so wehrlos gefühlt, so als ob die mir was beweisen könnten, womit ich ja wirklich gar nichts zu tun hab. Da hab ich's dann wieder nicht gesagt«, schloss er kleinlaut.

»Ich muss zugeben, ich hab das auch nicht angegeben, ich hielt das wohl nicht für wichtig«, Karo musterte ihn nachdenklich, »aber blöd ist das jetzt schon, wegen dem Schulze.«

»Wieso? Welcher Schulze?«

»Ach, so ein unangenehmer Dauerpatient. Du kennst den wohl nicht, der ist auf der Orthopädie. Der streift ständig im Haus und im Gelände umher, will einem immer ein Gespräch aufhängen, ist verdammt neugierig und überhaupt ein echter Kotzbrocken. Und ausgerechnet der muss mitgekriegt haben, wie wir uns vor der Cafeteria über den Weg gelaufen sind.«

»Und hat das der Polizei gesagt?«

»Heute Vormittag bestimmt nicht. Da hat er mir noch zum Ableben von der Seemann gratuliert. Aber der scheint tatsächlich zu denken, ich und wahrscheinlich auch du hätten was damit zu tun«, meinte Karo grübelnd, »und da ich ihm seine Verschwiegenheit nicht angemessen entlohnt habe … Was der Kerl sich einbildet! Jana hat mich jedenfalls vorhin angerufen und mir gesagt, der wär sauer, weil er wie immer für seinen Kaffee und sein Bier bezahlen sollte, und hätte irgendwas geredet, dass er wohl doch der Polizei einen Tipp geben müsste.«

Karwens Gesicht war während Karos Schilderungen immer länger geworden.

»Oh Schiete, da können wir beide ein Problem kriegen.«

»Nee, glaub ich nicht. Die sind ja auch nicht blind, die Kripoleute. Und wenn wir denen ganz vernünftig erklären, wie das genau gelaufen ist, dann kriegen die bestimmt schnell mit, dass es sich nur um ein Missverständnis handelt.«

»Meinst du?«

Der Arzt schien nicht überzeugt.

»Na klar! Jetzt mach dir deswegen keinen Kopp!«

Sie stieß ihn aufmunternd gegen die Schulter.

»Und jetzt muss ich dich leider rausschmeißen, sonst wird meine Tochter ernsthaft böse!«

Angetan mit einer weißen Kochschürze öffnete Dr. Steffen von Schmidt-Elm seinem Freund Angermüller die Tür. Auch in diesem Kleidungsstück machte der Rechtsmediziner eine ausnehmend gute Figur, wirkte wie der kultivierte Patron eines Sternerestaurants. Sein Erstaunen war ihm kaum anzumerken.

»Guten Abend, ihr zwei. Wie schön, dass ihr da seid! Und was für eine nette Begleitung«, er zeigte ein charmantes Lächeln, »die Überraschung ist dir gelungen, alter Freund!«

»Hallo, Steffen, Derya musste heute ganz plötzlich nach Istanbul fliegen, die Arme. Ihr Vater liegt mit Herzproblemen im Krankenhaus. Und ich dachte, damit die Runde um die liebevoll gedeckte Tafel keine Lücke aufweist, sorge ich für Ersatz, wenn's recht ist.«

»Aber sogar sehr recht, lieber Schorsch.«

Der Gastgeber empfing sie beide mit einer freudigen Umarmung. Steffen war Georgs ältester Freund in Lübeck und einer der wenigen, die ihn mit seinem Namen in fränkischer Kurzform bezeichneten. Allerdings klang es bei Steffen eher nach einem eleganten französischen Georges.

»Lange nicht gesehen, liebe Astrid. Wie geht es dir? Hast du alle Folgen deines bösen Unfalls inzwischen überwunden?«

»Ich arbeite noch dran, Steffen. Es geht täglich besser.«

»Das freut mich. Aber bitte, tretet ein. David, wo bleibt der Aperitif?«

Sogleich erschien der Gerufene, angetan mit der gleichen Schürze wie sein Partner.

»Was ist los? Eine Überraschung? Oh, indeed! Good evening and welcome«, begrüßte sie der große, schlanke Engländer herzlich, der bis auf seinen unüberhörbaren Akzent ausgezeichnet Deutsch sprach. »Ihr habt es gehört, der Grand Chef sagt, ich muss meinen Job machen.«

Er bat sie in die Küche, wo auf dem frei stehenden Küchenblock eine Flasche Champagner in einem Kühler neben vier Gläsern wartete. Formvollendet entkorkte David das schäumende Getränk und goss ein. Der großzügige Raum war ganz nach Steffens Vorstellungen gestaltet worden, funktional und mit einer technischen Ausstattung, die keinen Wunsch des leidenschaftlichen Kochs offen ließ, vom sechsflammigen Gasherd bis zu versenkbaren Küchengeräten hinter breiten Arbeitsflächen und über Schübe, die geräuschlos auf und zu schwebten. Auch ästhetisch war die Küche perfekt, mit schlichten, klaren Formen und edlen Materialien wie Holz, Metall und Marmor. Allerdings hätte sich Angermüller, wäre es seine Küche gewesen, statt des unterkühlten, modernen Ambientes eines mit viel Holz und behaglicher Landhausatmosphäre gewählt. Er war in manchen Dingen altmodisch. Doch das war ein winziges, äußerliches Detail. Am wichtigsten war eh, was der Mensch am Herd produzierte, und das war bei Steffen stets äußerst schmackhaft und erlesen.

Sie stießen mit dem wunderbar trockenen Champagner an.

»Auf die Gesundheit!«

»Oh ja, auf die Gesundheit!«, nickte Astrid, »erst wenn sie nicht mehr selbstverständlich ist, merkt man, was man an ihr hat.«

Sie nahm einen kräftigen Schluck. Auch Angermüller ließ das kühle Getränk durch seine Kehle perlen. Er fühlte sich gut, freute sich auf einen genussvollen Abend und spürte, wie er zwischen seinen verspannten Schultern schon etwas lockerer wurde. Auch Astrids Anwesenheit empfand er durchaus als Bereicherung.

»Es ist euch hoffentlich recht, wenn wir ganz nonchalant hier in der Küche speisen? Dann fühle ich mich als Koch nicht so ausgeschlossen.«

Die Frage seines Freundes fand Georg überflüssig, denn die Küche war mindestens so schick wie das Esszimmer in der Gründerzeitvilla hinterm Burgfeld. Wie er vermutet hatte, war der Tisch passend zur Jahreszeit sparsam und sehr geschmackvoll dekoriert.

»David, warst du wieder zuständig?«

Angermüller zeigte auf den rohen Holztisch, auf dem vor jedem der vier Plätze ein großmütterliches Küchentuch ausgebreitet war, in der Mitte stand ein Weckglas mit frischem Grün und weißen Tulpen, in zwei weiteren

Weckgläsern steckten weiße Kerzen in einem Gemisch aus Sand und Muscheln. Auf den antiken weißen Tellern mit Goldrand lagen gerollte Stoffservietten, die jeweils vom Stängel einer weißen Tulpe zusammengehalten wurden.

»Außer Tischdecken und Getränkeservice kann ich doch nichts beitragen, behauptet der Meister immer.«

»Das würde ich so nie sagen, mein Liebster! Außerdem, hast du schon vergessen, dass du heute für die Süßspeise gesorgt hast?«

»Ach ja, stimmt, da hab ich jetzt gar nicht mehr dran gedacht.«

»Das nennt man dann wohl fishing for compliments«, konstatierte Steffen.

»Schätzchen, das tu ich erst, wenn ihr mein absolutely delicious Dessert gekostet habt«, grinste David unter seinen roten Locken und warf Steffen einen Handkuss zu. Die Terrassentür stand offen, angenehme, abendliche Kühle strömte herein, und zwei Amselmännchen lieferten sich im dichten Blattwerk der alten Bäume einen lauten Sängerwettstreit.

Von Angermüller war während der Vorspeise außer einem glücklichen, leisen Seufzer nichts zu vernehmen, so versunken war er in den Genuss des köstlich schmeckenden Duetts von Jakobsmuscheln, die einmal auf einem Rucola-Mango-Bett ruhten, einmal auf Rote-Beete-Carpaccio angerichtet waren.

»Wir waren auf deine Empfehlung neulich bei dem Italiener in Kellenhusen«, erläuterte Steffen, »und Toni hat mir freundlicherweise sein Rezept verraten.«

David servierte als Begleitung einen Chablis von fruchtiger Säure, der den dezent buttrigen Geschmack der Meeresfrüchte perfekt zur Geltung brachte. Mit jedem Bissen stieg Georgs Wohlgefühl. Er beobachtete unauffällig, wie auch Astrid mit gutem Appetit ihrer Portion zu Leibe rückte und von dem erfrischenden Weißwein trank. Mit den nach der Kopfverletzung immer noch kurzen, hellblonden Haaren und ihrer knabenhaften Figur ähnelte sie mehr denn je der jungen Frau, in die er sich vor mehr als 17 Jahren in Lübeck verliebt hatte.

Während David neues Besteck auflegte, kümmerte sich Steffen um die Hauptspeise und servierte alsbald gebratene Steinbuttfilets auf Linsengemüse mit Polentaecken.

»Das passt ja toll zusammen!«, begeisterte sich Astrid nach dem ersten Kosten. »Der Fisch schmeckt sehr fein!«

»Ja, und er ist aus ökologischer, europäischer Zucht. Ist ja gar nicht so einfach, angesichts drastisch sinkender Bestände in den Meeren den richtigen Fisch zu kaufen.«

»Ja, da ist mein Mann immer sehr genau«, nickte David mit wichtigem Gesicht, der die Sache wohl nicht ganz so ernst nahm wie sein Partner.

»Tsss«, machte Steffen nur.

»Und was ist das für ein Gewürz an den Linsen?«, wollte Astrid wissen. »Sehr aparter Geschmack!«

»Wichtig ist natürlich das frische Lorbeerblatt, Betonung auf frisch! Das ist gar kein Vergleich mit den getrockneten, deshalb habe ich immer ein Lorbeerbäumchen zu Hause«, erläuterte Steffen, erfreut über die Nachfrage zu seinen Kochkünsten, »aber wahrscheinlich meinst du den Zimt, der bei uns traditionell nur in Süßspeisen vorkommt. Zu Unrecht, wie ich finde. Zimt hebt den Eigengeschmack von vielen Gemüse- und Fleischgerichten und gibt ihnen eine leicht exotische Note.«

»Wirklich sehr gut. Das werde ich auch mal ausprobieren.«

Georg war erstaunt. Astrid hatte immer gerne gegessen, aber das Kochen stets ihm überlassen und sich nie sonderlich für seine Leidenschaft interessiert. Wahrscheinlich hatte sie in den letzten anderthalb Jahren, seit sie getrennt wohnten, notgedrungen häufiger zum Kochlöffel greifen müssen und dabei gemerkt, dass es auch Spaß machen konnte.

»Darf ich so unverschämt sein und um einen Nachschlag bitten? Dieses Linsengemüse schmeckt unglaublich gut!«

»Aber sehr gerne, liebe Astrid«, reagierte ihr Gastgeber vergnügt. »Magst du auch noch Fisch?«

»Ein kleines Stück, ja, da sag ich nicht Nein.«

Auch das war neu, vermerkte Angermüller. In den letzten Jahren vor ihrer Trennung hatten Astrids Disziplin und ihre kompromisslose Konsequenz sie sehr verhärten lassen, sich selbst und anderen gegenüber, was ihr Zusammenleben sehr belastet hatte. Ob es nun Erziehungsfragen, seine angebliche Unzuverlässigkeit oder sein genussbetontes Essverhalten betraf, im Grunde hatte er sich ständig von Astrid gemaßregelt gefühlt. Heute Abend aber meinte er, plötzlich etwas von ihrer früheren, jugendlichen Unbekümmertheit wieder entdecken zu können. Der schwere Unfall und seine Folgen schienen sie nicht nur äußerlich verändert zu haben.

»Und du hast heute den Herrn Eberle getroffen, Schorsch?«, fragte Steffen, während David das gebrauchte Geschirr abdeckte und sich an die Vorbereitungen für das Dessert machte.

»Wie seid ihr denn mit dem jungen Mann zufrieden?«

»Och, ich kann nicht klagen. Er ist sehr genau, sehr eifrig, zieht dann aber auch ohne Zögern seine Schlüsse, so wie heute noch vor Ort, Tod durch allergischen Schock.«

»Das freut mich, dass ihr mit ihm klarkommt. Wir haben über euren Kiwi-Fall gesprochen, ich seh das genauso. Der Eberle ist jedenfalls hoch motiviert, mein bester Mitarbeiter seit Langem.«

»Manchmal gibt's allerdings Sprachprobleme mit seinem Schwäbisch.«

»Stimmt, wenn er in seinen Freiburger Dialekt verfällt, wird es schwierig«, lächelte Steffen, »aber lass den Eberle das mit dem Schwäbisch lieber nicht hören. Darauf reagiert der allergisch.«

»Wieso?«

»Weil er kein Schwabe ist. Das wird er dir dann schon erklären.«

»Egal. Du bist und bleibst sowieso mein Lieblingsrechtsmediziner, lieber Steffen!«

»Das hoffe ich doch! Wäre auch gerne gekommen heute, habe aber einen wichtigen Auftrag im Fall einer Misshandlung von Insassen eines Pflegeheims. Eine sehr unschöne Sache, weißt du.«

»Stopp, davon wollen wir jetzt nichts hören! Unsere Männer sollen uns nicht wieder mit ihren beruflichen Unappetitlichkeiten den Abend verderben, nicht wahr, Astrid?«

Mit einem Tablett trat David an den Tisch.

»Hier kommt das von mir ganz allein produzierte Dessert. Ich warte ergeben auf euer Urteil.«

Leicht, luftig und mit intensivem Fruchtaroma häufte sich ein Orangenparfait auf einem schokoladendunklen Brownie und ergab eine in ihren geschmacklichen Kontrasten perfekte Kombination. Sichtlich stolz nahm David die Komplimente der anderen entgegen.

»Entschuldigt mich bitte!«

In seiner Hosentasche hatte das Handy vibriert, und Angermüller ging nach draußen, um das Gespräch anzunehmen. Es war Derya. Sie hatte Glück gehabt, einen Flug am frühen Nachmittag nach Istanbul erwischt, sodass sie schon seit einer Stunde am Krankenbett ihres Vaters saß.

»Wie geht es ihm?«

»Den Umständen entsprechend, wie man so sagt. Er hatte einen Herzinfarkt. Ich hab nur kurz mit dem Arzt sprechen können, aber *Baba* hat wohl Glück gehabt und ist rechtzeitig hierher gekommen.«

»Na, das ist ja beruhigend!«

»Ja, ich bin schon etwas erleichtert. Man kümmert sich total nett um ihn. Trotzdem war es richtig, nach Istanbul zu kommen, allein wegen meiner Mutter, die wär sonst auch noch kollabiert, so wie die heute Morgen völlig durch den Wind war. Und bei dir?«

»Hier ist alles wunderbar. Ich stehe auf der Terrasse bei deinen Nachbarn und kann zwischen den Bäumen die Fenster deiner Wohnung sehen. Steffen verwöhnt uns wieder nach allen Regeln der Kochkunst, ein Traum! Du versäumst etwas!«

Georg schilderte ihr in den schönsten Farben die köstlichen Kreationen seines Freundes und vergaß auch Davids Orangenparfait nicht.

»Tja, ich wäre gerne dabei gewesen. Aber wie gesagt, ich werde hier gebraucht und weiß mich zu trösten: Die Nacht ist wunderbar mild. Nachher gehe ich mit Mama in mein liebstes Fischrestaurant, da sitzen wir direkt am Marmarameer, und da gibt es die besten Hamsi von ganz Istanbul! Das sind diese knusprig gebratenen Sardellen, die hast du auch schon gekostet. Mmh, ich kriege Hunger!«

Angermüller war erleichtert, dass der Zustand von Deryas Vater nicht so kritisch war wie befürchtet und sie sich nicht allzu große Sorgen machen musste.

»Wie lange wirst du bleiben?«

»Wenn sich alles gut mit *Baba* entwickelt, bin ich nächste Woche zurück.«

Derya versprach, sich am nächsten Abend zu melden, und

Georg wünschte ihrem Vater unbekannterweise gute Besserung und ihr guten Appetit für das Abendessen am Meer. Dann beendeten sie das Gespräch. Dass Astrid statt ihrer am Tisch bei den Freunden saß, hatte er ihr nicht erzählt.

Bevor sie aus dem Auto stieg, atmete Karo ein paar Mal tief durch. Ruhig bleiben, wiederholte sie mantramäßig in ihrem Inneren, ruhig bleiben, egal welch verletzende Antworten sie auch erwarteten. Ein wahrlich schwerer Gang stand ihr bevor. Aber nachdem sie gestern Abend Flori die Wahrheit über Thorbens Abwesenheit erzählt hatte, musste sie endlich auch ihrer Mutter das unrühmliche Ende ihrer Beziehung offenbaren.

Flori war erstaunlich verständig mit der Situation umgegangen. Erst einmal war sie in Tränen ausgebrochen, hatte dann aber, immer noch schniefend, genau nachgefragt, wofür Thorben denn das ganze Geld haben wollte und ob das alles irgendetwas mit ihr selbst zu tun hätte.

»Aber nein, Flori, du kannst da gar nichts für! Thorben hat nichts gegen dich. Er hat sich in diese andere Frau verliebt, das passiert halt manchmal, und wollte mit der schöne Sachen machen und brauchte Geld, so einfach ist das.«

»Aber das ist doch echt gemein, einfach dein Geld zu nehmen! Und dass er dann auch noch die Sachen im Dünenbistro alle kaputt gemacht hat!«

»Natürlich ist das gemein, deshalb will ich ja auch nichts mehr mit ihm zu tun haben.«

»Ich auch nicht! Igitt, mit so einem Bösen will ich gar nicht mehr reden!«

Die Reaktion des Kindes beruhigte Karo. Sie würde sich zukünftig von Thorben mit keinem Eis der Welt zu gemeinsamen Unternehmungen locken lassen, dessen war sich Karo sicher. Sie hatte Flori noch gebeten, möglichst nicht über die Geschichte zu reden, so lange sie selbst kaum jemandem davon erzählt hatte. Dann hatten sie den gestrigen Abend mit einem Berg von nach Zimt und Zucker duftenden Apfelbeignets und Vanilleeis ausklingen lassen, und danach war Flori satt und erschöpft ins Bett gefallen.

»Ich will den doofen Thorben nie wieder sehen, Mama«, hatte sie vor dem Einschlafen gemurmelt und sich sofort auf die Seite gedreht. Karo hatte ihre Mutter angerufen und sich bei ihr zum Frühstück angekündigt.

»Ich muss dir was erzählen«, hatte sie auf deren Nachfrage kurz als Begründung gesagt und aufgelegt, um nicht schon am Telefon in eine Diskussion verwickelt zu werden. Anschließend hatte sie Jana Bescheid gegeben, dass sie am Morgen etwas später zur Arbeit käme. Sie gab sich einen Ruck, griff nach ihrem Rucksack und stieg aus dem Auto.

»Guten Morgen, Gerlinde, ich hab Brötchen mitgebracht und ein bisschen Käse und Obst, und wenn du jetzt Lust auf Apfelbeignets hast, können wir sie im Backofen warm machen. Oder du isst sie später. Die sind übrig geblieben von gestern Abend.«

»Morgen«, antwortete ihre Mutter knapp und sah sie misstrauisch an, »komm erst mal rein.«

Über 30 war Karo und immer noch klein, dumm und schlechten Gewissens gegenüber ihrer Mutter, ohne zu wissen, warum.

»Kind, wer soll das denn alles essen?«, rügte Gerlinde, als Karo ihre mitgebrachten Gaben auf dem Küchentisch ausbreitete.

»Das hält sich doch eine Weile. Und Käse und Obst, was du davon nicht behalten willst, nehm ich wieder mit. Wir futtern das schon auf, Flori und ich.«

»Könntest auch mal ein bisschen auf deine Figur achten.«

»Ach weißt du, für 'ne Diät hab ich momentan zu viel um die Ohren.«

Gerlinde warf ihr einen missbilligenden Blick zu.

»Was willst du mir eigentlich erzählen?«

»Krieg ich einen Kaffee?«

»Steht da in der Thermoskanne.«

Karo goss sich eine Tasse ein. Mehrmals schon hatte sie sich die Worte zurechtgelegt, doch als sie nun Gerlinde gegenüber saß, wusste sie nicht mehr, wie sie anfangen sollte.

»Also, es ist wegen ... es geht um ...«, sie schaute ihre Mutter direkt an, »Thorben und ich, wir haben uns getrennt.«

»Aha.«

Mit verschränkten Armen und unbewegtem Gesicht saß ihr Gerlinde gegenüber, rührte weder Kaffee noch Brötchen an, wartete ab. Karo fing an zu erzählen, schönte nichts, aber versuchte ihre Situation und ihre Handlungsweise genau zu erklären, um vielleicht so etwas wie Verständnis bei ihrer Mutter zu wecken. Als sie geendet hatte und endlich den ersten Bissen von ihrem mit kräftigem Klostersee-Käse belegten Brötchen nahm, kam auch Bewegung in Gerlinde.

»Na ja, das war ja nicht anders zu erwarten.«

Fast hätte Karo sich an ihrem Brötchen verschluckt.

»Ich habe dir doch eben versucht zu erklären, dass es keine Konflikte gab, dass alles völlig normal lief, bis Thorben plötzlich von einem Tag auf den anderen verschwunden ist.«

»Irgendeinen Grund wird er schon gehabt haben.«

»Gerlinde!«

Karos Stimme überschlug sich fast.

»Natürlich hat er einen Grund gehabt: Ich habe dir doch gerade erzählt, dass er mein Konto total geplündert hat. Und dann ist er abgehauen, mit dieser Tussi aus dem Nagelstudio.«

Ihre Mutter griff nach einem Brötchen und schnitt es mit verbissener Miene auf.

»Es hat ja noch keiner lange mit dir ausgehalten«, stellte sie fest.

Das durfte nicht wahr sein! Nicht nur, dass Gerlinde kein Wort des Trostes für sie hatte, sie gab ihr auch noch die Schuld am Ganzen. Ihre Mutter, die mit dem kleinen Kind von ihrem Mann sitzen gelassen worden war und die danach nie wieder eine längere Beziehung gehabt hatte. In Frankfurt war Karo geboren und aufgewachsen, von dort war Gerlinde vor Jahren zurück in ihre Heimatstadt Heiligenhafen gezogen, zum einen, um sich um Karos Oma zu kümmern, zum andern auch wegen alter Freunde und anderer Verwandter, wie sie damals sagte. Doch seit die Oma gestorben war, gab es eigentlich nur noch eine einzige alte Freundin, die Gerlinde höchst selten traf. Sonst hatte sie keine Kontakte.

»Das liegt dann ja wohl in der Familie«, sagte Karo böse. »Oder hast du einen neuen Partner? Und dass du in Heiligenhafen reichlich Freunde oder Bekannte hättest, hab ich auch noch nicht mitgekriegt. Hast du eigentlich darüber mal nachgedacht? Warum das bei dir so ist?«

Sie stand auf.

»Ich muss los.«

Bei ihren deutlichen Worten war Gerlinde merklich in sich zusammengesunken. Fast tat Karo ihre Mutter leid, aber das musste mal raus. Immer hackte die auf ihr rum, statt ihr Mut zuzusprechen, und dann warf sie ihr sogar ihre Glücklosigkeit bei Männern vor, ausgerechnet Gerlinde!

»Danke für das Frühstück. Ich hole Flori heute Nachmittag bei dir ab. Bis später, ich finde allein raus.«

Draußen richtete Karo sich auf. Das musste mal gesagt werden. Sie hätte das längst tun sollen. Jetzt war es raus, und sie fühlte sich wie befreit, egal welche Konsequenzen es nach sich ziehen würde. Aber sie war eh fest davon überzeugt, dass Gerlinde ihre Zusage, das Kind nach der Schule abzuholen, einhalten würde, trotz der unschönen Szene eben. Erst jetzt bemerkte Karo das wunderbare Wetter. Mich wird niemand mehr unterbuttern, dachte sie, kein Thorben, keine Gerlinde, kein Herr Schulze, ich kann nämlich ganz schön stark sein, wenn ich will!

Kurz vor neun am Morgen war es noch kühl in den Straßen, aber der Himmel spannte sich ohne ein Wölkchen über die Stadt, und abermals sagten die Wetterfrösche frühsommerliche Temperaturen voraus. Bevor die Kollegen am Vorabend beinahe das Los entscheiden lassen wollten, hatte Angermüller in den sauren Apfel gebissen und seine Teilnahme an der Obduktion verkündet. Solidarisch hatte Jansen sich ihm angeschlossen. Angermüller schloss sein Fahrrad vor dem Rechtsmedizinischen Institut an und wartete auf seinen Kollegen. Er hatte ziemlich gute Laune.

Er war als Erster aufgestanden, hatte frische Brötchen besorgt, Kaffee gekocht, Tee zubereitet und mit Sorgfalt den Frühstückstisch gedeckt.

»Papa!«, hatte Judith beim Anblick ihres Vaters entgeistert gerufen, »was machst du denn hier? Hast du hier übernachtet?«

»Ja, hat sich so ergeben.«

Als ihre Schwester Julia in die Küche kam, hatte diese Georg begeistert umarmt.

»Schön, dass wir mal wieder alle zusammen frühstücken können!«, hatte sie festgestellt und während sie zu viert um den Tisch saßen, hin und wieder ein verstohlenes, kleines Lächeln in die Runde geschickt.

Der Abend bei Steffen und David war sehr schön gewesen, sie hatten gequatscht und gelacht und kein Ende gefunden. Es ging gegen Mitternacht, als Astrid sich ein Taxi nehmen wollte, denn das Fahrradfahren hatte sie nach ihrem Unfall, bei dem sie trotz Helm schwere Kopfverletzungen davongetragen hatte, noch nicht wieder aufgenommen. Der Schock saß ihr noch in den Knochen. Die frische Nachtluft war wunderbar, und Georg, der mit dem Fahrrad gekommen war, hatte spontan angeboten, Astrid zu Fuß nach Hause zu begleiten. Tja, und so hatte sich so manches ergeben, eben auch, dass er heute in seinem alten Zuhause in der Nähe der Wakenitz frühstückte.

»Moin! Worüber freust du dich denn so? Findste den Termin jetzt so geil?«

Kopfschüttelnd stand sein Kollege vor ihm.

»Morgen, Claus! Es ist wunderbares Wetter, ich hab gut gefrühstückt, da darf man wohl mal gute Laune haben, oder?«

»Du hast gefrühstückt?«

Jansen staunte.

»Is dat nich n büschen leichtsinnig?«

Jetzt, wo Jansen es sagte, fand Angermüller das auch, und ihm wurde etwas mulmig bei der Vorstellung dessen, was sie gleich erwartete. Daran hatte er im Überschwang der Gefühle überhaupt nicht gedacht.

»Na ja, wird so schlimm nicht werden«, sprach er sich selbst Mut zu. »Da kommt Lüthge.«

Angermüller begrüßte den jungen Staatsanwalt, mit dem er gerne zusammenarbeitete, sie wechselten ein paar launige Worte und begaben sich ins Gebäude, wo sich augenblicklich eine leichte Beklommenheit über alle drei Männer breitete. Im Sektionsraum trafen Steffen von Schmidt-Elm und sein junger Kollege erste Vorbereitungen, auch der Institutsfotograf stand bereit. Die sterblichen Überreste der Klinikchefin lagen, noch unter einem grünen Tuch verborgen, auf dem Metalltisch.

Statt der sonst hier tätigen, ziemlich unfreundlichen älteren Frau wieselte ein jungenhaft aussehender Präparator, angetan mit langer Plastikschürze und weißen Clogs, in dem gefliesten Raum umher. Er schien über ein sonniges Gemüt zu verfügen, denn er pfiff leise vor sich hin. Jansen warf einen vielsagenden Blick zu Angermüller und tippte sich unauffällig an die Stirn. Der Kriminalhauptkommissar grinste verhalten. Im nächsten Moment erklang der Ton seines Handys, und er beeilte sich, nach draußen zu kommen. Die Kollegin Kruse rief an und hatte Neuigkeiten, erstaunliche Neuigkeiten.

KAPITEL VI

Ziemlich aufgewühlt kam Karo in Dünenhöhe an. Wie meist begrüßte sie auf dem Parkplatz der schrullige Mann mit dem Besen. Seit sie ihm des Öfteren Reste vom Vortag mitgab, altbackene Brötchen, Kuchenstücke, mal ein Schälchen Salat oder ein Stück Quiche, hatte er sie offensichtlich ins Herz geschlossen. Er aß allerdings nie in der Cafeteria, sondern packte alles in seinen Stoffbeutel, um es nach Hause zu tragen. Heute konnte sie ihm nicht ausweichen und musste sich von ihm die Hand schütteln lassen. Dabei faselte er etwas von einem Todesengel, der fürchterliche Rache nimmt.

Tja, der hat das mit dem Tod von der Seemann auch mitgekriegt, dachte Karo, und das beschäftigt ihn. Sie hatte gehört, dass die Verwaltungschefin zu Anfang ihres Wirkens in Dünenhöhe versucht hatte, den im Grunde harmlosen Sonderling vom Gelände der Klinik zu verbannen. Es war eine ihrer wenigen Maßnahmen, die sie nicht hatte durchsetzen können, da sich kaum einer der Mitarbeiter an die Vorgabe gehalten und dem fleißigen Parkplatzfeger immer wieder Geld zugesteckt hatte.

Karo nickte ihm freundlich zu.

»Ich muss jetzt zur Arbeit.«

Sie entzog ihm langsam ihre Hand und lief zum Eingang. Schon auf dem Weg zur Cafeteria wurde sie auf einen Tumult aufmerksam, der sich vor dem Zimmer des Chefarztes abspielte. Karwen lieferte sich ein lautes Wortgefecht mit Goldi, während die Sekretärin vom Paulsen daneben stand und heulte. Neugierig geworden stieß Karo die Glastür zu dem nach links abgehenden Flur auf.

»Sie bleiben hier, Barzani!«, schrie die Oberschwester gerade und versuchte, Karwen am Arm zu packen. »Heute können Sie sich nicht rausreden, Frau Heim hat Sie gesehen. Sie sind das gewesen, Sie, Sie …«

»Sie haben sie doch nicht mehr alle!«, brüllte Karwen zurück und schüttelte Käthe Golds Hand ab wie ein lästiges Getier. Die dunklen Augen hinter seiner randlosen Brille funkelten vor Wut.

»Nur weil ich zufällig vor der Tür von Paulsens Büro stand, als die Sekretärin hier ankam, wollen Sie mir sonst was anhängen! Ich bin Frau Heim erst nach, als sie um Hilfe rief, und ich hab mein Möglichstes versucht, aber es war schon zu spät! Ihr Verhalten ist lächerlich, Frau Gold!«

»Was ist denn hier passiert?«

»Ach Karo, gut, dass du da bist! Die denkt allen Ernstes, ich hätte dem Paulsen was angetan, dabei habe ich ärztliche Hilfe geleistet.«

»Wieso, was ist denn mit dem Paulsen?«

»Er ist tot.«

Frau Heim, die zitternd neben der Tür zum Chefarztbüro stand, schluchzte laut auf.

»Wie, tot?«, fragte Karo leicht verwirrt. »Ganz plötzlich gestorben, oder wie?«

»Leider hat die Oberschwester verhindert, dass ich mir den Paulsen genauer anschauen konnte. Das heißt, ich konnte die tatsächliche Todesursache nicht feststellen, weil diese Hysterikerin …«

»Sie halten mich wohl für sehr naiv! Ihre Spuren wollten Sie verwischen!«, rief Käthe Gold triumphierend. »Aber das habe ich Gott sei Dank verhindert. Und die Polizei ist unterwegs. Dieses Mal sind Sie dran, Barzani!«

Der junge Neurologe senkte den Kopf, faltete die Hände auf Kinnhöhe, als ob er beten wollte, doch er atmete nur laut pustend aus. Als er aufblickte, sagte er ruhig: »Ich muss zurück auf die Station. Wenn Sie mich schon nicht Dr. Paulsen untersuchen lassen – meine Patienten warten.«

»Wenn sowieso gleich die Polizei kommt, könnten Sie Dr. Barzani gehen lassen. Der haut bestimmt nicht ab, glauben Sie mir«, versuchte Karo zu vermitteln.

Die Oberschwester sah misstrauisch von ihr zu Karwen. Sie überlegte kurz, bis sie schließlich entschied:

»Gehen Sie auf die Station, Barzani. Aber ich komme mit. Und Sie, Frau Heim, lassen niemanden in das Büro, bis die Polizei eingetroffen ist!«

Die Sekretärin nickte kraftlos und ließ sich auf einen der Stühle im Flur fallen. Karo, die ohnehin von Käthe Gold nicht beachtet wurde, schloss sich ihr und Barzani an. Sie drängelte sich neben den Neurologen, sodass seine Aufpasserin hinter ihnen bleiben musste.

»Kannst du mir sagen, was hier los ist, Karwen?«

»Oh Mann, das wüsst ich auch gerne«, seufzte der Arzt. »Paulsen wollte heute bei der Visite dabei sein und vorher mit mir was besprechen. Als er zur verabredeten Zeit nicht gekommen ist, bin ich zu seinem Büro, um nachzuschauen. Das war abgeschlossen, und auf mein Klopfen hat keiner geöffnet. Als ich gerade gehen wollte, kam seine Sekretärin, die hat einen Schlüssel. Kaum war sie drin, hab ich sie fürchterlich schreien gehört. Ich bin sofort umgedreht und zu ihr in Paulsens Büro gerannt. Tja, da lag der Chef verdreht auf seinem Schreibtischstuhl, die Arme hingen schlaff herunter, der Kopf nach hinten. Ich hab versucht, seinen Puls zu fühlen, als mich jemand von ihm wegriss. Die Heim hatte inzwischen nämlich sie hier alarmiert«, er deutete hinter sich, wo ihnen Käthe Gold auf dem Fuße folgte.

»Die kam angerauscht wie eine Furie, hat mich aus dem Büro geschmissen und wollte mich dort auf dem Flur festhalten. Den Rest kennst du.«

»War der Paulsen vielleicht gar nicht tot?«

»Na ja, Puls hatte er keinen mehr.«

Aus dem Augenwinkel musterte Karo den Mann neben sich. Zielstrebig schritt er vorwärts, machte einen hoch konzentrierten Eindruck. Kurz blitzte ein Gedanke in ihr auf. Und wenn Karwen vielleicht doch derjenige war, der …? Er war mächtig sauer gewesen, auf beide, die Seemann und den Paulsen, die seiner Meinung nach die Idee einer Klinik als Ort der Heilung und Gesundung pervertierten. Das hatte er oft genug in ihrem Küchenkabinett kritisiert. Sie sahen nichts als die Rendite, die erwirtschaftet werden musste, die Menschen, um die es eigentlich gehen sollte, schienen nichts als eine Zahl in ihren Bilanzen zu sein. Bestimmt fühlte Karwen sich Seemann und Paulsen moralisch weit überlegen. Aber reichte das jemandem wie ihm als Rechtfertigung aus, um ihren Leben ein Ende zu setzen?

»Mensch, das ist ja so ähnlich wie bei mir gestern abgelaufen. Da war auch die Bürotür abgeschlossen, als ich die Seemann gefunden habe. Dann ist der Paulsen bestimmt nicht einfach so an Herzversagen gestorben.«

Ihre weiteren Überlegungen behielt Karo für sich.

»Keine Ahnung. Wie gesagt, die übergeschnappte Goldi hat mit allen Mitteln verhindert, dass ich ihn genauer untersuchen konnte.«

Er sprach nicht gerade leise. Seinen Ärger über das Verhalten der Oberschwester versuchte er nicht zu verbergen.

»Also, ich muss dann mal wieder was tun. Ich drück dir die Daumen, wird schon schiefgehen! Wir sehen uns heute Mittag.«

»Mmh«, machte Karwen nur. Er wirkte nicht gerade optimistisch, aber durchaus bereit, sich gegen Goldi und ihre Anschuldigungen zu wehren.

In Karos Kopf herrschte ein wildes Durcheinander. Schon wieder ein Toter in der Klinik, war das nicht unglaublich? Sie war sich sicher, dass auch Paulsen keines natürlichen Todes gestorben war, das wäre wirklich ein höchst merkwürdiger Zufall. Ob Karwen doch etwas damit zu tun hatte? Oder ob tatsächlich Paulsens Frau hinter dem Tod der Klinikchefin steckte, wie Jana felsenfest überzeugt war? Rasend vor Eifersucht bei der Seemann und jetzt Rache an ihrem Mann für die Erniedrigung, als die Betrogene dazustehen, da er womöglich nicht bereit war, zu ihr zurückzukehren, auch nach dem Tod seiner Geliebten nicht – große, negative Gefühle, großes Verbrechen aus Leidenschaft? Oder aber irgendein Psychopath trieb sein Unwesen und mordete nach einem bestimmten Muster. Vielleicht gab es einen anderen Zusammenhang zwischen den beiden Opfern als ihre intime Beziehung.

Karos Weg führte sie an dem Gang vorbei, der in der Lobby endete. Dort sah sie zwei Streifenpolizisten am Tresen stehen. Die ließen sich gerade den Weg erklären, offensichtlich zu Paulsens Büro. Es waren die beiden vom Vortag, und Karo zog es vor, denen lieber nicht zu begegnen. Die idiotische Warterei gestern hatte ihr gereicht.

»Huch!«

Sie war so in ihre Überlegungen vertieft, dass sie Benni und Arne gar nicht bemerkt hatte, die mit zwei leeren Rollstühlen ihren Weg kreuzten, über die sie fast gestolpert wäre.

»Guten Morgen, junge Frau, wo sind Sie denn mit Ihren Gedanken?«, fragte Benni in seiner gemütlichen Art und schob den Rollstuhl zur Seite, damit sie besser passieren konnte.

»Morgen, ihr zwei. Entschuldigung, ich bin durcheinander. Der Paulsen ist tot.«

»Was?«, rief Arne völlig perplex, während Benni nur stumm den Kopf schüttelte.

»Wie? Etwa auch ermordet?«

»Das ist noch nicht klar. Die Polizei ist jedenfalls schon da.«

»Das is ja der Hammer. Was läuft hier denn? Is hier 'n Serienmörder unterwegs? Sind wir auch bald dran?«

»Arne, so 'n Quatsch«, brummte Benni, »nu reiß dich mal zusammen. Also Karo, wenn ich dir helfen soll im Dünenbistro: Heute Abend ist die letzte Gelegenheit. Am Wochenende bin ich weg.«

»Okay, super, Benni. Wir sprechen heut Mittag drüber, ja?«

»Machen wir. So, was is, Bursche, jetzt komm. Unsere Patienten warten«, trieb der Physiotherapeut seinen jungen Kollegen an und schob mit seinem Rollstuhl davon.

»Wo er recht hat, hat er recht«, bedauerte Arne, »wir müssen. Wir sehen uns Mittag! Da wissen wir bestimmt schon mehr. Hey, Benni, nun warte doch auf mich!«

»Tscha, nu durften wir leider doch nich bei Dr. Frankenstein dabei sein, echt schade«, frohlockte Jansen, als sie in Dünenhöhe aus dem Dienstwagen stiegen. »Aber vielleicht besser für dein Frühstück.«

Dem konnte Angermüller nur zustimmen. Nachdem er die Kollegen Thomas Niemann und Nico Thimm telefonisch angewiesen hatte, ihn und Jansen im Rechtsmedizinischen Institut abzulösen, hatte der erst einmal eine Bäckerei angesteuert, bevor sie sich auf den Weg nach Norden machten. Mit Heißhunger biss er in das dritte Franzbrötchen, zerknüllte die durchgefettete Tüte und sah sich nach einem Mülleimer um. Als ob er schon auf sie gewartet hätte, stand plötzlich Hein Bork vor ihnen, streckte die Hand aus und nahm Jansen die leere Verpackung ab.

»Danke!«, reagierte der überrascht. »Alns kloar, Kumpel?«

»Keiner wird dem rächenden Schwert entrinnen, das prophezeit euch der Todesengel, ich Henim!«, nickte der Mann im blaugrauen Kittel mit feierlichem Gesicht und zog mit dem Papier von dannen.

»Na denn«, Jansen schaute ihm verwundert hinterher, »einen schönen Tach noch.«

»Merkwürdiger Kerl, aber scheinbar harmlos. Was den wohl zu dem gemacht hat, was er jetzt ist?«

»Tscha. Mir ist übrigens auch ganz merkwürdig, als ob das heute die Kopie von gestern wäre. Siehste, da kommen die Kollegen von der KT. Also nee, nee, nee, so wat aber auch!«, machte Jansen verzweifelt.

Der Mann am Tresen erkannte sie sofort wieder und schickte sie ohne lange Vorrede zum Büro des Chefarztes, vor dessen Tür sie die beiden Streifenpolizisten erwarteten und ihnen genau wie am Vortag ihren kurzen Lagebericht erstatteten. Die Kommissare warfen einen ersten Blick in den Raum, wo Dr. Paulsen mit nach unten hängenden Armen schräg auf seinem Bürostuhl mehr hing als saß. Der Kopf lag weit im Nacken, die leeren Augen starrten zur Decke. Angermüller wollte gerade etwas näher treten, da drängelte sich Ameise in seiner weißen Schutzkleidung an ihm vorbei.

»Können wir vielleicht erst mal unsere Arbeit tun, bevor ihr alles platt trampelt?«

»Guten Morgen, Andreas, hallo, Mehmet«, grüßte Angermüller die beiden Kriminaltechniker.

»Wüsste nicht, was an diesem Morgen gut sein sollte«, war Ameises Antwort.

»Moin zusammen. Ihr merkt schon, Andreas hat heute wieder Superlaune«, grinste Mehmet Grempel, der eine türkische Mutter und einen deutschen Vater hatte. Angermüller fragte sich, wie der sympathische junge Mann, der im Übrigen aus seiner fränkischen Heimat stammte, es mit dem bärbeißigen Kollegen aushalten konnte. Man durfte Ameise wahrscheinlich nicht zu ernst nehmen, aber das fiel dem Kriminalhauptkommissar zunehmend schwer.

»Okay, Mehmet, ihr sagt Bescheid, wenn ihr so weit seid.«

»Klar.«

Fast kaum wiedererkannt hätte Angermüller die Chefsekretärin, die auf einem Stuhl im Flur saß. Ihrer Bestimmung beraubt war von ihr nur ein Häufchen Elend mit verschmiertem Make-up im verheulten Gesicht übrig. Stockend schilderte sie, wie sie vorhin ihren Chef vorgefunden hatte, und dass die ärztliche Hilfe, die Dr. Barzani leisten wollte, zu spät gekommen war.

»Ach nee, der Barzani war hier?«, fragte Jansen hellhörig. »Den haben Sie gleich gerufen?«

»Nein, der war schon hier. Also, ich bin auf dem Flur mit dem zusammengetroffen. Die Bürotür war abgeschlossen.«

Nach dieser Aussage ließ sich Jansen die Auffindesituation von Frau Heim detailliert schildern.

»Und wo ist Barzani jetzt?«

Zwei Minuten später standen Angermüller und Jansen in der Neurologischen Station auf der Suche nach dem Stationsarzt.

»Findest du das nicht eigenartig, dass genau wie gestern die Bürotür abgeschlossen war?«, dachte Angermüller laut.

»Wieso eigenartig? Spricht nur für ein und denselben Täter. Ich find's eher verdächtig, dass dieser Barzani fälschlich behauptet hat, gestern Morgen seine Station nicht verlassen zu haben und heute bei dem toten Paulsen rumgegeistert ist. Lass uns den gründlich durchchecken.«

Niemand antwortete auf ihr Klopfen an der Tür des Arztzimmers, die ebenfalls abgeschlossen war, wie sich herausstellte, als Jansen kurzerhand die Klinke herunterdrückte.

»Abgeschlossene Türen scheinen hier normal zu sein.«

In Angermüller wurden Erinnerungen an den Aufenthalt seiner Frau wach. Es war stets mit Schwierigkeiten verbunden gewesen, einen Arzt zu fassen zu kriegen, wenn er eine Frage zu Astrids Gesundheitszustand oder ihren Therapien hatte. Sie gingen den langen, dunklen Flur entlang. Außer einer alten Frau, die am Tisch vor dem einzigen Fenster am Ende des Ganges saß, begegnete ihnen niemand. Auf den freundlichen Gruß der Kommissare reagierte die Patientin nur mit leerem Blick. Es war schwer zu deuten, was sie von den Besuchern überhaupt mitbekam.

Die Station wirkte auf Angermüller nur düster. Er konnte nicht glauben, dass sich diese freudlose Atmosphäre positiv auf die Gesundung und Erholung der Menschen auswirkte. Plötzlich öffnete sich rumpelnd eine Zimmertür. Ein Mann im Rollstuhl kam heraus. Als er die Beamten entdeckte, fuhr er auf sie zu.

»Hier! Hier!«, wiederholte er aufgeregt und wedelte, bei ihnen angekommen, mit einem Zettel. Offensichtlich gehorchte ihm nur ein Arm und er hatte Probleme mit dem Sprechen.

»Guten Tag! Zeigen Sie mal her«, forderte Angermüller ihn freundlich auf. Folgsam reichte ihm der Mann das Papier, auf dem Ort und Zeit seiner Therapiestunden notiert waren. Daneben stand: ›Patient orientierungslos, benötigt Begleitung.‹

»Ah, Sie müssen jetzt zur Logopädie ins Tiefgeschoss.«

Der Rollstuhlfahrer sah ihn unsicher an und hob hilflos die Schultern.

»Dann suchen wir mal jemanden, der sie begleitet«, beruhigte ihn Angermüller.

Es dauerte eine ganze Weile, bis ein Pfleger mit kurz rasiertem Kopf auf das Klopfen des Kommissars die Tür des Schwesternzimmers öffnete. Er war ziemlich dick und hatte ein unfreundliches Erstaunen im Gesicht.

»Ja?«

An dieser Tür zu klopfen, war nicht üblich, auch daran erinnerte sich Angermüller. Im Gegenteil, es kam einem Sakrileg gleich. Doch da er diesmal nicht befürchten musste, dass eine Angehörige dadurch Nachteile zu erleiden hätte, war Angermüller ohne Skrupel.

»Ihr Patient muss zur Logopädie begleitet werden. Seine Therapie hat vor fünf Minuten begonnen.«

»Das ist nicht mein Patient. Da ist mein Kollege für zuständig. Weiß auch nicht, wo der steckt. Ich glaube, der muss in Zimmer 16 grade Windeln wechseln.«

»Und Sie? Können Sie sich nicht um den Herrn kümmern?«

»Was mischen Sie sich in Dinge, die Sie nix angehen? Wer sind Sie überhaupt?«, brauste der Dicke auf, die Beamten misstrauisch musternd. Angermüller stellte sich und Jansen kurz vor. Dass die Kripo im Haus war, fand der Krankenpfleger offensichtlich eine interessante Neuigkeit, das änderte jedoch nichts an seiner Unwilligkeit.

»Das darf nicht wahr sein! Ich bin seit sechs zugange und gönne mir gerade mal fünf Minuten Kaffeepause, da will schon wieder einer was von mir. Von einer regulären Frühstückspause kannste hier eh nur träumen!«, regte er sich auf. »Und nu is nich mal das möglich. Das wird immer schlimmer!«

»Der Mann muss trotzdem zu seiner Therapie. Dafür ist er bei Ihnen in der Klinik, oder?«

»Ja, und? Ist das mein Problem, wenn die ständig am Personal sparen? Sparen, sparen, sparen, und sich dann wundern, wenn es an allen Ecken klemmt. Wir sind viel zu wenige und arbeiten ständig an unserer Belastungsgrenze. Aber der Klinikleitung ist das völlig egal.«

Trotz seiner wütenden Anklage trat er auf den Flur, nicht ohne die Tür mit einem lauten Knall hinter sich zuzuschmeißen, und nahm sich des verwirrten Patienten an.

»Danke«, nickte Angermüller. »Eine Frage: Können Sie uns sagen, wo wir Dr. Barzani finden?«

»Der macht bestimmt Visite. Sehen Sie die Zimmertür da hinten, über der das Licht leuchtet? Gucken Sie dort mal, wahrscheinlich sind die da gerade drin.«

»Okay. Versuchen wir.«

»Na, der war ja drauf!«, kommentierte Jansen außer Hörweite, während sie den Flur hinabgingen. Gleichzeitig bekamen sie mit, wie sich der dicke Pfleger freundlich des Rollstuhlfahrers annahm und mit ihm in Richtung Fahrstuhl verschwand.

»Ach ja, das kenne ich noch vom Aufenthalt meiner Frau. Die haben wirklich viel zu wenig Leute, zum Teil nur schlecht ausgebildetes Hilfspersonal, die dann alles schultern müssen. Alle, die hier arbeiten, haben immensen Stress. Stimmt schon, was der Barzani gesagt hat: Die Klinikleitung will schwarze Zahlen sehen, und dafür werden die Qualität der Pflege und das Patientenwohl geopfert.«

In dem Moment öffnete sich die Zimmertür, über der das Licht brannte, und wie aufs Stichwort trat Barzani in Begleitung mehrerer Personen auf den Flur.

»Haben Sie eigentlich nichts anderes zu tun, als schlechte Stimmung zu verbreiten, Frau Gold?«

»Das könnte Ihnen so passen, dass ich Sie allein lasse und Sie verschwinden können. Nur über meine Leiche!«

»Keine schlechte Idee«, knurrte der junge Arzt feindselig, »aber vielleicht denken Sie zuerst an unsere Patienten, bevor Sie mit wilden Gerüchten um sich schmeißen! Ich verbitte mir die weitere Sabotage meiner Arbeit auf der Station!«

Er wandte sich zurück zum Patientenzimmer.

»Bitte entschuldigen Sie das Benehmen bestimmter Personen in meiner Begleitung. Soll nicht wieder vorkommen.«

»Geht in Ordnung, Herr Doktor. Sie brauchen sich nicht zu entschuldigen«, kam es freundlich zurück.

»Guten Morgen, Herr Dr. Barzani.«

Überrascht schaute sich der Angesprochene um. Bevor er antworten konnte, drängelte sich Schwester Käthe hektisch zu den Beamten.

»Na endlich! Ich übergebe Ihnen die Verantwortung für diesen Herrn. Sie sind im Bilde, was mit Dr. Paulsen passiert ist?«

Der Kriminalhauptkommissar nickte.

»Wie haben Sie davon erfahren, Frau Gold?«

»Die Sekretärin hat mich gleich angerufen, und ich bin sofort zu Dr. Paulsens Büro gelaufen. Als ich dort ankam, machte sich dieser Mensch gerade an unserem Chef zu schaffen. Ich habe ihn sofort aus dem Büro entfernt und unter meine Aufsicht gestellt.«

»Und dafür gesorgt, dass ich überhaupt nicht feststellen konnte, was mit Paulsen geschehen ist. Man könnte auch sagen, Sie haben mich an ärztlicher Hilfeleistung gehindert«, erwiderte Barzani frostig, Verachtung im Blick.

»Aber gut, dass Sie da sind«, wandte er sich an Angermüller, »ich wollte Sie ohnehin sprechen.«

Vielleicht war er noch ein wenig zu kalt von den Stunden in der Kühlung, aber richtig gut durchgezogen, und der Geschmack des Salates aus schwarzen Linsen mit Aprikosen – ein bisschen scharf, ein bisschen fruchtig – war sehr gelungen. Karo stellte die Schüssel in den Glastresen neben die pikanten Karotten-Haselnuss-Taler. Von wegen Bockwurstparadies! Sollte dieser Kripomann heute auftauchen, würde er hoffentlich bemerken, was sich in der Cafeteria auf Dünenhöhe alles verändert hatte.

Im Hintergrund klapperte Jana mit dem Geschirr und quasselte ohne Pause. Sie hatte vor zwei Wochen jemanden kennengelernt, und ihrer Begeisterung nach zu urteilen, entsprach der Typ genau ihrem Traummann. Sie war entsetzlich aufgeregt. Er kam aus Köln, und dieses Wochenende wollte sie ihn dort besuchen.

»Findest du das nicht auch wahnsinnig spannend? Ich werde sehen, wie er wohnt, in seine Lieblingskneipe mit ihm gehen, wo er immer sein Kölsch trinkt, seine Freunde kennenlernen.«

»Seine Familie auch, nehm ich an, und dann werdet ihr euch verloben.«

»Manno, Karo, du bist fies! So 'n Quatsch! Aber das ist nicht so einfach, wie du denkst! Welche Klamotten soll ich anziehen? Meinst du, ich soll meine Haare so lassen? Jesus Christ, bin ich nervös, aber so was von!«

»Das kriegst du hin, da bin ich ganz sicher«, beruhigte Karo ihre junge Kollegin, »aber trotzdem, sei nicht ganz blind vor lauter Gefühlsduselei. Mach doch mal 'n Kaffee für uns beide, solange es einigermaßen ruhig ist. Ich muss dir was erzählen.«

»Wegen dem toten Paulsen? Weißt du Genaueres drüber, oder was?«

»Nee, von wegen blind vor Liebe.«

»Hä? Was ist los?«, Jana schaute überrascht zu Karo und machte sich dann, in freudiger Erwartung der Neuigkeiten, eifrig an der Kaffeemaschine zu schaffen. »Milchkaffee?«

Während Karo die ganze Thorben-Geschichte erzählte, wurden Janas Augen immer größer.

»Das gibt's ja nicht! So ein Schwein!«

Sie schüttelte empört den Kopf.

»Und dass er dann dein neues Café verwüsten musste. Einfach unglaublich!«

»Ich hab ihn nie so erlebt, aber ich glaube, wenn Thorben wütend wird, setzt sein Verstand aus. Der ist über die Anzeige wegen der Veruntreuung total ausgerastet und hat scheinbar überhaupt nicht auf dem Zeiger gehabt, dass ich ein zweites Mal zur Polizei gehen könnte.«

»Na hoffentlich verknacken die ihn so, dass es wehtut! Er hat es nicht anders verdient.«

»Mir ist vor allem wichtig, dass ich mein Geld wiederkriege. Ich fürchte nur, da besteht wenig Hoffnung. Der hat ja nix und das, was er von mir genommen hatte, hat er wahrscheinlich längst mit dieser Tussi auf den Kopp gehauen«, seufzte Karo. »Jedenfalls kann ich Hilfe brauchen beim Renovieren im Dünenbistro. Du bist ja leider dieses Wochenende nicht da.«

»Ja, tut mir leid. Das verstehst du doch, dass ich die Fahrt nach Köln nicht verschieben kann, oder?«

»Na klar. Wie sieht's denn heute Abend bei dir aus? Benni kommt helfen, weil der am Wochenende zu seinem Vater nach Thüringen muss.«

»Ja, das kann ich versuchen. Wird vielleicht bisschen später, weil ich kurz zu meiner Uroma ins Altenheim will, zum Geburtstag gratulieren.«

Beide tranken von ihrem Kaffee.

»Aber jetzt wegen dem Paulsen. Das geht mir die ganze Zeit im Kopf rum«, begann Jana, »wenn der wirklich umgebracht worden ist, dann könnte das doch auch seine Frau gewesen sein, oder? Er hat ihr klargemacht, dass er ihr den Mord an der Seemann nie verzeihen wird und sie sich total verrechnet hat, wenn sie dachte, er käme zu ihr zurück. Und baff, hat sie ihn aus Rache und Enttäuschung auch ermordet.«

»Baff. So einfach, ja? Na ja, möglich ist das schon, aber du weißt doch gar nicht, ob seine Frau die Seemann tatsächlich getötet hat.«

Jana zuckte mit den Schultern.

»Aber die hat doch wirklich allen Grund dazu! Ich kann mir nicht vorstellen, dass die nicht eifersüchtig war. Und Eifersucht ist eines der Hauptmotive bei Tötungsdelikten.«

»Steht das in deinen Krimis?«, frotzelte Karo. »Aber ich denk auch drüber nach, wer das wohl gemacht haben könnte, angenommen, bei Paulsen war es auch Mord. Ist schon komisch, dass es vielleicht jemand gewesen ist, den wir kennen. Ich hab mich vorhin kurz gefragt, ob Karwen zu so was in der Lage wäre.«

»Quatsch!«, rief Jana aus. »Wie kommst du denn auf den?«

»Na ja, der hatte auf die Klinikleitung eine mächtige Wut, und beide Male war er in der Nähe des Tatorts. Wir sind uns gestern früh nämlich auch über den Weg gelaufen. Er hätte durchaus das Müsli für die Seemann zusammenmixen können. Und Goldi hält ihn sowieso für den Täter.«

»Goldi!«

Jana schnitt eine Grimasse und zeigte einen Vogel.

»Nee, aber ich glaub das nicht mit Karwen. Das war bestimmt Zufall, der macht so was nicht.«

»Hallo, Bedienung! Könnte sich jemand um einen Kunden kümmern?«, rief es vom Tresen her, gefolgt von einem rasselnden Husten.

»Na, auf den hab ich gewartet«, schoss Karo kampfeslustig von ihrem Stuhl hoch, »der kriegt was zu hören!«

Ungeduldig mit den Fingern trommelnd, lehnte Patient Schulze an der Verkaufstheke. Die hellblaue Joggingjacke spannte über seinem Kugelbauch.

»Das wird auch Zeit. Dachte schon, hier bedient heute keiner mehr.«

»Ob Sie je wieder bedient werden, ist allerdings die Frage. Dass Sie sich überhaupt hierher trauen!«, blaffte Karo den völlig verdutzten Mann an, »nachdem Sie gestern der Kripo irgendwelche finsteren Geschichten vom Pferd erzählt haben!«

»Wieso? Ich hab doch nur …«, setzte Schulze an, sich zu verteidigen.

»Sie haben was?«

»Ich hab denen nur erzählt, dass ich Sie und den Barzani morgens vor der Cafeteria gesehen hab.«

Tatsächlich! Der Typ hatte also wirklich mit der Polizei gesprochen.

»Weiter haben Sie nichts gesagt?«

»Na ja, nur dass ihr irgendwas besprochen habt, was genau es war, hatte ich ja nicht gehört.«

Er sah Karo unsicher an, die ihn mit finsterer Miene musterte. Seine eben zur Schau getragene Dreistigkeit war offensichtlich dabei, sich zu verflüchtigen.

»Und dass ich den Namen Seemann gehört habe …«

»Also echt, Schulze, Sie ticken nicht ganz sauber, wenn Sie ernsthaft glauben, dass wir was mit diesem Mord zu tun haben könnten! Sollten mir und Dr. Barzani irgendwelche Nachteile durch Ihr Geschwätz entstehen, kriegen Sie's mit meinem Anwalt zu tun, damit Sie's wissen.«

Der ohnehin nicht sehr große Schulze schien immer kleiner zu werden und blickte nervös von einer Ecke in die andere.

»Die Polizei weiß übrigens längst von unserem zufälligen Treffen gestern Morgen«, behauptete Karo, um ihm gänzlich den Wind aus den Segeln zu nehmen. »Ansonsten kaufen und zahlen Sie in der Cafeteria wie jeder andere und machen nicht jedes Mal einen Aufstand, wenn Sie mal ein Sekündchen warten müssen. Ist das klar?«

Mit gekreuzten Armen stand Karo hinter ihrem Tresen.

»So. Soll's jetzt was sein?«

»Äh, nein, danke, dann doch nicht. Ich komm später wieder.«

Mit hängenden Schultern schlich Schulze Richtung Ausgang, ohne ein Wort vorbei an Frau Sczepanski, die dort gerade auftauchte.

»Wat is denn mit dem los?«, fragte sie, als sie bis zum Tresen gehumpelt war, »der hat doch sonst immer die große Klappe?«

»Ach, ich hab mal Klartext mit ihm geredet, dass er nicht immer den Dicken markieren soll, bloß weil er keine Minute auf seinen Kaffee warten kann wie jeder andere auch.«

»Richtig so, genau das hat die Großschnauze gebraucht! Und, geht's dir gut, meine Kleene?«

»Ja, geht so. Und bei Ihnen? Gab es heute was Leckeres zum Frühstück?«

Die Frau winkte ab.

»Kannste verjessen. Aber sag mal, stimmt es, dass der Paulsen auch …?«

»Hat sich das schon überall verbreitet? Das geht immer rasend schnell«, wunderte sich Karo. »Ja, das stimmt. Aber Genaueres weiß ich nicht.«

Frau Sczepanski nickte nachdenklich. Der Bienenkorb, zu dem sich das violettbraune Haar heute kunstvoll türmte, schwankte leicht auf ihrem Kopf.

»Mannomann, gestern eine Tote, heute der nächste. Da macht man sich so seine Gedanken, wer das gewesen sein könnte. Das geht ganz automatisch. Manche reden schon von einem gefährlichen Serienmörder und fühlen sich ihres Lebens nicht mehr sicher. Die ham ja wohl ne Meise, wa?«

Sie tippte sich an die Stirn.

»Also, das halt ich auch für absoluten Quatsch«, lachte Karo, »aber einen Zusammenhang zwischen den beiden Morden kann es geben. Zum Beispiel gehörten beide zur Klinikleitung und waren nicht sehr beliebt. Weder bei den Patienten noch beim Personal.«

»Ja, das stimmt. Aber ich weiß auch, dass der Chefarzt mit dieser Seemann, du weißt schon – und nu gestern die Seemann futsch, heute er. Dabei hat der doch eine so reizende Frau.«

»Sie kennen die Frau vom Paulsen?«, fragte Karo überrascht.

»Was heißt kennen? Wir sind uns ein paar Mal begegnet, wenn sie mit dem Hund unterwegs war, und dann haben wir auch ein paar Worte gewechselt. Mich geht das alles nix an. Aber wir Raucher, wir sind viel draußen, und da siehst du so manches, was andere nicht sehen«, raunte Frau Sczepanski vieldeutig, »und da denkt man sich sein Teil.«

»Was haben Sie denn gesehen?«

»Ach, is nich so wichtig. Gib mir lieber einen schönen Cappuccino, Schätzchen!«

Sie schenkte Karo ein nettes Lächeln.

»Na, das ist gemein! Erst Andeutungen machen und dann nur Schweigen.«

»Wenn du so alt bist wie ich, meine Kleene, wirst auch du wissen, dass man sich nicht immer überall einmischen muss. Und soll ich irgendeinem netten Menschen Scherereien machen, nur weil er zufällig zur falschen Zeit am falschen Ort war?«

Karo wusste darauf keine Antwort. Klar, der Schulze hatte sich genau gegenteilig verhalten, und wer weiß, welchen Ärger er Karwen damit eingebrockt hatte.

»Vielleicht haben Sie recht. Ich weiß es nicht. Man kann sich immer nicht vorstellen, dass irgendwer, den man kennt, tatsächlich so eine Tat verüben könnte.«

»Siehst du, das ist alles nicht so einfach, Schätzchen«, nickte Frau Sczepanski, und die schicke, strassbesetzte Spange an ihrem Bienenkorb glitzerte dazu.

Dass Dr. Karwen Barzani nervös war, konnte auch seine bemüht freundliche Miene nicht verbergen. Er hatte die Beamten in das schlicht möblierte Ärztezimmer auf seiner Station geführt, wo sie sich auf unbequemen Stühlen zu dritt um das Besuchertischchen gruppierten, auf dem sich Briefe, Patientenunterlagen und Arzneimittelpackungen stapelten und einige benutzte Kaffeebecher standen. Die beiden ebenfalls mit Papierstapeln beladenen Schreibtische, die mit Wochenplänen und Kalendern bedeckten Wände, die mit Medikamentenkartons vollgestopften Ecken zeugten von einem deutlichen Ungleichgewicht zwischen Arbeit und Zeit der hier Wirkenden. Barzani spielte mit einem Kugelschreiber in seinen Händen und wartete ab, vielleicht aus Höflichkeit, vielleicht aus Unsicherheit. Jansen saß ihm mit verschränkten Armen gegenüber.

»Sie wollten uns sprechen, haben Sie gesagt. Dann verraten Sie uns mal, weshalb«, durchbrach er schließlich das Schweigen mit unbewegter Mimik.

»Genau«, nickte Barzani, legte den Kugelschreiber beiseite und versuchte ein Lächeln.

»Mmh, wie soll ich das sagen. Also eigentlich ist es ganz einfach: Bei unseren Gesprächen gestern hatte ich nicht erwähnt, dass ich so um sieben Uhr unten in der Cafeteria gewesen bin.«

»Stimmt, Sie hatten uns gegenüber behauptet, die Station den ganzen Morgen über nicht verlassen zu haben.«

»Glauben Sie mir, ich wollte Sie nicht bewusst irreführen. Ich hatte das schlicht und einfach vergessen.«

Angermüller, der sich im Hintergrund hielt, sah das Bein seines Kollegen unablässig wippen. Jansen befand sich auf einer Fährte und konnte seine Anspannung nicht verbergen.

»Wann ist es Ihnen denn eingefallen?«

»Phh, keine Ahnung.«

Der Stationsarzt hatte seine Brille abgenommen und rieb sich mit den Fingern zwischen den Augenbrauen.

»Ach nee? Sie haben doch bei unserem Besuch am Nachmittag gleich gefragt, ob Karolin Berner uns geschickt hat. Der waren Sie nämlich vor der Cafeteria begegnet.«

»Ja, stimmt. Wie soll ich das sagen?«

Einen kurzen Moment schien Barzani nach einem Argument zu suchen, dann gab er sich einen Ruck.

»Also, auch wenn das jetzt vielleicht blöd klingt: Ich war irgendwie durcheinander, als Sie bei mir zu Hause aufgetaucht sind. Klar war mir irgendwann eingefallen, dass ich Karo zufällig vor der Cafeteria getroffen und Ihnen das nicht gesagt habe. Aber ich fand das auch nicht weiter wichtig. Ich hab ja nix mit dem Tod von der Seemann zu tun, und mit dem vom Chef genauso wenig. Aber als Sie plötzlich bei mir vor der Tür gestanden haben, da kriegte das mit einem Mal so eine Wahnsinnsbedeutung. Und dann hab ich gedacht, vielleicht ist es besser, ich erwähne gar nichts davon.«

»Tja, da haben Sie wohl falsch gedacht. Was wollten Sie denn um die Zeit in der Cafeteria?«

»Oh Mann, das ist wirklich so lächerlich.«

Barzani wand sich.

»Das ist mir jetzt richtig peinlich: Ich hab Geschirr zurückgebracht. Karo, also Frau Berner, die meckert immer, weil wir das nicht machen. Außerdem dachte ich, vielleicht krieg ich schon einen schönen Milchkaffee. Aber Karo war in Eile, weil sie einen Termin bei der Seemann hatte, und so musste ich ohne Kaffee abziehen.«

Als er Jansens skeptische Miene sah, hob er beide Hände.

»Das war alles. Ich schwöre.«

»Wir werden Ihre Angaben überprüfen, Herr Barzani«, mischte sich Angermüller in sachlichem Tonfall ein, »aber dann schildern Sie uns gleich, was sich heute Morgen zugetragen hat. Was hatten Sie um die Zeit in der Nähe des Chefarztbüros zu tun?«

Der Neurologe gab an, mit Paulsen zu einem Vorgespräch für die Visite verabredet gewesen zu sein, aber bei verschlossener Tür niemanden angetroffen zu haben. Seine weiteren Angaben deckten sich im Wesentlichen mit dem, was sie von Frau Heim, der Chefsekretärin, erfahren hatten. Den Beamten gegenüber wiederholte er seine Beschwerde, dass ihn Schwester Käthe nicht seine ärztliche Pflicht hatte tun lassen.

»Und wo haben Sie sich zuvor aufgehalten?«

»Ich war hier an meinem Schreibtisch. Heute wirklich die ganze Zeit. Bis zu meiner Verabredung mit Paulsen war ich auf Station im Ärztezimmer, das weiß ich genau«, Barzani lächelte Verständnis heischend, womit er bei Jansen aber keine Chance hatte.

»Sie können gern meine Kollegin von der Nachtschicht fragen, die ich abgelöst habe.«

»Genau das machen wir«, grummelte Jansen, »und Sie halten sich für weitere Auskünfte zur Verfügung.«

»Ich habe in der nächsten Zeit keine Reise geplant«, antwortete der Arzt und wirkte dabei leicht amüsiert.

»Du hältst den jungen Mann für verdächtig, gell?«, meinte Angermüller mit einem forschenden Seitenblick auf seinen Kollegen, als sie im Fahrstuhl auf dem Weg nach unten waren.

»Im Fall Paulsen wird sich das noch rausstellen, aber zumindest, was die Klinikchefin betrifft, hab ich ihn schon auf'm Zeiger. Du etwa nich?«

Der Kriminalhauptkommissar zuckte mit den Achseln.

»Ich bin nicht so schnell wie du. Außerdem sollten wir jetzt die junge Frau aus der Cafeteria hören. Die hat uns auch nichts von dem Zusammentreffen am Morgen erzählt.«

»Dat seh ich auch so.«

In der Lobby trafen sie auf Anja-Lena Kruse und Norbert Teschner, die sie zur Verstärkung nach Dünenhöhe beordert hatten. Angermüller und Jansen erklärten ihnen kurz die Ausgangslage, wobei dem Kriminalhauptkommissar wieder Blicke und Gesten zwischen Jansen und der blonden Kollegin auffielen, die es so vor ein paar Wochen noch nicht gegeben hatte. Musste er doch mal genauer drauf achten.

»Der Tatort liegt hinten links den Gang runter. Wenn ihr euch ein Bild gemacht habt, hört ihr euch ein bisschen um. Ihr wisst schon, so wie gestern, unter den Patienten, auch beim Personal bitte nachfragen, wer wann wo Dienst hatte, was Außergewöhnliches beobachtet hat und so weiter«, schickte er sie auf Erkundung.

Der Duft der noch warmen Buchteln war betörend. Verstohlen blickte Karo zu dem Teller, auf dem sich die goldbraunen Ballen türmten. Eigentlich hatte sie sich vorgenommen, bis zum Mittag nichts zu essen. So lässig sie die Bemerkung ihrer Mutter zu ihrer Figur pariert hatte, sie hatte sie doch getroffen. Ja, sie liebte den Genuss, und es stimmte, dass sie ein paar Kilo zu viel mit sich rumtrug. Sie war nicht fett, aber durch ihre Größe ohnehin kein Elfchen, bekam die Figur leicht etwas Walkürenhaftes, da musste man aufpassen. Seit Thorben sie verlassen hatte, gab es ständig Gründe, sich mit köstlichen Kalorien zu trösten, und das ging dann rasend schnell. Zuweilen erschrak Karo, wenn sie zufällig ihrem Spiegelbild gegenüberstand. Trotzdem griff sie jetzt zu.

»Ach, ich muss unbedingt die Buchteln probieren. Ich hab die zum ersten Mal gemacht. Muss sehen, ob sie auch gelungen sind.«

»Ja, is klar«, kam es spöttisch von Jana, die gerade die Scheibe des Verkaufstresens putzte.

»Willst du auch?«

»Ich koste mal von deiner.«

»Mmmh!«

»Wahnsinn!«

Die beiden Frauen seufzten glücklich und gaben sich dem Genuss des frischen Hefegebäcks hin. Der Teig war innen gelb und wattig weich, schmeckte nach Butter und Vanille, die gebräunte Oberseite knirschte süß vom Hagelzucker und die Unterseite war überzogen von einer dünnen Zimt-Zucker-Butter-Schicht.

»Köstlich. Hat sich doch gelohnt, dass ich gestern Nacht den Teig angesetzt habe.«

Jana bestätigte nickend. Plötzlich lachte sie los.

»Ich muss grad dran denken, wie du den Schulze vorhin zusammengefaltet hast. Das war echt super. Endlich mal! Dieses Ekelpaket.«

Die junge Kollegin hatte Karos Auftritt mit großer Aufmerksamkeit aus dem Hintergrund verfolgt.

»Oh, oh. Und jetzt kommt die Kripo, weil der Doofmann denen seine Schauergeschichten erzählt hat«, murmelte Karo, als sie die beiden Beamten vom Vortag hereinkommen sah.

»Ich dachte, du hast denen das längst gesagt.«

»Hab ich nicht.«

»Guten Morgen«, grüßte der Große mit den dunklen Locken freundlich und hob schnuppernd seine Nase.

»Ah, hier riecht's so gut nach frischem Hefegebäck.«

»Das sind unsere Buchteln, die sind noch warm. Guten Morgen«, antwortete Karo freundlich. Der andere Kripomann zog ein eher mürrisches Gesicht und sagte gar nichts.

»Bitte, suchen Sie sich den schönsten Tisch aus, um die Zeit ist nichts los.«

»Nee, wir wollen nicht frühstücken. Wir haben ein paar Fragen an Sie.«

Der Jüngere namens Jansen, wie sie sich erinnerte, war scheinbar nicht so gut drauf. Auch egal, sie hatte nichts zu verbergen, also keine große Geheimnistuerei, sondern sagen, was Sache ist.

»Sie sind hier, weil ich gestern vergessen habe, Ihnen zu sagen, dass ich Karwen morgens vor der Cafeteria getroffen habe, stimmt's?«

»Und jetzt ist es Ihnen gerade wieder eingefallen?«, stellte dieser Jansen mit hämischem Unterton fest.

»Nee. Aber ich weiß, von wem Sie das haben. Der Schulze ist einer unserer Dauerpatienten, eine Nervensäge und ein kleiner Wichtigtuer dazu. Der hat sich eingebildet, dass Karwen und ich was mit dem Tod von der

Seemann zu tun hätten, weil er uns vor der Cafeteria gesehen hatte. Und dann wollte er für sein Schweigen bezahlt werden, hier kostenlos essen und trinken. Als das nicht lief, hat er sich geärgert und Ihnen diese wilde Geschichte erzählt.«

»Na, dann schildern Sie uns bitte Ihre Version dieses Treffens mit Dr. Barzani.«

Der Typ konnte echt nerven, aber Karo riss sich zusammen und erklärte geduldig:

»Das war kein geplantes Treffen, sondern eine zufällige Begegnung, die allerhöchstens zwei Minuten gedauert hat. Ich hatte es eilig wegen meines Termins bei der Seemann, und Karwen musste zurück auf seine Station. Der Schulze hat nur das Stichwort Seemann gehört und sich sonst was zusammengereimt.«

»Und dass Sie bei uns nichts davon erwähnt haben?«

Meine Güte, dachte Karo, der Mann schafft es, dass ich echt sauer werde!

»Wie ich vorhin sagte: Ich hab's vergessen. Das ist zum ersten Mal, dass ein Mord in meiner Umgebung passiert ist, und das war mein erstes Verhör gestern, da kann das passieren, oder?«

»Vernehmung«, mischte sich der Gemütlichere wieder ein. Seinen Namen, der irgendwie lang war und süddeutsch klang, hatte Karo vergessen.

»Wie bitte?«

»Das heißt heutzutage Vernehmung. Wir haben Sie als Zeugin vernommen, nicht verhört.«

»Na ja, egal. Jedenfalls hatte ich vergessen, diese Begegnung zu erwähnen, und selbst wenn ich dran gedacht hätte, weiß ich nicht, ob ich's wichtig gefunden hätte, Ihnen davon zu erzählen.«

Während sein Kollege nickte, zeigte Jansen keine Reaktion. Einen Moment standen sie sich zu dritt stumm gegenüber.

»Ja, wenn es das dann war und Sie keine Bestellung aufgeben wollen, geh ich in meine Küche.«

»Danke, Frau Berner, wir sind fertig. Vielleicht kommen wir nachher noch mal vorbei«, meinte der dunkelhaarige Kommissar.

»Ach ja?«

»Zum Mittagessen.«

Er grinste. Dann schob er seinen Kollegen sacht in Richtung Ausgang, es fiel das Stichwort Rechtsmedizin, und die beiden waren aus Karos Blickfeld verschwunden. Sie musste niesen, fünfmal hintereinander. Jana hatte die Tür nach draußen geöffnet, und milde Frühlingsluft strömte herein. Verdammter Raps, verdammte Allergie.

KAPITEL VII

»Doo. Luege Se mol genau hii!«

Angermüller und Jansen beugten sich über den Toten, wo Eberle mit seiner in Latex verpackten Hand auf die Ellenbeuge des linken Arms tippte.

»Sehe Sie des nit?«

»Ich seh nix und verstehn tu ich auch nich viel«, murmelte Jansen leise, aber für die Ohren des jungen Rechtsmediziners laut genug.

»Was meine Sie jetz damit?«, fragte der irritiert.

»Ich glaube, der Kollege hat manchmal ein Problem, weil er Ihren schwäbischen Akzent nicht versteht«, erklärte Angermüller freundlich. »Gell, Claus? Bist halt ein echtes Nordlicht.«

»Schwäbisch?«

Eberle sah fassungslos von einem zum andern.

»Des will ich aber nit g'hört habe, Herr Kriminalhauptkommissar! Ich komm aus Freiburg. Do gibt's kei Schwabe, do gibt's nur Badener und die schwätze so!«

Jetzt verstand Angermüller, was sein Freund Steffen am Vorabend gemeint hatte. Auch wenn ihm der feine Unterschied nicht so recht klar war, für den Herrn Eberle war er scheinbar gravierend.

»Ja, natürlich, Badener! Meinte ich auch, Herr Eberle«, Angermüller schüttelte seinen Kopf, »aber verraten Sie uns doch bitte, was wir nicht sehen.«

Der junge Mann förderte eine stark vergrößernde Lupe aus seinem Arztkoffer.

»Doo. Do isch e ganz kleines Pünktle.«

Er hielt das Vergrößerungsglas über die besagte Stelle am Arm des toten Dr. Paulsen, besann sich dann und fuhr in kaum gefärbtem Hochdeutsch fort:

»Da ist ein winziger Einstich, um den sich ein kleines Hämatom gebildet hat. Ich gehe davon aus, dass hier die Kanüle einer Spritze in die Vene gesetzt wurde, sehr professionell übrigens. Ich sehe das als Hinweis für das Vorliegen einer Intoxikation. Was für ein Stoff injiziert wurde, werden wir bei der Obduktion beziehungsweise bei der chemisch-toxikologischen Analyse feststellen. So weit klar?«

Die Kriminalbeamten nickten artig.

»Ich nehme des Weiteren an, dass das Opfer erst betäubt wurde. Der Herr Ameise hat da etwas gefunden.«

Eberle nannte den Kollegen ganz unbefangen bei seinem Spitznamen. Wahrscheinlich war ihm dieser Umstand gar nicht klar.

»Herr Ameise, zeigen Sie doch mal«, forderte Jansen den am Boden knienden Kriminaltechniker auf und griente. Der schmiss ihm wortlos einen Klarsichtbeutel vor die Füße, in dem sich ein weißer Lappen befand.

»Ich tippe auf schnell wirkendes Chloroform, den Anhaftungen auf diesem Stoff nach zu urteilen. Und anschließend erhielt das Opfer die tödliche Spritze«, beendete der Rechtsmediziner seine Ausführungen.

»Können Sie schon in etwa sagen, wann der Tod eingetreten ist?«, fragte Angermüller vorsichtig, der wusste, wie ungern die Rechtsmediziner solch frühe Festlegungen vornahmen.

»Die Körperkerntemperatur des Opfers ist um ungefähr drei Grad gesunken, Totenflecke sind mittelstark ausgeprägt, während die Leichenstarre bereits an Kopf, Schultern und Armen eingesetzt hat.«

Während Eberle referierte, zeigte er mit einem Thermometer auf die entsprechenden Merkmale. Unangenehm berührt folgte Angermüllers Blick der Hand des Rechtsmediziners zu den nackten Armen, die aus den kurzen Ärmeln des weißen Polohemdes ragten, und dann zum sehr blassen, wie im Schmerz verzerrten Gesicht des toten Dr. Paulsen. Der Umgang mit dem Tod war Angermüller auch nach all den Jahren nicht zur Routine geworden, und in diesem Fall, da er am Vortag mit dem Lebenden Kontakt gehabt hatte, belastete ihn die Situation mehr als sonst. Nicht, dass er den Chefarzt besonders sympathisch gefunden hatte, aber ein solches Ableben hätte er ihm nicht gewünscht.

»Unter Berücksichtigung der Raumtemperatur und der Konstitution des Mannes nehme ich an, dass der Tod vor etwa drei Stunden eingetreten sein muss. Aber Sie wissen natürlich, dass das auf keinen Fall eine endgültige Aussage ist, die bekommen Sie erst nach der Obduktion.«

Der Kriminalhauptkommissar nickte zu Eberles Informationen.

»Also, dann ist der Mann wohl so um sieben Uhr rum gestorben.«

Er mühte sich um eine professionelle Miene.

»Ja, das kommt hin, aber wie gesagt, unter Vorbehalt.«

»Ich weiß, Sie können zum jetzigen Zeitpunkt nur Vermutungen anstellen, aber woran ist er letztlich gestorben?«

»Ich könnte mir vorstellen, dass es ein kardiogener Schock war, ausgelöst durch die Injektion von Digitalisglykosiden. Wie gesagt, nach der chemisch-toxikologischen Untersuchung wissen wir mehr.«

Angermüller warf einen Seitenblick auf den Rechtsmediziner. Seit er dessen vermeintlich schwäbischen Zungenschlag erwähnt hatte, vermied der konsequent jedes mundartliche Einsprengsel. Hoffentlich war er dem jungen Mann nicht zu nahe getreten. Aber Eberle wirkte vor allem sachlich, und dies war eh nicht der Ort für beschauliches Geplauder. Außerdem konnte es nur von Vorteil sein, wenn ihn alle im Team sprachlich gleichermaßen verstanden und er sein Schwäbisch, pardon Badisch, nicht anwendete.

»Ich muss euch was zeigen«, meldete sich Mehmet Grempel von der Kriminaltechnik, der an der schmalen Seite des Schreibtisches stand, »aber ich will euch nicht unterbrechen.«

»Ist schon in Ordnung«, winkte Eberle ab, »das war es eh von mir. Ich fahre jetzt mit ihm ins Institut. Wir sehen uns vermutlich bei der Obduktion.«

Er nickte Angermüller zu und packte seine Utensilien zusammen.

»Schaut euch das an.«

Der Kriminaltechniker hielt den Kommissaren eine der üblichen Klarsichttüten entgegen, in die sie ihre Beweismittel vom Tatort verpackten.

»Lag vor dem Mann auf dem Schreibtisch.«

»Brauchst deswegen nicht gleich so ’n Aufstand zu machen, Kleiner«, murmelte Ameise übellaunig aus seiner Ecke.

»Aber zumindest zeigen darf ich das den beiden, oder, Andreas?«, sagte Grempel belustigt. Die Griesgrämigkeit seines Kollegen schien ihm nicht das Geringste auszumachen.

»Ah, das ist ja interessant.«

Angermüller und Jansen schauten sich den Inhalt der Tüte genauer an.

»Sieht genauso aus wie das Teil von gestern. Können wir das mitnehmen, Mehmet?«

»Na klar.«

Der Fliederbusch neben der weißen Strandvilla wiegte sich in der leichten Brise, die vom Strand her wehte, und verströmte sein unvergleichliches Parfum. Es dauerte einen Moment, dann wurde die Haustür geöffnet.

»Sie?«

»Guten Tag, Frau Paulsen«, grüßte Angermüller höflich, »wir stören hoffentlich nicht.«

Sibylle Paulsen stand in Jeans und Blazer im Eingang, einen Rucksack auf den Schultern. Sie wirkte ungeduldig.

»Guten Tag. Es passt mir jetzt tatsächlich nicht. Ich habe es ziemlich eilig. Falls Sie zu meinem Mann wollen, der ist in der Klinik.«

»Ihr Mann, ja. Um den geht es.«

Nach einem kurzen Zögern fuhr Angermüller fort: »Wir haben eine traurige Nachricht für Sie, Frau Paulsen.«

»Wieso, was ist denn?«, fragte sie unkonzentriert und sah auf ihre Armbanduhr.

»Ihr Mann wurde heute Morgen tot in seinem Büro gefunden. Es tut mir leid.«

Kurz hob sie den Blick.

»Ach ja?«

»Ihr Mann …«

»Ich hab schon verstanden.«

Ohne eine erkennbare Reaktion gab sie die Tür frei.

»Kommen Sie bitte herein.«

Im Flur vor der Garderobe fielen Angermüller ein Koffer und eine Reisetasche auf, die jemand dort bereitgestellt hatte.

»Wollen Sie verreisen?«

»Das hatte ich eigentlich vor. Bitte.«

Wie am Vortag bot sie den Beamten im Wohnzimmer Plätze auf den unbequemen Stühlen am großen Holztisch an. Sie nahm ihren Rucksack von den Schultern und setzte sich ihnen gegenüber. Ihr Gesichtsausdruck hatte etwas Entrücktes. Draußen vor den Fensterscheiben blendete weißer Sand, dahinter glitzerte die Ostsee. Es herrschte ein weiterer prächtiger Maientag, von dem aber niemand drinnen Notiz nahm. Gedankenverloren schob Bille Paulsen die Obstschale, die vor ihr auf dem Tisch stand, von rechts nach links und dann wieder von links nach rechts. Die goldfarbene Schale war mit Äpfeln gefüllt, von denen Angermüller nicht hätte sagen können, ob sie echt waren.

Plötzlich begann die Frau zu lachen, leise und verhalten, schüttelte dabei ungläubig den Kopf und nahm ihre Besucher nicht mehr wahr. Sie schien nicht mehr aufhören zu können. Das Lachen wurde lauter, eine Träne lief ihr über die Wange. Jansen machte ein zweifelndes Gesicht und warf seinem Kollegen einen vielsagenden Blick zu.

»Frau Paulsen?«

Erst nachdem Angermüller sie ein zweites Mal mit ihrem Namen angesprochen hatte, richteten sich ihre Augen auf ihn, sie kam zurück in diesen Raum und beruhigte sich langsam. Noch einmal schüttelte sie den Kopf, blieb aber stumm. Der Kriminalhauptkommissar wusste ihre Reaktion nicht zu interpretieren.

»Entschuldigung, wenn ich so direkt frage: Warum lachen Sie?«

»Tja, ich weiß es selbst nicht. Die gepackten Koffer stehen da, weil ich weg wollte, aus diesem Haus, von diesem Ort, von meinem Mann. Gute Gründe gibt es ja genug. Und nun hat er mich verlassen. Paradox.«

»Mmh«, machte der Kommissar, dem diese Erklärung nicht weiterhalf, »wir müssen Ihnen ein paar Fragen stellen. Sind Sie einverstanden, wenn mein Kollege unser Gespräch mitschneidet?«

Jansen hielt den kleinen Recorder hoch.

»Kein Problem.«

»Also, warum wollten Sie gerade heute Ihren Mann verlassen?«

»Weil ich nach dem gestrigen Tag erkannt habe, dass durch Marens Tod nichts besser geworden ist. Im Gegenteil.«

»Inwiefern?«

Sie hob die Schultern.

»Ich hatte für einen Moment geglaubt, unsere Beziehung könnte sich einrenken. Aber mein Mann hat mir gestern deutlich zu verstehen gegeben, dass ihm durch Marens Tod endgültig klar geworden ist, dass es keine gemeinsame Zukunft für uns geben kann.«

»Und das haben Sie akzeptiert?«

»Was heißt akzeptiert? Ich habe meine Konsequenzen gezogen und die Koffer gepackt. Ich finde es sinnlos, nur für die Öffentlichkeit die heile Fassade einer Ehe aufrechtzuerhalten. Sie werden verstehen, dass meine Trauer sich in Grenzen hält.«

»Waren Sie eifersüchtig auf Maren Seemann?«

»Eifersüchtig, ich weiß nicht.«

Sie lehnte sich auf ihrem Stuhl zurück.

»Ich glaube eigentlich nicht, dass ich zu Eifersucht neige. Maren war nicht seine einzige Affäre, wenn auch die dauerhafteste. Trotz allem habe ich vor ein paar Tagen gedacht, unsere Ehe retten zu können. Ich fand es lohnenswert, denn wir hatten durchaus gute Jahre zusammen, mein Mann und ich. Irgendwann begann diese Affäre mit Maren, dann gab es eine Krise, dann wollte er Schluss machen mit ihr, dann fing es wieder an. Ach ja, eine endlose Geschichte, und dann hieß es vor ein paar Wochen, als ich davon sprach, dass wir vielleicht etwas kürzer treten sollten, da ich überlege, mein Erbe in einer Stiftung anzulegen, nun wird er sich endgültig von Maren trennen«, sie lachte kurz auf, »vom Sparen hielt er nämlich nicht so viel, jedenfalls nicht so lange es um seine privaten Belange ging. Aber Geld ist eben nicht alles. Die Ultraschallbilder haben wir gestern ja alle gesehen.«

»Ich verstehe nicht. Welches Geld, was meinen Sie?«

»Das, mit dem ich Eicke seine kleinen Extravaganzen finanziert habe. Sein Boot, seine Autos, die Mitgliedschaft in diversen exklusiven Clubs, das Haus auf Mallorca und die Wohnung in Florida – ach ja, dafür hat sein Chefarztgehalt denn doch nicht gereicht. Und ich verfüge über ein ganz ordentliches Vermögen aus dem Verkauf des Pharmaunternehmens meiner Familie. Als ich also gewisse Sparmaßnahmen für die Zukunft andeutete, versprach er mir wieder einmal, endgültig Schluss zu machen. Aber offensichtlich war ihm diese Beziehung doch wichtiger als Geld«, ein ironisches Lächeln spielte um ihren Mund, »was irgendwie für ihn spricht.«

Trotz dieser eher persönlichen Bekenntnisse vermittelte die Zeugin keinerlei Betroffenheit. Beherrscht und von kühler Distanz war sie scheinbar in der Lage, ihre Gefühle komplett zu kontrollieren. Aber galt das auch für bohrende Eifersucht und tiefe Enttäuschung? War sie davon wirklich frei? Eigentlich nicht vorstellbar, dachte Angermüller.

»Maren Seemanns Kiwiallergie war Ihnen ja bekannt.«

»Allerdings. Sie war ja direkt panisch in der Hinsicht«, sagte Bille Paulsen in etwas abfälligem Ton.

»Und ihre Gewohnheit, morgens eine Schüssel Müsli zu frühstücken, kannten Sie auch?«

»Sie werden lachen, sie hatte das Rezept für dieses Müsli von mir. Sie tat mir so vieles nach, die jung-dynamische Managerin. Manchmal hatte ich direkt das Gefühl, sie betrieb einen sportlichen Wettkampf um Eicke. Und schließlich hat sie es ja geschafft, mich zu übertreffen. Ihre

Schwangerschaft war ihr größter Sieg. Eins zu null für Maren, über den Tod hinaus.«

Für einen Moment schien sie die Anwesenheit der Kommissare fast vergessen zu haben, starrte entrückt auf die goldene Obstschale.

»Weil Ihnen selbst Kinder verwehrt geblieben sind?«

Sie blieb eine klare Antwort schuldig, reagierte nur mit einem leichten Schulterzucken.

»Wann haben Sie von Frau Seemanns Schwangerschaft erfahren?«

»Konkret erst gestern, als Sie mit dem Ultraschallbild bei uns aufgetaucht sind. Aber vermutet habe ich es schon vorgestern Abend. Da hat Maren mich angerufen und geheimnisvolle Andeutungen gemacht, wollte aber am Telefon nichts Konkretes sagen.«

»Warum haben Sie gestern diesen Anruf uns gegenüber nicht erwähnt?«

»Weil ich das nicht für relevant hielt.«

Bille Paulsen hob den Kopf.

»Aber warum wollen Sie das eigentlich alles wissen?«

Dann begriff sie, und amüsierte Skepsis machte sich auf ihrem Gesicht breit, als sie anfügte: »Gleich fragen Sie, ob ich in dieser Woche Kiwis eingekauft habe!«

»In der Tat, das ist meine nächste Frage«, bestätigte Angermüller ernst, während Sibylle Paulsen eine ungläubige Miene machte.

»Es kann sogar sein, dass im Kühlschrank noch eine Kiwi ist. Bitte, sehen Sie nach«, forderte sie in gereiztem Ton die Polizisten auf und wies mit dem Arm in Richtung Küche. Keiner der beiden Männer ging darauf ein.

»Sie glauben, ich habe Maren getötet, indem ich ihr Kiwi ins Müsli gemischt habe? Finden Sie das nicht ein bisschen … weit hergeholt?«

»Sie haben ungehinderten Zugang zur Klinik, Sie kannten die Gewohnheiten der Toten, das Müslirezept, Sie wussten von der Kiwiallergie und vor allem: Sie haben ein Motiv.«

»Also ich, ich weiß gar nicht, was ich sagen soll. Sie scheinen das wirklich ernst zu meinen.«

Erstaunt schaute Frau Paulsen zwischen den Kommissaren hin und her.

»Waren Sie heute den ganzen Morgen hier?«, wollte Angermüller wissen.

»Aha, kommen wir jetzt zu meinem Mann, ja? Woran ist der denn gestorben? Bin ich da auch verdächtig? Da Sie hier sind, scheint es kein natürlicher Tod gewesen zu sein.«

»Zur Todesursache können wir momentan keine Auskünfte geben, aber es stimmt: Er ist durch Fremdeinwirkung gestorben.«

Sie nickte verständig. Die Lässigkeit, welche die Frau im Umgang mit diesem Thema an den Tag legte, beeindruckte Angermüller. Ihre Beziehung zu Eicke Arthur Paulsen musste sehr abgekühlt gewesen sein, wenn sie anscheinend kein bisschen Trauer fühlte. Andererseits hatte sie behauptet, gestern noch ihre Beziehung retten zu wollen. Was sollte man ihr glauben? Konnte sie so perfekt ihre Gefühle verbergen? Oder war sie gar eine absolut kaltblütige Täterin?

»Sie haben meine Frage nicht beantwortet: Sind Sie heute Morgen außer Haus gewesen?«

»Ich war mit Lizzy unterwegs, wie immer, wir waren am Strand spazieren. Dann habe ich mich von dem Hund verabschiedet und ihn in eine Hundepension gebracht, da ich nicht sicher war, dass mein Mann die Zeit haben würde, sich um Lizzy zu kümmern, wenn ich weg bin.

Es ist sein Hund, in die Klinik kann er ihn nicht mitnehmen, aber das Tier muss ja nicht unter unseren Konflikten leiden, oder?«

An Jansens Unruhe konnte Angermüller erkennen, dass auch sein Kollege von der kühlen Art, wie die Zeugin auftrat, irritiert war.

»Waren Sie heute in der Klinik?«

»Nein.«

Der türkisfarbene Blick war fest auf den Frager gerichtet, und Sibylle Paulsen verzog keine Miene.

»Gut.«

Angermüller stand auf und nickte, eigentlich nur, um seine Ratlosigkeit zu verbergen, welche das Auftreten dieser Frau in ihm hinterließ.

»Ach so, eins noch«, er suchte in der Tasche seiner Lederjacke, bis er die Klarsichttüte mit dem Fund aus Paulsens Büro zutage förderte.

»Haben Sie das schon einmal gesehen?«

Sibylle Paulsen, die sich erhoben hatte, prüfte aufmerksam den Stein mit den eingearbeiteten Flügeln, der sich in der Tüte befand.

»Nein, nicht dass ich wüsste. Was ist das?«

»Das haben wir auf dem Schreibtisch Ihres Mannes gefunden. Wir nehmen an, so eine Art Talisman.«

»Ein Talisman? Das passt gar nicht zu Eicke«, kommentierte sie achselzuckend, »aber wer weiß, es gibt offensichtlich neue Seiten an ihm zu entdecken.«

»Gut«, sagte Angermüller zum zweiten Mal. Das Verhalten der Zeugin machte, dass er sich unsicher fühlte.

»Wir werden Ihre Aussagen überprüfen, Frau Paulsen, und Sie halten sich bitte für weitere Befragungen zur Verfügung.«

»Keine Sorge.«

Angermüller wunderte sich einmal mehr: Tatsächlich, ein feines Lächeln lag um ihre Augen.

»Für mich gibt es jetzt keinen Grund mehr, wegzufahren.«

Auch heute Mittag herrschte in Heiligenhafen frühsommerliches Treiben. Alle Caféterrassen, die in der Sonne lagen, waren gut besetzt, viele Leute gingen kurzärmelig, die ersten schon in leichten Kleidchen und kurzen Hosen. Langsam steuerte Jansen den Dienstwagen zum Ortausgang in Richtung Osten. Seit sie das Haus auf dem Graswarder verlassen hatten, war kein Wort gefallen.

»Was sagst du?«, durchbrach Angermüller schließlich die Stille. »Kommt sie für die Taten infrage?«

»Tscha«, machte Jansen unentschieden, »cool genug ist sie ja. Und erinnere dich, von sich aus hat sie uns gestern nichts erzählt, nicht, dass sie morgens in der Klinik gewesen ist, nichts von dem Anruf und der SMS von der Seemann. Alles musstest du ihr aus der Nase ziehen. Wer weiß, was sie heute wieder für sich behalten hat.«

»Mmh, da hast du recht. Ich hab auch das Gefühl, sie sagt nur, was sie muss. Vielleicht war ich zu vorsichtig mit meinen Fragen.«

»Vielleicht. Aber ich hab selten so eine abgebrühte Frau erlebt. Die hat nicht mit der Wimper gezuckt, als du ihr die Todesnachricht ihres Mannes mitgeteilt hast. Also, die hättest du auch mit anderen Fragen nicht aus der Ruhe gebracht. Das Potenzial für die Morde hätte die schon, meiner Meinung nach. Aber der kannst du nur mit eindeutigen Indizien beikommen.«

»Dann müssen wir daran arbeiten«, seufzte Angermüller, »Schau'n wir nachher mal, was Anja-Lena und Norbert erfahren haben.«

Georg Angermüller fühlte sich unwohl. Bei ihrer Ermittlung ergaben sich immer neue Rätsel, statt dass sie zu Lösungsansätzen fanden, kein Punkt zum Einhaken, in seinem Kopf nur ein verschwommenes Durcheinander. Er vermisste die innere Spannung, die ihn sonst vorwärts trieb, seinen Verstand präzise funktionieren ließ. War er überarbeitet? Kündigte sich nach 17 Jahren Polizeiarbeit so etwas wie ein Burnout an? Eine vage Idee kam ihm in den Sinn. Ja, vielleicht sollte er sich damit näher beschäftigen. Aber erst musste allerdings dieser verflixte Fall zu Ende gebracht werden. Er seufzte noch einmal und drehte nachdenklich die Plastiktüte in seiner Hand, die ihm Mehmet Grempel überlassen hatte. Der flache, glatte Kiesel darin maß ungefähr vier Zentimeter im Durchmesser. Wenn er auch in seiner Form ein wenig abwich, mit dem auf einer Seite eingefrästen Flügelpaar glich er exakt dem gestrigen Fund.

»Über dieses Teil wissen wir nicht viel. Vielleicht hatten der Paulsen und seine Freundin jeder so einen Stein auf dem Schreibtisch liegen, als Zeichen ihrer Verbundenheit quasi.«

Er steckte die Tüte ein.

»Das können wir gleich feststellen«, schlug Jansen vor und zeigte mit dem Kinn auf die Klinik, vor der sie mittlerweile angekommen waren. »Fragen wir die Sekretärinnen.«

Sie stiegen aus dem Auto und waren auf dem Weg zum Haupteingang von Dünenhöhe, da wurde das Grüppchen, das am Raucherpavillon seinen Nikotinpegel auffüllte, der Beamten ansichtig. Eine ziemlich dicke Frau, die stark humpelte, und zwei Männer, davon einer an Krücken, setzten sich erstaunlich schnell in Bewegung und traten Angermüller und Jansen in den Weg. Alle drei sprachen gleichzeitig. Es klang ziemlich konfus, und mehrmals fielen die Worte ›zwei Tote‹, ›Angst‹ und ›Serienmörder‹.

»Bitte, bewahren Sie doch die Ruhe!«, versuchte Angermüller gegen die Wellen der Aufregung anzugehen. »Sie sind sicher, für niemanden besteht Gefahr.«

»Nur keine Panik auf der Titanic«, brummte Jansen gereizt, dem deutlich anzumerken war, dass er überhaupt keine Lust hatte, sich mit diesen Leuten auseinanderzusetzen.

Mittlerweile stand die gesamte Rauchertruppe um die Kommissare gedrängt und redete durcheinander.

»Also, Herrschaften«, erhob Angermüller die Stimme, »meine Kollegen und ich ermitteln auf Hochtouren und ich versichere Ihnen, dass Sie wirklich keine Angst haben brauchen.«

»Er soll den beiden Toten ein blutiges Kreuz in die Stirn geritzt haben«, durchbrach die dicke Frau die entstandene Stille, »da ist es doch kein Wunder, wenn wir uns unseres Lebens nicht mehr sicher fühlen.«

Es klang panisch, und gleichzeitig schien sie sich an dem Schauder ihrer Worte zu ergötzen.

»Wat fürn Quatschkram«, kommentierte Jansen, »welcher Schwachkopp hat das behauptet?«

»Hab ich von mehreren Leuten gehört«, beharrte die Patientin und zog energisch an ihrer Zigarette. Jansen schüttelte nur den Kopf.

»Also, wir sind nicht in einem skandinavischen Fernsehkrimi. Zum Glück sind psychopathische Serienmörder im wirklichen Leben eher die Ausnahme«, sagte Angermüller geduldig, »also, lassen Sie uns in Ruhe unsere Arbeit machen, desto eher werden wir den Täter fassen. Genießen Sie lieber das schöne Wetter! Angenehmen Tag noch.«

Wie üblich saßen sie zur gemeinsamen Pause in der Cafeteria-Küche zusammen. Eigentlich hatte Karo über ihre privaten Probleme berichten und die anderen um Hilfe beim Wiederherstellen des Dünenbistros bitten wollen, doch die Aufregung über den Tod des Ärztlichen Direktors beherrschte die Köpfe. Auch Karo dachte heute nicht ständig an das Drama mit Thorben. Schon den ganzen Vormittag hatte sie über die Vorgänge in der Klinik gerätselt, ob es weitere Tote geben könnte, ob der Täter aus Dünenhöhe war, ob sie ihn kannte und wen Frau Sczepanski mit dem netten Menschen gemeint haben könnte, den sie in der Frühe gesehen haben wollte. Karo beteiligte sich kaum an der lebhaften Diskussion um sie herum, fühlte sich auf eine Art wie eine Zuschauerin im Theater.

Einem verängstigten Kaninchen gleich saß Hanh auf der Kante ihres Stuhles neben Karo und presste sich ein Papiertaschentuch vors Gesicht. Die vietnamesische Krankenschwester schien geweint zu haben. Karo legte ihr tröstend den Arm um die Schulter.

»Du brauchst keine Angst zu haben, Hanh. Das ist furchtbar, was passiert ist, aber wir können es nicht ändern, und du hast damit doch nichts zu tun«, sagte sie leise.

»Weiß auch nicht, ist alles so schrecklich. Wer ist so böse Mensch?«

»Das kann ich dir nicht sagen. Aber die Polizei wird bestimmt rauskriegen, wer es war, und dann ist alles wieder ganz normal.«

Dankbar sah Hanh ihre Nachbarin an und nickte artig wie ein kleines Mädchen.

»Was gibt's da zu flüstern? Habt ihr Geheimnisse, von denen die Polizei besser nichts erfahren soll?«

Spöttisch musterte Karwen die beiden Frauen. Hanh hielt sich sofort ängstlich ihr Taschentuch vors Gesicht.

»Karwen, bitte lass den Quatsch. Das ist nicht witzig«, wies ihn Karo zurecht, »das musst du selbst am besten wissen.«

Sie fand seine Frotzelei gegenüber der armen Hanh völlig unangebracht. Doch Karwen zuckte nur lässig mit der Schulter. Irgendwie blickte Karo bei ihm nicht durch. Gestern Abend war er ihr ziemlich eingeschüchtert vorgekommen, und nun riskierte er eine große Lippe. Sie hatte noch keine Gelegenheit gehabt, ihn zu fragen, ob er mit der Polizei gesprochen hatte. Während ihr Frau Sczepanskis dunkle Andeutung durch den Kopf ging, rätselte Karo zum wiederholten Male über das Verhalten des Arztes. Warum verhielt er sich so widersprüchlich?

Jana versuchte auch heute die anderen mit allerlei Argumenten zu überzeugen, dass nur die Frau des Klinikdirektors als Täterin infrage kam, weil die ein starkes Motiv und die Gelegenheit für die Morde hatte. Allen war die Chefarztgattin ein Begriff, jeder hatte sie und den schwarzen Hund schon mal gesehen. Ob es vielleicht doch die Paulsen gewesen war, die Frau Sczepanski begegnet war, überlegte Karo?

»Klar, mit dem Motiv hast du recht, aber ich kann das nicht beurteilen. Ich kenne die Frau nicht näher. Du schon, Jana?«, wollte Agneta wissen.

»Nö, eigentlich nicht. Aber wer sonst hat so ein eindeutiges Motiv?«

»Weiß überhaupt jemand, wie der Chef gestorben ist? Auch an einer Allergie?«

»Ich habe zwar den toten Paulsen kurz gesehen, aber ich konnte die Todesursache nicht feststellen, weil Goldi verhindert hat, dass ich mich intensiver um ihn kümmere«, berichtete Karwen, und seine Empörung darüber kam wieder hoch.

»Wieso das denn?«

Verständnislos schaute ihn Agneta an.

»Sie hatte Angst, dass ich nur meine Spuren verwischen wollte.«

»Hä? Denkt die, du wärst es gewesen?«

Auch die anderen lachten ungläubig. Karwen grinste nur.

»Die ist doch nicht ganz sauber im Kopf!«

Arne, der wie Jana gern Krimis las, brachte einen Serientäter mit krankhaftem Hass auf Ärzte und Krankenhauspersonal ins Spiel. Als er dazu eine furchterregende Grimasse zog und gutturale Laute von sich gab, drückte sich Hanh erschauernd gegen die Stuhllehne. Die Arme nahm seine nicht ganz ernst gemeinte Theorie für bare Münze.

»Ist gut, Arne, das reicht«, stoppte ihn Agneta und fuhr nachdenklich fort, »es ist nicht so, dass ich Angst habe oder erschüttert bin. Ich hatte keine persönliche Beziehung zu den beiden Opfern. Aber das ist das erste Mal, dass so schlimme Verbrechen ganz nah bei mir passieren, und ich weiß nicht, wie euch das geht, aber mir macht das schon ein komisches Gefühl. Vor allem so lange man nicht weiß, wer das gewesen ist.«

»Da hab ich kein Problem mit«, meinte Karwen mit einem leicht abfälligen Lächeln, »ich fühle mich befreit. Ich fand die Atmosphäre ziemlich bedrückend in der letzten Zeit. Jegliche Kritik wurde abgewürgt, allein Missstände zu benennen, zog unglaubliche Folgen nach sich. Und über schwarze Flecke auf der weißen Weste unserer beiden lieben Verstorbenen durfte schon gar niemand sprechen.«

»Was meinst du damit?«

Während einige verständnislose Gesichter machten, musterte Karo aufmerksam den Neurologen.

»Das wird zu lang, erzähl ich dir mal in einer ruhigen Minute«, beendete Karwen das Thema. Die Runde versank einen Moment in Schweigen.

»Guten Tag zusammen«, erklang plötzlich eine tiefe Stimme aus dem Hintergrund. Nicht nur Hanh zuckte erschrocken zusammen.

»Hallo, Benni, komm rein. Magst du einen Kaffee? Bist ja so spät dran heute«, grüßte Karo den Physiotherapeuten.

»Ich weeß. Hatte noch was zu erledigen. Kaffee nehm ich gern.«

»Wir suchen grade mal wieder den Mörder«, erklärte ihm Karo mit einem entschuldigenden Lächeln. »Jana glaubt fest, die Frau vom Chef war's, der Arne denkt an einen Psychopathen. Welche Theorie hast du?«

»Habt ihr keene andern Probleme?«

Kopfschüttelnd setzte sich Benni auf den freien Platz neben Karo.

»Du wolltest von deinem Pech mit dem Dünenbistro erzählen, hast du gesagt. Ich hab gleich einen Patienten und bin nur wegen unserer Verabredung heute Abend hergekommen. Wann und wo? Muss ich was mitbringen?«

»Ach so, ja prima.«

Karo nutzte die Gelegenheit, der Runde nun doch in Kurzform von Thorben und seinem Vandalismus im Dünenbistro zu erzählen. Die anderen äußerten empört ihr Mitgefühl über so viel Niedertracht. Alle, bis auf Hanh, die Dienst hatte, versprachen ihre Mithilfe für das Wochenende. Mit Jana und Benni verabredete sich Karo schon für den heutigen Abend.

»Ihr seid echt klasse, vielen Dank! Alle zusammen kriegen wir das vielleicht bis Sonntagabend gewuppt, das wäre total super!«

Agneta deutete auf die Wanduhr über ihren Köpfen.

»Ich glaube, wir müssen. Pause vorbei«, sie schob ihren Stuhl zurück. »Wisst ihr schon das Neueste?«

»Nee«, machte Benni trocken, »aber du wirst es uns sicher gleich sagen.«

»Der Backes ist der neue Klinikdirektor, zumindest vorläufig.«

»Ehrlich?«

Karwen war überrascht.

»Den hatten sie doch damals abgesägt, hab ich mal gehört, als unsere beiden toten Koryphäen hier den Dienst antraten. Das ist ja erstaunlich.«

»Wahrscheinlich haben sie auf die Schnelle keinen anderen gefunden. Wie gesagt, der Backes soll nur vorläufig die Leitung haben.«

»Der ist ganz vernünftig und umgänglich. Dann kann sich vielleicht doch noch was ändern«, kommentierte Benni.

»Siehste, Benni, dann brauchen wir doch nicht kündigen!«, rief Arne erfreut.

»Wieso kündigen?«, fragte ihn Karo erstaunt.

»Na, weil die Arbeitsbedingungen mehr als bescheiden sind und Physiotherapeuten überall gesucht werden. Aber vielleicht wird's jetzt ja besser.«

»Der Backes ist allerdings ziemlich alt, der geht bestimmt sowieso bald in Rente«, gab Agneta zu bedenken.

»Können wir bitte etwas zu essen bekommen?«, rief jemand aus dem Gastraum. Karo linste um die Ecke und verzog das Gesicht.

»Das ist schon wieder die Kripo«, sagte sie leise. Augenblicklich verstummten die Gespräche, und bei fast allen Anwesenden war eine merkwürdige Beklommenheit zu spüren. Jeder schien sich auf eine Weise ertappt zu fühlen, auch Karo selbst. Irgendwie albern, dachte sie, wo wir doch alle harmlos sind. Na ja, wahrscheinlich deswegen. Sie ging hinaus zum Tresen.

»Was darf's denn sein?«

»Komisch, dass keine der beiden Damen diese Flügelsteine bei den Getöteten gesehen hat, weder auf den Schreibtischen noch sonst wo. Gut, die sind nicht riesengroß und auffällig, die Dinger. Aber das könnte natürlich bedeuten …«

»Die Frikadellen sind fertig«, rief die junge Frau vom Tresen herüber, und Jansen stand auf. Als vorsichtiger Mensch hatte er sich auch heute für zwei hausgemachte Fleischklopse mit ebensolchem Kartoffelsalat entschieden. Angermüller verspeiste mit Genuss einen Karotten-Haselnuss-Taler und dazu einen Salat aus schwarzen Linsen, dessen exotische Würzung ihm ausgezeichnet schmeckte. Doch so richtig konnte er sich auf den Genuss nicht einlassen, denn ihm ließ das Thema keine Ruhe. Er fummelte in seiner Jackentasche und legte die Tüte mit dem Stein vor sich auf den Tisch.

»Unser fleißiger Feger hat doch was mit einem Engel erzählt. Und diese Flügel hier könnte man als eine Art Engelsflügel bezeichnen, oder?«

Kritisch blickte Jansen auf das Teil.

»Engelsflügel? Kenn ich mich nich so richtig mit aus, fürchte ich.«

»Okay, das ist was für Thomas. Der soll das recherchieren. Und wir versuchen gleich mit dem Feger zu reden.«

»Tscha, wenn du meinst.«

Aus dem Raum hinter dem Tresen tauchten ein paar Leute auf, die hier ihre Mittagspause verbracht hatten. Die Beamten ernteten teils neugierige, teils misstrauische Blicke, andere sahen gezielt an ihnen vorbei. Ganz normal benahm sich eigentlich niemand. Immer wieder fiel Angermüller die Unsicherheit auf, die ihm und seinen Kollegen bei der Arbeit entgegen schlug, gerade auch von völlig Unbeteiligten. Er antwortete Karwen Barzani, der als einer der wenigen zu ihnen herüber gegrüßt hatte, mit einem Kopfnicken. Vielleicht sehen sie uns als diejenigen, die das Verbrechen in ihr Leben bringen, ihren vermeintlich sicheren Alltag stören, was ihnen Angst macht. Dabei sind wir für das genaue Gegenteil zuständig.

»Hallo, Arne!«

Auch der junge Physiotherapeut wollte unbemerkt vorübereilen und wirkte nicht locker, als er an Angermüllers Tisch trat.

»Ach, hallo, Herr Kommissar!«

»Ich habe mal eine Frage: Der Hein Bork, arbeitet der noch irgendwo oder macht der schon am Mittag Feierabend?«

»Das kann ich Ihnen nicht sagen. Der ist sozusagen freischaffender Künstler«, grinste Arne, »vormittags ist er meistens hier, aber ansonsten kommt und geht er, wie er will.«

»Wissen Sie, wo er wohnt?«

»Ja, Richtung Heiligenhafen, gleich vor dem nächsten Gutshof, in einer der Arbeiterkaten.«

Der Physiotherapeut erklärte ihnen kurz den Weg.

»Na gut, vielen Dank.«

»Der ist ein bisschen eigen, der Hein«, fügte Arne an, »das haben Sie ja gemerkt. Der lässt nicht jeden rein und an sich ran, will ich damit sagen.«

»Ach ja?«

»Na ja, Sie haben ihn erlebt. Hein ist harmlos, aber der spinnt halt bisschen. Er hat was Autistisches, würde ich sagen. Die Seemann hatte versucht, ihn zu vertreiben, aber ist ihr nicht gelungen. Er ist immer wieder aufgetaucht, jeden Tag zur selben Zeit. Vor ein paar Wochen durfte ich übrigens einmal zu ihm nach Hause, weil er mir sein Schiff zeigen wollte.«

»Was für ein Schiff?«

»Der baut so Sachen aus Streichhölzern. Er hatte gerade ein Wikingerschiff fertig, das ich mir ansehen durfte. Da ist er mächtig stolz drauf. Ein Riesenteil war das, bestimmt einen halben Meter lang, mit ganz vielen Details, aus nichts als Streichhölzern, das muss man sich mal vorstellen! Echt der Wahnsinn!«

»Ah ja. Na, vielleicht kriegen wir das auch zu sehen. Tschüss und danke!«

Zum Nachtisch gönnte sich Angermüller eine der verlockend aussehenden Buchteln. Das Hefeteil, innen flaumig weich, am Boden karamellig knusprig, erinnerte ihn an die Genüsse seiner Kindheit. Im Winter bereitete seine Mutter davon öfter eine große, schwarze Reine voll zu. Sie aßen sie mit Dörrobstkompott und warmer Vanillesauce. Was übrig blieb, durfte man zum Frühstück verspeisen, dick mit Marmelade bestrichen – für den kleinen Schorsch immer ein Fest!

»Hat's denn geschmeckt?«, fragte die Cafeterialeiterin interessiert, als sie ihr Geschirr zurückbrachten.

»Auf jeden Fall«, nickte Jansen und hielt den Daumen hoch.

»Und Ihnen?«, wandte sie sich an Angermüller, »so ganz ohne die gewohnte Bockwurst?«

Es klang ein wenig spitz.

»Gratuliere, Frau Berner, die Qualität der Cafeteria hat sich um Lichtjahre verbessert. Und das Rezept für den Linsensalat können Sie mir bei Gelegenheit gern verraten. Der schmeckt wirklich toll!«

»Klar, das Rezept kriegen Sie.«

Mehr sagte die junge Frau nicht dazu, doch die Mischung aus Stolz und Freude auf ihrem Gesicht war nicht zu übersehen.

Da sie auf dem Gelände von Dünenhöhe den Mann im blauen Kittel nicht mehr angetroffen hatten, klopften die

Kommissare wenig später an die Tür einer kleinen Kate, die in einer Reihe mit anderen ein wenig abseits des von einem Gewässer umgebenen Gutshofes stand. Es gab weder Klingel noch Namensschild, aber nach der Beschreibung von Arne musste dies die Behausung von Hein Bork sein. Nichts rührte sich. Doch als Angermüller ums Haus herum ging und durch ein offen stehendes Fenster spähte, entdeckte er den Bewohner gemütlich am Tisch sitzend. Gerade goss sich Hein Bork aus einer großen, altmodischen Kaffeekanne eine Tasse ein, und der aromatische Geruch von Bohnenkaffee zog bis nach draußen. Inzwischen hatte der Mann den Kommissar entdeckt und winkte ihm freundlich zu.

»Hallo, Herr Bork, dürfen mein Kollege und ich einen Moment zu Ihnen hereinkommen? Wir würden Ihnen gern ein paar Fragen stellen.«

»Nein. Ich bin noch nicht fertig mit meinem Mittag«, antwortete er, inzwischen nicht mehr im blauen Kittel, sondern mit kariertem Hemd unter einer Strickweste. Der Kittel hing an einem Haken an der Tür. Hein Bork biss in eine Brötchenhälfte, die dick mit Wurst bestrichen war, vier weitere mit Wurst und Käse belegte warteten auf seinem Teller, und auf einem anderen lagen zwei Buchteln, aufgeschnitten und mit Marmelade bestrichen. Er kaute gewissenhaft und musterte dabei interessiert den Kommissar. Der sah Jansen um die Ecke kommen und machte dem ein Zeichen, zurückzubleiben.

»Gut, Herr Bork, wir warten vor der Tür. Sie sagen uns bitte Bescheid, wenn Sie so weit sind. Weiterhin guten Appetit.«

Ungerührt nahm der Mann einen großen Schluck aus seiner Kaffeetasse und rückte der nächsten Brötchenhälfte zuleibe. Angermüller zog sich ums Haus zurück.

»Wat is los?«

»Wir müssen uns gedulden. Unser Zeuge muss erst noch zu Ende Mittag essen. Scheint einen gesunden Appetit zu haben.«

Etwa eine Viertelstunde später öffnete Hein Bork die Haustür, aber nur einen Spalt.

»Du kannst kommen.«

Er deutete auf Angermüller.

»Der andere nicht.«

Der Kriminalhauptkommissar bückte sich durch die niedrige Haustür, während Jansen achselzuckend zurückblieb.

Von einem zerschlissenen Biedermeiersofa mit drei passenden Stühlen, über ein zierliches Wurzelholztischchen bis zu einem ovalen Esstisch bestand die spärliche Einrichtung der Stube ausschließlich aus antiken Stücken, die deutliche Spuren des täglichen Gebrauchs aufwiesen. Aus alten Schwarz-Weiß-Aufnahmen, die in schwarzen Rahmen an der Stirnwand hingen, warfen Herrschaften in Festtagskleidung strenge Blicke in den nicht sehr großen Raum.

»Nett haben Sie es hier«, sagte Angermüller aufgeräumt, um ins Gespräch zu kommen, denn Hein Bork hatte sich wieder an den Tisch gesetzt, sortierte das benutzte Geschirr der Größe nach ordentlich in eine Reihe und schwieg. Er bot seinem Besucher keinen Platz an.

»Sie wohnen allein?«

Ein Nicken.

Unauffällig ließ der Kommissar seinen Blick schweifen. Das Wikingerschiff, von dem Arne erzählt hatte, konnte er nirgends entdecken. Auf dem Wurzelholztischchen lag eine Bibel, darüber an der Wand hing ein schlichtes Holzkreuz.

»Sie wissen, was gestern und heute in der Klinik passiert ist?«

Wieder ein Nicken. Angermüller, der sich nach den Todesengel-Sprüchen des Mannes Informationen zur Tat, vielleicht sogar einen Hinweis auf den Täter erhoffte, versuchte es im harmlosen Plauderton.

»Schockierend, nicht wahr? Und was sagen Sie dazu?«

Als sei sein Besucher gar nicht da, begann Hein Bork das Geschirr in eine neue Reihenfolge zu sortieren. Alles stand präzise in Reih und Glied, da nahm der kleine Mann plötzlich Haltung an und hob den rechten Zeigefinger.

»So aber steht es im Buch Hiob: Die Unrecht pflügen und Unheil säen, ernten es auch.«

Genau wie bei seinem Spruch vom Todesengel starrte er ins Leere, doch seine Antwort machte Angermüller klar, dass er genau wusste, wovon er redete.

»Sie kennen sich gut aus in der Bibel«, lobte Angermüller den Mann und zeigte zu dem Buch auf dem Tischchen. Langsam wich die Erstarrung aus Hein Bork, und er sagte nicht ohne Stolz: »Die gehörte meinem Onkel. Der war Pastor.«

»Und der hat Ihnen viel beigebracht?«

Der Kommissar bekam ein bedeutungsvolles Nicken.

»Zurück zu den beiden Toten in Dünenhöhe, Herr Bork. Habe ich richtig verstanden: Sie glauben, die haben Böses getan und sind dafür bestraft worden?«

Hein Bork bejahte mit einer Kopfbewegung.

»Und was genau haben die beiden getan?«

»Selbstgerecht und harten Herzens sind die Pharisäer. Sie kommen unter das Gericht Gottes.«

Detailliertere Aussagen zu den Vergehen der beiden Opfer erhielt der Kommissar auch auf weiteres Nachfragen nicht.

»Wissen Sie vielleicht, wer sie bestraft hat?«, versuchte er es schließlich erneut. Doch wieder erntete er nur Zitate über einen Engel als Todesboten. Vielleicht wusste Hein Bork etwas über die Morde, kannte sogar den Mörder, doch in seiner Welt reichten ihm die Bibelsprüche als Erklärung, folgerte Angermüller. Sie waren für ihn wahrscheinlich der Weg, die Vorgänge in Dünenhöhe für sich zu deuten. Vielleicht könnte ein Psychologe mehr mit den Aussagen des Alten anfangen, seine eigenen Fragemethoden reichten dafür jedenfalls nicht aus. Trotzdem wollte er noch etwas von Hein Bork wissen:

»Haben Sie das hier schon einmal gesehen?«

Angermüller legte die Tüte mit dem Flügelstein auf den Tisch. Der weißhaarige Mann zog sie näher heran, sodass sie exakt in einer Reihe mit dem sortierten Geschirr lag, und setzte sich eine Lesebrille auf. Abwartend lehnte sich der Kommissar zurück. Eigentlich konnte er sich denken, dass jetzt wieder Henim der Todesengel sprechen würde.

»Ah ja, die Engelsflügel«, lächelte Hein Bork jedoch nach einem genauen Blick auf das Utensil und sah mit seinem rosigen Gesicht unter dem weißen Haarkranz mehr denn je wie ein gütiger Mönch aus.

»Kenn ich. Die sind von einem kleinen Engel.«

»Ach, Sie haben so einen Stein schon mal gesehen?«, hakte der Kriminalhauptkommissar hoffnungsvoll nach. »Wo war das denn?«

Der Mann ging darauf nicht ein.

»Alle Engel haben Flügel. Und die hier sind von einem kleinen Engel«, erklärte er mit dem Eifer eines Schulkindes. Angermüllers Hoffnung löste sich in Enttäuschung auf. Beim Hinausgehen fiel ihm etwas ganz anderes ein.

»Sie haben ganz allein ein großes Wikingerschiff gebaut, hab ich gehört. Dürfte ich mir das mal anschauen?«

Mit schief gelegtem Kopf sah Hein Bork den Kommissar an und überlegte. Schließlich beschied er ihn: »Komm, ich zeig es dir.«

In einem Regal in der Schlafkammer stand es, in wohl unzähligen Stunden zusammengesetzt aus Tausenden von Streichhölzern. Es sah etwas unförmig aus, war aber in seinen Details durchaus naturgetreu.

»Das ist ja beeindruckend! Und das haben Sie allein gebaut?«

Hein Bork nickte stumm, und es war ihm anzumerken, wie er Angermüllers Bewunderung genoss. Er deutete zu der Kommode gegenüber.

»Das da hab ich auch gemacht.«

Die mächtige Doppelturmfassade vor dem Basilikabau mit auffälligem Strebewerk und dem Dachreiter auf dem großen Mittelschiff – Angermüller erkannte es sofort. Die leicht klobige Anmutung passte in diesem Fall perfekt zum Original, das ihn sich stets klein und verloren fühlen ließ, wenn er darunter stand.

»Das ist ja die Lübecker Marienkirche!«

Zufrieden nickte der Schöpfer des ziemlich naturgetreuen Modells. Dann zeigte er zur Tür.

»Na denn tschüss. Jetzt muss ich wieder arbeiten gehen.«

KAPITEL VIII

Am Raucherpavillon stand das übliche Grüppchen Jogginganzüge beieinander, zwei saßen im Rollstuhl, und alle sogen routiniert den blauen Dunst in sich hinein. Manche von denen schienen, wenn sie nicht bei ihren Therapien oder beim Essen waren, den ganzen Tag dort zu verbringen, selbst bei nasskaltem Regenwetter herrschte reger Betrieb. Schon von Weitem vernahm Karo Schulzes rasselnden Husten. Doch er winkte nicht wie sonst bei ihrem Anblick und rief einen seiner dummen Sprüche herüber, sondern versteckte sich hinter den anderen, wie es Karo vorkam. Ihre forsche Strafpredigt heute Morgen hatte Wunder gewirkt. Das Großmaul würde ihr so schnell nicht auf den Nerven rumtrampeln.

Sie suchte sich eine leere Bank im Halbschatten einer blühenden Kastanie und schob die Brille hoch. Zuerst telefonierte sie mit Hausverwaltung und Schlüsseldienst, damit noch heute das Schloss ihrer Wohnungstür ausgetauscht wurde. Dann schlug sie ihr blaues Notizbuch auf, in das sie ihre Rezeptideen und die Wochenpläne schrieb, eine ihrer bevorzugten Beschäftigungen.

Was sollte sie in der nächsten Woche in der Cafeteria auftischen? Die Saison für heimischen Spargel lief dank des warmen Wetters auf Hochtouren. Auf dem Markt fanden sich junge Radieschen und Kohlrabi und natürlich eine Vielzahl frischer Kräuter. Ein Kohlrabisalat oder eine Spargelquiche wären vielleicht nicht schlecht, auch eine Grüne Sauce bot sich an oder ein Kräuterquark. Ach ja, es gab so viele Köstlichkeiten, die sie ihren Gästen vorsetzen konnte. Allerdings waren ihre Möglichkeiten in der Cafeteria auf Kleinigkeiten begrenzt.

Nicht zum ersten Mal dachte sie wehmütig an ihren begrabenen Traum. Sie war sich sicher, dass sie mit der Qualität ihrer Küche hätte überzeugen können, und mit der Zeit hätte sich das Dünenbistro zu einem vollwertigen Restaurant entwickelt. Endlich einmal der Fantasie freien Lauf lassen, kochen können, was Jahreszeit und Region hergaben, nicht nur kleine Snacks und Salate.

In Dünenhöhe lief vor allem das Kaffee- und Kuchengeschäft am Nachmittag recht gut, und Besucher, die das alte Bockwurstparadies kannten, äußerten dankbar ihre Zufriedenheit über das neue Angebot. Früher hatte man hier nur Kuchen aus einer Großbäckerei verkauft, hergestellt aus Fertigbackmischungen, mit pappigem Teig, künstlichen Aromen, trotzdem ziemlich geschmacklos und dafür völlig überteuert.

Backen gehörte zu Karos Leidenschaften, und wenigstens dieser konnte sie in der Cafeteria ausgiebig frönen. Die Begeisterung der Gäste über ihre Kuchen und Torten spornte sie zusätzlich an. Jetzt gab es die ersten heimischen Erdbeeren, die Rhabarberzeit war in vollem Gange, und mit beidem ließen sich köstliche Backwerke herstellen. Sie fragte sich, ob sie wohl Erdbeeren auf einen Brandteigboden legen könnte? Dieser Boden war dick und ein bisschen klietschig, schmeckte nach einem Hauch von Zitrone und müsste eigentlich perfekt zu den aromatischen, roten Beeren passen. Ja, das kam als Idee gleich auf ihre Liste.

Sie ließ den Blick über das Gelände schweifen und entdeckte am Rand des Parks eine Frau, die zielstrebig mit ihren Krücken zu einer Bank oberhalb des Steilufers humpelte. Dort angekommen ließ sie sich nieder und hob eine Krücke. Das musste Frau Sczepanski sein. Karo setzte ihre

Brille auf. Ja, tatsächlich, sie war es. Jetzt sah es so aus, als würde sie herüberwinken, doch auf Karos Antwort reagierte sie nicht. Dafür näherte sich der Bank von Frau Sczepanski ein Mann in Weiß. Die beiden begrüßten sich mit einer Umarmung.

Bei Karwens Anblick versuchte Karo unwillkürlich in Deckung zu gehen, was unnötig war, denn im Schatten der Kastanie war sie ohnehin nur schwer zu erkennen. Außerdem stand Frau Sczepanski in diesem Moment auf, Karwen half ihr dabei, und sie schlenderten gemeinsam durch den Klinikpark.

Karo verspürte eine unangenehme Nervosität angesichts der Szene. Frau Sczepanskis Worte über den netten Menschen, den sie am Morgen gesehen hatte und dem sie keine Scherereien machen wollte, kamen ihr in den Sinn. Was, wenn nun nicht die Frau vom Paulsen, sondern Karwen damit gemeint gewesen war? Woher diese Vertrautheit? Karwen war nicht einmal der zuständige Arzt von Frau Sczepanski, er gehörte zu einer ganz anderen Station.

Die Gedanken in Karos Kopf liefen Sturm. Ja, sie hatte hin und wieder an Karwens Unschuld gezweifelt, aber nein, sie wollte das nicht. Es durfte nicht sein, dass ausgerechnet Karwen etwas mit den Morden zu tun haben sollte. In diesem Moment wurde ihr klar, dass sie den jungen Neurologen viel netter fand, als sie sich bisher eingestanden hatte. Sie mochte sein Engagement, seinen Humor und ja, sie mochte sein Lächeln. Er konnte doch kein Mörder sein! Bei nächster Gelegenheit musste sie unbedingt mit ihm reden.

Schon während der letzten Minuten hatte sie ein unangenehmes Kribbeln in der Nase verspürt. Jetzt entlud es sich in einem heftigen Niesanfall, Karos Augen begannen zu tränen. Sie hatte geahnt, dass sie für ihren kurzen

Aufenthalt im Freien bezahlen würde. Es war jedes Jahr das Gleiche, immer wenn sie die ersten warmen Tage in der Natur genießen wollte, befand sie sich im Griff dieser bescheuerten Rapsallergie. Und seit immer mehr Bauern das gelbe Zeug für Biogasanlagen anbauten, gab es kaum ein Fleckchen, an dem sie draußen allergenfreie Luft atmen konnte, außer bei auflandigem Wind direkt am Strand oder wenn es gerade einen heftigen Regenschauer gegeben hatte.

Aus ihrer Hosentasche zog sie das obligatorische Päckchen Taschentücher, verbrauchte drei davon, die sie tropfnass in den Papierkorb neben ihrer Bank schmiss, und ergriff dann die Flucht nach drinnen. Als sie auf dem Weg zum Klinikgebäude zum letzten Mal in ihre Richtung schaute, waren Karwen und Frau Sczepanski aus Karos Blickwinkel verschwunden. Das Handy meldete sich. Es war eine unbekannte Nummer.

»Mama! Annika hat mir ihr Handy geborgt. Ich muss dir was sagen!«

Das Kind sprach leise, aber klang irgendwie aufgewühlt.

»Was ist denn los, Flori? Ist die Schule schon zu Ende?«

»Ja, die letzten beiden Stunden Sport fallen heute aus. Frau Schneider ist krank.«

»Und jetzt ist die Oma noch nicht da?«

»Ja«, Floris aufgeregte Stimme wurde noch leiser, »und drüben vor der Schule steht der doofe Thorben, und Annika soll das doch nicht hören.«

Jetzt verstand Karo die Aufgeregtheit ihrer Tochter und musste selbst versuchen, so ruhig wie möglich zu antworten.

»Ach so, ich verstehe. Das ist kein Problem. Entweder die Oma oder ich kommen dich gleich abholen. Warte bitte so lange in der Schule. Sag Annika einfach, du bist verabredet. Stimmt ja auch.«

»Gut, mach ich. Tschüss, Mama!«, tönte es etwas zuversichtlicher aus dem Telefon.

»Tschüss, meine Große!«

Karo beendete den Anruf und empfand gleichzeitig Wut und Angst. Nicht, dass sie persönlich vor Thorben Angst hatte, im Gegenteil. Aber dieser feige Idiot wusste genau, dass er sie am ehesten über das Kind packen konnte. Sie musste sich ihn baldigst vorknöpfen, damit diese Spielchen auf Floris Kosten ein Ende hatten. Und es war wirklich höchste Zeit, für das Mädchen ein Handy anzuschaffen, und für Gerlinde auch. Die musste im Übrigen gleich mit ihrer Krankengymnastik fertig sein. Vielleicht erreichte sie ihre Mutter dort in der Praxis. Karo wählte die Nummer auf ihrem Mobiltelefon.

»Alns kloar, mach ich. Bis später!«, beendete Jansen gerade ein Telefonat und schob sich einen Zettel mit Notizen in die Jackentasche, als Angermüller zu ihm in den Wagen stieg.

»Und wat het he secht?«

»Einiges, aber nichts, was uns wirklich weiterhilft. Der versteht schon, was passiert ist, der Hein Bork, und hat seine ganz persönliche Erklärung, warum die beiden Opfer sterben mussten. Sie waren böse, wie er sagt. Er hat eigene Erfahrungen mit der Seemann gemacht, die ihn nicht mehr auf dem Gelände haben wollte. Ach ja«, stöhnte der Kriminalhauptkommissar unzufrieden, »vielleicht hat er was beobachtet, weiß mehr, als wir ahnen, der ist ja jeden Tag am Fegen und meist am frühen Morgen. Aber um von dem was zu erfahren, musst du Psychologe sein oder noch besser Pastor und viel Zeit haben. Natürlich hat er wieder vom Todesengel erzählt. Und dann dachte ich, jetzt kommt's, denn er behauptete, unseren Engelstein zu kennen. Aber dann hat er mir nur erklärt, dass alle Engel Flügel haben und die unseren von einem kleinen Engel stammen. Und das war's dann. Damit konnte ich leider nichts anfangen.«

Statt einer Antwort trommelte der Kollege aufs Lenkrad und pfiff eine Melodie. Es klang ziemlich schräg, aber offensichtlich hatte er gute Laune.

»Findest du das so klasse? Ich hab das Gefühl, wir treten auf der Stelle«, brummte Angermüller. Claus Jansen ging auf die Feststellung nicht ein.

»Anja-Lena hat sich gerade gemeldet.«

»Gute Nachrichten?«, fragte der Kriminalhauptkommissar ohne große Hoffnung.

»Na ja, es gibt einen Zeugen, der hat die Paulsen heute Morgen in Dünenhöhe gesehen.«

»Ehrlich? Wer denn?«

»Ein Patient, derselbe, der gestern den Barzani beobachtet hat.«

»Ach so.«

Angermüller hatte ohnehin keine bahnbrechenden Erkenntnisse erwartet, trotzdem sagte er: »Mensch, dann lass uns fahren. Endlich ein Silberstreif am Horizont.«

Es klang nicht so aufmunternd, wie es klingen sollte.

»Außerdem gibt es einen neuen Verwaltungsdirektor in Dünenhöhe, und der möchte mit dem leitenden Ermittlungsbeamten sprechen.«

»Wenn's denn sein muss, auch das.«

Die Beamten ließen den Dienstwagen ganz am Ende des Parkplatzes in Dünenhöhe stehen, der, wie meist am Nachmittag, mit Autos gut gefüllt war. Durch den Park flanierten Patienten mit ihren Besuchern, andere wurden im Rollstuhl herumgefahren. In der Klinik zog Kaffeeduft durch die Lobby, und aus der Cafeteria drangen Geschirrklappern und Unterhaltungsfetzen. Anja-Lena Kruse und Norbert Teschner erwarteten sie im Logopädie-Gruppenraum, den Angermüller von Astrids Aufenthalt kannte. Zwischen den Kollegen saß ein kleiner, ziemlich übergewichtiger Mann, den sie als Achim Schulze vorstellten, und sah ihnen mit wichtigem Gesicht entgegen.

»So, Herr Schulze, guten Tag. Ich bin Kriminalhauptkommissar Angermüller, das ist mein Kollege Kommissar Jansen. Sie haben etwas beobachtet?«

»Ja, genau. Also heute ist der Paulsen, wie sagt man denn mal, vom Leben in den Tod befördert worden. Gestern die Chefin, die Seemann, heute der Chef. Sie können sich vielleicht vorstellen, dass wir Patienten uns auch mit diesen Mordfällen beschäftigen, hier ist ja sonst nix los. Ich sach mal so: Wir haben da verschiedene Theorien. Ich glaube, es geht um die Leitung der Klinik und dass unzufriedene Mitarbeiter dahinterstecken. Aber es heißt auch, die Seemann und der Paulsen, also, Sie verstehen?«

Er hakte seine Hände ineinander und bewegte sie hin und her. Dabei grinste er anzüglich.

»Was haben Sie denn nun beobachtet?«, polterte Jansen ungeduldig, doch dieser Schulze ließ sich nicht aus der Ruhe bringen.

»Ich will Ihnen doch nur erklären, warum meine Angaben wichtig sein könnten, junger Mann.«

»Das überlassen Sie man uns und kommen endlich auf den Punkt!«

Jansen traf ein beleidigter Blick.

»Und dann bin ich Ihrer jungen Kollegin im Haus begegnet. Wir hatten ja schon gestern das Vergnügen, nich wahr?«

Schulze schenkte Anja-Lena ein breites Lächeln. Diese verzog keine Miene.

»Und da hab ich gedacht, erzähl ihr am besten gleich, dass du heute Morgen die Frau vom Chefarzt gesehen hast.«

»Wo und wann genau?«, funkte Jansen dazwischen, bevor Schulze weit ausholen konnte. Der reagierte pikiert, überhörte Jansens Einwurf und wandte sich direkt an Angermüller.

»Also, Herr Kommissar, ich bin zu Ihrer Kollegin und habe ihr gesagt, dass ich ziemlich genau um 6.30 Uhr die Dame auf dem Klinikgelände gesehen habe beziehungsweise mir als Erstes der schwarze Hund aufgefallen ist, der durch den Park in Richtung Klinik flitzte, wo sich einer der Nebenausgänge befindet, und die Frau vom Chefarzt hinterher. Sie hat immerzu gerufen, Lizzy bleib stehen, bei Fuß Lizzy, doch das Tier hat nicht gehorcht.«

»Und dann?«

»Dann ist mein Mitpatient Kohlmeier gekommen, ein Frühaufsteher wie ich, und wir sind eine rauchen gegangen.«

»Und wo ist Frau Paulsen hin? Haben Sie sie die Klinik betreten sehen oder hat sie das Klinkgelände verlassen?«

Schulze zuckte mit den Schultern.

»Keine Ahnung. Das hab ich nicht mitgekriegt.«

Mit einer Unmutsäußerung drehte Jansen sich weg.

»Aber es war doch wichtig, dass ich Ihnen das gesagt habe, oder, Herr Kommissar?«

»Vielen Dank, Herr Schulze«, nickte Angermüller kraftlos, »Sie können dann gehen.«

»So ein Blödmann!«, schimpfte Jansen nach Schulzes Abgang, »hält sich für Sherlock Holmes und stiehlt uns die Zeit.«

Beschwichtigend legte Anja-Lena ihrem Kollegen eine Hand auf die Schulter, was Jansen augenblicklich verstummen und schief lächeln ließ.

»So ganz uninteressant ist seine Beobachtung nicht, Claus. Die trauernde Witwe hat uns gegenüber behauptet, heute Morgen überhaupt nicht hier gewesen zu sein. Und sonst Anja-Lena, Norbert, irgendwelche weiteren Hinweise?«, fragte Angermüller.

Norbert Teschner schüttelte bedauernd den Kopf.

»Es ist wie verhext. Niemand hat etwas mitbekommen. Um diese Zeit sind die meisten Patienten auf den Zimmern oder frühstücken in der Teeküche auf ihrer Station, die Pfleger sind mit Frühstück und Medikamentenausgabe beschäftigt, und die Therapeuten treffen erst um sieben zur Frühbesprechung ein.«

»Aber die Ärzte sind noch nicht bei der Visite, sondern allein in ihren Büros und ziemlich unbeobachtet«, stellte Jansen fest und sah zu Angermüller, der sofort wusste, dass sein Kollege eine ganz bestimmte Person im Visier hatte. Vielleicht hatte er wirklich den richtigen Riecher, so stolz wie Jansen auf seine Spürnase war. Allerdings hatte er nach Angermüllers Erfahrung damit im Schnitt genauso viele Treffer wie Nieten.

»Dann würde ich sagen, Anja-Lena und Norbert, ihr sucht weiter nach relevanten Zeugen. Vielleicht gibt's die irgendwo. Und wir arbeiten unsere Liste ab. Komm, Claus«, Angermüller bewegte sich zur Tür, »und wenn nichts Unvorhergesehenes dazwischenkommt, treffen wir uns gegen sechs in der Polizeidirektion, okay?«

So gebeugt, wie ihnen der große, schwere Mann in einem grauen, schlecht sitzenden Anzug gegenüber stand, schien auf seinen Schultern das ganze Gewicht dieser Welt zu lasten. Sein eigentlich freundliches Gesicht war zu einem einzigen Sorgenfaltengebirge zusammengeschoben. Er atmete schwer.

»Vielen Dank, meine Herren, dass Sie so schnell vorbeigekommen sind. Mein Name ist Helmut Backes, ich arbeite seit mehr als 25 Jahren in Dünenhöhe, bis zu diesem Tag sogar gerne«, sagte er, und es misslang ihm ein Lächeln.

»Bitte setzen Sie sich doch! Leider kann ich Ihnen nur diese unbequemen Stühle anbieten. Ich bin noch nicht dazu gekommen, in das Direktorenzimmer umzuziehen. Und Kaffee oder so was hab ich auch nicht.«

Hilflos breitete er seine Arme aus und ließ sich ächzend hinter dem Schreibtisch nieder. Sein Büro befand sich am Ende des Verwaltungstraktes im Erdgeschoss der Klinik, war ziemlich eng und dunkel und sehr bescheiden eingerichtet.

»Sie wollten uns sprechen, Herr Backes. Worum geht es?«

»Ja, ja, ja«, nickte der Angesprochene resignierend, dann raffte er sich auf und versuchte so etwas wie eine offizielle Haltung einzunehmen.

»Wie Sie vielleicht wissen, hat man mich zum kommissarischen Verwaltungsdirektor von Dünenhöhe ernannt.«

Der auf diesen Satz folgende Seufzer zeigte, dass ihm damit eine äußerst unwillkommene Last aufgebürdet worden war.

»Die Leitung des Fortesana Konzerns bittet darum, sie über den Stand Ihrer Ermittlungen zu informieren. Außerdem soll Ihnen bei Ihrer Arbeit jede erdenkliche Hilfe zuteilwerden, damit diese schrecklichen Verbrechen in Dünenhöhe baldmöglichst aufgeklärt werden. Und natürlich wird von der Konzernleitung erwartet, dass mit äußerster Diskretion vorgegangen wird.«

»Zum Stand der Ermittlungen ist zu sagen, dass wir darüber zum jetzigen Zeitpunkt keinerlei Auskünfte geben können und dürfen, auch der Leitung des Fortesana Konzerns nicht, außer der einen, dass wir in alle Richtungen ermitteln. Bisher wurde unsererseits keine Presse informiert. Sie sehen also, dass Diskretion bei uns normal ist. Von uns aus wird die Öffentlichkeit nicht ins Bild gesetzt, solange wir mitten in der Ermittlungsarbeit stecken. Geben Sie das so nach oben weiter.«

Angermüller bemühte sich, seine Antwort in ruhigem, freundlichem Ton zu geben, obwohl ihm das Ansinnen dieser Konzernoberen gehörig gegen den Strich ging.

»Aber sagen Sie uns doch mal, wie sich die beiden Delikte auf die Stimmung im Haus ausgewirkt haben. Sie sind lange genug hier, um das beurteilen zu können.«

»Ich weiß gar nicht, ob ich zu so einer Auskunft berechtigt bin«, wand sich Herr Backes.

»Ich wüsste nicht, wer Ihnen das verbieten sollte. Gegenüber einem Ermittlungsbeamten in einem Mordfall an Ihrem Arbeitsplatz sind Sie sogar auskunftspflichtig, würde ich sagen.«

Einen Moment schaute der frisch ernannte Verwaltungsdirektor stumm über den Tisch, dann nickte er.

»Eigentlich haben Sie recht. Und es gibt auch keinen Grund für falsche Zurückhaltung. Ende des Jahres geh ich eh in Rente.«

Und dann erzählte er, wie Dünenhöhe früher von den Patienten geschätzt wurde, wie persönlich und freundlich es zugegangen war, bis vor fünf Jahren der Fortesana Konzern die Klinik übernommen hatte. Er selbst war damals Verwaltungsdirektor und der Mann mit der längsten Erfahrung im Hause. Aber bald gab es Probleme mit der Leitung des Konzerns. Ständig trieben sich Inspektoren aus der Zentrale in Dünenhöhe herum, bemängelten dies, kritisierten das, gaben Anweisungen zum Sparen und wollten vor allem eines: Gewinne sehen. Helmut Backes schien sich alles von der Seele reden zu wollen, was sich in den letzten Jahren aufgestaut hatte.

»Und dann wurde uns vor drei Jahren eine neue Leitung vor die Nase gesetzt: Unser allseits beliebter Dr. Mayr wurde in den vorzeitigen Ruhestand geschickt und Paulsen übernahm als Chefarzt, ich wurde zurückgestuft zum stellvertretenden Verwaltungsdirektor und durch Maren Seemann ersetzt. Ab da pfiff ein neuer Wind durch Dünenhöhe, kann ich Ihnen sagen, und die Zahlen wurden schwarz. Es ging überhaupt nicht mehr um Gesundheit und Wohlergehen, sondern nur ums Geld. Stellen, Ausstattung, Gehälter – es wurde gespart, dass es knirschte. Die Stimmung unterm Personal ging rapide bergab, was sich negativ auf die Qualität der Pflege auswirkte. Eines ist sicher: Beliebt waren Seemann und Paulsen jedenfalls bei der Mehrzahl der Leute nicht. Plötzlich herrschte eine Hire and Fire-Mentalität. Kleinste Anlässe genügten, um unliebsame Mitarbeiter zu entlassen, eine ungute Fluktuation entstand, und eine Atmosphäre der Angst breitete sich aus.«

»Wollen Sie damit sagen, dass es unter den Mitarbeitern so manchen gibt, der ein Motiv gehabt haben könnte?«, fragte Jansen und sah den kommissarischen Verwaltungsdirektor interessiert an. »Wer denn zum Beispiel?«

Backes reagierte erschrocken.

»Gott bewahre, das wollte ich nicht sagen. Aber Sie haben gefragt, wie sich die beiden Morde auf die Stimmung im Haus ausgewirkt haben, und damit Sie das richtig verstehen, musste ich ein wenig ausholen.«

»Wie ist denn nun die Stimmung?«

»Niemand jubiliert, weil die beiden tot sind, das ist klar. Aber es trauert auch kaum einer. Ansonsten verhalten sich die meisten Mitarbeiter ruhig und vernünftig, der Situation angemessen.«

»Sagen Sie, ist Ihnen bekannt, warum die beiden hierher versetzt worden sind?«, wollte Angermüller wissen, der sich an eine Andeutung Barzanis erinnerte.

»Offiziell hieß es immer, Paulsen wollte zurück in den Norden. Er stammt wohl aus Lübeck, wie ich gehört habe. Na ja, und da Dünenhöhe ein Problemfall für Fortesana war, hätte man eben die Seemann gleich mitgeholt, weil die beiden als ein gut eingespieltes Team galten, dem man die notwendigen Sanierungsmaßnahmen zutraute. Es gibt aber Gerüchte, dass man die beiden aus Düsseldorf weg haben wollte, da es dort an der Kinderklinik, wo sie gewirkt haben, nicht nur Erfolge gegeben haben soll. Aber fragen Sie mich nicht, was da los war. Die Konzernleitung hat sich zu dem Thema auf Nachfragen sehr bedeckt gehalten.«

Ein müdes Lächeln glitt über das Gesicht des Mannes.

»Und eine Rehaklinik ist letztlich einfacher zu managen als ein Akutkrankenhaus.«

»Verstehe«, nickte Angermüller. »Hast du noch Fragen, Claus?«

»Können Sie uns etwas zu Dr. Barzani sagen?«

»Was wollen Sie wissen? Er ist ein ausgezeichneter Arzt und sehr engagiert für seine Patienten. Der hat mir immer leidgetan, weil er sich an der Klinikleitung die Zähne ausgebissen hat. Zum Beispiel hat er von Anfang an die Hygienestandards im Haus kritisiert, die vor allem vom Hilfspersonal in der Pflege nicht eingehalten wurden. Und da hatte der Mann recht. Bisher ist nichts Gravierendes passiert, man hatte Glück. Aber die Seemann hat Barzanis Qualitäten überhaupt nicht gesehen, ihn nur als Unruhestifter wahrgenommen und wollte ihn loswerden.«

»Wie auch Schwester Käthe.«

»Schwester Käthe, ja, ja«, Backes nickte. »Dazu sag ich lieber nichts, sonst vergess ich meine gute Kinderstube. Nur so viel: Nehmen Sie die Frau nicht ernst.«

Der kommissarische Verwaltungsdirektor lehnte sich in seinem Stuhl zurück. Er wirkte abgekämpft.

»Eins kann ich Ihnen sagen: So hatte ich mir die letzten Monate in meinem Arbeitsleben nicht vorgestellt.«

Angermüller sah ihn mitleidig an.

»Das glaub ich Ihnen aufs Wort, Herr Backes. Dann vielen Dank für Ihre Auskünfte. Wir verabschieden uns«, er griff in die Brusttasche seiner Lederjacke, »und sollte die Konzernleitung noch Auskunftsbedarf haben, soll sie sich direkt mit uns in Verbindung setzen. Hier, meine Karte.«

Sie selbst und ihre Beifahrerin wurden heftig nach vorne gegen die Sicherheitsgurte geworfen, so abrupt hatte Karo die Bremse durchgetreten. Ihre Mutter warf ihr einen erschrockenen Blick zu.

»Was ist denn los? Warum …«

»Was los ist? Das fragst du noch?«

Karo war außer sich.

»Ich sterbe fast vor Angst um Flori, und du hast nichts Besseres zu tun, als mir zum hunderttausendsten Mal den Frust über dein beschissenes Leben um die Ohren zu hauen! Alles, was du mir vorwirfst, ist doch dein eigenes Ding! Wenn du der Meinung bist, dass ich immer an die falschen Männer gerate, dann ist das wahrscheinlich die einzige Eigenschaft, die ich von dir geerbt habe. Es reicht, verstehst du! Sieh endlich ein, dass nicht *ich* den Mann ausgesucht habe, von dem *du* dir ein Kind hast machen lassen. Das war ganz allein deine Entscheidung! Und ich bin ich, begreif das bitte. Ich bin nicht das Abziehbild meines Vaters, so ähnlich ich dem vielleicht auch sehe.«

Gerlinde blickte geradeaus auf die Straße und wirkte ansonsten wie erstarrt.

»Außerdem akzeptier endlich mal, dass ich erwachsen bin«, fügte Karo, nun etwas ruhiger, an, »ich bin 30 Jahre alt, habe ein tolles Kind, einen Beruf, der mir Spaß macht, und irgendwann find ich auch jemanden, der zu uns passt, da bin ich ganz sicher.«

Sie fuhr wieder an und lenkte den kleinen Fiat langsam durch die vertrauten Straßen. Nach Floris Anruf hatte Karo ihre Mutter in der Krankengymnastikpraxis nicht erreicht. Der Termin war vorgezogen worden und Gerlinde eine Stunde früher fertig gewesen, aber bei ihr zu Hause meldete sich nur der Anrufbeantworter. Da sie das Kind nicht so lange der unangenehmen Warterei aussetzen wollte, während Thorben vor der Schule lauerte, war Karo kurzerhand selbst losgefahren, um Flori abzuholen. Als sie an der Steinwarderschule anlangte, war Flori nicht mehr da, Gerlinde mittlerweile zu Hause, aber allein, und Annika ging nicht an ihr Handy. So hatte sich Karo mit ihrer Mutter ins Auto gesetzt, um nach den Mädchen zu suchen, bisher erfolglos.

»Oh Mann, das ist gar nicht Floris Art, sich nicht an Absprachen zu halten. Wenn da bloß nicht wieder Thorben dahintersteckt!«

Die Angst um das Kind wurde immer stärker. Karo spürte sie bis tief in ihre Eingeweide. Seit ihrem Ausbruch schwieg ihre Mutter, beteiligte sich aber weiter an der Suche nach der Enkelin, beobachtete aufmerksam die Gegend, hin und wieder zeigte sie fragend auf bestimmte Ecken. Vielleicht hatte Gerlinde endlich verstanden.

Lautes Kreischen und Lachen schallte über den Spielplatz am Steinwarder Weg, gegenüber vom Yachthafen, doch weder Flori noch Annika konnte Karo unter den spielenden Kindern ausmachen. Ihr war hundeelend. Der Spielplatz war ihre letzte Hoffnung gewesen, das Mädchen zu entdecken.

»Jetzt weiß ich wirklich nicht mehr, wo wir noch schauen sollen.«

Erschöpft ließ sie sich auf ihrem Sitz nach hinten sinken, ihr Hals wurde eng und die Tränen stiegen ihr hoch, während sie verzweifelt durch die Windschutzscheibe starrte.

»Was soll ich bloß machen? Soll ich zur Polizei?«, fragte sie mit brüchiger Stimme, ohne wirklich eine Antwort zu erwarten.

»Wir werden sie finden. Sie ist bestimmt mit ihrer Freundin zusammen. Versuch noch mal, diese Annika anzurufen.«

Wie in Trance holte Karo ihr Handy heraus, registrierte nicht einmal, dass Gerlinde ganz sachlich und kooperativ geantwortet hatte.

»Sie geht nicht ran.«

Entmutigt ließ sie das Telefon sinken.

»Neulich hat Flori mal von der Seebrücke erzählt, dass sie es da so klasse zum Spielen findet. Lass es uns dort probieren, ist gleich da vorne«, schlug Gerlinde vor.

Geistesabwesend startete Karo den Wagen und fuhr die kurze Strecke zum Parkplatz unterhalb der Dünen. Sie fühlte sich mit einem Mal kraftlos, hob sich schwerfällig aus dem Auto und ging mit Gerlinde nach oben zu der Plattform, auf der ein kleines Café lag. Von der herrlichen Aussicht auf den Strand, auf die neue Seebrücke und die Ostsee nahm sie nichts wahr. Es herrschte ein lebhaftes Treiben. Rentnerpaare, viele Familien mit kleinen Kindern waren unterwegs, auch einige mit Mädchen und Jungen in Floris Alter, denn in manchen Bundesländern hatten Pfingstferien begonnen. Mechanisch bewegte sich

Karo vorwärts und suchte mit den Augen unter den Menschen, die dort promenierten, nach der bekannten Gestalt ihrer Tochter. Gerlinde, die so schnell nicht folgen konnte, war am Café zurückgeblieben.

Karo hatte ein ganzes Stück zurückgelegt, ohne Erfolg. Niedergeschlagen blieb sie stehen. Nichts, keine Spur von Flori.

»Karolin! Komm zurück, Karolin! Hier!«

Sie drehte sich um. Gerlinde stand am landwärtigen Ende der Seebrücke und winkte aufgeregt mit beiden Armen. Karo sah die schlaksige Figur ihrer Tochter auf sich zu rennen. Der Turnbeutel an der Schultasche schwang lebhaft hinter ihrem Rücken hin und her. Dann fiel Flori ihrer Mutter in die Arme.

»Mama!«

»Flori!«

Das Kind schluchzte und fühlte sich heiß und verschwitzt an. Kurz standen sie so beieinander, dann zog Karo das Kind aus dem Strom der Spaziergänger in Richtung Geländer.

»Was ist denn passiert, Flori? Warum bist du weg aus der Schule? Du wolltest doch warten, bis dich jemand abholt.«

»Das war wegen Annika. Die ist schuld!«

Sie hob das tränenverschmierte Gesicht zu ihrer Mutter. Etwas atemlos war inzwischen Gerlinde bei ihnen angekommen, lehnte sich an das Geländer und strich der Enkelin wortlos über den Kopf. Auf ihrem meist so unbewegten Gesicht zeigte sich ein kleines Lächeln.

»Wieso, was hat Annika gemacht?«

»Ich hab gesagt, ich muss warten, ich bin verabredet, und Annika ist dann gegangen. Vor der Schule hat sie Thorben getroffen. Den kennt sie, der war früher mal mit uns beiden eine Schokolade trinken. Und dann kam sie zurück und sagte, der wolle uns auf seine schicke Yacht mitnehmen. Hat der überhaupt eine Yacht, Mama?«

»Keine Ahnung. Glaub ich aber nicht.«

Annika hatte die Einladung total cool gefunden und insistiert, sie müsse mitkommen, weil Thorben ohne Flori nicht mit ihr los wollte. Und so fand sich Flori in dem Konflikt, sich von Thorben fernzuhalten und andererseits nichts über die Trennung erzählen zu sollen. Diese Situation hatte sie offensichtlich völlig überfordert, sodass sie mit Annika zu ihm ins Auto gestiegen war. Ein Auto besaß Thorben eigentlich auch nicht. Na, wer weiß, dachte Karo verdrossen, womöglich hat er sich das von meinem Geld zugelegt.

»Dann hat Thorben uns erst ein paar Süßigkeiten gekauft und ist mit uns auf den Parkplatz am Yachthafen gefahren. Und als wir ausgestiegen sind, hab ich gesagt, ich will nicht mit auf das blöde Boot und bin weggelaufen. Annika war sauer und hat mir nachgeschrien, ich wäre nicht mehr ihre Freundin. Aber das ist mir egal!«

»Ich habe neben dem Café gestanden und plötzlich Flori unten langlaufen sehen«, mischte sich Gerlinde ein, der die Erleichterung anzusehen war, »und da bin ich ein Stück die Treppe runter und hab sie gerufen. Zum Glück hat sie mich gehört.«

»Auf jeden Fall bin ich froh, dass du wieder da bist!«, freute sich Karo und spürte, wie ihre Energie zurückkehrte, »aber sag mal, warum geht eigentlich Annika nicht an ihr Handy?«

»Die wusste, dass du das bist, und dachte, du schimpfst sie aus, weil ich gesagt habe, sie ist schuld, wenn meine Mama nach mir suchen muss.«

»Und Thorben?«

»Der hat gesagt, ich wär 'ne olle Spielverderberin, weil

er doch einen lustigen Nachmittag für uns organisieren wollte.«

»Das bist du natürlich nicht, meine Große! Du hast ganz richtig gehandelt. Und jetzt gehst du mit der Oma zu uns nach Hause. Nachher kommt ein Handwerker und baut ein neues Türschloss ein. Essen steht im Kühlschrank. Ich fahr euch rum, hol mir meine Arbeitsklamotten und muss dann zurück in die Klinik. Und anschließend zum Renovieren ins Dünenbistro. Wird wahrscheinlich spät heute«, bedauerte Karo. Das Kind nickte und kuschelte sich wohlig zwischen Mutter und Oma.

»Kein Problem, mach ganz in Ruhe«, versicherte Gerlinde, »ich hab Zeit.«

Auf dem Weg zum Auto blieb Karo plötzlich stehen.

»Geht mal weiter. Mein Handy ...«, sagte sie zu ihren beiden Begleiterinnen, tat so, als suche sie ihr Mobiltelefon und suchte Deckung hinter einer Gruppe promenierender Touristen. Wie gebannt schaute sie zu einem der Tische vor dem Café-Pavillon. Dort saßen zwei bei Kaffee und Torte, steckten die Köpfe zusammen und schienen sich ausgesprochen angeregt zu unterhalten. Unangenehm berührt verharrte Karo einen Moment. Wenn sie doch nur wüsste, was es war, das Frau Sczepanski und Karwen Barzani verband.

»Sie war gar nicht da, sie ist nur dort vorbeigekommen!«, grummelte Jansen aufgebracht, »warum hat sie uns das heute Vormittag nicht gesagt?«

Er drückte aufs Gas. Die A 1 in Richtung Lübeck lag ziemlich leer vor ihnen, während auf der Gegenfahrbahn der späte Feierabendverkehr floss.

»Wir haben alle Zeit der Welt, Claus, du brauchst nicht so zu rasen und kannst Nerven sparen.«

»Mich regt das auf, wie diese Frau nur auf Nachfrage mit der Wahrheit rausrückt«, polterte Jansen weiter, ohne auf den Einwurf seines Kollegen zu achten, »so absolut cool. Ich wollte nicht nach Dünenhöhe und ich war nicht in Dünenhöhe. Man hat Sie aber dort gesehen! Ach ja? Ach so!«

Auch Angermüller war frustriert von ihrem erneuten Gespräch mit Frau Paulsen. Anders als Jansen litt er aber für sich allein. Sämtliche Nachforschungen dieses Tages waren wenig erhellend gewesen. Seine Hoffnung, von diesem Sonderling mit dem Engelstick wenigstens irgendeinen konkreten Hinweis auf die Taten zu erhalten, hatte sich nicht erfüllt. Jansen war zusätzlich verstimmt, weil sie am Nachmittag Dr. Barzani nirgends antreffen konnten. Und außer diesem Quasselkopp namens Schulze, der sich nicht als echte Hilfe erwies, hatten Anja-Lena und Norbert keinerlei weiterführende Fakten sammeln können.

»Und warum haben Sie uns nicht erzählt, dass Sie heute Morgen doch nach Dünenhöhe gelaufen sind? Ich? Aber nein, haha, das war der Hund! Ich bin Lizzy nur hinterhergerannt«, äffte Jansen Bille Paulsens gelassenen Plauderton nach, »und dass die Dame die Klinik nicht betreten hat, müssen wir ihr glauben!«

Angermüller blieb still. Nicht nur Jansens Stimmung, auch die der anderen Kollegen war alles andere als positiv, er selbst aber augenblicklich nicht in der Lage, Optimismus zu verbreiten. Bisher hatten sie den roten Faden in diesem Fall schlicht nicht gefunden. Sie mussten unbedingt versuchen, in eine neue Richtung zu denken. Auf jeden Fall sollten sie den Auskünften des kommissarischen Verwaltungsdirektors mehr Aufmerksamkeit widmen, überlegte Angermüller, was die Vergangenheit der beiden Opfer anbetraf. Das war, neben der Liebesbeziehung und der Tätigkeit in Dünenhöhe, die dritte Gemeinsamkeit zwischen den beiden Toten.

Das noch junge Grün von Wiesen und Feldern leuchtete rechts und links der Autobahn in der schräg stehenden Sonne, keine Wolke mischte sich ins klare Blau des Himmels. Doch der Kriminalhauptkommissar, der sonst viel seiner Lebensenergie aus der Betrachtung der Natur zog und bei so einem Bilderbuchwetter erst recht voller Tatendrang war, hatte heute kein Auge für den großartigen Frühsommertag. Seine Unzufriedenheit lag nicht nur am zähen Verlauf der Untersuchung, ahnte Angermüller. Sie war auch in ihm selbst begründet. Gerade hatte er sich in seinem neuen Leben eingerichtet, Tatsachen akzeptiert, Perspektiven ins Auge gefasst, auf einmal änderten sich Dinge und Menschen, nicht zuletzt er selbst, und vorbei war es mit der Ruhe, der trügerischen Sicherheit. Und eigentlich hasste er Veränderungen! Aber selbst schuld, wenn er so unstet war. Vielleicht würde ein Durchbruch bei ihren Ermittlungen auch gegen sein allgemeines Missbehagen Wunder wirken.

»Wir sind früh dran«, meinte Jansen nach einer Weile, »ich müsste noch was zum Essen einkaufen. Ist das okay für dich?«

»Kein Problem. Das Übliche, Tiefkühlpizza, Bier?«

»Haha«, machte Jansen leicht verstimmt, »wir kochen, und ich soll ein Pfund Nudeln, frischen Parmesan und Fenchelsamen besorgen.«

»Ach, was gibt's denn?«

»Nudeln mit Würstchen oder so, irgendwas italienisches, hab vergessen, wie das heißt.«

Das waren gleich mehrere Erstaunlichkeiten, die Angermüller von seinem Kollegen serviert wurden. Jansen war zum Kochen verabredet, das hatte es in all den Jahren noch nie gegeben, soweit er sich erinnern konnte, und dann ging es um italienische Küche. Aber die große Frage war, mit wem war er zum Kochen verabredet?

»Dann lass uns bei dem Biomarkt in St. Lorenz vorbeifahren. Der liegt am Weg, hat einen Parkplatz, und da bekommst du alles.«

»Okay, das passt«, stimmte Claus Jansen erfreut zu, weil er nicht noch nach einem Laden suchen musste.

»Und ich kann ein frisches Huhn für heute Abend kriegen. Meine Töchter kommen.«

Vielleicht auch Astrid, fügte er im Geiste an, und diese Möglichkeit hellte Angermüllers Stimmung augenblicklich auf. Hühnchen hatte Astrid immer gemocht. Während Jansen im Laden gewissenhaft die drei Positionen auf seinem Einkaufszettel abarbeitete, sichtlich erleichtert, dass ihm das komplikationslos gelang, konnte Angermüller nicht widerstehen, seinen Einkaufskorb mit diversen Zutaten zu füllen, die aus einem bescheidenen Abendessen ein köstliches, kleines Menü machten. Nach diesem Ausflug in den Kosmos des Kochens und Essens war sein Blick auf die Welt etwas zuversichtlicher, als sie in der Posehlstraße anlangten.

Alle anderen waren eingetroffen, sodass Angermüller sogleich die Sitzung eröffnete. Den Anfang machte die Kriminaltechnik: Mehmet Grempel erläuterte in Wort und Bild die Auffindesituation des zweiten Toten. Spuren eines Kampfes waren nicht entdeckt worden, so zumindest der jetzige Erkenntnisstand auch der Gerichtsmedizin. Also hatten sich Opfer und Täter entweder gekannt und Paulsen keinerlei Verdacht geschöpft oder der Täter hatte sich im Raum versteckt, auf Paulsen gewartet, ihn von hinten gepackt und sofort betäubt. Was zu diesem zweiten Szenario nicht passte, waren die fehlenden Einbruchsspuren. Das Einzige, was sie auf dem Boden neben dem Bürostuhl gefunden hatten, war das mit Chloroform getränkte Moltontuch, wahrscheinlich aus den Beständen der Klinik. Fest stand, dass die Tötungsart ein gewisses Maß an medizinischen Kenntnissen erforderte. Die Spritze, mit welcher der tödliche Stoff verabreicht worden war, um einen kardiogenen Schock herbeizuführen, hatte der Täter oder die Täterin vom Tatort entfernt.

Auf einem White Board, für das Thomas Niemann, der Aktenführer mit dem phänomenalen Gedächtnis, zuständig war, befand sich die am gestrigen Tag begonnene Bilder- und Materialsammlung zum Fall Seemann. In der Mitte das Foto der Verwaltungschefin, gerahmt von Fotos vom Tatort und einigen Asservaten, und drum herum gruppiert die Namen der Zeugen, Bezugspersonen beziehungsweise möglicher Verdächtiger, verbunden durch Pfeile und Linien. Auch die Ultraschallaufnahme der Schwangerschaft war darunter. Daneben wuchs ein zweites Geflecht von Interaktionen und Beziehungen um den toten Eicke Arthur Paulsen heran, was naturgemäß zahlreiche Überschneidungen mit denen Maren Seemanns aufwies. Als Motive waren Eifersucht und Wut oder Hass notiert.

Niemann gab einen kurzen Bericht der Obduktion von Maren Seemann, die wie erwartet den Tod durch Ersticken aufgrund des anaphylaktischen Schocks, ausgelöst durch die Kiwiallergie, bestätigt hatte. Auch das Vorhandensein einer Schwangerschaft konnte nachgewiesen werden.

»Sonst keine weiteren Besonderheiten. Der Vaterschaftstest dauert paar Tage.«

»Danke, Thomas«, übernahm Angermüller das Wort. »Nach unserem Gespräch mit dem kommissarischen Verwaltungsdirektor, diesem Backes, gibt es einen weiteren

Zusammenhang, den ich wichtig finde: die gemeinsame Zeit von Seemann und Paulsen an einer Fortesana Kinderklinik in Düsseldorf, bevor sie nach Dünenhöhe gekommen sind. Ihr Weggang soll nicht auf eigenen Wunsch erfolgt sein, wie es offiziell heißt, sondern es muss irgendwelche Probleme gegeben haben, in welche die beiden mutmaßlich verwickelt waren. Dem werden wir als Nächstes nachgehen.«

»Und was ist mit Sibylle Paulsen und diesem Barzani?«, hakte Jansen ein. »Für mich ist da noch lange nicht das letzte Wort gesprochen.«

»Natürlich, Claus, die sind nicht aus dem Rennen«, pflichtete Angermüller seinem Kollegen bei.

»Sehr interessant finde ich, dass man an beiden Tatorten so einen Stein mit Flügeln drauf gefunden hat. Wenn der niemandem vorher bei einem der beiden Opfer aufgefallen war, dann ist es vielleicht ein Zeichen, das der Täter oder die Täterin absichtlich zurückgelassen hat.«

Anja-Lena stand auf, zog von den beiden Fotos der Flügelsteine je eine Filzerlinie nach oben, bis sie sich trafen, und malte dorthin ein großes Fragezeichen.

»Hast du was über diese Steine mit den Flügeln rausfinden können?«, erkundigte sich Angermüller bei Thomas Niemann.

»Ein bisschen was. Solche Steine mit Flügeln oder Engeln drauf gibt es in den verschiedensten Ausführungen, aus Glas, aus Ton, aus Kunststoff oder Naturstein, bemalt, graviert. Das ist echt eine Wissenschaft für sich. Sie sollen den Besitzer vor allem Bösen beschützen, manche garantieren Heiterkeit, andere Gesundheit. Sie werden als Verbindung zu einem Engel oder Schutzengel interpretiert. Von der Form her würde man die beiden Funde wohl als Handschmeichler bezeichnen. Hab im Internet alles durchgesucht, unter den verschiedensten Stichworten, aber exakt solche Natursteine oder Kiesel wie die hier, mit diesen plastisch herausgearbeiteten Flügeln, hab ich nicht gefunden. Entweder waren die nur kurz auf dem Markt oder sind Eigenbau. Ich bleibe auf jeden Fall dran.«

Die Teamsitzung verlief sehr konzentriert, auch Ameise hielt sich erstaunlich zurück mit seinem sonst üblichen, eher hinderlichen Gemecker. Schließlich fasste der Kriminalhauptkommissar alle Fakten und Ergebnisse zusammen, und sie planten den nächsten Tag. Einerseits war man froh, sich einigermaßen zeitig in den Feierabend verabschieden zu können, andererseits war bei allen ein deutliches Missbehagen über die bisher sehr mageren Erkenntnisse auszumachen.

»Ach ja, es gibt jemanden, den ich schmerzlich vermisse«, verkündete Thomas Niemann plötzlich beim Aufstehen mit Trauermiene. Wohlig dehnte er sich in alle Richtungen.

»Schön, dass das endlich mal einer ausspricht«, stimmte ihm Norbert Teschner zu, »geht mir ganz genauso.«

Alle Anwesenden grinsten, denn jeder wusste, wer gemeint war. Der oberste Behördenchef, der sich sonst gern mit praxisfernen Vorschlägen in ihre Arbeit mischte und der eine Leidenschaft für Pressekonferenzen hatte, wie mager die Erkenntnisse in einem Fall auch sein mochten, weilte noch bis Ende der Woche auf einer Tagung des BKA in Wiesbaden.

»Wahrscheinlich kann er dort so richtig den Klugschnacker machen.«

Jansen erhob sich ebenfalls.

»Keine Sorge, der Chef ist im Bilde«, sagte Angermüller, »ich habe heute mit ihm telefoniert. Er wünscht …«

»Zügige Aufklärung!«, rief es im Chor.

»Genau so!«

Angermüller nickte und konnte sich ein Grinsen nicht verkneifen.

»Dann schönen Feierabend euch allen! Claus, könntest du mich mitnehmen? Mein Fahrrad steht vor der Rechtsmedizin.«

»Klar, kein Problem. Na dann tschüss, Kollegen. Man sieht sich.«

KAPITEL IX

Mit Inbrunst schärfte der Mann das Messer und setzte zum ersten Schnitt an. Widerstandslos glitt der geschliffene Stahl durch das kühle Fleisch. Gute Arbeitsgeräte waren eben das A und O. Leise vor sich hin summend beendete er konzentriert sein Werk und wischte sich zufrieden die Finger an dem Küchentuch ab, das er sich als Schürze in den Hosenbund gesteckt hatte.

Sauber in acht Stücke zerteilt, bettete sich das Huhn alsbald in einer Kasserolle auf Kartoffelspalten, zwischen denen Zwiebelscheiben, frische Lorbeerblätter und ganze, gequetschte Knoblauchzehen steckten. Nun schmiegten sich noch einige milde, eingelegte Peperoni dazwischen und alles wurde mit reichlich Meersalz bestreut. Zum Schluss goss Georg großzügig Olivenöl über das Arrangement – und ab in den vorgeheizten Ofen damit.

Das Rezept stammte von Deryas Freundin Sema, die im Gegensatz zu Derya den Traum verwirklicht hatte, Schauspielerin zu werden. Allerdings hatte auch sie der Weg keineswegs nach Hollywood oder in eine abgesicherte Existenz geführt. Sie lebte von vielen kleinen Auftritten in Film, Fernsehen und Theater, hatte aber die Hoffnung auf den großen Durchbruch nicht aufgegeben. Auf jeden Fall konnte sie hervorragend kochen, und Georg hatte ihr schon öfter geraten, ein Restaurant zu eröffnen, wenn die großen Rollen weiterhin ausblieben, und sich vorab zum Stammgast erklärt.

Er war voller Vorfreude auf den Genuss in familiärer Runde und machte sich beschwingt daran, eine kleine Vorspeise zusammenzustellen. Georg war immer der Koch in ihrer Beziehung gewesen. Astrid hatte nie große Lust dazu verspürt, was sich gerade zu ändern schien, wie er am Vorabend bemerkt hatte. Ihm war diese Arbeitsteilung jedenfalls nur recht gewesen. Vor gut anderthalb Jahren war er aus dem gemeinsamen Haus ausgezogen. Seither wurden die Tage, die seine Töchter bei ihm verbrachten, weniger, wenn sie auch versuchten, zumindest einmal jede Woche zusammen zu essen. Im September wurden die Zwillinge 16, Judith hatte seit ein paar Wochen einen festen Freund, und die Zeiten, in denen sie am Abend behütet werden mussten, waren längst vorbei. Ihre Mutter hatte lange für diese Erkenntnis gebraucht, sich inzwischen aber den Tatsachen gebeugt.

Im letzten Herbst, als Astrid ihren schweren Fahrradunfall hatte, war es für die Mädchen wichtig gewesen, dass er bei ihnen wohnte, sie nicht allein waren, er sich um sie kümmerte. Auch für Astrid war er in diesen schweren Monaten die wichtigste Bezugsperson, und er hatte es selbstverständlich gefunden, diesen Platz einzunehmen. Zwar waren sie beide der Meinung, dass ihre Trennung die richtige Entscheidung war, das hieß aber nicht, dass sie sich nicht mehr gegenseitig schätzten. Und nun hatte es den gestrigen Abend gegeben, die gemeinsame Nacht – und Georg wusste plötzlich nicht mehr, was er denken und fühlen sollte …

Eine knappe Stunde später duftete die ganze Küche aromatisch nach dem inzwischen goldig gebräunten Hühnerfleisch. Georg stellte vier kleine Teller mit ein wenig Schafkäse, ein paar Oliven, getrockneten Tomaten und einer Auberginenpaste als Vorspeise auf den Tisch. Dünenhöhe, die beiden Toten, die mühsamen Ermittlungen waren ganz weit weg, der unbefriedigende Tag vergessen. Jetzt freute er sich aufs Genießen. Der Mund wurde ihm wässrig, und er hatte plötzlich ein Hungergefühl, als ob er ein Loch im Magen hätte. Georg öffnete einen Barbera d'Asti, dem eine Fülle an fruchtigen und würzigen Duftnoten zugleich entströmte, goss sich ein Glas ein und genoss erst einmal mit der Nase. Schließlich nahm er einen kräftigen Schluck des weichen, nicht zu gerbstoffhaltigen Tropfens und ließ sich damit seine Zeit. Er spürte dem Wein auf der Zunge nach und fand ihn genau nach seinem Geschmack. Da sein Appetit inzwischen grenzenlos war, konnte er sich nicht mehr beherrschen und begann in Olivenöl getunktes Fladenbrot zu naschen. Endlich ein erlösendes Klingeln, und gleich darauf stürmten Julia und Judith herein.

»Boah, riecht's hier gut!«

»Ich hab so einen Hunger, ich sterbe!«

»Wo ist denn eure Mutter?«

»Wieso? Die hat doch heute Abend Arbeitstreffen mit ihren Kollegen. Aber wenn du sie sprechen willst, die sitzt wahrscheinlich im Auto und telefoniert«, rief ihm Judith über die Schulter zu, während sie in Richtung Badezimmer verschwand.

So ein Mist, daran hatte er überhaupt nicht gedacht. Nach einem kurzen Zögern lief Georg hinaus und klopfte an die Scheibe von dem alten Volvo, der schon etliche Jahre als Familienauto auf dem Buckel hatte. Astrid, die gerade starten wollte, beugte sich herüber und öffnete die Beifahrertür.

»Hallo, Georg«, grüßte sie und lächelte ihn unsicher an. Sie sah reizend jungmädchenhaft aus mit ihrer Kurzhaarfrisur.

»Ja, hallo, ich wollte fragen, ob du anschließend vorbeikommen magst. Es gibt Hühnchen aus dem Ofen mit Kartoffeln und Peperoni. Das magst du doch so gern.«

Irgendwie kam er sich ein bisschen blöd vor. Stand er wirklich hier und versuchte, seine Frau mit einem Hühnergericht in seine Wohnung zu locken?

»Daraus wird leider nichts.« Astrid schüttelte den Kopf. »Wir treffen uns zum Jourfixe immer beim Italiener, und da essen wir auch zusammen.«

»Und danach?«

Sie schaute ihn an und seufzte. Dann sagte sie: »Es war schön gestern. Aber das war ein … eine Ausnahme. Wir sollten daraus nicht die falschen Schlüsse ziehen.«

»Ich dachte, wir könnten – vielleicht sollten wir mal reden.«

»Ich weiß nicht, Georg«, erwiderte sie nach einer kurzen Pause. »Hat sich irgendwas geändert? Darüber muss ich erst nachdenken. Und jetzt, sei bitte nicht böse, muss ich los.«

»Okay, dann«, er machte eine hilflose Geste, »dann bis irgendwann. Tschüss.«

Sein Handy meldete sich. Auch Astrid hörte das Klingeln.

»Und du hast auch keine Zeit, also dann«, sie lächelte und zeigte auf das Mobiltelefon, das er gerade aus seiner Hosentasche gefischt hatte.

»Tschüss.«

Sie schloss die Autotür und ließ den Wagen an.

»Hallo, Derya, wie sieht's aus? Wie geht es deinem Vater?«, sprach er etwas unkonzentriert ins Telefon, während er der davonfahrenden Astrid nachschaute. Ja, er hatte tatsächlich gedacht, es hätte sich etwas verändert, Astrid hätte sich verändert.

»Hier ist alles gut. *Baba* geht's wieder prima. Er will so bald wie möglich raus aus dem Krankenhaus. Das Essen schmeckt ihm nicht. Mama und ich schleppen jeden Tag selbst gemachte Köfte, Börek und Joghurt zu ihm und Berge von Obst. Und dann beschwert er sich noch, weil wir keine Baklava mitgebracht haben! Unglaublich. Auf jeden Fall ist wunderbares Wetter, und zu meinem Glück fehlst eigentlich nur du.«

»Ich habe vorhin erst an dich denken müssen. Ich habe nämlich Semas Huhn gemacht. Julia und Judith sind bei mir.«

Das war jedenfalls nicht gelogen, auch wenn er im Moment mit seinen Gedanken ganz woanders war.

»Grüß die beiden von mir. Weißt du eigentlich, was heute für ein Tag ist?«

»Keine Ahnung, Donnerstag.«

Die Frauen immer mit ihren ganz persönlichen Gedenktagen. Damit war er noch nie klargekommen. Ein Tag im Mai – ihm fiel gar nichts dazu ein.

»Heute vor zwei Jahren hast du mich gerettet, mein Held! Ich sage nur: Rosenduft!«

Ja, natürlich, er erinnerte sich an den Fall, bei dem Derya in große Gefahr geraten war. Aber dass dies nun genau der Tag vor zwei Jahren gewesen war, darauf wäre er nie gekommen.

»Na ja, so großartig war das nicht. Ganz normale Polizeiarbeit. Außerdem hatte auch Jansen daran seinen Anteil.«

»Egal. Ich werde das nie vergessen.«

Eine Weile redeten sie noch über ihre Eltern und über seinen aktuellen Fall. Schließlich kündigte Derya an, spätestens am nächsten Mittwoch zurückzukommen.

»Tschüss, mein Liebster! Auch wenn es in Istanbul immer toll ist: Ich freu mich auf Lübeck und auf dich! Morgen Abend melde ich mich wieder, damit du dich nicht so allein fühlst.«

Letzteres meinte Derya natürlich nicht ganz ernst, aber Georg war trotzdem unwohl dabei. Er ärgerte sich über sich selbst, über seine Unaufrichtigkeit. In diesen Zwiespalt seiner Gefühle hatte er sich ganz allein manövriert. Er war der Illusion aufgesessen, die ferne Vergangenheit wiederbeleben zu können. Obwohl – war er wirklich überzeugt, dass es nur eine Illusion war? Was war das alles kompliziert. Warum konnte nicht mal etwas im Leben ganz eindeutig sein? Als er zurück in die Küche kam, saßen die beiden Mädchen am Tisch.

»Na endlich!«, stöhnte Judith und griff zu ihrem Besteck.

»Guten Appetit«, nickte Georg und setzte sich.

»Dachtest du, Mama würde heute mit uns essen?«, fragte ihn Julia ernst und deutete auf das vierte Gedeck.

»Ja. Ich alter Schussel hatte vergessen, dass sie heute ihren Jour fixe hat«, antwortete Georg und zog eine alberne Grimasse. Seine Tochter nahm ihre Gabel und sah ihn nachdenklich an. Er wusste, dass sie hoffte, Georg käme zurück und sie wären eine komplette Familie, genau wie früher. Er tat so, als habe er Julias Blick nicht bemerkt, denn er war entschlossen, sich aufs Essen zu konzentrieren und diese ganzen merkwürdigen Gefühlsverwirrungen beiseitezuschieben. Als schließlich das köstliche Hühnergericht auf den Tisch kam, hatte Julia Besseres zu tun, als weiter sorgenvoll ihren Vater zu beobachten. Das knusprige Hühnerfleisch schmeckte wunderbar, und besonders mundete der Jus, der sich um die Kartoffeln gebildet hatte und nun die Aromen sämtlicher Zutaten vereinte.

Das frische Zitronentiramisu, das Georg als Nachtisch zubereitet hatte, vertilgten sie zu dritt, ohne einen Krümel übrig zu lassen.

»Ich platze!«, Judith rieb sich ihren Bauch, »aber das hat wieder super geschmeckt! Danke, Papa.«

Sie räumten zu dritt die Küche auf, und die Mädchen zogen sich danach in ihr Zimmer zurück. Georg goss sich noch ein Glas Barbera ein und begab sich an seinen PC. Der Doppelmord in Dünenhöhe beschäftigte ihn mehr, als er vermutet hatte. Zwar zählte die Recherche im Internet nicht zu seinen Lieblingstätigkeiten, doch die Hoffnung, in der gemeinsamen Vergangenheit der beiden Opfer auf einen Hinweis zu stoßen, der ihre Ermittlungen voranbringen würde, war ihm ein echter Ansporn.

Er klickte sich durch einen Wust von Internetseiten. Eine Menge Müll fand sich zwischen seriösen Informationen, und es kostete viel Zeit, die Spreu vom Weizen zu trennen. Georg war nicht gerade ein routinierter User und ging manchmal etwas umständlich vor. Privat nutzte er das Internet nur, wenn es unumgänglich war. Meist reichten ihm die Stunden, die er im Dienst am Computer saß, und er war froh, wenn er zu Hause davon Abstand nehmen konnte.

Als er die Stichworte ›Fortesana Kinderklinik Düsseldorf‹ eingab, traf er fast nur auf die eigenen Websites des Konzerns, auf denen das Haus als traditionsreich, das Ärzteteam als fachlich hochspezialisiert und das Pflegepersonal als höchst kompetent geschildert wurden. Natürlich wurde die Atmosphäre für die kleinen Patienten als kindgerecht beschrieben, man begegnete den Eltern offen und kooperativ, hieß es, alle ihre Fragen würden freundlich beantwortet, mit dem Ziel, den Aufenthalt für alle Seiten so angenehm wie nur möglich zu gestalten. Zwischendurch schaute er in Dünenhöhe vorbei und nahm kopfschüttelnd zur Kenntnis, dass dafür in Bild und Text wie für ein Luxusresort in einem Reisekatalog geworben wurde.

Wie immer am Computer rauschten Minuten und Stunden unglaublich schnell vorbei. Wenn er die Namen der beiden Opfer eingab, landete er immer nur bei Einträgen im Zusammenhang mit ihrer Tätigkeit in Dünenhöhe. Gegen Mitternacht machte Georg Schluss, denn er musste am nächsten Morgen früh raus. Inzwischen war er mit dem Ergebnis ganz zufrieden. Er hatte sich plötzlich erinnert, wie empört Karwen Barzani den rigorosen Sparkurs Maren Seemanns gegeißelt hatte. Als er dieses Stichwort im Zusammenhang mit der Fortesana Kinderklinik eingetippt und geduldig nicht nur die ersten angezeigten Treffer durchsucht hatte, war es auf einmal interessant geworden.

In den Gärten, an denen sie vorbeifuhr, herrschte beschauliches Treiben. Die Leute wässerten die Beete, jäteten Unkraut, pflanzten Blumen, schnitten Bäume. Woanders saß man entspannt auf einer Bank vorm Haus und erfreute sich des Feierabends. Mancherorts stieg der Rauch vom Grill auf. Auch Karo hätte sich wahrlich Angenehmeres an diesem traumhaften Abend vorstellen können, als im verwüsteten Dünenbistro die Spuren von Thorbens Wüten zu beseitigen.

Auf dem Plateau über dem Steilufer angekommen parkte sie direkt vor dem Reetdachhaus und schnappte sich die Tüte mit ihren Arbeitsklamotten. Ruhig lag die Ostsee in der milden Abendsonne, vereinzelt stiegen Möwen über dem leeren Strand in die Höhe, mehrere Segelboote bewegten sich gemächlich Richtung Hafen, eine friedvolle Stimmung breitete sich über den Küstenstreifen. In Karos Innerem lief das Kontrastprogramm. Ihre ganze Wut und Enttäuschung kamen hoch. Nicht nur, dass der Kerl sie belogen und betrogen und ihre ganzen Ersparnisse abgeräumt hatte, dass sie jetzt seinetwegen ihre wenige Freizeit opfern musste, machte sie richtig sauer.

Sie zog sich um und begann damit, das Terrassenmobiliar ordentlich neben der Eingangstür aufzustapeln.

Dabei kam ihr die Idee, dass man auch vor der Cafeteria in Dünenhöhe auf dem zugehörigen Gartenstück einen Außenbereich mit Tischen und Stühlen einrichten könnte. Sie sollte bei der Verwaltung gleich morgen nachfragen. Bestimmt würde das von Patienten wie Besuchern gut angenommen. Kaum dachte sie an die Klinik, fielen ihr die Fragen um Frau Sczepanski ein. Den ganzen Nachmittag hatte Karo gehofft, sie käme in der Cafeteria vorbei. Sie hatte sogar alle möglichen, eigentlich überflüssigen Gänge unternommen, um sie zu treffen, aber Frau Sczepanski schien nicht in Dünenhöhe zu sein. Karwen war ebenfalls nicht aufgetaucht, aber das war normal, denn sein Frühdienst endete am Nachmittag. Ein munteres Knattern holte sie aus ihren Überlegungen. Benni winkte ihr zu und stellte sein Gefährt hinter dem Gebäude ab.

»So, da bin ich, hallo.«

Er trug einen mit Farbresten bekleckerten Blaumann unter seiner Parkajacke und hatte eine große Plastiktüte mit Pinseln und Rollen mitgebracht.

»Hallo, Benni, ich find das wirklich ganz toll, dass du mir hilfst.«

»Nu ma keen Rumgesülze, saach lieber, was ich machen soll.«

Karo klopfte ihm dankbar auf die Schulter, was er zu ignorieren versuchte, und sie gingen nach drinnen. Als Benni die Verwüstungen sah, pfiff er leise durch die Zähne.

»Da hat aber eener ganze Arbeit geleistet!«

»Das kannst du laut sagen. Ja, als Erstes müssen wir sortieren, was noch zu gebrauchen ist, und den Müll einsammeln.«

Benni stellte seine Tüte ab und legte die Jacke darüber. Dann legten sie los. Sie schufen Platz auf dem Tresen, sammelten beschädigtes Geschirr, Servietten und andere Utensilien ein und stellten mit vereinten Kräften die schwere Kaffeemaschine auf.

»Das Teil war schweineteuer, und mein Ex hat der Firma nur die erste Rate überwiesen. Da darf ich gar nicht drüber nachdenken!«

Ihr Helfer sah sich das Gerät genauer an.

»Beulen hat se keene. Die is noch funktionsfähig, glaub ich. Vielleicht kannste se zurückgeben.«

»Ja, vielleicht«, erwiderte Karo nicht ganz bei der Sache, »Gott sei Dank hat der Idiot es ja nicht geschafft, die auf den Boden zu schmeißen.«

Ein Auto war draußen vorgefahren. Sie schob ihre Brille zurecht und sah angestrengt durch die Fensterscheibe. Jetzt stieg der Fahrer aus. Das durfte nicht wahr sein! Thorben! Na, der traute sich was! Mit verschränkten Armen lehnte er sich an den Wagen und schaute herüber. Was wollte der hier? Gerade hatte Karo beschlossen, nach draußen zu gehen und ihn zur Rede zu stellen, da kam er herübergeschlendert, betont lässig.

»Du glaubst es nicht! Da kommt der Vandale höchstpersönlich.«

»Ehrlich? Weißte was, ich verschwinde mal nach hinten. Als unsichtbarer Zeuge, so für alle Fälle.«

Benni schnappte sich seine Jacke und zog sich in die kleine Küche zurück. Ein breites Grinsen im Gesicht, stand Thorben gleich darauf in der Tür. Die Autoschlüssel, die er locker hin und her schwang, klimperten leise. Er hatte ein ganz hübsches Gesicht, das ja, und kein Gramm Fett zu viel auf seinem ranken Körper, trotzdem fragte sich Karo in diesem Moment, was sie an dem Kerl gefunden hatte. Er wirkte lächerlich mit dieser aufgesetzten Machopose.

»Huch, was ist denn hier passiert?«, fragte er mit gespieltem Entsetzen und sah sich um. Sein dämliches Grinsen wurde noch breiter. Bleib ruhig, sagte sich Karo, die spürte, wie maßloser Zorn in ihr hochstieg.

»Was willst du hier?«

Er zuckte mit den Schultern und sah an ihr vorbei.

»Mal hören, wie's so geht?«

»Raus, verschwinde«, beschied Karo ihn tonlos, die Wut verschlug ihr fast die Stimme, und sie zeigte auf die Tür.

»Hey, hey, hey! Was soll das? Wieso bist du so unfreundlich?«

Jetzt grinste Thorben nicht mehr.

»Wir haben uns getrennt, aber wir können doch Freunde bleiben, oder? Musst du mir die Polizei auf den Hals hetzen? Das können wir doch wie zwei erwachsene Menschen zwischen uns beiden klären.«

Das war der Gipfel!

»Du hast sic wohl nicht alle?«, schnauzte Karo ihn an und machte ein paar Schritte auf ihn zu. Angst hatte sie keine vor ihm, schließlich war er ein ganzes Stück kleiner als sie.

»Haust ab mit meiner Kohle, verwüstest das Bistro und denkst, alles ist in Butter! Verzieh dich, sonst vergess ich mich!«

»Du bist vielleicht aggressiv. Da krieg ich ja richtig Angst«, erwiderte er mit einem bösen Lächeln.

»Und noch eins«, ihre Stimme wurde bedrohlich leise, »lass endlich mein Kind in Ruhe, sonst gibt es richtig Ärger.«

»Das find ich jetzt aber nicht nett! Flori fand das doch total klasse gestern, Eis essen, Minigolf spielen. Warum hetzt du sie gegen mich auf?«

Statt einer Erwiderung holte Karo aus, um ihm die einzige Antwort zu geben, die ihr auf diese widerliche Unverschämtheit einfiel. Doch er fing ihren Arm ab und bog ihn zur Seite, sodass sie vor Schmerz laut aufschrie. Gleichzeitig hörte Karo hinter sich Schritte, und plötzlich stand Benni neben ihr, der doppelt so breit und mindestens einen Kopf größer als Thorben war. Der ließ vor Schreck Karos Arm los. Benni packte ihn am Kragen und zog ihn Richtung Ausgang.

»So, mei Bürschle, damit wir uns richtig verstehen: Du verschwindest jetzt und lässt dich hier nie mehr blicken. Und wenn ich höre, dass du noch einmal Karos Mädchen belästigt hast, dann kannst du richtig was erleben. Alles klar?«

Benni schob den Verdutzten mit einem Schubs ins Freie, wo er sogleich das Weite suchte. Als er sein Auto erreicht hatte, keifte er aufgebracht in Karos Richtung, die ihm aus der Tür hinterher schaute: »Na, tröstet dich jetzt der Opa? Der passt zu dir, du alte Kuh!«

Dann zeigte er einen Stinkefinger, stieg ein und fuhr mit durchdrehenden Reifen davon.

»Danke, Benni, tut mir leid, dass du da mit reingezogen wurdest.«

»Keen Problem. Hauptsache, der lässt euch jetzt in Ruh.«

Sie zogen sich in den Gastraum zurück. Karo ließ sich auf einen Stuhl fallen. Sie war den Tränen nahe, Tränen der Wut, der Scham, der Niedergeschlagenheit. Die Aufarbeitung des Kapitels Thorben und seiner Folgen würde sie noch eine ganze Weile beschäftigen. Benni stand hinter dem Tresen und machte weiter mit den Aufräumarbeiten. Unter dem Stuhl neben ihr, auf dem er seine Plastiktüte deponiert hatte, lag eine Brieftasche und daneben eine Handvoll Fotos. Karo bückte sich danach. Auf einigen war ein Elternpaar mit einem kleinen Kind zu sehen, auf anderen das Kind allein, und auf einem saß die Frau mit dem Kind auf einem Ausflugsdampfer, strahlend, das Haar vom Wind zerzaust.

»Was ist das denn für ein niedlicher, kleiner Kerl! Und

diese blonden Engelslöckchen!«, rief Karo entzückt, »die Fotos sind dir wohl vorhin aus der Jacke gefallen. Sag bloß, das ist dein Kind?«

Sie betrachtete das Foto genauer, auf dem auch das Elternpaar zu sehen war. Die Frau, sie mochte Ende 30, Anfang 40 sein, hatte ein glückliches Lächeln im Gesicht, und der fröhlich dreinschauende Mann war ohne Zweifel Benni, wenn auch mit braunem statt weißem Haar.

»Gib her«, brummte Benni, der zu ihr getreten war.

»Ein ausgesprochen süßes Kind, wirklich«, bekräftigte Karo mit Blick auf die Fotos. »Sieht es dir ähnlich?«

»Gib schon her. Das sind alte Geschichten.«

Benni streckte die Hand aus. Er wirkte ungehalten. Karo gab ihm Brieftasche und Bilder zurück.

»Entschuldige, wenn ich dir zu nahe getreten bin. Ich wollte mich bestimmt nicht in deine Familienangelegenheiten mischen.«

Ihr Helfer gab keine Antwort, ging zur Garderobe, wo er den Parka aufgehängt hatte, packte die Fotos in seine Brieftasche und steckte sie ein. Eine ganze Weile arbeiteten sie stumm nebeneinander her. Karo rätselte, was für ein Problem Benni mit seiner Familie hatte und wann wohl diese Aufnahmen entstanden waren. Sie kannte ihn nur flüchtig. Bei Patienten wie Kollegen war er beliebt als hilfsbereiter, freundlicher Mensch. Weder Frau noch Kind hatte er je erwähnt, und soweit sie wusste, lebte er allein. Nur von seinem alten, pflegebedürftigen Vater in Thüringen war die Rede gewesen. Aber in der großen Runde erzählte Benni eh nicht viel und über sich selbst sprach er schon gar nicht. Irgendwann wurde Karo das Schweigen zu viel. Das war erdrückend.

»Und, was glaubst du? Findet die Polizei bald den Mörder?«, fragte sie plötzlich in die Stille.

Benni, der gerade versuchte, die blaue Wandschrift mit Thorbens Drohung abzuwaschen, drehte sich zu ihr um und warf ihr einen erstaunten Blick zu.

»Wie kommst'n jetzt da drauf?«

»Weiß nicht. Musste gerade dran denken, was gestern und heute so los war in Dünenhöhe.«

Sie machte eine kurze Pause.

»Sag mal, könntest du dir vorstellen, dass Karwen der Täter ist?«

»Auf keinen Fall. Der Karwen war das bestimmt nicht.«

Das kam ohne Zögern und ließ keinen Zweifel zu.

»Wie kannst du da so sicher sein?«

Er zuckte mit den Schultern.

»Ich weeß des einfach.«

Karo hätte sich gewünscht, auch so absolut sicher sein zu können. In der nächsten Stunde sprachen sie kaum und arbeiteten konzentriert Hand in Hand. Draußen war es dämmrig, als Jana auftauchte.

»Meine Uroma wollte mich nicht gehen lassen. Ich musste unbedingt so einen süßen, roten Sekt mit ihr trinken.«

Jana schüttelte sich.

»Aber man wird schließlich nur einmal 91, das musste sein, und jetzt bin ich da.«

Sie krempelte die Ärmel hoch.

»Was soll ich machen?«

Die nächsten zwei Stunden vergingen wie im Fluge. Nach dem schweigenden Benni empfand Karo Janas kommunikationsfreudiges Wesen als sehr erfrischend. Als sie gegen zehn Uhr Feierabend machten, war ein deutlicher Fortschritt zu erkennen. Alle Trümmer, aller Müll waren beseitigt, das Mobiliar nach heil und beschädigt sortiert und Thorbens blaue Schmiererei bis auf einen Farbschimmer verschwunden.

»Das sieht richtig klasse aus! Noch der Arbeitseinsatz mit den anderen am Wochenende und alles ist picobello. Vielen, vielen Dank! Ihr zwei habt was gut bei mir!«

»War doch keen Ding.«

Benni zog den Parka über und nahm seine Tüte.

»Dann mach's mal gut, Karo«, verabschiedete er sich, »schönen Gruß an deine Kleine und pass auf sie auf!«

Erstaunt registrierte Karo, dass er ihr die Hand gab. Das hatte er sonst noch nie gemacht.

»Sehen wir uns morgen Mittag nicht?«

»Nee, ich fahr doch nach Thüringen, da muss ich früh weg von Arbeit. Tschüss, Jana.«

»Na dann, bis nächste Woche, Benni!«

Statt einer Antwort winkte er nur kurz und verschwand nach draußen, von wo sogleich das Geräusch seines Rollers ertönte.

»Ich mag ihn wirklich sehr gern«, sinnierte Karo, »aber seltsam ist er schon.«

»Bisschen ruhig halt, aber wieso seltsam?«, fragte Jana. »Ach, kannst du mich mitnehmen? Ich hab mich von meinem Onkel herfahren lassen.«

»Klar, zu Fuß wär es ein bisschen weit nach Heiligenhafen. Komm, dann erzähl ich dir auf der Fahrt, was ich mit ›seltsam‹ meine.«

»Huh, was ist das auf einmal für ein Wind!«, beschwerte sich Jana vor der Tür, während Karo das Dünenbistro abschloss. Wolken hatten sich vor die Sterne geschoben, der Mond war nicht zu sehen.

»Hat meine Uroma doch recht gehabt. Wir haben Neumond, da wird das Wetter schlechter, hat sie gesagt.«

»Ja, der Wind hat gedreht, kommt aus Westen. Der bringt meistens nichts Gutes mit. Aber du fährst morgen nach Westen, dort ist die Schlechtwetterfront vielleicht schon durch.«

»Das Wetter in Köln ist mir völlig egal, ganz ehrlich. Ich freu mich nur wie blöde auf meinen Traummann!«

Dieses Mal gab es kein Entkommen. Fast drei Stunden brachten Angermüller und Jansen im Sektionssaal des Instituts für Rechtsmedizin zu, um der Obduktion von Eicke Arthur Paulsen beizuwohnen. Eberle und Steffen von Schmidt-Elm arbeiteten ruhig und konzentriert. Sichtlich stolz war Steffens Freiburger Kollege, dass ihre Untersuchungsergebnisse, ebenso wie die bereits vorhandenen Werte der chemisch-toxikologischen Analyse, seine am Vortag aufgestellten Theorien – Betäubung durch Chloroform, Injektion eines Digitalisglykosids, Tod durch kardiogenen Schock – allesamt bestätigten.

Bedrohlich aussehende, graublaue Wolken hingen am Himmel, als sie endlich an die frische Luft treten konnten. Staatsanwalt Lüthge, auch er sichtlich erleichtert über den Ortswechsel, steckte sich auf den Stufen des Instituts eine Zigarette an.

»Wie sieht's denn aus? Haben wir eine heiße Spur?«, fragte er leutselig, die direkte Ansprache vermeidend, da er wohl gern zum Du übergegangen wäre, dies bisher aber nicht gewagt hatte, vorzuschlagen.

Angermüller machte eine unentschiedene Geste.

»Heiße Spur? Das kann man leider nicht sagen. Es gibt ein paar Ansätze. Ich hatte Ihnen ja mitgeteilt, dass der inzwischen tote Chefarzt ein Verhältnis mit Maren Seemann, dem ersten Opfer, hatte. Außerdem war die Frau wahrscheinlich von ihm schwanger. Wir haben seine Witwe im Visier.«

»Nicht zu vergessen diesen radikalen jungen Arzt, der die beiden Toten für sämtliche Mängel im Gesundheitssystem verantwortlich macht und von Kündigung bedroht war!«

»Stimmt, Karwen Barzani«, bestätigte Angermüller den Einwurf seines Kollegen, »hab ich Ihnen auch berichtet.«

»Gehen wir vom selben Täter in beiden Fällen aus?«

»Der an beiden Orten gefundene Flügelstein spricht dafür, aber auch da wollen wir uns noch nicht festlegen. Doch es gibt vielleicht einen anderen Aufhänger: Beide Opfer haben in Düsseldorf für den Fortesana Konzern gearbeitet, bevor sie, wohl wegen gewisser Probleme dort, hierher versetzt worden sind. Ein Motiv könnte in der gemeinsamen Vergangenheit der beiden liegen. Das ist allerdings sehr vage. Ich gebe Ihnen Bescheid, sobald wir konkrete Erkenntnisse haben.«

»Hast du was Interessantes rausgefunden über Düsseldorf?«, fragte Jansen, nachdem sich Lüthge verabschiedet hatte, und schloss fröstelnd seine Jeansjacke.

»Vielleicht. Muss sich rausstellen, ob das für unseren Fall eine Bedeutung hat.«

»Und was machen wir zwei Hübschen mit dem angebrochenen Vormittag?«

»Wir fahren nach Heiligenhafen. Vielleicht weiß die Frau vom Paulsen mehr über die Geschichte in Düsseldorf.«

»Okay, hab ich nichts gegen. Und dann können wir diesem Barzani noch mal 'n paar Fragen stellen.«

»Und ich kann dir auf dem Weg dahin was erzählen.«

Heftige Böen aus West peitschten ihren Wagen, als sie in Richtung Norden fuhren. Es war wenig los auf der Autobahn. Mittlerweile sprühte es nass von oben, Angermüller war froh, im Trockenen zu sitzen, und berichtete von seinen Recherchen.

»Also, ich hab dann das Stichwort ›Sparkurs Fortesana Kinderklinik‹ eingegeben und bin auf ein paar Zeitungsmeldungen von vor vier Jahren gestoßen. Innerhalb eines halben Jahres hatte es an besagter Kinderklinik drei Todesfälle unter den kleinen Patienten gegeben, ein weiteres Kind ist heute schwerbehindert. Und unter den fünf Namen, die in dem Zusammenhang, natürlich nur abgekürzt, genannt wurden, sind …«

»Verwaltungsdirektorin S. und Chefarzt Dr. P.«

»Genau. Anfangs gab es konkrete Anschuldigungen gegen die Klinik. Einer der dortigen Ärzte, der nicht namentlich genannt werden wollte, sagte zum Beispiel, dass man den drastischen Sparkurs, der von der neuen Verwaltungsleitung gnadenlos durchgezogen wurde und die Belastung des Personals deutlich erhöht hat, nur als unverantwortlich bezeichnen kann. Die Folge von dem unbeschreiblichen Stress, dem die Leute deshalb ausgesetzt sind, sei die Gefahr von Fehlern auf allen Ebenen. Allgemein hielt auch die Presse die praktizierte Rotstiftpolitik für den Grund, dass es in der Kinderklinik zu den tödlichen Komplikationen gekommen war.«

»Und wat is da konkret passiert?«

»In zwei Fällen hat man die gesundheitlichen Beschwerden der Kinder nicht ernst genommen und die Hilfe suchenden Eltern nach Hause geschickt. Wegen solcher Lappalien wie einem fiebrigen Schnupfen oder Kopfschmerzen müsse man nicht die Krankenhausbetten belegen, hieß es. Dabei ist das eine Kind an einer Blutvergiftung gestorben, die man bei der weiteren Vorstellung in der Klinik nicht rechtzeitig bemerkt hatte. Das andere Kind klagte über starke Kopfschmerzen. Es hatte ein Aneurysma im Kopf, das ist so eine erweiterte Ader. Die ist geplatzt, und als die Eltern wieder die Klinik aufsuchten und man das endlich erkannte, war es zu spät und das Kind nicht mehr zu retten.«

»Au weia«, machte Jansen und trat aufs Gas, als ob er vor diesen Erkenntnissen davonfahren könnte. »So was will man gar nicht wissen, was die in den Krankenhäusern für einen Mist bauen!«

»Dann willst du auch nicht hören, dass ein weiterer kleiner Patient ebenfalls an nicht erkannter Blutvergiftung gestorben ist, und zwar an Keimen, die er nach einer Rachenmandeloperation in der Fortesana Kinderklinik aufgelesen hat.«

»Verdammte Schiete. Na, das war wohl ein Riesenskandal!«

»Das ist das Erstaunliche: Ich habe nur drei, vier Artikel zu diesen Fällen im Netz gefunden, ziemlich weit hinten in der Trefferliste. Man hat fast das Gefühl, da ist reichlich gelöscht worden. Ich weiß zwar nicht, wie das geht, aber so ein Konzern wie Fortesana hat scheinbar seine Möglichkeiten, bestimmt auch ein Heer von Anwälten. Die betroffenen Eltern wollten die beteiligten Ärzte zur Verantwortung ziehen, auch gegen die Verwaltung juristisch vorgehen. Aber darüber gibt's kaum Informationen. Klar ist nur, dass nach zwei Jahren das Verfahren eingestellt wurde, weil weder eindeutig die fachlichen Fehler noch der Zusammenhang mit den Sparmaßnahmen nachweisbar waren, wie es heißt. Man kennt das ja, wenn vor Gericht die Gutachter ihre Spielchen spielen.«

»Na, da is bestimmt 'ne Menge Kohle im Spiel gewesen. Dat is doch immer so, wenn so 'n Konzern keinen Ärger haben will. Dann zahlen die Millionen an Schadenersatz, und es ist Ruhe im Karton.«

»Ja, vielleicht. Aber Geld als Schadenersatz für ein Kind? Ob das über den Verlust hinweghilft?«

»Weiß nicht. Ist zumindest ein Trostpflaster. Kommt auf die Summe an. Aber was heißt das für unsere zwei Toten?«

»Zum einen heißt das, dass dein Freund Barzani mit seiner Kritik an der Seemann ziemlich richtig gelegen hat.«

»Was nicht dagegen spricht, dass er ein Motiv hat!«

»Ja, ja«, nickte Angermüller nachsichtig, »zum andern waren unsere beiden Opfer wohl in diesen vertuschten Skandal verwickelt. Und ich hoffe, Sibylle Paulsen kann uns mit ein paar Details weiterhelfen. Die muss das in Düsseldorf ja mitbekommen haben.«

Sie passierten das Neustädter Binnenwasser, auf dem heute kein Schwan, keine Ente zu sehen war und das dunkel vor der fernen Silhouette der Stadt lag. Den Rest der Strecke hingen beide ihren Gedanken nach. Schließlich nahm Jansen die Abfahrt Heiligenhafen-Mitte. Sie befanden sich auf der Bergstraße, die in den Ort hineinführte, als Angermüller in der Kurve am Stadtpark ein Wagen auffiel, der ihnen entgegenkam.

»Sag mal, ist das nicht …?«

Jansen schaltete sofort.

»Ja, das ist ihr Auto. So viele braune Minis mit Schiebedach wird es hier nicht geben.«

Er bremste abrupt, fuhr schwungvoll auf das Gelände einer Tankstelle rechts vor ihnen, wendete den Wagen ohne anzuhalten und fädelte sich in den Verkehr auf der Gegenrichtung ein.

»Hör mal, sie ist nicht zur Fahndung ausgeschrieben. Fahr nicht so halsbrecherisch«, versuchte Angermüller seinen Kollegen zu zügeln, der mit wahnwitzigen Überholmanövern den Anschluss an den Mini herzustellen versuchte. Er bekam keine Antwort. Jansens Konzentration galt ganz seiner Aufholjagd. Er saß kerzengerade, hatte alle Spiegel im Blick, ebenso den Verkehr vor sich, sein Atem ging schneller als sonst, mit einer Hand hielt er das Steuer, mit der anderen den Schaltknüppel. Eine Minute später ließ er sich entspannt in seinen Sitz zurücksinken.

»Wer sacht's denn?«

Nur noch ein Wagen trennte sie von dem Mini Cooper. Sie folgten Sibylle Paulsen nach Oldenburg, wo bald klar wurde, dass sie den Weg zum Bahnhof einschlug.

»Nanu, will sie doch verreisen?«

Was für ein ekelhafter Vormittag! Nach dem Sommerwetter zuvor fiel es Karo schwer, sich an die kühlen Temperaturen und das fehlende Licht zu gewöhnen. Das einzig Gute war, dass sie im Freien nicht mehr unter ihrer Triefnase und den juckenden Augen litt, aber wer wollte sich bei diesem Schietwetter draußen aufhalten?

Karo hatte für das Wochenende extra eine Bekannte als Aushilfe engagiert, da Jana in Köln war und sie selbst, zumindest an den Nachmittagen, mit den anderen letzte Hand im Dünenbistro anlegen wollte. Leider zeigte sich, dass Gabriela entgegen ihrer Behauptung, äußerst flink und flexibel zu sein, nicht die Schnellste war. Dafür stellte sie ständig Fragen nach Dingen, die entweder völlig unwichtig waren oder sie nichts angingen oder die Karo ihr bereits erklärt hatte. Nein, es versprach wirklich kein prickelnder Tag zu werden.

Das Küchenkabinett, das immer eine willkommene Abwechslung bot, war vermutlich nur eine kleine Runde, da in der Klinik genau genommen Freitagmittag das Wochenende eingeläutet wurde, weil viele Therapeuten am Mittag Feierabend machten, bei Ärzten und Pflegepersonal nur ein schmaler Notdienstplan galt – alles noch eine Hinterlassenschaft von Maren Seemann. Wenn über das Wochenende die Patienten sowieso nach Hause gingen, so hatte sie argumentiert, wozu dann die vielen Leute bezahlen? Karwen hatte Karo erklärt, dass maximal ein Drittel der Patienten die Klinik über das Wochenende verließen, der Rest langweile sich hier ohne Therapien, ohne Freizeitveranstaltungen, ohne den üblichen Reha-Tagesablauf, viele alte Menschen auch ohne Besuch.

In der Cafeteria ging es am Freitag eher ruhig zu, aber am Wochenende waren zur Kaffeezeit immer alle Tische besetzt, wenn die Patienten mit ihren Besuchern kamen. Es galt abzuwarten, wie Gabriela sich bewähren würde. Womöglich konnte Karo ihr gar nicht die alleinige Verantwortung überlassen und sich schon am frühen Nachmittag ums Dünenbistro kümmern. Ach, wenn sie das nur erst hinter sich hätte!

Es drückte sie ein schlechtes Gewissen, wenn sie an Flori dachte. Die musste ständig bei Gerlinde bleiben, was Karo im Hinblick auf Thorben das Sicherste schien, statt sie bei einer ihrer Freundinnen unterzubringen. Zum Glück gab es zwischen dem Kind und der Großmutter ein enges Band. Ihrer Enkelin gegenüber zeigte Gerlinde all die weichen Seiten, die Karo an ihr schmerzlich vermisste. Von sich aus hatte Gerlinde angeboten, das Kind am Wochenende bei ihr übernachten zu lassen, damit Karo den Rücken frei hatte für ihre Renovieraktion, und wenn Flori Lust hatte, sollte sie ruhig eine Freundin einladen. Sobald Karo über mehr Zeit verfügte, würde sie mit Gerlinde und Flori irgendetwas Schönes unternehmen, einen Ausflug machen, ins Kino gehen, das nahm sie sich fest vor.

Sie holte einen Topf mit in Stücke geschnittenem, gezuckertem Rhabarber aus dem Kühlschrank, wo er über Nacht kräftig Wasser gezogen hatte, und kochte ihn mit Vanillepuddingpulver zu einem dicken Kompott. Nach dem Erkalten gab sie dieses auf den bereits fertig gebackenen Rührteig und bedeckte den Rhabarber mit einer Mischung aus Schmand und Vanillesahne. Anschließend krönte sie das Ganze mit zerbröseltem Baiser – ein Traum!

Bis auf Gabriela, die die Serviertheke putzen sollte und ihr zu jedem Arbeitsschritt mindestens 20 Fragen stellte, störte Karo niemand bei ihrer Tortenkreation. Dabei hatte sie so gehofft, Frau Sczepanski käme auf ein Schwätzchen vorbei, lagen ihr doch einige Fragen auf dem Herzen. Als ob sie ihre Gedanken lesen könnte, fragte Gabriela auf einmal:

»Sag mal, stimmt das, was ich gehört hab? Dass ihr hier einen Serienmörder habt?«

»Wer sagt das denn?«

»Das hab ich von einer Nachbarin gehört.«

»Oh Mann«, Karo verzog genervt das Gesicht, »was die immer so alles wissen, die Leutchen! Ja, wir hatten zwei Todesfälle, die Kripo ermittelt, aber von einem Serienmörder hab ich nix gehört.«

»Hast du keine Angst?«

»So 'n Quatsch. Wieso das denn?«

»Ich dachte nur so«, wand sich Gabriela, der ihre Frage peinlich zu sein schien.

»Pass mal auf«, wechselte Karo abrupt das Thema, »wir nutzen jetzt den Leerlauf an Kundschaft und ich erklär dir die Espressomaschine. Dann bist du nachher bei unserer Mittagsrunde für die Kaffees zuständig.«

Sie schärfte Gabriela ein, bei allem, was sie tat, im Falle irgendwelcher Pannen darauf zu verweisen, dass sie nur eine Aushilfe und neu sei.

»Da haben die Gäste Verständnis, wenn was nicht so perfekt funktioniert. Besser, man gesteht Fehler mit einem Lächeln ein, als dass man sie zu vertuschen versucht.«

Sie war eine richtig gute Chefin, fand Karo und hoffte, Gabriela würde ihre Ratschläge annehmen. Eine Stunde später kamen nur Agneta, Karwen und Arne zur gemeinsamen Mittagspause an. Karo war froh, dass Gabrielas Person für genug Aufmerksamkeit sorgte, die Gespräche nicht ständig um die Vorfälle der letzten Tage kreisen zu lassen.

»Na, heute mal keiner über eine Leiche gestolpert?«, konnte Karwen sich allerdings nicht verkneifen, einen seiner typischen Sprüche loszulassen, die er wohl für witzig hielt. Agneta stieß ihn in die Seite, und Karo sagte ärgerlich:

»Kannst du das Thema nicht mal sein lassen? Es muss dir doch reichen, dass die Polizei immer wieder dein Alibi überprüft!«

»Wieso, heute wieder?«

In seiner Frage vermeinte Karo echte Besorgnis zu hören. Sie ertappte sich, wie sie begann, ihn zu beobachten. Es war zum Verrücktwerden!

»Bisher war niemand hier. So und nun Schluss damit! Gabriela macht jetzt eure Kaffees.«

Die Angesprochene begann folgsam an der Espressomaschine zu werkeln, obwohl sie sicher gern mehr über die aufregenden Vorgänge in Dünenhöhe erfahren hätte.

KAPITEL X

»Guten Tag, Frau Paulsen!«

Bille Paulsen, die sich gerade zum Bahnsteig begeben wollte – in Oldenburg gab es nur einen einzigen – drehte sich erstaunt um. Sie trug Gummistiefel und einen glänzenden Regenmantel mit Kapuze und sah darin bestens angezogen aus.

»Sie? Nanu, beschatten Sie mich?«

Der Gedanke schien sie zu amüsieren.

»Da überschätzen Sie die Möglichkeiten der Polizei«, lächelte Angermüller.

»Keine Sorge, ich bin nicht auf der Flucht. Ich will eine Freundin vom Bahnhof abholen.«

»Und wir hätten ein paar Fragen an Sie. Wollen wir gleich dort?«

Er deutete zu einem Unterstand vor dem kleinen Bahnhof.

»Meine Güte, was wollen Sie denn noch wissen?«

Sie sah auf die Uhr.

»Na ja, eine Viertelstunde hab ich.«

Das zugige Wartehäuschen hatten sie für sich allein, waren dort wenigstens vorm Regen geschützt.

»Warum ist Ihr Mann damals aus Düsseldorf weggegangen?«

Wenn diese Frage Bille Paulsen erstaunte, so war ihr das nicht anzumerken.

»Fortesana wollte das so.«

»Warum?«

»Es hatte an der Kinderklinik, die mein Mann als Chefarzt leitete, ein paar unschöne Vorfälle gegeben. Die wurden nicht nur den verantwortlichen Ärzten, sondern auch der Klinikleitung angelastet, also auch Eicke als medizinischem Direktor. Später stellte sich zwar heraus, dass niemandem etwas konkret nachzuweisen war, sämtliche Verfahren wurden eingestellt, aber Sie wissen, wie hysterisch die Medien nach jedem vermeintlichen Skandal schnappen.«

»Immerhin waren drei Kinder gestorben.«

Sie machte eine unbestimmte Geste.

»Ich weiß nur, dass keine Behandlungsfehler festgestellt werden konnten. Aber um Ruhe hineinzubringen, hat der Konzern meinem Mann nahegelegt, über einen Ortswechsel nachzudenken. Mir erschien das als wunderbare Perspektive. Ich glaubte an eine neue Chance für Eicke und mich.«

Ihre Augen richteten sich auf Angermüller.

»Da wusste ich nicht, dass man auch Maren Seemann eine Veränderung empfohlen hatte und die beiden schon längst ihre Pläne ohne mich gemacht hatten.«

»Es hieß, der rigorose Sparkurs der Klinikleitung habe den Stress der Mitarbeiter so erhöht, dass es früher oder später zu solchen Fehlern kommen musste.«

»Das kann ich nicht beurteilen. Jedenfalls scheint man mit der Arbeit von Maren und Eicke bei Fortesana zufrieden gewesen zu sein, sonst hätte man den beiden wohl kaum die Leitungspositionen in Dünenhöhe angeboten.«

Für Sibylle Paulsen zählte vor allem, welche Folgen all diese Ereignisse für ihr Privatleben hatten. Ansonsten stand sie dem Thema eher gleichgültig gegenüber.

»Warum interessieren Sie sich überhaupt für diese alten Geschichten?«

»Wir müssen alle möglichen Zusammenhänge abklopfen«, antwortete Angermüller sehr allgemein.

»Bin ich nicht mehr verdächtig?«, fragte sie spöttisch.

»Sie sind nach wie vor eine wichtige Zeugin. Vielen Dank, das war's. Wiedersehen, Frau Paulsen.«

Sie nickte nur, und die beiden Beamten wandten sich zum Gehen.

»Wissen Sie schon, ob sie mit Eickes Kind schwanger war?«

Angermüller wandte sich kurz um und schüttelte den Kopf. Sie tat ihm fast leid, wie sie da stand, klein und zerbrechlich, mit einem unsicheren Lächeln im Gesicht. Als sie sich ein paar Schritte von dem Wartehäuschen entfernt hatten, deutete Jansen mit dem Kopf zu einem Paar, das ihnen entgegenkam.

»Guck ma, da. Die kennen wir doch.«

Angermüller erkannte die junge Schwarzhaarige aus der Cafeteria, die einen Reiserucksack auf dem Rücken trug und in Begleitung eines Mannes war, der ebenfalls eine Reisetasche dabei hatte.

»Hallo, Herr Kommissar«, grüßte sie kokett beim Näherkommen und grinste Jansen an.

»Hallo, Jana. Geht's auf Weltreise?«, fragte der.

»Nö, Quatsch. Nur nach Köln übers Wochenende.«

Und als sie Jansens fragende Blicke auf ihren erheblich älteren Begleiter bemerkte, fügte sie hinzu: »Wir kennen uns aus der Klinik und haben uns gerade zufällig getroffen. Bis Hamburg haben wir denselben Weg. Da können wir büschen klönen. Ist doch super.«

Der Mann neben ihr lächelte gutmütig.

»Na dann, gute Fahrt!«

»Danke und tschüss!«

»Die Deern wird den armen Typen ohne Punkt und

Komma zutexten bis Hamburg«, feixte Jansen, als sie außer Hörweite waren. »Und wir? Wir fahren nach Dünenhöhe, oder?«

»Gute Idee, können wir gleich eine Kleinigkeit essen. Moment.«

Angermüller zog sein Handy aus der Hosentasche.

»Thomas, hallo, was gibt's?«

Während Jansen ihn mit kaum verhüllter Neugierde beobachtete, lauschte der Kriminalhauptkommissar in sein Mobiltelefon. Jansen öffnete mit der Fernbedienung den Wagen, aber Angermüller bewegte sich nicht. Dass es von oben nass herunterkam, schien ihn nicht zu stören.

»Ehrlich? Das ist ja Wahnsinn!«

Den kurzen Kommentaren, die er ab und zu von sich gab, war zu entnehmen, dass es höchst interessante Neuigkeiten sein mussten, die der Kollege mitzuteilen hatte.

»Klasse, Thomas, gute Arbeit!«, lobte Angermüller, »dann musst du dich gleich ranhängen und versuchen, Informationen über die Eltern rauszubekommen. Wer das ist, wo die sich aufhalten, wer von denen medizinisch ausgerichtete Berufe hat, wie das mit der Entschädigung aussieht und so weiter. Und wer die anderen betroffenen Fortesana Leute sind, wo die …«

Der Kriminalhauptkommissar brach ab und nickte.

»Klar, entschuldige, du weißt das selbst. Okay, dann viel Glück, tschüss!«

»Dat wird nich so einfach sein, dort wat rauszukriegen. Wo Fortesana doch versucht hat, die ganze Sache sogar aus dem Gedächtnis der Suchmaschinen zu löschen«, mutmaßte Jansen mit skeptischer Miene.

»Das schafft Thomas schon. Wenn er denen sagt, die Anfrage steht im Zusammenhang mit dem Tod ihrer beiden geschätzten Mitarbeiter in Dünenhöhe, dann bewegen die sich, da bin ich mir sicher.«

»Aber jetzt sach endlich, wat hat Thomas denn so Interessantes zu melden gehabt?«

Gabriela erwies sich, zumindest für die Zubereitung von Milchschaum und Espresso, als erfreulich begabt.

»Super, der Latte, toller Schaum!«, freute sich Agneta. Die neue Aushilfe hörte das Lob sichtlich gern.

»Ja, wirklich klasse, dein Kaffee«, lobte auch Karo und wechselte dann das Thema. »Gestern Abend haben wir übrigens richtig was geschafft im Dünenbistro. Wir haben fast den ganzen Müll weggeräumt, die Sachen, die repariert werden müssen, aussortiert und Vorarbeiten fürs Malern gemacht. Benni und Jana waren eine Superhilfe!«

»Na warte erst mal, bis wir reinhauen. Sonntagabend sind wir fertig!«, versicherte Karwen und zeigte einen hochgereckten Daumen.

»Das hoffe ich und glaube, wir werden das schaffen«, nickte Karo. »Das wollte ich nur sagen, dass wir uns morgen um elf treffen. Ich muss zwischendurch hierher, schauen, ob Gabriela allein klarkommt, aber dann bin ich wieder dabei. Und wenn ich die Schlüssel abgegeben habe, mache ich ein Riesenfest für euch alle. Versprochen!«

»Nur deswegen helf ich dir! Übrigens, weil du gerade Benni erwähnt hast. Wisst ihr, dass der nun doch gekündigt hat?«, fragte Arne.

»Ehrlich? Zu wann denn?«

Karo war mehr als erstaunt.

»Ich hab das nicht von ihm, sondern von der Azubi aus dem Personalbüro. Zum nächsten Ersten, glaube ich.

Und falls er noch Urlaubstage hat, weiß ich gar nicht, ob er noch mal herkommen muss.«

»Ehrlich? Davon hat er gestern Abend kein Wort gesagt. Ich mag Benni wirklich, aber er ist ein seltsamer Mensch«, wiederholte Karo fast die gleichen Worte, die sie am Vorabend gegenüber Jana gebraucht hatte.

»Ich hab mich gar nicht richtig bei ihm bedanken können, so schnell ist er gestern Abend verschwunden. Dabei hat er mir noch einen Riesengefallen getan!«

Sie schilderte Thorbens Auftauchen vor dem Dünenbistro und wie energisch Benni ihn vertrieben hatte.

»Ich denke, das war so nachhaltig, dass der Kerl uns endgültig in Ruhe lassen wird.«

»Mir würde Benni auf jeden Fall fehlen«, bedauerte Agneta, »ist wirklich ein netter Kerl.«

»Und was ist mit uns?«, rief Karwen empört und legte seinen Arm um Arne, der neben ihm saß, »sind wir etwa keine netten Kerle?«

»Natürlich, ihr seid auch klasse Typen. Und wenn wir eine superfitte neue Leitung kriegen, haben wir den Himmel auf Erden und die Arbeit macht wieder viel mehr Spaß«, lachte Agneta.

»Die ganz oben bleiben allerdings dieselben, da ändert sich nichts«, warf Karwen, plötzlich wieder ernst, ein, »und die werden sich Leute suchen, die eine strenge Rotstiftpolitik in ihrem Sinne durchsetzen. Macht euch da mal keine Illusionen.«

»Erst mal abwarten. Ich bin für das Prinzip Hoffnung. So, ich muss.«

Agneta brach auf, und Arne schloss sich ihr an.

»Okay, dann sehen wir uns morgen zum Arbeitseinsatz. Hau rein!«, verabschiedete er sich, und Agneta nickte dazu. Karwen blieb vor seiner leeren Tasse sitzen und schien keine Lust zum Aufbruch zu haben. Karo schickte Gabriela hinaus, um für weitere Gäste die Kaffees zuzubereiten, und nutzte den ungestörten Moment.

»Sag mal, was hast du neulich gemeint mit den dunklen Flecken auf der weißen Weste bei der Seemann und dem Paulsen?«

Karwen schaute sie nachdenklich an.

»Ich darf da gar nicht drüber sprechen. Die haben mich eine Unterlassungserklärung unterschreiben lassen.«

»Was? Wer denn?«

Unwillkürlich passte sich Karo der leisen Sprechweise ihres Gegenübers an.

»Die Fortesana Geschäftsleitung, vertreten durch ihre Anwälte. An der Kinderklinik in Düsseldorf, wo die beiden vorher gearbeitet haben, hatte es einige Todesfälle unter den kleinen Patienten gegeben. Inwieweit die Seemann und der Paulsen direkt verwickelt waren, weiß ich nicht. Es war wohl eine Mischung aus Überlastung und Schlendrian des Personals, und man machte die gnadenlose Sparpolitik der Klinikleitung dafür verantwortlich. Jedenfalls war das mit Sicherheit der wahre Grund für die Versetzung des Führungsduos nach Dünenhöhe.«

»Tote Kinder, Mannomann! Und da gab es keinen Riesenskandal?«

»Erstaunlicherweise hab ich nichts dazu gefunden. Es ist nahezu unmöglich, nähere Informationen rauszukriegen. Man hat die beiden vermutlich schnellstens aus der Schusslinie genommen, damit das Image des Fortesana Konzerns nicht angekratzt wird. Vor ein paar Monaten hab ich mit der Seemann eine Diskussion über die mangelnden Hygienestandards im Haus gehabt und sie auf die Vorgänge in Düsseldorf angesprochen. Und schwuppdiwupp, kurz darauf habe ich von ganz oben diesen Maulkorb verpasst bekommen.«

Karwen grinste verlegen. Vielleicht war es ihm peinlich, seine Unterschrift unter so eine Erklärung nicht verweigert zu haben, vermutete Karo.

»Toll, was?«

»Das ist wirklich ein Ding! Haben sie dir gedroht, dich zu entlassen?«

»Das wäre nicht soo schlimm gewesen. Nein, im Fall der Zuwiderhandlung soll ich 20.000 Euro zahlen.«

»Junge, Junge!«

Kein Wunder, dass Karwen so schlecht auf die beiden Toten zu sprechen war. Karo versuchte in seinem Gesicht zu lesen. Diese ganze Geschichte diente in ihren Augen leider nicht dazu, ihn wirklich zu entlasten.

»Bist du gestern Morgen Frau Sczepanski begegnet?«, fragte sie ein wenig zusammenhanglos.

»Wie gestern Morgen?«

»Bevor das mit dem Paulsen war.«

»Nicht, dass ich wüsste. Aber warum fragst du?«

»Ach, nur so«, machte Karo mit einem Schulterzucken und versuchte zu lächeln. Er warf ihr einen fragenden Blick zu und stand auf.

»Es wird Zeit für mich. Ich muss auf meiner Station die Übergabe für den Wochenenddienst vorbereiten. Ich komm nachher noch mal kurz vorbei.«

Karo schaute ihm nach, wie er durch den Gastraum eilte, freundlich gegrüßt von ein paar Patienten, denen Gabriela gerade die Kaffees servierte. Und dann erklang die Melodie ihres Handys.

»Jana! Was gibt's? Hast du Heimweh?«

»Quatsch! Aber ich muss dir was erzählen.«

Jana klang ziemlich aufgeregt. So sensationell fand Karo

nicht, was ihre Kollegin unbedingt loswerden wollte. Es war typisch Jana, die aus allem gleich einen Krimi machte. Karo wünschte ihr weiterhin eine gute Reise und legte auf.

»Dieser Nieselregen ist fürchterlich!«, schimpfte Angermüller beim Einsteigen. »Da lob ich mir doch ein ehrliches Gewitter, da gibt es Anfang und Ende und die Luft ist rein.«

»Ey, du sollst nicht übers Wetter reden, sondern endlich rausrücken, was Thomas dir so Dolles zu erzählen hatte!«

Jansen bedachte seinen Kollegen mit einem missbilligenden Blick und hieb ungeduldig mit der Hand aufs Steuer. Angermüller lächelte still und genoss sichtlich die Situation.

»Dann will ich mal nicht so sein: Thomas hat bei der Recherche über diesen Engelstein, Flügelstein, nenn es, wie du willst, weitergemacht. Kennst ihn ja. Wenn der an einem Thema dran ist, kann er stur sein ohne Ende. Und du glaubst nicht, worauf er gestoßen ist!«

»Ja worauf denn nu?«

»Vor einem halben Jahr wurde in Berlin eine Frau in ihrer Wohnung tot aufgefunden. Sie lebte allein, und wie sich herausstellte, war sie an einem Zuckerschock gestorben, verursacht durch eine Überdosis Insulin. Aber sie war keine Diabetikerin, sondern man hatte ihr das Zeug gewaltsam verabreicht. Bis heute hat man den oder die Täter nicht gefasst. Und weißt du, was man neben ihrer Leiche gefunden hat?«

»So 'n komischen Stein«, kam es wie aus der Pistole geschossen.

»Genau! Aber es wird noch besser: Die Frau, eine Dr. Ulrike Maser, hat als Pharmareferentin gearbeitet. Seit etwa einem Jahr war sie für einen großen Pharmakonzern tätig.

Aber: Das war nicht ihr erlernter Beruf. Eigentlich war sie Ärztin, Kinderärztin.«

»Nein!«

Claus Jansen, der sich gerne gelassen und durch nichts zu erschüttern gab, konnte seine Verblüffung nicht verbergen.

»Und ich nehme an, sie wohnte noch nicht lange in Berlin, sondern war aus Düsseldorf dort hingezogen.«

»Du sagst es. Sie arbeitete an der Fortesana Kinderklinik, und auch Dr. U. M. gehörte zum Personenkreis, der sich für die Todesfälle unter den kleinen Patienten verantworten musste.«

Es dauerte einen Moment, bis Jansen etwas sagte, so sehr schienen ihn diese Neuigkeiten zu beschäftigen.

»Das is wirklich der Hammer! Dann hast du wohl mit deiner Vermutung nicht ganz falsch gelegen, dass wir uns mit der Düsseldorfer Vergangenheit unserer Opfer beschäftigen müssen.« Und nach einer kurzen Pause fügte er an: »Ist die Paulsen dann raus als Verdächtige?«

Angermüller hob unentschieden die Schultern.

»Zumindest ist sie nicht mehr in der ersten Reihe.«

»Während der Barzani – dat seh ich nich so eindeutig. Wir sollten seine Vergangenheit genau überprüfen. Wer weiß, vielleicht sieht der sich als Racheengel für die toten Kinder. Der hat so was von einem Gerechtigkeitsfanatiker.«

»Wenn wir davon ausgehen, dass der Täter sich bestens auskennt, sollten wir eh nochmals das Personal überprüfen. Diesmal unter dem Gesichtspunkt, wer in den letzten zwölf Monaten neu angefangen hat.«

Wenig später erreichten sie Dünenhöhe.

»Das darf doch nich wahr sein! Wat will die schleimige Kröte hier?«, regte sich Jansen plötzlich auf, während er einen Parkplatz in der Nähe des Haupteingangs ansteuerte.

Trotz der unangenehmen Witterung war Hein Bork im

blauen Kittel mit seinem Besen auf dem Posten. Neben ihm stand ein Mann und hielt ihm einen winzigen Recorder vor die Nase.

»Ist das nicht der Typ, der sich freier Polizeireporter nennt und sein Zeug gern an die Zeitung mit den großen Buchstaben liefert?«

»Genau, das is dieser Gerdes! Na warte, dem werd ich was erzählen!«

»Komm, lass gut sein, Claus. Das bringt doch nichts. Und von Hein Bork wird der sowieso nur fromme Bibelsprüche hören.«

»Aber andere werden ihm irgendwelchen Quatschkram erzählen! Woher weiß der überhaupt von der Geschichte?«

»Also, das find ich naiv von dir, Kollege! Hier arbeiten eine Menge Leute, sind Patienten, Besucher, da verbreitet sich so eine Sensation schnell. Ich hab mich, ehrlich gesagt, gewundert, dass wir bis jetzt Ruhe vor den Pressegeiern hatten.«

Sie versuchten, in einem großen Bogen an Gerdes vorbei ins Gebäude zu gelangen, doch der Journalist hatte sie längst erspäht. Sein Trenchcoat flatterte ihm um die dünne Gestalt, und er hielt mit der Linken seinen Fedora fest, der ihm vom Kopf fliegen wollte, als er sich ihnen schnellen Schrittes näherte.

»Moin, die Herren! Hätten Sie mal 'n Moment?«

»Mit der Witzfigur red ich nich«, knurrte Jansen und wollte weiterlaufen.

»Grüß' Sie, Herr Gerdes! Was können wir für Sie tun?« Angermüller blieb stehen und war die Liebenswürdigkeit in Person. Der Journalist wirkte überrascht.

»Ja also, zu dem Fall hier, dieser Klinik-Killer, zwei Tote bisher. Haben wir es mit einem Serienmörder zu tun? Und haben Sie schon eine heiße Spur?«

»Wir haben unterschiedliche Ermittlungsansätze und verfolgen einige vielversprechende Spuren. Sie wissen, wie das läuft, Sie sind ja vom Fach, Herr Gerdes.«

»Ja natürlich. Der Mann da«, der selbst ernannte Polizeireporter zeigte zu Hein Bork, »hat über einen Todesengel gesprochen. Meint er damit den Mörder? Hat er ihn gesehen?«

»Das möchte ich im Moment nicht kommentieren, Sie verstehen?«

»Ja, aber können Sie sonst Einzelheiten nennen?«

»Ich kann Ihnen sagen, dass wir in alle Richtungen ermitteln und mit Rücksicht auf die laufenden Untersuchungen leider momentan keine Informationen an die Öffentlichkeit geben können. Aber das ist für Sie als Polizeireporter doch nichts Neues, oder?«

»Also, äh, ich würde meinen Lesern schon gern Näheres mitteilen. Wie stehen die Chancen, dass Sie den Klinik-Killer bald ergreifen? Und rechnen Sie mit weiteren Morden?«

»Wie gesagt, zum jetzigen Zeitpunkt kann ich Ihnen keine weiteren Details nennen«, bedauerte Angermüller und gab dem verdutzten Reporter die Hand, »außer, dass wir nicht mit weiteren Morden rechnen. Vielen Dank für Ihr Verständnis. Und einen schönen Tag!«

Die Kommissare gingen zügig zum Eingang, vorbei an Hein Bork, der Haltung annahm und mit seinem Besen salutierte.

»Hallo, Herr Bork«, grüßte Angermüller, ohne eine Antwort zu erhalten, und murmelte dann, »wir sollten den Backes vor diesem Schmierfink und seinen Kollegen warnen. Dass die Boulevardpresse ihre Nase reinsteckt, ist sicher nicht im Interesse seiner Fortesana Bosse. Vielleicht erteilen die denen gleich Hausverbot, dann hätten auch wir unsere Ruhe.«

Als die Beamten dem kommissarischen Verwaltungsdirektor gleich darauf die Frage nach einer Übersicht über die Personalneuzugänge des letzten Jahres stellten, stießen sie nicht gerade auf Begeisterung.

»Ach, meine Herren, es ist Freitag, da sind die meisten am frühen Nachmittag im Wochenende, nur ich hab noch so einiges zu erledigen«, seufzte der massige Mann und rieb sich die Stirn, »aber Sie kriegen Ihre Unterlagen.«

»Bitte heute und baldmöglichst«, bat Angermüller freundlich, »es ist wirklich dringend.«

»Ich seh zu, was ich machen kann. Aber eine gute Stunde müssen Sie mir geben.«

»Ja wunderbar, das passt. Wir kommen wieder vorbei.«

Als der Kriminalhauptkommissar das Stichwort Boulevardpresse fallen ließ und den Reporter vor der Klinik erwähnte, wich augenblicklich die Lethargie aus Herrn Backes. Sie waren kaum an der Tür, da griff er zum Telefon, um seine Vorgesetzten zu informieren.

»Na Schätzchen, wie geht's dir?«

»Hallo, Frau Sczepanski, schön, Sie zu sehen«, freute sich Karo. »Och, bei mir ist alles okay.«

Die Patientin lehnte ihre Krücken gegen den Tresen und ließ sich vorsichtig auf einen Stuhl am nächststehenden Tisch sinken.

»Also, das Mittagessen heute war der letzte Heuler! Wie die das schaffen, ein Fischfilet so knochentrocken hinzukriegen, ist mir ein Rätsel. Ausgesehen hat's wie Styropor in Kinderkacke. Entschuldigung!«

Frau Sczepanski sah sich um, aber die vier Gäste am einzigen weiteren besetzten Tisch unterhielten sich so laut, dass sie den unfeinen Ausdruck bestimmt nicht gehört hatten. Zu ihrer eleganten Erscheinung mit der perfekten Frisur, dem dezenten Schmuck und dem geschmackvollen Outfit, selbst beim Jogginganzug, passte ihre manchmal sehr drastische Ausdrucksweise nicht. Oft sagte die alte Dame dann, das sei nur typisch Berlin, Herz mit Schnauze eben.

»Senfsoße haben die das gelbe Zeug genannt, dass ich nicht lache! Ich hab einen Bissen genommen und gleich ausgespuckt. Und jetzt hab ich Appetit auf was Leckeres. Wat jibt's bei dir denn Feines, Kleene?«

»Worauf haben Sie denn Appetit? Süß oder salzig?«

»Es ist ja Nachmittag. Ich glaube, ein schöner Milchkaffee wäre prima und dazu?«

»Es gibt Buchteln, Rhabarbertorte, Käsekuchen …«

»Ich nehme so eine Buchtel. Kannst du mir Butter und Marmelade dazu geben, Schätzchen? Oh ja, darauf freu ich mich!«

Schnell richtete Karo einen Teller mit dem Gewünschten her und ließ Gabriela den Milchkaffee zubereiten.

»Machst du mir bitte auch einen?«, bat sie die neue Mitarbeiterin und setzte sich zu Frau Sczepanski, die ihre Hand ergriff und mit den goldberingten Fingern tätschelte.

»Das find ich nett, dass du mir Gesellschaft leistest! Brauchst du aber nicht, du hast bestimmt zu tun.«

»Ist ja ruhig im Moment, und ich unterhalt mich gern mit Ihnen«, erwiderte Karo, die endlich ihre Fragen loswerden wollte.

»Sie sind übrigens gestern Nachmittag gesehen worden«, sagte sie dann mit verschwörerischer Miene.

»Wat denn, wo denn?«, fragte Frau Sczepanski irritiert.

»Ja, da staunen Sie«, nickte Karo, »in einem Café, und in Begleitung eines jungen Mannes.«

Es dauerte einen Moment, dann lachte die alte Dame erleichtert auf.

»Ach so! Ick dachte schon, ick hätt wat anjestellt. Stimmt. Gestern haben wir es endlich geschafft und ich hab den Karwen zu Kaffee und Kuchen eingeladen. Da sitzt man schön, an der neuen Seebrücke. Warum hast du dich denn nicht bemerkbar gemacht? Das ist doch wirklich ein netter junger Mann, der Karwen, stimmt's?«

Sie zwinkerte Karo verschmitzt zu, die fast ein wenig verlegen wurde.

»Ja, äh, eigentlich … Ich hatte keine Zeit, war mit meiner Mutter und meiner Tochter unterwegs.«

»Wir haben uns das jedenfalls richtig nett gemacht. Anschließend ist er mit mir spazieren gefahren. Ist eine schöne Gegend, aber wenn du nicht gut laufen kannst und kein Auto hast… Und die von der Klinik bieten ja rein jarnüscht an Ausflügen für uns Patienten an.«

»Wie haben Sie Karwen eigentlich kennengelernt? Sie sind doch auf der Orthopädie, da hat er als Neurologe ja gar nichts mit zu tun.«

»Ach, ich kenn den Karwen schon viel länger! Und zufällig hab ich ihn hier wiedergetroffen.«

»Woher kennen Sie ihn denn?«

»Du willst aber alles ganz genau wissen, Schätzchen, was?«

Sie sah Karo prüfend an.

»Bist doch ein bisschen verliebt. Er ist ja schon ein hübscher Kerl!«

»Quatsch! Nein«, wehrte Karo ab und errötete, »ich hab mich halt nur gewundert, woher Sie sich kennen.«

»Ach weißt du«, Frau Sczepanskis Stimme wurde brüchig und ihre Augen glitzerten feucht, »vor drei Jahren, da ist mein Mann gestorben. Mein Günter war der beste Ehemann, den du dir vorstellen kannst. Der hat mich wirklich geliebt und alle meine Macken ertragen. Ach ja …« Sie griff nach Karos Hand. »Günter war ein starker Raucher, und gern gegessen und getrunken hat er auch. No sports, hat er immer gesagt.«

Ein trauriges Lächeln ging über ihr Gesicht.

»Leider hat er die Quittung dafür bekommen. Er war keine 60, da hatte er seinen ersten Schlaganfall, nicht schlimm, mit einem blauen Auge davongekommen, sagten die Ärzte. Leider blieb es nicht bei dem einen, und jedes Mal blieben größere Schäden zurück. Am Schluss saß Günter im Rollstuhl, konnte nicht mehr laufen, konnte nichts mehr allein, ein dünner, schwacher Schatten seiner selbst. Es war ein Jammer, ihn so langsam verlöschen zu sehen.«

Frau Sczepanski machte eine Pause und wischte sich mit einem Taschentuch die Augen.

»Und im letzten Krankenhaus, wo seine Leidenstour endete, bei uns in Neukölln, da haben wir Karwen kennengelernt. Der hat sich immer Zeit genommen für seine Patienten. Er hat sie als Menschen behandelt, sich ihre Sorgen angehört, versucht, ein bisschen Freude in ihren tristen Alltag zu bringen. Und er hat meinen Mann auf seinem letzten Weg begleitet. Dafür bin ich ihm heute noch dankbar.«

»Das kann ich verstehen«, nickte Karo, die Frau Sczepanski auch nach der Begegnung am gestrigen Morgen hatte fragen wollen, es angesichts ihrer kummervollen Stimmung aber nicht wagte.

»So, nu aber Schluss mit der Tristesse. Unser Kaffee ist bestimmt kalt, so viel hab ick jequasselt.«

Entschlossen holte die alte Dame einen Taschenspiegel aus der Jacke ihres Jogginganzugs, strich sich eine Strähne aus der Stirn und kontrollierte den Zustand des Make-ups, ohne das Karo sie noch nie gesehen hatte.

»Kiek ma, Schätzchen!«

»Die Pflicht ruft«, sagte Karo bedauernd beim Anblick der beiden Männer von der Kripo und ging zurück zum Tresen.

»Hallo, was darf's denn sein?«

Der jüngere der beiden Beamten, der in seiner verknautschten Jeansjacke und mit seinem irgendwie galgenvogelhaften Gesicht Karo an alles andere als einen Polizisten denken ließ, orderte wieder eine Frikadelle, heute im Brötchen. Er hatte wohl einen sehr schlichten Geschmack. Sein gemütlicher Kollege dagegen inspizierte genauestens die Auslage. Schließlich entschied er sich für ein Stück Spargelquiche und liebäugelte zum Nachtisch mit der verlockend aussehenden Rhabarbertorte.

Karo ließ Gabriela die Bestellungen fertig machen, zeigte ihr, mit welchem Messer sie die Brötchen aufschneiden sollte und weihte sie in die Bedienung der Kasse ein.

»Die Spargelquiche hat ganz wunderbar geschmeckt. Ich nehme noch einen Milchkaffee und muss unbedingt Ihre Rhabarbertorte kosten. Die sieht zu gut aus.«

Der ältere der beiden Kripoleute stand am Tresen und lächelte sie freundlich an, doch er bekam nicht Karos ungeteilte Aufmerksamkeit. Die richtete sich auf den Eingang, wo gerade Karwen in einer Regenjacke auftauchte, eine Umhängetasche über der Schulter, offensichtlich auf dem Weg in den Feierabend. Natürlich kam er an dem Jüngeren mit der wenig Vertrauen erweckenden Visage nicht vorbei. Nachdem sie Gabriela den Torteneinteiler erklärt hatte, bekam der Kommissar sein bestelltes Stück.

»Den Kaffee bringen wir gleich an Ihren Platz.«

Unauffällig beobachtete Karo, wie die Beamten Karwen ansprachen und an ihren Tisch baten. Leider saßen sie zu weit weg, als dass sie irgendetwas von ihrer Unterhaltung hätte aufschnappen können. Und als sie extra selbst dem Kommissar den Kaffee servierte, schwiegen alle drei so lange, bis sie außer Hörweite war. Sie spürte, wie sie das alles ganz nervös machte. Frau Sczepanski spähte auch interessiert in die Richtung des Trios und murrte: »Hoffentlich lassen die ihn bald in Ruhe. Als ob der gute Junge irgendwas Falsches gemacht hätte!«

»War er es eigentlich, den Sie gestern Morgen gesehen haben?«, meinte Karo halblaut zu ihr.

»Tss, ick hab dir doch jesacht, meine Kleene, dat ick keenem netten Menschen Scherereien machen will.«

»Kann ich jetzt in mein wohlverdientes Wochenende gehen?«

»Ja, Herr Barzani, können Sie«, erwiderte Angermüller, »und vielen Dank für die Informationen.«

Der junge Arzt erhob sich.

»Kein Ding. Ja dann, tschüss und schönes Wochenende.«

»Ebenso«, wünschte Angermüller. Jansen sah Barzani nach, der nicht in Richtung Ausgang, sondern zum Tresen strebte. Er tippte auf seine Nase.

»Und ich sach dir, da kribbelt's bei mir immer noch. Ganz doll.«

Sein Kollege ging darauf nicht ein. Angermüllers Gedanken waren von etwas anderem gefesselt.

»Eine Unterlassungserklärung haben die ihn unterschreiben lassen!«

»Wat findest du daran so außergewöhnlich?«

»Eigentlich nichts, das passt ins Bild. Aber die war wohl der Grund, dass Barzani nur so kurze Andeutungen über das berufliche Vorleben unserer Opfer machte. Hätten wir nur mal nachgefragt.«

»Wer weiß, warum der damit nicht früher rausgerückt ist. Ich bin mal auf seine Personaldaten gespannt. Immerhin hat er seine Nase in diesen Düsseldorfer Fall gesteckt, wahrscheinlich, um was gegen seine ungeliebten Chefs in der Hand zu haben. Außerdem, ich trau dem nicht. Der benimmt sich immer so, als ob er was zu verbergen hat.«

»Findest du? Gut, das war einmal, als er uns nicht gesagt hat, dass er vorgestern Morgen doch seine Station verlassen hatte. Aber das hat er doch erklärt.«

Jansen machte eine zweifelnde Handbewegung und ließ Barzani nicht aus den Augen. Der unterhielt sich mit der Cafeteriachefin, und beide äugten hin und wieder misstrauisch zum Tisch der Kommissare.

»Dat sachst du. Vertrauen ist gut …«

»Wie du meinst. Ich werde dich nicht davon abhalten. So«, Angermüller ergriff die Kuchengabel, »jetzt ist mein Nachtisch dran.«

Sorgfältig trennte er einen Bissen vom Tortenstück, sodass er zu gleichen Teilen Kuchenboden, Rhabarber, Schmandsahne und Baiser erwischte, und schob ihn sich in den Mund.

»Mmmh«, verzog er verzückt, nach einem Moment des Nachspürens, das Gesicht, »schmeckt das köstlich! Willst du dir nicht auch eins gönnen, Claus?«

»Danke, ich steh nich so auf soeten Labberkram.«

»Da fällt mir ein: Wie hat's denn geschmeckt gestern Abend? Diese Nudeln mit Würstchen.«

»Wie? Ach so, ja, war echt lecker. Hätt ich gar nicht gedacht. Aber Anja-Lena, die hat richtig Ahnung vom Kochen.«

Anja-Lena! Hatte er mit seiner Intuition also genau richtig gelegen, freute sich Angermüller insgeheim, die Kollegin und der Kollege waren sich nähergekommen. Jetzt durfte er nur nicht falsch reagieren, nur kein Aufhebens aus der Geschichte machen, kein Wort über Anja-Lena.

»Und wie macht man nun die Würstchen-Nudeln?«

»Das heißt Penne con salsiccia.«

Jetzt kam der Kriminalhauptkommissar aus dem Staunen gar nicht mehr heraus. Dass Jansen so ein für ihn exotisches Gericht offensichtlich schätzte, war überraschend genug, frönte er doch bisher der Devise, wat de Buer nich kennt, frett he nich. Dass er sich aber den Originalnamen auf Italienisch merkte, war mehr als erstaunlich.

»Du nimmst die rohe Bratwurst aus dem Darm und brätst sie mit Öl und paar Gewürzen, mischt das mit den gekochten Nudeln und dazu frisch geriebenen Parmesan, fertig.«

»Welche Gewürze?«

So langsam hatte der Kollege wohl genug vom Fachsimpeln über Kochrezepte. Sein linkes Bein wippte nervös unterm Tisch. Aber er gab weiter Auskunft.

»War das Knoblauch, scharfe Peperoni und Rosmarin? Nee, nich Rosmarin, Fenchel war das. Ich dachte erst, na danke, das wird wie Hustentee schmecken. Aber, wie gesagt, war klasse.«

Jetzt warf Jansen einen Blick auf Angermüllers Teller.

»Biste immer noch nich fertig mit deiner Torte? Eine gute Stunde ist längst um. Ich geh jetzt das Material bei dem Backes holen.«

Keine drei Minuten später war er wieder da, einen Stapel Papier in der Hand. Er äugte kurz zum Tresen, wo sich immer noch Karwen Barzani aufhielt, inzwischen am Tisch einer alten Dame saß, mit der er angeregt plauderte.

»Dann wollen wir mal sehen.«

Er blätterte durch die Seiten, bis er gefunden hatte, was er suchte.

»Hier, da isser.«

Schnell überflog er einen der Personalbögen.

»Ach nee, weißt du, wo der Barzani gearbeitet hat, bevor er hierher kam?«, sah Claus Jansen seinen Kollegen triumphierend an. Trotz seiner Erregung sprach er verhalten, flüsterte fast.

»Er war an einem Krankenhaus in Berlin! Er hat wohl auch da studiert, kennt sich also bestens in der Stadt aus, von seinen medizinischen Kenntnissen will ich gar nicht reden. Findest du nicht, wir sollten ihn mal fragen, ob er nicht zufällig vor einem halben Jahr dort gewesen ist?«

»Und was ist mit den ganzen anderen auf diesen Personalbögen?«

»Das werden wir sehen. Aber wo der Barzani grade hier ist, können wir das doch gleich klären, oder?«

»Dann hol ihn halt her, damit die liebe Seele Ruh hat«, seufzte Angermüller, der die Fixierung seines Kollegen auf den jungen Arzt nicht teilen konnte. Jansens Auftauchen bewirkte eine leichte Unruhe oder besser Aufregung, wie der Kriminalhauptkommissar beobachten konnte, nicht so sehr bei Barzani selbst als bei der älteren Patientin, neben der er Platz genommen hatte. Auch die Cafeteriachefin schüttelte den Kopf, setzte sich zu der Dame, und beide diskutierten lebhaft, als der Neurologe Jansen erneut zum Tisch der Kommissare folgte.

Karo freute sich auf ein paar ruhige Stunden mit ihrer Tochter zu Hause. Sie kaufte schnell einige Zutaten für das Abendessen ein, bevor sie zu ihrer Mutter fuhr, um das Kind abzuholen. Heute sollte es Mines frites geben, eine von Floris Lieblingsspeisen. Die Begegnung mit Gerlinde beim Abholen verlief relativ harmonisch. Scheinbar hatten ihre deutlichen Worte bei ihrer Mutter ein Nachdenken provoziert. Auf dem Weg nach Hause erzählte Flori begeistert, was sie mit der Oma für das Wochenende plante, wenn Karo im Dünenbistro werkeln würde.

Auch Thorben hatte sich den ganzen Tag nicht unangenehm in Erinnerung gebracht. Karo war überzeugt, dass er nach Bennis Eingreifen gestern und ihrer konsequenten Einschaltung der Polizei seine Drohattacken in Zukunft lassen würde. Eigentlich hätte sie ganz zufrieden sein können. Aber ihr ging eine Frage nicht aus dem Kopf, die sie beschäftigte, seit sie sich von Frau Sczepanski verabschiedet hatte.

Während sie Gabriela die Bedienung der wenigen Gäste überließ, hatte Karo mit Spannung zusammen mit der alten Dame verfolgt, wie Karwen erneut von der Polizei vernommen worden war. Als sie ihn schließlich gehen ließen, hatte er zwar ganz salopp über das Gespräch berichtet, aber Karo hatte deutlich gespürt, dass ihn der Verdacht, den man offensichtlich nach wie vor gegen ihn hegte, nicht unberührt ließ.

»Was haben die denn schon wieder von dir gewollt?«, war es aus ihr herausgeplatzt, als er zu ihr und Frau Sczepanski zurückkam.

»*Die* ist nicht ganz richtig. Das ist vor allem der jüngere von den beiden, der mich auf dem Kieker hat. Ich glaube, der kann mich einfach nicht leiden. Aber so ein Pech, jetzt konnte er mit seiner neuesten Geschichte wieder nicht bei mir landen«, lachte Karwen. Es sollte spöttisch klingen, kam aber eher nervös herüber.

»Langsam hab ich aber die Neese pleng! Nu sach doch mal, Junge, wat wollte denn die Polente jenau von dir?«, empörte sich die alte Dame.

»Was soll ich sagen, keine Ahnung! Es hatte irgendwas mit Berlin zu tun«, fuhr er sich achtlos mit einer Hand durchs Haar, »ob ich mich da auskennen würde, fragte der mich. Natürlich, hab ich gesagt, schließlich bin ich Neuköllner seit meinem fünften Lebensjahr. Wann ich die letzten Male dort gewesen bin, wollte er wissen. Zur Hochzeit meiner Schwester im letzten Juli und zu Silvester habe ich das letzte Mal meine Familie besucht.«

»Und?«, fragte Karo ungeduldig, als Karwen nicht weiter sprach.

»Schien ihm nicht zu gefallen, meine Antwort. Ob ich nicht zufällig auch im November in Berlin war. Nein, bestimmt nicht, da hab ich hier Schwangerschaftsvertretung für eine Kollegin gemacht, hab ich ihm erklärt, und konnte gar nicht weg. Und zum Schluss hat er gefragt, ob mir der Name Ulrike Maser was sagt«, verständnislos schüttelte der Mann den Kopf. »Hab ich noch nie gehört. Sein Kollege hat dann gesagt, das wär's gewesen und ich könne gehen. Eigentlich ganz freundlich.«

»Na siehste, denn biste raus aus der Bredouille!«, meinte Frau Sczepanski erleichtert.

Karwen machte ein zweifelndes Gesicht.

»Ich weiß nicht. Der Misstrauische hat gesagt, wir überprüfen das. Sie hören von uns. Und dann sind sie gegangen. Ich mein, ich weiß ja, dass ich nichts verbrochen hab, aber das ist ein total blödes Gefühl, wenn du so unter Verdacht stehst.«

»Kann ich mir vorstellen«, bedauerte ihn die alte Dame und strich ihm beruhigend über die Schulter. Sie hatten noch kurz zusammen gesessen, bevor Karwen sich in seinen verspäteten Feierabend verabschiedet hatte. Auch wenn sie sich nicht viel Hoffnung auf eine Antwort machte, hatte Karo die Gelegenheit genutzt, bei Frau Sczepanski nachzubohren, sie nach ihrer Beobachtung vom Vortag zu fragen. Erst hatte die nur die Augen verdreht.

»Unglaublich, du bist ja hart wie Pudding! Aber damit du beruhigt bist, meine Kleene, der Karwen war's bestimmt nicht, den ich gestern früh gesehen hab«, hatte sie schließlich erklärt und ihr einen Namen genannt. »Muss nichts zu bedeuten haben, dass die Person zufällig um die Zeit unterwegs war. Deshalb will ich nicht gleich die Pferde scheu machen. Siehst ja, was der dämliche Schulze angerichtet hat mit seinem Geschwätz.«

Und nun drehten sich aufs Neue die Gedanken in Karos Kopf, während sie in der Küche stand, Karotten raffelte, Knoblauch fein würfelte, Frühlingszwiebeln in dünne Ringe hackte. Natürlich war sie erleichtert, dass es nicht Karwen gewesen war, der sich frühmorgens in der Nähe des Chefarztbüros aufgehalten hatte. Neben ihr war das Kind mit Eifer dabei, Chinakohl in feine Streifen zu schneiden.

»Weißt du, wenn man solche Sachen im Wok kocht, ist es wichtig, alles gut vorzubereiten. Damit man die einzelnen Zutaten schnell bereit hat und nacheinander garen kann. So«, um sich abzulenken gab sie Flori ein paar Kochtipps, die diese sich aufmerksam anhörte, »jetzt braten wir aus den zwei Eiern ein Omelett. Zuerst Erdnussöl in die Pfanne – willst du weiter machen?«

»Au ja.«

»Ich koch die chinesischen Nudeln.«

Sie bemerkte nicht, dass das Wasser längst kochte und ihre Brillengläser beschlugen, bis Flori lachte: »Mami, du siehst ja so komisch aus mit deiner weißen Brille!«

Automatisch ließ Karo die Nudeln ins Wasser gleiten, während es in ihrem Hirn arbeitete. Was Karwen ihr über die Gründe für die Versetzung von der Seemann und dem Paulsen nach Dünenhöhe erzählt hatte, Janas überraschender Anruf am Nachmittag, den sie erst gar nicht wichtig gefunden hatte, und das, was sie selbst wusste und gesehen hatte – all das bekam durch Frau Sczepanskis Beobachtung plötzlich eine unglaubliche Bedeutung. Je länger Karo die ganzen Einzelteile hin und her schob, desto klarer schien ihr auf einmal, was das nur heißen konnte, als ob jemand einen Vorhang vor einer Bühne aufgezogen hätte. Oh Mann, ihr wäre wirklich lieber gewesen, sie hätte nie dahintergeschaut.

KAPITEL XI

»So auf die Schnelle konnte ich nichts entdecken, was auf einen Zusammenhang zwischen diesen neu eingestellten Mitarbeitern und den Vorgängen in Düsseldorf schließen lässt«, stellte Angermüller fest, als sie in ihrem Dienstwagen saßen, jeder einen Teil der Personalbögen der Klinik auf den Knien. »Hast du was gefunden?«

»Nee«, machte Jansen einsilbig.

»Na ja, wir haben das auch nur kurz überflogen. Aber was auffällt ist auf jeden Fall eine hohe Fluktuation. Junge, Junge. Ich hab keine Ahnung, aber über 30 Neueinstellungen innerhalb eines Jahres, ohne dass neue Stellen geschaffen wurden. Das erscheint mir unverhältnismäßig hoch. Spricht nicht gerade für ein gutes Arbeitsklima.«

»Is mir total egal. Mir wär's lieber, wir würden endlich Land sehen.«

»Mir auch, was glaubst du! Aber wir müssen in der Spur bleiben und konsequent diese Düsseldorfer Geschichte verfolgen. Wesentlich anderes haben wir nicht. Müssen nachher eben alle zusammen diese Personalbögen genau durchforsten. Außerdem bin ich gespannt, ob Thomas weitergekommen ist.«

Obwohl er selbst eine gewisse Unzufriedenheit spürte, dass dieser Fall nicht recht voranging und es ihm in letzter Zeit ohnehin zunehmend schwerer fiel, seine Kollegen zu motivieren, knuffte er Jansen aufmunternd in die Seite.

»So, jetzt chauffierst du uns in bewährter Weise in die Possehlstraße. Dort werden sich gleich die besten Köpfe der Bezirkskriminaldirektion Lübeck versammeln und mit geballter Geisteskraft dem Guten zum Sieg verhelfen!«

Es klang ziemlich lahm, das merkte er selbst. Claus Jansen zeigte seinem Kollegen nur einen Vogel und legte einen beeindruckenden Kavalierstart hin. Und genauso verbissen trieb er den Wagen über die Autobahn in Richtung Süden. Angermüller schaute in den Himmel, an dem sich die meisten Regenwolken verflüchtigt hatten. Das Wochenende würde wohl trocken und sonnig werden. Was sollte er unternehmen? Derya war nicht da, die Mädchen hatten wahrscheinlich eigene Pläne, und – nein, nicht weiter drüber nachdenken, erst einmal sehen, was die Teamsitzung brachte. Womöglich gab es für ihn eh kein Wochenende. Und wenn ihm Freizeit blieb, sollte er sich nichts vornehmen, sondern ein bisschen spazieren und ins Café gehen, lesen, am Abend was Nettes kochen, in Ruhe nachdenken, über sich, über sein Leben. Das hörte sich so pathetisch an, aber die schleichende Unzufriedenheit in den letzten Monaten war ein deutliches Zeichen, dass sich etwas ändern musste, dass er etwas ändern musste. Wahrscheinlich sollte er sich mit der Idee, die ihm neulich durch den Kopf gegangen war, endlich konkret auseinandersetzen.

Als sie im K1 ankamen, waren Anja-Lena und Norbert schon eingetroffen, nur Thomas Niemann fehlte noch. Angermüller verteilte die Personalbögen aus Dünenhöhe, die nach den früheren Standorten der Mitarbeiter durchforstet werden sollten, Düsseldorf und Umgebung, aber auch Berlin, oder nach sonstigen Auffälligkeiten, die auf eine Verbindung zu den beiden Opfern schließen ließen. Niemand quatschte, alle beschäftigten sich sogleich mit den Papieren, doch Angermüller vermisste trotzdem etwas. Es fehlte die mit Energie aufgeladene Atmosphäre, die normalerweise sein Team beflügelte, wenn sie in einem komplizierten Fall steckten, der besondere Hartnäckigkeit erforderte. Und das hier war schließlich keine Bagatelle, immerhin hatten sie es mit einem Doppelmord zu tun. Er schrieb diese Leidenschaftslosigkeit nicht zuletzt sich selbst zu. Er fühlte sich erschöpft, und er vermisste seine Fähigkeit, die anderen anzuspornen, sie mitzureißen.

»Ich möchte, dass wir zusammenfassen, nach was für einer Person wir suchen.«

Angermüller stellte sich neben das White Board und nahm einen Filzer zur Hand, um die Begriffe zu sammeln. Mann oder Frau, medizinische Kenntnisse, Ortskenntnis in Dünenhöhe, Wissen über die Gewohnheiten der Opfer, Düsseldorf, tote Kinder, Fortesana Konzern, Engelstein, Berlin standen da und als neues Motiv: Rache?

»Hallo zusammen! Na, seid ihr schön fleißig?«

»Hallo, Thomas, du klingst so munter. Neuigkeiten?«, fragte der Kriminalhauptkommissar hoffnungsvoll.

»Wie man's nimmt. Zumindest habe ich die Namen der Eltern rausbekommen, deren Kinder in der Düsseldorfer Kinderklinik gestorben sind. Was die Entschädigungen anbetrifft, so weiß ich nur, es wurden welche gezahlt, aber nicht, ob an alle Betroffenen und wie hoch die Summen waren.«

»Und hast du aktuelle Kontaktdaten von diesen Leuten?«

»Ich hab der Dame bei Fortesana zumindest die damaligen Adressen, Telefonnummern und so weiter aus der Nase gezogen und beim Melderegister die aktuellen Wohnorte nachfragen können. Dabei hab ich erfahren, dass eine Familie inzwischen nach Kanada ausgewandert ist.«

»Wann denn?«, wollte Jansen wissen.

»Vor einem guten Jahr. Die Leute mit dem behinderten Kind leben in Düsseldorf, ebenso eine weitere Familie, deren Kind gestorben war. Über den Verbleib einer alleinstehenden Mutter eines der toten Kinder ist nichts bekannt. Die hat Düsseldorf verlassen, aber bisher war nicht herauszukriegen, wo sie hingezogen ist.«

»Gut gemacht, Thomas«, meinte Angermüller, die anderen nickten. Er dachte einen Moment nach, dann erhob er sich und zückte sein Handy.

»Tja, dann rufe ich den Staatsanwalt an, dass er Düsseldorf um Amtshilfe bittet.«

In seinem Büro, mit Blick in den rötlich gefärbten Abendhimmel, überzeugte er Lüthge, das Notwendige zu veranlassen, damit die Kollegen in Nordrhein-Westfalen sofort aktiv werden könnten.

»Zwar ist das bisher nur eine Vermutung, dass sich unter diesem Personenkreis unser Täter befinden könnte. Aber eine sehr realistische, wenn man den Zusammenhang mit dem unaufgeklärten Mord an der ehemaligen Fortesana-Ärztin in Berlin berücksichtigt, und dass an allen drei Tatorten dieser Engelstein gefunden wurde.«

Lüthge versprach, sein Möglichstes zu tun, um den Düsseldorfern die Dringlichkeit ihrer Anfrage deutlich zu machen.

»Und geben Sie denen bitte meine Handynummer, damit die sich im Falle eines Falles direkt mit mir in Verbindung setzen können.«

Als Angermüller in den Besprechungsraum des K1 zurückkehrte, herrschte konzentrierte Stille, nur ab und zu unterbrochen durch eine Frage, einen leisen Austausch und das Rascheln von Papier, während man sich zum zweiten Mal durch die Personalunterlagen aus Dünenhöhe arbeitete. Es ging auf acht. Zu wirklich neuen Resultaten waren sie bisher nicht gekommen.

»Leute, ick hebb son Kniepen«, sagte Claus Jansen und rieb sich den Magen. »Soll ich Pizza bestellen?«

»Du kannst deine Pizza zu Hause essen. Wir machen Schluss und hoffen, dass sich die Kollegen aus Düsseldorf bald mit Ergebnissen bei uns melden«, erklärte Angermüller, was bei allen ein zustimmendes Nicken auslöste.

»Dann schönen Feierabend und hoffentlich bis bald!«

Zu Hause angekommen war Georg müde und hungrig. Glücklicherweise gab es einen Rest Huhn vom Vortag, denn er hatte Appetit auf etwas Warmes, aber überhaupt keine Lust zum Kochen. Dies fand er beunruhigend, gab es doch normalerweise keine bessere Entspannung für ihn, als am Herd zu stehen. Aber zumindest war sein Appetit unvermindert vorhanden, und er legte sich ein Stück Fladenbrot, ein paar Oliven und etwas Schafkäse auf einen Teller. Seit er mit Derya zusammen war, hatte er diese Sachen meist im Haus, die einen beliebten Bestandteil ihres Frühstücks ausmachten.

Die Abendluft war mild, er nahm Platz am Tischchen auf der kleinen, umfriedeten Terrasse seiner Wohnung, die auf den Vorgarten des Gründerzeithauses ging. Während sein Essen im Ofen schmorte, genoss er ein Glas von dem Barbera vom Vorabend und ließ sich die kleine Vorspeise schmecken. Gerade hatte er das Huhn mit den Kartoffeln in seinem köstlichen Olivenölsaft verspeist, da rief Derya an.

»Schön, dich zu hören! Wie war dein Tag?«, grüßte er sie. Daran hatte er gar nicht mehr gedacht, dass sie versprochen hatte, sich jeden Abend zu melden.

»Ach, inzwischen ist das wie Urlaub. Wir gehen viel spazieren, meine Mutter und ich. Heute war *Baba* zum ersten Mal dabei, nicht lang, aber er ist wieder ziemlich kräftig. Ansonsten bei Verwandten Kaffee trinken, Tee trinken und ganz viel essen. Oh Gott, ich werde so viel zunehmen, du wirst mich nicht wiedererkennen!«

Sie wollte hören, wie es mit seinem neuen Fall vorwärtsging, und er schilderte ihr in groben Zügen, dass sich die Aufklärung schwierig gestaltete. Von seiner Unzufriedenheit, von seinen Selbstzweifeln erwähnte er nichts. Es war eine gute, neue Erfahrung, in Derya jemanden zu haben, der ein echtes Interesse an seiner Arbeit zeigte. Das hatte er bisher nicht gekannt. Astrid hatte seinen Job immer eher als Belastung empfunden, die das Familienleben störte und manchmal unmöglich machte. Ob sie das immer noch so sah? Derya und er plauderten, bis er ein Gähnen nicht unterdrücken konnte.

»Entschuldige, ich bin heute unglaublich kaputt.«

»Na, dann will ich dich nicht länger zuquatschen. Geh bald schlafen. Bis morgen, mein Liebster, ich melde mich!«

»Ja, dank dir, bis morgen, gute Nacht!«

Eine kurze Weile blieb er sitzen, trank den restlichen Wein und überlegte zum wiederholten Male, ob Astrid sich seit dem Unfall wirklich so verändert hatte, wie er es in seinem Optimismus bemerkt zu haben glaubte. Die Begegnung am Vorabend fiel ihm ein. Er kam zu keinem eindeutigen Ergebnis, musste sich selbst aber eingestehen, dass er zu sehr seinen Wunschvorstellungen nachgehangen hatte.

Das erneute Klingeln seines Handys riss ihn aus seinen Grübeleien. Sein Chef meldete sich aus Wiesbaden. Die BKA-Tagung war beendet, doch Harald Appels nutzte das Wochenende für einen privaten Besuch bei Freunden im Taunus. Trotzdem war er begierig, die neuesten Entwicklungen im Fall Dünenhöhe zu erfahren. Obwohl er fast nie an der praktischen Aufklärungsarbeit beteiligt war, hielt sich der Leitende Kriminaldirektor für unverzichtbar. Angermüller gab ihm einen kurzen Bericht und die vorsichtige Prognose, dass sie inzwischen auf einem guten Weg waren. Schließlich verabschiedete sich Appels, wie zu erwarten mit den besten Wünschen für zügige Aufklärung. Als Georg das Smartphone beiseite legte, musste er lachen.

Um kurz nach zehn war er im Bett. Er schlief traumlos und tief, erwachte um sieben und fühlte sich richtig gut ausgeschlafen. Zwar wartete er auf Ergebnisse aus Düsseldorf, konnte aber überhaupt nicht abschätzen, wann damit zu rechnen war. Er wollte sich nicht zu sehr darauf fixieren. Es war keineswegs klar, dass sie positiv ausfallen würden. Draußen hatten sich die Wolken verzogen, und es war sonnenhell. Zu Fuß machte er sich auf den kurzen Weg zum Brink, wo es einen Biosupermarkt gab und am Samstag immer ein netter kleiner Wochenmarkt mit Produkten aus der Region stattfand. Er kaufte ein Pfund schieres Wildschweinefleisch aus holsteinischen Wäldern, erstand erste neue Kartoffeln und ein Pfund heimischen Spargels und dachte mit Vorfreude ans Abendessen. Mit frischem Brot und ein paar weiteren Leckereien im Rucksack schlenderte er nach Hause. Das Frühstück zelebrierte er ausgiebig und las dabei ganz in Ruhe die Lübecker Zeitung. Zu seiner Beruhigung entdeckte er nur eine kleine Meldung zu den zwei Toten in Dünenhöhe. Aber nachdem ihm sein Fall auf die Weise ins Gedächtnis gerufen wurde, sah er alle paar Minuten auf die Uhr.

Fast Mittag. Mittlerweile müssten die Kollegen in Düsseldorf eigentlich tätig geworden sein. Lüthge hatte ihnen doch bestimmt die Dringlichkeit ihrer Anfrage geschildert. Angesichts des traumhaften Wetters schwang Georg sich auf sein Fahrrad, nicht ohne seinen Helm, den er zwar lästig, aber seit Astrids Unfall unverzichtbar fand, und machte sich auf die Suche nach einem schönen Plätzchen am Wasser zum Schauen, Lesen, Kaffeetrinken. Er war gerade dabei, sich in einem Café an der Untertrave zu installieren, da endlich ein erlösender Handyton.

»Moin, hier ist Thomas.«

»Ach Thomas, du bist das. Grüß dich.«

Georg hatte sich wohl ein wenig enttäuscht angehört, denn Thomas Niemann fragte:

»Stör ich?«

»Natürlich nicht. Ich hab nur gedacht, die Düsseldorfer melden sich mit ersten Ergebnissen.«

»Leider nur ich. Aber ich habe was ganz Interessantes gefunden. Es geht um die Herkunft der Engelsteine. Ich glaube, ich weiß, wo die herstammen. Willst du dir das mal anschauen?«

»Klar. Wo bist du?«

»Im Büro natürlich, ist doch Sonnabend.«

»Bin gleich da.«

Mit einem Mal übertraf die Neugierde Angermüllers Betriebsmüdigkeit. Er fühlte eine innere Unruhe, war voller Spannung, was Thomas Bemerkenswertes entdeckt hatte. Er kannte den Kollegen mittlerweile gut genug, um zu wissen, dass der sich nicht wegen Kleinkram meldete, schon gar nicht am Wochenende.

Kurz darauf saßen sie gemeinsam vor dem PC in Niemanns Büro im siebten Stock des Behördenhochhauses und blätterten durch die Website eines Versands, der sich ›Angeli in der alten Märbelmühle‹ nannte. Das Foto des Geschäftshauses zeigte ein teils mit Schiefer verkleidetes, historisches Gebäude, an dem ein Mühlrad hing, und das idyllisch an einem Fluss inmitten einer waldreichen Gegend lag.

»Kann natürlich sein, dass ich nur zu doof war, auf eine andere Quelle zu stoßen, aber siehst du das? Sehen genau aus wie unsere Engelsteine. Nirgendwo sonst hab ich welche in der Art gefunden.«

Unter dem bunten Angebot an Amuletten, Engelenergiesteinen, Pendeln und vielem mehr sowie Schriften über das Wesen und Wirken der Engel gab es die Rubrik Schutzengelsteine. Dazu zählten unterschiedliche Anhänger aus Kristallen und Halbedelsteinen, aber auch Handschmeichler aus diversen Materialien und darunter tatsächlich welche, die den Kieseln mit den herausgefrästen Flügeln glichen wie aufs Haar.

»Und können wir herausfinden, wer dort solche Flügelsteine bestellt hat? Die müssten eine Kundenkartei haben.«

»Das ist der Haken. Die Website ist zwar noch online, aber ich fürchte, den Laden gibt's nicht mehr. Die letzte Aktualisierung ist älter als sieben Jahre. Ich habe versucht, unter dem im Impressum angegebenen Telefon jemanden zu erreichen«, sagte Thomas unzufrieden, »kein Anschluss unter dieser Nummer.«

»Das ist Mist«, stellte Angermüller fest und besann sich dann. »Trotzdem klasse, dass du darauf gestoßen bist. Wer weiß, wozu es gut war.«

Bevor er es klingeln hörte, spürte er das Smartphone in der Hosentasche vibrieren.

»Das muss Düsseldorf sein«, erklärte er nach einem Blick auf die ihm nicht bekannte Nummer und nahm das Gespräch an.

Nachdem er zu Ende telefoniert hatte, nicht ohne sich artig bei dem Kollegen aus Nordrhein-Westfalen zu bedanken, machte Angermüller ein ratloses Gesicht.

»Also, ich weiß gar nicht, was ich davon halten soll. Aber man weiß nie, wozu was gut ist.«

»Das hast du grade schon mal gesagt. Was hat er denn erzählt, der fröhliche Rheinländer?«

»Überhaupt nichts Fröhliches.«

Der Kriminalhauptkommissar seufzte.

»Bei den Überprüfungen sind sie auf Folgendes gestoßen: Eine Frau hat heute Nacht Selbstmord begangen. Sie war wegen schwerster Depressionen und Suizidgefahr seit fast einem Jahr in einer geschlossenen psychiatrischen Einrichtung bei Düsseldorf untergebracht. Sie war die Mutter eines der verstorbenen Kinder aus der Fortesana Kinderklinik.«

»Wow.«

»Er schickt uns die Informationen dazu per Mail, muss gleich ankommen.«

Die beiden Männer schwiegen für einen Moment, dann schaute Angermüller in seinen Posteingang und rief die Nachricht auf, die ein Foto der Frau und ihre Personendaten enthielt.

»Name Maria Spindler, geborene Göpfert, aus Döschnitz/Mittleres Schwarzatal, Alter 48 Jahre, verheiratet mit Benedikt Spindler, wohnhaft in Düsseldorf und so weiter, Suizid durch Erhängen.«

Thomas Niemann nickte. Man konnte es in seinem Kopf förmlich arbeiten sehen, so angestrengt dachte er nach.

»Den Namen hab ich schon mal gelesen.«

»Spindler?«

Er schüttelte den Kopf.

»Nee, den andern.«

Gespannt schaute ihn Angermüller an. Der Kollege blätterte ziellos in den Papieren auf seinem Schreibtisch.

»Darf ich mal?«, sagte er und griff nach der Computermaus. Er klickte sich ein paar Seiten zurück.

»Da! Ich wusste es.«

Das Impressum des Versandes ›Angeli in der alten Märbelmühle‹ erschien.

»Siehst du, was da steht: Inhaberin Maria Göpfert.«

»Tatsächlich! Na also, jetzt wissen wir, wozu es gut war.«

Der Kriminalhauptkommissar nickte beeindruckt.

»Das wird sie wohl sein. Wahrscheinlich hat sie in den letzten Jahren geheiratet«, vermutete Niemann, »wie gesagt, die Seite ist schon ein paar Jährchen alt.«

»So«, machte Angermüller und atmete langsam aus, »jetzt Ruhe bewahren und einen Schritt nach dem andern tun. Was heißt das für uns? Wir brauchen den Ehemann. Ich ruf gleich bei dem Kollegen in Düsseldorf an.«

In der letzten Nacht hatte Karo unglaublich schlecht geschlafen, war einige Male mit klopfendem Herzen aufgewacht und hatte jedes Mal nur schwer in den Schlaf zurück gefunden. Was sollte sie nur tun? Ständig musste sie an das Wissen denken, dass ihr wie ein Mühlstein auf der Seele lastete. Wenn es nur eine unglückliche Verkettung von Zufällen war, die gar keine Bedeutung hatte? Sie hatte ja keine hundertprozentige Gewissheit, dass alles so stimmte, wie sie sich das zusammengereimt hatte. Und sie wollte keinesfalls einen unschuldigen Menschen dieser polizeilichen Maschinerie ausliefern, die dann automatisch anlief und denjenigen in eine Art kafkaeske Bedrängnis brachte. Sie hatte erlebt, wie sehr Karwen unter den Verdächtigungen der Polizei litt.

»Mami, wir müssen einen Schlafanzug für mich einpacken. Ich übernachte doch heute bei Omi!«, hatte Flori ihre Mutter vorwurfsvoll erinnert, die an diesem Morgen mehr als unkonzentriert war. Natürlich fiel Gerlinde, bei der sie zu dritt frühstückten, sofort auf, dass mit Karo etwas nicht stimmte.

»Hast du heute keinen Appetit?«

Da sie nicht den wahren Grund für ihre merkwürdige Verfassung erklären wollte, sagte sie: »Ich bin noch satt von gestern Abend. Wir hatten diese chinesischen Nudeln, die Flori so gerne mag, und da hab ich ein bisschen zu viel gegessen.«

Tadelnd schüttelte Gerlinde den Kopf.

»So wird das nie was mit dem Abnehmen, wenn du dir abends den Bauch vollschlägst.«

»Hab ich gesagt, dass ich abnehmen will?«, fragte Karo gereizt.

»Auf jeden Fall hättest du's nötig«, stellte Gerlinde verstimmt fest, »so wie du aussiehst, wird sich keiner ...«, sie unterbrach sich mit einem Seitenblick auf ihre Enkelin, »na ja, du weißt, was ich meine.«

Ab da war das Frühstück in eisigem Schweigen verlaufen. Ach ja, Gerlinde drückte immer genau die richtigen Knöpfe, um Karo aus der Fassung zu bringen. Flori hatte mit ihrem feinen kindlichen Gespür die atmosphärische Störung zwischen den beiden Frauen sofort erfasst. Auf rührende Weise hatte sie sich bemüht, gegen die miese Stimmung anzugehen. So hatte Karo sich schließlich zusammengerissen, war auf Floris Kommunikationsversuche eingegangen und hatte versucht, Gerlinde mit einzubeziehen, was halbwegs gelungen war. Als sie sich endlich zur Arbeit verabschieden konnte, war sie erleichtert.

In der Cafeteria standen ein paar Leute am Tresen und warteten auf ihre Kaffees. Mit hochrotem Kopf war Gabriela dabei, den Bestellungen der Gäste nachzukommen. Ob es ihr gelingen würde, den Laden an diesem Wochenende im Alleingang zu schmeißen, war nicht abzusehen. Aber so voll, wie sie den Kopf hatte, war das Karo im Moment egal. Sie sprang Gabriela bei und nahm ihr das

Kassieren ab. Gerade hatte sie ihrer Aushilfe ein paar Dinge erklärt, die ihr inzwischen eingefallen waren, da war Frau Sczepanski aufgetaucht, was bei Karo ein merkwürdiges Gefühl ausgelöst hatte.

»Guten Morgen, meine Kleene. Bist ja doch hier!«

»Moin. Aber nicht mehr lange. Ich musste nur Gabriela ein paar Sachen sagen. Bin gleich weg.«

Verstohlen beobachtete Karo Frau Sczepanski, ob die sich anders ihr gegenüber verhielt als gestern, bevor sie ihr anvertraut hatte, wen sie gesehen hatte. Doch sie wirkte völlig arglos. Sie wusste ja auch nicht das, was Karo wusste.

»Falls das Mädel Unterstützung braucht – ick bin ja ooch noch da. Ich kann auf jeden Fall kopfrechnen und kassieren. Schließlich hatt' ick ja meinen eigenen Salong!«

»Gabriela wird das schaffen, nicht wahr? Wenn was ist, hast du meine Nummer.«

Die Angesprochene nickte zuversichtlich.

»Und wenn alle Stricke reißen, wendet sie sich vertrauensvoll an Sie, Frau Sczepanski.«

»Allet klaro! Ich schau öfter mal vorbei. Wird schon schiefjehn!«

Im Auto hatte Karo erst einmal eine Zigarette geraucht. Sie hatte ihr überhaupt nicht geschmeckt, und die entspannende Wirkung, die sie sich davon erhofft hatte, war ausgeblieben. Nun stand sie im Dünenbistro, umringt von Agneta, Karwen und Arne, die auf Anweisungen warteten, wo sie anpacken sollten. Das lenkte wenigstens ab. Sie versuchte, sich auf die anstehenden Arbeiten zu konzentrieren, und verteilte die Aufgaben. Arne widmete sich den Reparaturen des Mobiliars, Karwen strich die beschädigten Wände, und Agneta und Karo begannen die Küche zu säubern.

»Hast du Musik?«, fragte Arne.

»Na klar. Radio oder CD?«

Sie schaltete die Anlage ein, die Thorben übersehen oder vergessen hatte zu zerstören, und Arne suchte seinen Lieblingssender, der die gängigen Hits rauf und runter spielte. Während die anderen die Melodien mitpfiffen, Agneta sich dazu in den Hüften wiegte, steigerte die Geräuschkulisse Karos Nervosität. Außerdem war ihr schlecht. Verdammt, sie musste sich entscheiden. Weder wollte sie einen Unschuldigen anschwärzen noch einen Täter decken, der zwei Menschenleben auf dem Gewissen hatte – wenn sie sich denn nicht irrte. Es war zum Verrücktwerden!

Karo griff in ihre Jeanstasche. Ja, da steckte sie noch.

»Bin gleich wieder da!«

Sie ging nach draußen, wo sie strahlend blauer Himmel und wärmende Sonne empfingen. Menschen mit Badesachen, Liegestühlen und Sonnenschirmen pilgerten in Richtung Strand. Über der Ostsee lag ein feiner Dunst, eine ganz leichte Brise wehte, ein samtmilder Tag wie aus dem Bilderbuch. Karo hatte dafür kein Auge. Sie holte die Visitenkarte dieses Feinschmeckerkommissars heraus, atmete tief durch und wählte seine Nummer auf dem Handy. Er meldete sich nach dem zweiten Klingeln, und statt einer Antwort musste Karo heftig niesen. Trocken, kaum Wind, Allergiewetter.

»Entschuldigung. Ja hallo, hier ist Karolin Berner aus der Cafeteria in Dünenhöhe. Ich wollte Ihnen was sagen. Ich weiß nicht, ob das wirklich wichtig ist. Es geht um die beiden Morde.«

Sie schilderte dem überraschten Kommissar in wenigen Worten, was sie sich zusammengereimt hatte. Die Beobachtung von Frau Sczepanski ließ sie weg. Nur, wenn es gar nicht anders ging, würde sie darüber sprechen. Sie wollte die alte Dame ungern in Schwierigkeiten bringen.

»Wo sind Sie gerade?«

Karo erklärte die Lage des Dünenbistros.

»Okay, wir kommen bei Ihnen vorbei.«

Als Karwen eine gute halbe Stunde später draußen den Wagen mit den Lübecker Kriminalbeamten vorfahren sah, hörte er abrupt auf zu streichen.

»Oh nein, was wollen die denn? Ich hab keine Lust, schon wieder dieselben dämlichen Fragen zu beantworten! Wann kapieren die endlich, dass ich es nicht gewesen bin?«

Er wurde beherrscht von einer Mischung aus Erschrecken und Verärgerung. Auch Agneta und Arne beobachteten verwundert, wie die Polizisten auf den Eingang zusteuerten.

»Keine Panik«, erklärte Karo. Sie klang unsicher. Sie fragte sich, ob ihre Entscheidung richtig gewesen war. Mit dieser schnellen Reaktion der Polizei und ihrem umgehenden Auftauchen hatte sie nicht gerechnet.

»Die kommen wegen mir. Die haben vorhin angerufen.«

»Was? Wieso das denn?«

Karwen sandte ihr einen verstörten Blick durch seine Brillengläser.

»Erzähl ich euch später. Vielleicht macht ihr mal ’ne kurze Pause. Die wollen mich bestimmt allein sprechen.«

Vor allem wollte Karo keine Zuhörer haben, wenn sie der Polizei ihre, wie ihr plötzlich schien, ziemlich haarsträubende Theorie ausführlich vortrug.

Nach dem überraschenden Anruf hatte Angermüller den Kollegen Jansen aus seinem Wochenende aufgescheucht, was der, als er die Neuigkeiten hörte, vollkommen korrekt fand.

»Ach nee, mein spezieller Freund«, murmelte er beim Anblick Karwen Barzanis, der mit einem Mann und einer

Frau vor dem mit reetgedeckten Dünenbistro stand und sich gerade eine Zigarette ansteckte.

»Lass gut sein, Claus, wir sind wegen was anderem hier«, erinnerte Angermüller seinen Kollegen und sandte einen Gruß zu den dreien.

»Kein Problem. Ist mir nur so aufgefallen.«

Karolin Berner empfing sie im Innenraum des Bistros, wo augenscheinlich letzte Renovierungsarbeiten durchgeführt wurden.

»Hallo, Frau Berner.«

Die junge Frau nickte, rückte ihre dunkelrandige Brille zurecht und gab den beiden Männern die Hand. Sie machte einen aufgewühlten Eindruck.

»Sie haben mir vorhin am Telefon ein paar interessante Beobachtungen mitgeteilt. Wollen wir uns drüben hinsetzen, und Sie erzählen uns alles ausführlich und in Ruhe?«

Die drei platzierten sich um einen Tisch neben dem Tresen, Jansen holte den kleinen Recorder heraus und erledigte die Formalitäten. Dann hatte Karolin Berner das Wort.

»Wie schon gesagt, ich hab keine Ahnung, ob ich nicht die falschen Schlüsse gezogen habe. Aber ich dachte, es ist besser, wenn ich mit Ihnen darüber rede.«

Angermüller nickte.

»Ich verstehe, dass Sie Skrupel haben, klar. Aber es ist vollkommen richtig, dass Sie uns informiert haben. Dann schildern Sie bitte der Reihe nach, wie Sie darauf gekommen sind.«

Sie nahm ihre Brille ab und rieb sich den Nasenrücken.

»Vorgestern Abend habe ich auch im Dünenbistro gearbeitet. Jana und Benni haben mir geholfen. Jana Hellmann ist meine Kollegin aus der Cafeteria, die kennen Sie, glaub ich. Und Benni Göpfert arbeitet als Physiotherapeut in der Klinik. Erst war nur Benni da, Jana kam später, weil sie vorher zum Geburtstag ihrer Uroma musste. Benni hatte seine Jacke über einen Stuhl geworfen. Dabei ist seine Brieftasche herausgefallen und aus der ein paar Fotos. Ich hab kurz drauf geschaut. Das waren Familienbilder. Benni war drauf und eine Frau und ein ganz süßes, kleines Kind. Ich nehme an, seine Familie. Aber als ich ihn danach gefragt habe, hat er merkwürdig reagiert, so schroff, fast aggressiv, das ist sonst gar nicht seine Art, und die Fotos wollte er sofort wiederhaben. Ich habe keine Ahnung von seinen Familienverhältnissen, habe immer angenommen, er wäre alleinstehend. Auweia, hab ich gedacht, da rührst du wohl an eine offene Wunde, habe ihm die Bilder zurückgegeben und keinen Ton darüber verloren. Als wir Schluss gemacht haben, konnte ich mich kaum richtig bedanken, so schnell hat er sich verabschiedet.«

Karolin Berner erzählte langsam und stockend, machte Pausen und schien sich zu vergewissern, dass sie alles in den richtigen Zusammenhang brachte.

»Ich habe Jana von den Fotos erzählt, als wir allein waren. Die konnte auch nicht verstehen, warum er sich so abweisend verhalten hat. Ich habe ihr gesagt, dass er ein lieber Mensch ist, aber merkwürdig. Ja, und gestern wollte Benni wie immer am Wochenende zu seinem Vater nach Thüringen fahren. Jana ist zu einem Freund nach Köln aufgebrochen. Von unterwegs hat sie mich angerufen. Sie war ziemlich aufgeregt. In Oldenburg am Bahnhof hatte sie Benni getroffen, und sie sind im Zug gemeinsam bis Hamburg gefahren.«

Jansen warf einen vielsagenden Blick zu Angermüller, der nachdenklich nickte und fragte: »Weshalb hat sich Jana bei Ihnen gemeldet?«

»Benni hat sich in Hamburg von ihr verabschiedet. Er

wollte einen ICE über Berlin in Richtung München nehmen, der direkt über Saalfeld fährt, und musste zu einem anderen Gleis. Aber Jana hat gesehen, dass er denselben Zug wie sie bestiegen hat! Und der fuhr nach Westen, über Bremen, Münster, Köln nach Stuttgart, genau weiß ich das nicht mehr. Benni hätte sich am Bahnhof jedenfalls die ganze Zeit so komisch umgeschaut, als ob er ihr nicht begegnen wollte, meinte Jana. Im Zug hat sie ihn zwar nicht mehr entdeckt, aber sie war überzeugt, dass Benni ganz bestimmt nicht nach Thüringen fahren wollte. Ich hab mir erst nichts dabei gedacht, aber dann …«

Karolin Berner holte tief Luft. Sie legte die Brille beiseite, deren Bügel sie unentwegt auf und zu geklappt hatte.

»Dann hat mir Karwen gestern Nachmittag erzählt, was an dieser Kinderklinik in Düsseldorf passiert ist, dass da einige Kinder gestorben sind und dass die Seemann und der Paulsen in die Geschichte verwickelt waren.«

»Und dann war Ihnen sofort klar, dass es da einen Zusammenhang geben musste?«

Jansens Miene war skeptisch. Angermüller war zumindest beeindruckt, wie die junge Frau durch reines Nachdenken die einzelnen Puzzleteile anscheinend richtig zusammengefügt hatte. Sie schüttelte den Kopf.

»Nein, sofort war mir das nicht klar«, reagierte sie ungehalten, »die Geschichte ging mir nur nicht mehr aus dem Kopf. Und irgendwann bin ich drauf gekommen: Bennis Reaktion, als ich die Fotos zufällig gesehen hab, dass er gelogen hat und gar nicht nach Thüringen gefahren ist. Bestimmt war auch Jana, die sich gleich alles Mögliche ausgedacht hat, dran schuld, dass ich gegrübelt habe. Und dann das mit den toten Kindern. Schließlich ist mir eingefallen, dass Arne erzählt hat, Benni hätte gekündigt. Ich hab da immer und immer wieder drüber nachgedacht und fand das alles logisch, nur wollt ich es nicht glauben. Vielleicht können Sie das nicht verstehen, aber es ist nicht so einfach für mich. Schließlich ist Benni ein guter Bekannter und ein netter, hilfsbereiter Mensch, und wenn ich falsch liege, kriegt er meinetwegen unnötig Schwierigkeiten.«

»Das versteh ich, Frau Berner, aber machen Sie sich keine Sorgen. Entschuldigung, einen Moment bitte.«

Angermüller stand auf und entfernte sich etwas, um ein Gespräch auf seinem Handy anzunehmen.

»Thomas, was gibt's?«

»Ich habe erneut die Personalunterlagen aus Dünenhöhe gecheckt. Und was glaubst du, wen ich gefunden habe? Nicht den Herrn Benedikt Spindler, sondern …«

»Benni Göpfert«, antwortete der Kriminalhauptkommissar.

»Richtig, Benjamin Göpfert, Physiotherapeut. Der hat seinen Vornamen nur etwas abgewandelt und den Geburtsnamen seiner Frau benutzt. Ihr wisst es also schon?«

»Ja, und wir nehmen stark an, er hält sich in Düsseldorf auf.«

Nachdem Angermüller seinen Kollegen kurz ins Bild gesetzt hatte, bat er ihn, in Düsseldorf anzurufen und die neuen Erkenntnisse durchzugeben.

»Und schick denen auch das Foto von dem Personalbogen rüber. Ich ruf Lüthge an. Wir brauchen einen Haftbefehl. Die sollen eine Großfahndung nach dem Spindler alias Göpfert auslösen, der ist unser Mann.«

Um Staatsanwalt Lüthge zu gewinnen, bedurfte es keiner großen Überzeugungsarbeit. Er ließ sich von Angermüller kurz ins Bild setzen und sagte zu, alles Notwendige sofort in die Wege zu leiten. Zufrieden kehrte der Kriminalhauptkommissar zu Jansen und Karolin Berner zurück, die sich schweigend gegenüber saßen.

»Wenn du keine Fragen hast, Claus, dann wären wir so weit.«

Jansen schüttelte den Kopf.

»Vielen Dank, Frau Berner. Sie haben uns sehr geholfen. Und wenn Sie sich beruflich verändern wollen, kommen Sie bei uns vorbei! Sie scheinen begabt zu sein. Das ist wirklich beispielhaft, wie Sie von den einzelnen Fakten auf diesen Zusammenhang gekommen sind.«

Die junge Frau wirkte auf eine Art peinlich berührt durch Angermüllers Kompliment. Sie machte eine abwehrende Handbewegung und versteckte sich hinter ihrer beeindruckend großen Brille.

»Und Sie wollen sich selbstständig machen?«, fragte Angermüller interessiert und zeigte auf den Innenraum des Cafés.

»Im Gegenteil.«

Bestürzt hörte sich Angermüller Karolin Berners Geschichte vom Vandalismus und den Belästigungen ihrer selbst und ihrer Tochter durch den Exfreund an. Auch auf Jansens Gesicht lag so etwas wie Anteilnahme.

»Sie müssen bei den Kollegen ein Kontaktverbot für ihren Exfreund erwirken. Bei dem, was Sie da schildern, ist hundertprozentig der Straftatbestand der Nachstellung erfüllt. Oder, falls Sie einen Anwalt haben, soll der das für Sie tun«, riet der Kriminalhauptkommissar.

»Eine Anwältin hab ich. Danke für den Tipp. Da kümmer ich mich gleich Montag drum.«

»Dann wünsch ich Ihnen, dass Sie bald durch sind mit den Ausbesserungsarbeiten. Machen Sie's gut. Und falls sich Fragen ergeben, würd' ich mich bei Ihnen melden.«

Vom Dünenbistro fuhren Angermüller und Jansen in Richtung Norden. Laut Personalbogen wohnte Benedikt Spindler alias Göpfert in einer kleinen Ansiedlung namens Ölendorf. Sie bogen von der Kreisstraße in den Suhrenkamp ab und hielten vor einem Klinkerhaus. Auf ihr Klingeln öffnete ihnen die Hausbesitzerin, eine Frau mittleren Alters. Sie sprach nur in den höchsten Tönen von ihrem Mieter.

»Der Herr Göpfert ist einer der besten Mieter, die ich je hatte. Freundlich, leise und sehr sauber! Das muss ich wirklich sagen. Seine Miete bezahlt er immer pünktlich.«

»Dürften wir mal in die Wohnung?«

»Ich weiß nicht.«

»Es wäre wichtig, wir ermitteln in einer Mordsache.«

»Ist ihm was passiert?«

Die Kommissare verneinten. Nach einer Schrecksekunde nahm die Vermieterin einen Schlüssel vom Schlüsselbrett in der Diele, stieg vor ihnen die steile Treppe hinauf und schloss die Tür auf, hinter der sich unter schrägen Wänden ein Zimmer, eine Küche und ein Bad befanden.

»Er hat alle seine Sachen mitgenommen«, stellte die Frau nach einem Blick in den Schrank erstaunt fest, »viel war's nicht. Er kam auch nur mit einer Reisetasche hier an.«

Sie unterbrach sich und schaute auf den Couchtisch, wo in einer Schale mehrere Geldscheine neben einem Zettel lagen.

»Das sind zwei Monatsmieten. Er ist tatsächlich ausgezogen. Das hat er mit keinem Wort gesagt! Hat der Herr Göpfert was ausgefressen?«, fragte sie mit besorgtem Blick.

Die Kommissare antworteten ausweichend, schauten sich kurz um, bedankten sich und ließen die Hausbesitzerin mit ihren vielen Fragen allein. Auf dem Weg zurück nach Lübeck ließ Jansen den Wagen für seine Verhältnisse recht gemächlich über die Autobahn rollen. Ihn beschäftigte immer noch dieselbe Sache.

»Und diese Karolin Berner ist so ’n Superhirn, ja?«

Er wiegte zweifelnd seinen Kopf.

»Wieso? Klang durchgehend logisch, was sie uns geschildert hat«, meinte Angermüller überzeugt, »sie hat eine gute Kombinationsgabe.«

»Na, ich weiß nich. So ’ne blitzgescheite Deern, da kann einem direkt unheimlich werden!«

»Da wärst du auch drauf gekommen, wenn du alle diese Fakten zur Verfügung gehabt hättest. Ah, Moment! Telefon.«

Das Gespräch war kurz, der Kriminalhauptkommissar steckte mechanisch sein Smartphone ein.

»Wat is?«

»Die haben ihn.«

»Wat? Wie? Nu vertell ma genau?«

»Das war Düsseldorf. Sie haben ihn. Benedikt Spindler hat selbst die Kollegen angerufen und um seine Festnahme gebeten.«

»Wo war er denn?«

»In der psychiatrischen Klinik bei Düsseldorf. Er saß neben seiner toten Frau.«

KAPITEL XII

Mein Name ist Benedikt Spindler, ich bin 52 Jahre alt. Ich habe drei Menschen getötet, weil ich glaubte, das würde Marias Kummer und auch meinen lindern, und die Helligkeit würde in unser Leben zurückkehren.

Vor elf Jahren habe ich Maria Göpfert kennengelernt. Wegen meines kranken Vaters hatte ich meine Stelle in einer Klinik in Berlin aufgegeben und bin zurück in die Nähe von Saalfeld gezogen, wo ich geboren bin. Maria, die aus einem kleinen Dorf in der Gegend stammt, war gerade aus Nürnberg zurückgekehrt, weil sie die alte Märbelmühle von ihrem Onkel geerbt hatte. Maria hat später gesagt, sie wusste gleich bei unserer ersten Begegnung, dass wir füreinander bestimmt sind. Das hätten ihr die Engel gesagt.

Sie hat immer mit ihren Engeln gesprochen. Anfangs fand ich das ziemlich merkwürdig, aber je besser ich sie kennenlernte, desto mehr verstand ich, dass diese unsichtbaren Begleiter ihre ganz persönlichen Helfer bei allem waren, mit dem sie allein nicht zurande kam. Es war ihre Art der Therapie gegen Unsicherheit, Lebensängste, Kummer und Depressionen. Sie war ein zufriedener, fröhlicher, ja, glücklicher Mensch. Gern ließ sie andere an ihrem Glück teilhaben und sagte immer, erst seit sie regelmäßig in Kontakt mit ihren Engeln stünde, hätte ihr Leben diese positive Wendung genommen. Die himmlischen Gefährten gäben ihr immer aufs Neue Kraft und Zuversicht, den Alltag zu meistern.

Um anderen Menschen auch diesen Weg zu ermöglichen, eröffnete sie in der alten Märbelmühle ein Geschäft für Engelssachen. Dort verkaufte Maria hauptsächlich Steine und Kristalle, welche die Verbindung zu den Engelwesen erleichtern sollen, weil sie deren hochfrequente Schwingungen sozusagen verstärken. Angeli nannte sie den Laden. Die Leute konnten direkt zu ihr kommen, der größte Teil lief aber über den Versand.

Zu der Zeit waren wir ein Paar. Wir waren glücklich, uns gefunden zu haben, und Maria war glücklich, sich mit Angeli einen lang gehegten Traum erfüllt zu haben. Aber wir waren uns einig, dass zur Vervollkommnung unserer Beziehung etwas fehlte: ein Kind. Leider war das nicht so einfach. Maria wurde nicht schwanger. Als es dann schließlich klappte, nach zwei Jahren, hatte sie im vierten Monat eine Fehlgeburt, zwei weitere folgten. Nicht nur, dass es eine körperliche Strapaze für sie war, sie verlor ihre ganze Fröhlichkeit, und auch ihre Engel konnten ihr nicht helfen.

Inzwischen war klar, dass es mit einer erfolgreichen Schwangerschaft auf natürlichem Wege nicht funktionieren würde. Dann las Maria von einem Reproduktionsspezialisten in Düsseldorf, der Paaren in den aussichtslosesten Fällen zu Kindern verholfen hatte. Eines Tages kam sie glückstrahlend zu mir: Ihre Engel hätten ihr im Traum den Weg nach Düsseldorf gezeigt. Wenn wir uns dort niederlassen würden, käme alles ins Lot.

Mein Vater war mittlerweile verstorben. Nichts mehr hielt uns in Thüringen. Maria gab das Angeli-Geschäft auf, ich fand eine gut bezahlte Stelle in einer Praxis in Düsseldorf als Physiotherapeut, und wir zogen um. Nach mehreren erfolglosen Versuchen in einem Zentrum für Reproduktionsmedizin, die wir selbst bezahlen mussten, was uns finanziell nicht leichtfiel, aber für uns nie außer Frage stand, kam vor sieben Jahren unser Sohn Gabriel zur Welt. Unser Glück war unbeschreiblich. Kurz nach der Geburt haben wir geheiratet.

Gabriel war ein so hübsches Kind, fröhlich und zufrieden, das allen Menschen in seiner Umgebung sofort ein Lächeln ins Gesicht zauberte. Wir sahen den Kleinen heranwachsen, Maria blühte auf, war wieder die unbeschwerte, heitere Frau, die ich damals kennengelernt hatte. Wir waren endlich eine richtige Familie. Wir erlebten drei wundervolle Jahre.

Dann hatte Gabriel einen Schnupfen. Der Schnupfen war sehr hartnäckig und wurde auch nach Tagen nicht besser. An einem Freitag im Juni bekam der Junge plötzlich hohes Fieber und das Atmen fiel ihm schwer. Er lag auf dem Sofa und weinte leise. Es war Nachmittag und die Praxis unseres Kinderarztes geschlossen, wie auch alle anderen uns bekannten, bei denen wir es versuchten. Da beschlossen wir, die Fortesana Kinderklinik aufzusuchen, das bei uns am nächsten gelegene Krankenhaus.

In der Notaufnahme war es ziemlich voll. Ich weiß nicht, nach welchen Kriterien man dort an die Reihe kam, aber wir warteten fast drei Stunden. Auf unsere Bitten, sich doch endlich Gabriels anzunehmen, wurden wir vom Personal rüde beschieden, sie hätten Wichtigeres zu tun, als sich um so eine Bagatelle von fiebriger Erkältung zu kümmern. Ab und zu wurde es hektisch, wenn ein Kind auf einer Trage von Sanitätern hereingebracht wurde. Dann flatterten Ärzte, Schwestern und Pfleger drum herum, und es wurde schnell auf eine der Stationen gebracht. Uns wurde gesagt, hohes Fieber sei bei Kindern in dem Alter doch normal und wir sollten nicht so hysterisch sein. Mit diesen Argumenten schickte uns die Ärztin, Dr. Ulrike Maser, nach Hause und gab den Rat, wenn Gabriel nicht schlafen könne, ihm halt noch ein Zäpfchen zu geben. Er war so ein tapferer, kleiner Kerl. Als ihm eine Schwester ein paar Gummibärchen schenkte, lächelte er und bedankte sich. Na sehen Sie, alles halb so wild, sagte die Ärztin, als sie das sah.

Das Fieber wurde nicht weniger. Gabriel wurde immer schwächer, das Atmen fiel ihm schwer. Er litt schließlich auch unter Durchfall und Erbrechen. In den folgenden drei Tagen stellten wir ihn noch zweimal in der Klinik vor. Wo käme man denn hin, wenn man jedes Kind wegen eines banalen Schnupfens im Krankenhaus aufnehmen würde, kommentierte Dr. Maser, als wir uns beschwerten. Obwohl vor allem Maria auf Naturheilmittel schwor, baten wir darum, dem Kind ein Antibiotikum zu geben. Nein, Eltern müssten lernen, dass man Kinderkrankheiten durchstehen müsse und nicht jedes Mal gleich mit Kanonen auf Spatzen schießen dürfe, hieß es. Keiner kann sich vorstellen, wie hilflos wir uns gefühlt haben. Niemand hatte Zeit für uns und unser Kind, unsere Fragen wurden als Belästigung empfunden. Wir saßen da, fürchteten um Gabriels Leben, wurden unfreundlich angeschnauzt, hatten das Gefühl, ständig im Weg zu sein und Unmögliches zu verlangen.

Als wir zum vierten Mal die Klinik aufsuchten, hatte Gabriel 41 Grad Fieber, nun nahm man ihn schließlich auf. Der Chefarzt, Dr. Eicke Arthur Paulsen kümmerte sich persönlich. Das Blut unseres Sohnes wurde untersucht, und es fanden sich massive Entzündungszeichen. Paulsen stellte die Diagnose Magen-Darm-Infekt. Als Maria äußerte, dass wir Angst um das Leben unseres Kindes hätten, fertigte er uns ab mit dem Satz, er sehe täglich schwerkranke Kinder und unser Sohn gehöre gewiss nicht dazu.

Hinterher haben wir erfahren, dass sich aus einer nicht erkannten Lungenentzündung bei Gabriel längst eine mas-

sive Blutvergiftung entwickelt hatte. Bakterien hatten seinen Körper überschwemmt, die Herzklappen geschädigt, waren übers Rückenmark ins Gehirn eingedrungen. Als man endlich Gegenmaßnahmen einleitete, war es zu spät. 24 Stunden nach seiner Aufnahme in die Fortesana Kinderklinik war unser Sohn tot.

Um uns herum versank die Welt in Schwarz. Jegliche Freude war uns genommen, Marias Lebensmut konnten auch ihre Engel nicht mehr heben. Mich hielt der Gedanke an Gerechtigkeit aufrecht. Ich fand noch andere Eltern, die Ähnliches in der Fortesana Klinik erlebt und Kinder verloren hatten. Wir nahmen uns Anwälte, beauftragten Gutachter und strengten ein Verfahren gegen Dr. Paulsen, Dr. Maser und die Klinikleitung, vertreten durch Maren Seemann, an. Es dauerte zwei Jahre, die Anwälte der Gegenseite taten alles, um unsere Glaubwürdigkeit zu zerstören, auf unsere Gutachten folgten Gegengutachten, es ging gar nicht mehr um die toten Kinder. Mit jedem Tag, den das Verfahren dauerte, wuchs das Gefühl der Ohnmacht in mir. Die verantwortlichen Ärzte und die Klinikleitung tauchten ohnehin vor Gericht gar nicht mehr auf. Mir wurde klar, dass es nicht die geringste Aussicht gab, auf diesem Wege Gerechtigkeit zu erfahren. Schließlich wurde ein außergerichtlicher Vergleich geschlossen. Der mächtige Fortesana Konzern hatte gesiegt, wir hatten alles verloren. Ich weiß nicht, was die anderen Eltern getan haben, wir haben das Geld nicht angenommen, das sie uns über die Anwalts- und Gutachterkosten hinaus angeboten haben. Es war schmutziges Geld, mit dem sie sich von ihrer Schuld reinwaschen wollten. Doch unseren Sohn konnten sie uns damit nicht zurückgeben.

Maria ging es immer schlechter, sie lag den ganzen Tag im Bett, starrte die Wand an, aß nicht mehr. Schließlich waren ihre Depressionen so bedrohlich, dass ich es nicht mehr schaffte, mich um sie kümmern. Sie kam in eine psychiatrische Einrichtung, wo ich sie jeden Tag besuchte und mit ansehen musste, wir ihr Leben langsam verlosch. Und plötzlich spürte ich in mir nur noch den Wunsch nach Vergeltung. Von dem Moment an war das Gefühl der Ohnmacht verschwunden, das ich während des sinnlosen Verfahrens gegen die Verantwortlichen empfunden hatte. Der Gedanke, Gabriels Tod zu rächen, gab meinem Leben einen neuen Sinn. Ich dachte an nichts anderes mehr.

Ich bin sehr geplant vorgegangen. Es war eine große Aufgabe, und ich wollte sie perfekt erledigen. Ich habe die Aufenthaltsorte der drei Schuldigen recherchiert. In Berlin habe ich die Lebensgewohnheiten von Dr. Ulrike Maser ausgekundschaftet, mir unter einem Vorwand Zutritt zu ihrer Wohnung verschafft und sie mittels einer Überdosis Insulin getötet. Anschließend habe ich unter Marias Geburtsnamen eine Stelle als Physiotherapeut in Dünenhöhe angenommen und nach Kenntnis über die Alltagsroutine der Betroffenen meinen Plan umgesetzt. Wahrscheinlich wäre die Namensänderung nicht einmal nötig gewesen, denn die Herrschaften erinnerten sich sicherlich nicht an mich. Für sie waren die Eltern und ihre toten Kinder nur Randfiguren in einer lästigen Episode, die man längst vergessen und als erledigt abgehakt hatte. Maren Seemann starb durch Kiwisaft, den ich in ihr Müsli gemischt habe und gegen den sie hochallergisch war. Dr. Eicke Arthur Paulsen habe ich Digitalis gespritzt.

Meine Hoffnung, Maria durch die tödliche Bestrafung der Mörder unseres Sohnes aus ihrer Depression zu reißen, hat sich nicht erfüllt. Sie ertrug das Leben nicht mehr. In der Nacht von Freitag zu Samstag hat sie ihm ein Ende gesetzt.

Ich habe mich getäuscht, auch Rache, so verlockend sie erscheinen mag, hilft nicht gegen so einen tiefen Kummer, wie den, ein Kind verloren zu haben. Und natürlich bringt sie einem den geliebten Menschen nicht zurück. Ich habe drei Menschen getötet. Ich habe zwei geliebte Menschen verloren. Für mich gibt es nichts mehr, nur noch eine große Leere.

Der Kriminalhauptkommissar legte die mit einer akkuraten, steilen Handschrift beschriebenen Ausdrucke beiseite, die ihm die Düsseldorfer Kollegen per Mail zugesandt hatten. Er sah aus dem Fenster in den durchsonnten Himmel und rang um sein inneres Gleichgewicht. Das Martyrium des Kindes und das unendliche Leid der Eltern berührten ihn sehr.

Es war Sonntagmorgen. Angermüller saß allein im Büro. Jansen hatte sich auf dem Handy gemeldet und gefragt, ob er etwas später kommen könne. Der Kommissar hatte ihm sein Okay gegeben, da sie die Ankunft Benedikt Spindlers, der im Rahmen der Amtshilfe von Düsseldorf nach Lübeck überstellt werden sollte, erst um die Mittagszeit erwarteten.

»Moin.«

Kurz nach zehn erschien ein gut gelaunter Claus Jansen auf der Bildfläche.

»Guten Morgen, Claus. Na, ausgeschlafen?«

»Gut geschlafen, gut gefrühstückt, fit wie 'n Turnschuh.«

Jansen zeigte auf die Papiere, die Angermüller in die Hand genommen hatte. »Was ist das? Was Wichtiges? Ich mach erstma 'n Kaffee?«

»Ja, sehr wichtig. Kaffee? Ich denke, du kommst grade vom Frühstück?«

»Na und? Kaffee geht immer. Bin gleich wieder da.«

Gleich darauf wurde es still im Büro. Nichts war zu hören als das Gurgeln der altersschwachen Kaffeemaschine, während Jansen sich mit den von Spindler verfassten Seiten beschäftigte.

»Boah«, machte er schließlich und legte die Papiere aus der Hand, »das is wirklich der Hammer. Haben uns das die Kollegen geschickt?«

»Ja. Nachdem sie Spindler gestern endlich von seiner toten Frau weggebracht hatten, haben sie ihn in Gewahrsam genommen und ständig überwacht, da sie Selbstmordgefahr nicht ausschließen konnten. Spät in der Nacht hat er um etwas zum Schreiben gebeten. Sie gaben ihm Papier und Bleistift, woraufhin er sein Geständnis verfasst hat.«

Jansen nickte, stand auf und servierte das starke Gebräu, das seiner Aussage nach für seine Arbeitsfähigkeit unverzichtbar war.

»Tscha, der Mann hat nu gornix mehr zu verlieren. Könnte einem fast leidtun.«

»Geht mir genauso. Vor allem kann ich mir ziemlich gut vorstellen, wie er sich in diesem Kinderkrankenhaus gefühlt haben muss, wie verzweifelt die Eltern waren. Du hast ja keine Kinder.«

»Kann ja noch kommen.«

Der Anflug eines Grinsens zeigte sich auf Jansens Gesicht, dann wurde er ernst.

»Bin auf jeden Fall gespannt, wat für 'n Typ dat is.«

»So, wie ihn Karolin Berner geschildert hat, wahrscheinlich ein ganz sympathischer Mensch.«

Zwei Stunden später hockten sie mit Benedikt Spindler alias Benni Göpfert in einem der Vernehmungsräume des K1. Der große, kräftige Mann wirkte auf Angermüller ruhig und gefasst, wie jemand, der sich keine Illusionen über seine Lage macht. Trotzdem war seine Miene nicht einmal unfreundlich. Mit seinen weißen Haaren sah er älter aus als Anfang 50, und die tiefen Falten neben den Mundwinkeln, die auch der Bart nicht verdecken konnte, gruben einen melancholischen Zug in sein Gesicht.

In der mündlichen Vernehmung bestätigte er die bereits schriftlich vorliegenden Einlassungen zu den drei Morden, die ihm zur Last gelegt wurden. Er schilderte genau sein Vorgehen, wie er seine Opfer beobachtet hatte, um deren Gewohnheiten auszukundschaften, dass er bald wusste, dass Seemann und Paulsen ein Paar waren, dass beide gern frühmorgens in ihren Büros saßen, nachdem sie sich manchmal vorher am Strand getroffen hatten.

»Und Ihnen ist niemand begegnet, als Sie um diese Zeit aufs Klinikgelände kamen?«

»Jedenfalls habe ich niemanden gesehen. Ich habe einen Nebeneingang benutzt, der vom Park direkt zum Verwaltungstrakt führt«, unterbrach er sich, »halt, das stimmt nicht ganz: Als ich auf dem Weg zu Maren Seemann war, ist mir der alte Mann begegnet, der dort immer die Wege fegt und Bibelsprüche zitiert. Er hat mich gefragt, wer ich bin, obwohl ich ihm schon x-mal meinen Namen genannt hatte. Da hab ich ihm geantwortet, ein Engelsbote. Das hat ihm gefallen.«

»Weshalb haben Sie diese…«, Angermüller suchte nach dem passenden Wort, »ungewöhnlichen Wege gewählt, Ihre Opfer zu töten?«

Die Antwort kam ohne Zögern.

»Ich wollte, dass sie im Angesicht des Todes die Hilflosigkeit und die Ohnmacht spüren, die unser Kind und wir damals auch empfunden haben.«

Nach einer kurzen Pause fragte der Kriminalhauptkommissar: » Herr Spindler, haben Sie Ihren Aussagen noch etwas hinzuzufügen?«

»Ich weiß, was ich getan habe, war falsch«, kam die Antwort nach einem Moment des Zögerns, »ich sah zu dem Zeitpunkt keinen anderen Ausweg aus diesem finsteren Jammertal, in dem wir, vor allem Maria, steckten. Aber es ist durch nichts zu entschuldigen, dass ich drei Menschen auf dem Gewissen habe. Mir ist klar, dass ich dafür meine gerechte Strafe bekommen muss.«

So eine Ausdrucksweise, ein wenig altmodisch, fast druckreif, war Angermüller bisher bei keinem Täter vorgekommen. Dabei sprach Spindler langsam und überlegt, in dem stets durchschimmernden, dunklen Dialekt seiner thüringischen Heimat. Tatsächlich spürte der Kriminalhauptkommissar so etwas wie Sympathie für diesen großen Verlierer, denn nichts anderes war er am Ende.

»Eines würde ich gern von Ihnen wissen: Warum haben Sie die Engelsteine neben die Toten gelegt?«

Spindler dachte kurz nach, bevor er antwortete.

»Beim ersten Mal war das eine ganz spontane Handlung. Ich hatte so einen Stein als Talisman in der Tasche und musste an Gabriel denken, den wir oft unseren kleinen Engel genannt haben. Als Zeichen des Gedenkens an ihn habe ich den Engelstein dort hinterlassen. Schließlich habe ich es für ihn getan. Und so habe ich es auch die nächsten Male gehalten.«

»Und daran, dass man Ihnen dadurch auf die Spur kommen könnte, haben Sie nicht gedacht?«

Der Gefragte hob den Kopf und schaute Angermüller an.

»Nein, überhaupt nicht. Um mich selbst habe ich mir gar keine Gedanken gemacht. Ich habe die ganze Zeit über nur an Gabriel gedacht. Und an Maria.«

Der Kriminalhauptkommissar kündigte an, dass am nächsten Morgen ein Ortstermin in Dünenhöhe anberaumt war, dann ließ er Spindler abholen. Die Staatsanwaltschaft hatte mittlerweile beim Haftrichter einen Antrag auf Erlass eines U-Haftbefehles gestellt. Der Geständige sollte noch am selben Tag einem Richter vorgeführt werden.

Es war nach vier Uhr, als Angermüller mit seinem Fahrrad hinaus in den strahlenden Maisonntag trat. Dieses grandiose Wetter wollte nicht zu seiner aufgewühlten Verfassung passen. Einen Augenblick stand er unentschlossen herum, was er nun anfangen sollte, da verspürte er plötzlich das Bedürfnis, seine Töchter zu sehen. Auf seinen Anruf bei Judith antwortete nur eine muntere Stimme von der Mailbox, dass sie sich über eine Nachricht freue. Er versuchte es bei Julia.

»Hallo, Papa, was gibt's?«

»Ich wollte fragen, ob ihr beide Lust habt auf Kaffee und Kuchen?«

»Wen meinst du? Judith und mich?«

»Ja.«

Natürlich meinte er Judith und Julia.

»Judith ist bei Max.«

»Welcher Max?«

»Na, ihr Freund, Papa!«

Er seufzte. Bis vor Kurzem waren seine Mädchen meistens im Doppelpack unterwegs. Wahrscheinlich musste er sich daran gewöhnen, dass dem nicht mehr so war. Sie wurden flügge und das war ja auch gut so.

»Und hast du Lust auf Kaffee und Kuchen oder ein Eis?«

»Mmh, ich weiß nicht. Bin grade erst nach Hause gekommen, ich war am Strand. Komm du doch hierher. Wir haben Erdbeerkuchen.«

Warum nicht, dachte Georg, auf die Weise würde er auch Astrid sehen und vielleicht zu etwas mehr Klarheit über seine unübersichtliche Gefühlslage finden. Er schwang sich auf sein Fahrrad. Gute zehn Minuten später klingelte er an der Tür des Hauses, in dem er so viele Jahre zugebracht hatte. Die meisten davon waren wirklich glückliche Jahre gewesen, ging es ihm durch den Kopf, und ein Anflug von Wehmut überkam ihn.

»Jaa, ich komm schon! Der Kaffee ist gleich fertig«, rief es fröhlich von drinnen,

»Georg, du?«

Das türkis geblümte Kleidchen stand Astrid hervorragend zu den hellblonden Haaren. Sie sah wunderschön aus, fand Georg.

»Ja, ich, hallo! Hast du jemand anderen erwartet?«

Er gab ihr einen Kuss auf die Wange.

»Um ehrlich zu sein, ja.«

»Da bist du ja!«

Julia kam die Treppe heruntergerannt und umarmte stürmisch ihren Vater.

»Ich hab Papa eingeladen. Der Kuchen reicht doch für uns alle!«

»Natürlich«, sagte Astrid. Es klang nicht gerade begeistert.

Julia zog ihren Vater in den Garten hinterm Haus, wo der Tisch für drei Personen gedeckt war. Man hörte die

Klingel, und kurz darauf kam Astrid mit einem weiteren Gedeck nach draußen, gefolgt von Martin. Georg war etwas überrascht. Schon lange rätselte er über die Beziehung seiner Frau zu diesem Kollegen. Als er vor vier Jahren in ihrem Leben aufgetaucht war, hatte der Kerl ihn tatsächlich zu so etwas wie Eifersucht getrieben. Aber Astrid hatte Georg schließlich überzeugt, dass dazu kein Anlass bestünde. Es gab da die Exfrau, von der Martin sich nicht lösen konnte oder wollte, es war ein ewiges Hin und Her. Nach Astrids Unfall hatte sich Martin merkwürdig distanziert verhalten und nicht einmal die Rolle eingenommen, die einem guten Freund angestanden hätte. Und nun schien es, als habe sich doch etwas verändert, allerdings anders, als Georg angenommen hatte. Es dämmerte ihm, dass er wohl einen sehr ungünstigen Moment für den Besuch bei seiner Tochter erwischt zu haben schien. Martin begrüßte ihn mit einem kumpelhaften Handschlag.

»Na, wie geit di dat?«

»Geht so. Hinter mir liegt eine Vernehmung, die mir richtig an die Nieren gegangen ist. Der Mann hat drei Leute getötet. Und trotzdem ist dieser Täter ein armer, bedauernswerter Mensch. Er wird sein Lebtag nicht mehr froh werden.«

Georg sah Astrid und Martin an, die ihm gegenüber standen.

»Entschuldigt, ich wollte euch nicht mit meinem beruflichen Kram belästigen, und schon gar nicht eure Sonntagsplanung stören. Ich hatte nur plötzlich das Bedürfnis, meine Töchter zu sehen. Ich geh dann mal.«

Natürlich musste er zum Kaffee bleiben. Es war sogar ganz nett und Julia sichtlich froh über seinen Besuch. Doch nach einer halben Stunde, zwei Tassen Kaffee und einem

Stück von Astrids Erdbeerkuchen verabschiedete er sich unter dem Vorwand, arbeiten zu müssen.

An der Wakenitz entlang fuhr er in Richtung seiner Wohnung nach Süden und überlegte, dass dieses Wiedersehen mit Martin vielleicht zu einem richtigen Zeitpunkt gekommen war. Die Bewegung tat Georg gut, er hielt sein Gesicht in den lauen Fahrtwind und erfreute sich an der strahlenden Sonne. Also querte er den Fluss über die Moltkebrücke und strampelte weiter über kleine Wege bis nach Lüdersdorf in Mecklenburg. Dort trank er in einem einfachen Gasthof eine Apfelschorle. Als er nach seiner fast zweistündigen Radtour zu Hause anlangte, fühlte er sich auf angenehme Weise erschöpft. Die belastenden Gedanken an den Mann in der Untersuchungshaft waren, zumindest vorerst, in weite Ferne gerückt.

Er stellte das am Vorabend vorbereitete Wildschweinragout auf den Herd, damit es eine gute Stunde leise köcheln konnte, und öffnete eine Flasche Primitivo Puglia, den ihm sein Weinhändler empfohlen hatte. Später bereitete er eine Portion Polenta und ließ sich das würzige Ragout schmecken, dessen dicke Tomatensauce er mit Lorbeer, Thymian und Zimt gewürzt hatte. Nach diesem köstlichen Mahl genoss Georg den milden Abend auf seiner Terrasse, trank seinen Rotwein und las einen Kriminalroman, der auf Sizilien spielte. Als er auf die Uhr sah, war es fast neun. Bestimmt würde Derya sich gleich melden. Er freute sich darauf.

»Hast du einen Termin wegen der Übergabe vom Dünenbistro, Karo?«, wollte Agneta wissen, während sie genießerisch den Schaum von ihrem Latte Macchiato löffelte. Die übliche Runde saß am Mittag in der Küche der Cafeteria beisammen, nur Jana fehlte.

»Ja, heute Abend treffe ich mich mit der Besitzerin und dem Interessenten, der wahrscheinlich mein Nachfolger wird. Dann gebe ich die Schlüssel ab, und dieses düstere Kapitel meines Lebens ist damit hoffentlich beendet. Dank eurer tollen Hilfe am Wochenende ging das mit der Renovierung viel schneller, als ich dachte. Danke noch mal! Ihr seid wirklich klasse!«

Auch wenn die finanziellen Probleme noch lange nicht gelöst waren, Karo war unglaublich erleichtert, dass die Räume nun in einem vorzeigbaren Zustand waren. Sie hoffte sehr, dass der Nachfolger einschlug und sie ab sofort keine Miete mehr zahlen müsste. Trotzdem wurde Karos Montag überschattet von den Ereignissen der letzten Woche.

Obwohl die anderen sie am Sonnabend nach dem überraschenden Auftauchen der Kriminalbeamten im Dünenbistro bestürmt hatten, Karo hatte den wahren Grund des Besuchs für sich behalten. Es sei um Details ihrer Aussage zu Sibylle Paulsen gegangen, hatte sie sich herausgeredet und weiter nichts dazu gesagt. Agneta, Arne und Karwen waren nicht ganz überzeugt, denn eine Weile hatten sie nachgebohrt, vor allem Karwen hatte sie des Öfteren mit befremdeten Blicken gemustert, aber irgendwann zum Glück aufgegeben.

Das ganze restliche Wochenende über befielen Karo Zweifel, ob sie richtig gehandelt hatte. Und wenn ihre ganze Theorie ein reines Hirngespinst war? Dann hätte sie Benni verleumdet und einen Unschuldigen, der ihr nicht zuletzt gegen Thorben zur Seite gestanden hatte, statt ihm zu danken, in große Schwierigkeiten gebracht. Abgesehen davon, dass sie keine der beiden Möglichkeiten fröhlich stimmte, weder dass er unschuldig noch dass er tatsächlich der Täter war.

Am Morgen war eine glückstrahlende Jana zur Arbeit erschienen, hatte in den höchsten Tönen von ihrem Kölner Freund geschwärmt und ständig fröhlich vor sich hin gesungen. Bis sie plötzlich innehielt und fragte: »Weißt du eigentlich was von Benni? Ist er wieder da?«

»Benni, ach so, das weißt du noch gar nicht: Arne hat gesagt, der hätte gekündigt, und es ist nicht klar, ob der noch mal wiederkommt.«

»Was?«

Die junge Frau riss die Augen auf. Sofort war ihr kriminalistisches Interesse geweckt.

»Also weißt du, das find ich echt strange! Erst die Geschichte mit den Familienfotos bei dir, dann fährt der gar nicht nach Thüringen und jetzt hat er auch noch gekündigt! Findest du das nicht irgendwie verdächtig?«

»Doch«, hatte Karo genickt, und plötzlich waren ihr Tränen in die Augen getreten. Sie hatte geheult und geschnieft und Jana die ganze Geschichte erzählt. Die war zwar schockiert, fand aber andererseits, dass Karo richtig gehandelt hatte.

»Die Beweiskette, die du aufgebaut hast, ist so gut wie lückenlos. Ich fürchte, unser Freund Benni ist wirklich der Täter. Wow!«

Es war nicht klar, ob dieser letzte Ausruf Karos Kombinationsgabe oder Bennis möglicher Täterschaft galt. Jedenfalls hatte Jana hoch und heilig versprochen, so lange nicht mit ihrem Wissen herauszurücken, bis sich offiziell herausstellen würde, ob Benni tatsächlich der Schuldige war.

Als Jana nicht zu ihrer üblichen Mittagsrunde erschien, fragte sich Karo zwar, wo sie steckte, war aber andererseits froh, nicht ständig mit ihrer Schwatzhaftigkeit rechnen zu müssen, der dann ihr unangenehmes Geheimnis zum Opfer fiel. Sie hatte den Gedanken noch nicht zu

Ende gedacht, da tauchte Jana auf, atemlos und mit roten Wangen.

»Boah, das müsst ihr sehen! Vor dem Büro von der Seemann, ganz viel Polizei und so, und die haben Benni dabei.«

»Benni?«

»Wieso das denn?«

Diese Mitteilung löste eine große Konfusion aus. Alle sprachen durcheinander, sprangen auf und liefen in die Richtung, wo der Flur zum Verwaltungstrakt abging. Zwei Streifenpolizisten waren dort postiert und hatten mit rotweiß gestreiftem Flatterband den Zugang abgesperrt. Karo und die anderen verharrten einen Moment und starrten zu der Tür, hinter der sich das Büro von Maren Seemann befunden hatte. Es dauerte eine Weile, bis sie geöffnet wurde und ein Tross aus mehreren Männern und einer Frau herauskam. In ihrer Mitte befand sich Benni, mit einem Uniformierten durch Handschellen verbunden. Außerdem erkannte Karo diesen Angermüller, der sie mit einem freundlichen Kopfnicken grüßte, und seinen Kollegen, den Galgenvogel. Plötzlich drehte Benni sein Gesicht in ihre Richtung. Mit einem schwachen Lächeln hob er die freie Hand, zuckte bedauernd mit den Schultern und winkte ihr zu. In diesem Augenblick wurde Karo übel und sie fürchtete, ihre Knie würden gleich nachgeben. Nie mehr im Leben würde sie dieses Bild vergessen.

Auch die Freunde aus dem Küchenkabinett waren schockiert. Hanh begann zu weinen, Agneta und Arne schüttelten ungläubig den Kopf, und Karwen wirkte wie versteinert. Auch die sonst so coole Jana kaute nervös an ihrer Unterlippe.

»Kommt, lasst uns zurückgehen«, forderte Karo die anderen auf, nachdem sie sich einigermaßen im Griff hatte.

Ohne ein Wort zogen sie zurück in die Küche. Dort allerdings löste sich der Bann und schlug in helle Aufregung um. Jetzt sah Jana den Moment gekommen, Karos Rolle den anderen endlich in aller Breite zu schildern. Die waren ebenso überrascht wie beeindruckt.

»Ihr könnt mir glauben, ich bin da überhaupt nicht stolz drauf. Und mir wäre es lieber gewesen, ich hätte die falschen Schlüsse gezogen. Benni ist so ein hilfsbereiter, lieber Mensch. Ich hoffe, wir erfahren irgendwann die ganze Geschichte. Was es mit dem Kind auf sich hat zum Beispiel, das ich auf den Fotos gesehen habe. Die Seemann und der Paulsen müssen ihm irgendwas ganz Schreckliches angetan haben, dass Benni zu solchen Taten fähig war.«

Als die Runde sich auflöste, blieb Karwen.

»Komm, lass uns eine zusammen rauchen«, forderte er Karo auf und öffnete die Tür nach draußen. Mit ihren Zigaretten standen sie sich im Türrahmen gegenüber, schauten zu Boden und schwiegen eine Weile.

»Mann, das ist wirklich alles Wahnsinn«, begann Karwen mit rauer Stimme. »Ich kann das gar nicht richtig begreifen mit Benni. Ich fand den immer sehr angenehm, so ein bescheidener und freundlicher Kerl.«

»So geht's mir auch. Und du kannst dir vielleicht vorstellen, wie ich mich fühle, obwohl ich leider richtig gelegen habe.«

Karwen nickte.

»Andererseits bin ich dir sehr dankbar, dass ich endlich nicht mehr im Visier der Polizei bin. Dieser jüngere Bulle, der hat mir das Leben ganz schön schwer gemacht. Hast du ja gemerkt.«

Er schenkte Karo ein schüchternes Lächeln.

»Allerdings. Du hast mir echt leidgetan. War wirklich eine bescheuerte Situation.«

Sie musste daran denken, dass auch sie zwischendurch an Karwens Unschuld gezweifelt hatte, und hoffte, dass er das nicht allzu deutlich gespürt hatte.

»Auch wenn ich wegen Benni sehr traurig bin – für dich freut mich das wirklich, dass du nicht mehr diesen irrsinnigen Verdächtigungen ausgesetzt bist.«

Ein verdächtiges Kribbeln begann in Karos Nase, und gleich darauf wurde sie von einem heftigen Niesanfall geschüttelt. Sie drückte die Zigarette aus und suchte hektisch nach einem Taschentuch, das sofort nass war.

»Oh, diese mistige Allergie. Das nervt.«

»Du Arme!«

Sanft streichelte Karwen ihren Arm und schaute sie mit seinen dunklen Augen über die Brille bedauernd an. Am liebsten wäre Karo ihm sofort dankbar um den Hals gefallen, so sehr genoss sie sein Mitgefühl. Stattdessen lächelte sie einfach.

»Na, das ist die Höhe!«, ertönte plötzlich eine schneidende Stimme aus dem bis dahin leeren Gastraum.

»Der olle Drachen kommt mir grade recht!«, murmelte Karwen leise, löschte seine Zigarette und durchmaß kampflustig die Cafeteriaküche in Richtung Tresen.

»Schwester Käthe, welche Freude. Wollten Sie sich bei mir entschuldigen?«

»Wie bitte?«

Karo grinste schadenfroh, als sie Goldis verblüfftes Gesicht sah. Doch das hielt nicht lange vor. Empört schäumte die Oberschwester: »Hätte ich mir denken können, dass Sie das sind, der sich nicht an das strikte Rauchverbot hält, Sie unverschämter Kerl!«

»Ah ja. Und ich dachte, da Sie mich mehrmals auf verantwortungslose Weise gegenüber der Polizei mit falschen Anschuldigungen überzogen haben, wäre es an der Zeit für ein Wort der Entschuldigung mir gegenüber. Finden Sie nicht?«

»Das ist eine bodenlose Frechheit, Barzani! Sie stehen hier verbotenerweise und rauchen und führen dann noch das große Wort. Das wird ein Nachspiel haben, verlassen Sie sich drauf!«

»Am besten melden Sie das gleich der Polizei, die sind noch im Haus. Worauf warten Sie? Husch, husch!«

Goldi schnappte nach Luft und sagte nichts mehr, schaute nur giftig auf Karo und Karwen, bevor sie kehrtmachte und das Weite suchte.

»Ach, Schwester Käthe?«, rief Karwen ihr nach, »für Sie übrigens immer noch Dr. Barzani!«

Er fing an laut zu lachen. Auch Karo konnte nicht mehr an sich halten. Wie tat das gut! Das Lachen war eine echte Befreiung nach den Gewissensbissen wegen ihrer Handlungsweise und den vielen düsteren Gedanken um Benni.

»Na, Kinder, ihr habt ja gute Laune! Im Gegensatz zu der da.«

Frau Sczepanski deutete mit einer Krücke hinter sich. »Was hat denn unser Herz aus Gold?«

»Hallo, Frau Sczepanski«, grüßte Karo ihre Lieblingskundin und schnitt eine Grimasse, »sie hat uns beim Rauchen erwischt. Ist verboten, stimmt, aber sich so aufzuregen!«

»So, ich muss auf meine Station. Tschüss, die Damen«, verabschiedete sich Karwen, »und vielleicht bis nachher!«

Er warf Karo einen langen Blick zu, bis diese nervös an ihrer Brille ruckelte.

»Frau Sczepanski, kann ich was für Sie tun?«

»Vielleicht später.«

Die alte Dame lehnte sich über den Tresen und neigte ihre violettbraune Haarpracht zu Karo.

»Sag mal, was hab ich gehört? Die haben Benni verhaftet? Stimmt das?«

Karos Miene wurde ernst, und sie bestätigte stumm.

»Und«, Frau Sczepanskis Stimme wurde immer leiser, sie warf einen besorgten Blick auf Karo, »es wird erzählt, du hättest der Polizei den entscheidenden Tipp gegeben.«

Wieder einmal fand Karo es unglaublich, wie schnell sich Nachrichten auf den Fluren von Dünenhöhe verbreiteten. Unwillkürlich schüttelte sie den Kopf.

»Wie, du warst es nicht? Wer dann?«

Karo spürte die Aufgeregtheit der alten Dame hinter all ihren Fragen. Sie wusste, warum Frau Sczepanski so nervös war.

»Doch, ich bin es gewesen. Ich habe die Polizei angerufen. Aber Sie müssen sich keine Sorgen machen. Ich habe nichts gesagt. Zu niemandem.«

Sie lächelte ihre Gesprächspartnerin aufmunternd an. Die lehnte sich zurück, drückte Karo die Hand und seufzte erleichtert.

»Danke, meine Kleene!«

»Nichts zu danken. Ich bin jedenfalls froh, dass der Spuk vorbei ist.«

»Na, icke ooch! Icke ooch!«

»Vor allem für Karwen war es schlimm. Goldi hat ihn bei der Polizei angeschwärzt, und dieser dünne Kripomann hatte ihn ständig auf dem Kieker.«

»Dabei ist unser Karwen so ein feiner Kerl!«

Frau Sczepanski tätschelte Karos Hand.

»Dit haste inzwischen ja ooch jemerkt, wa, mein Schätzchen?«

»Mmh«, nickte Karo und lächelte still vor sich hin.

Angermüller und sein Team waren die ganze Woche über mit Ortsterminen, Vernehmungen und Berichte fertigen befasst gewesen. Da der Beschuldigte geständig war, konnten alle notwendigen und verfügbaren Beweise zum Fall Dünenhöhe lückenlos dokumentiert werden. Damit war das Ermittlungsverfahren gegen Benedikt Spindler aus Sicht der Polizei beendet. Die Staatsanwaltschaft hatte bereits einen Antrag auf Anklageerhebung beim zuständigen Gericht gestellt. Wahrscheinlich würde es nicht allzu lange dauern, bis die Hauptverhandlung anberaumt würde. Bis dahin befand sich Benedikt Spindler in Untersuchungshaft in der JVA Lauerhof in Marli.

Immer wieder kreisten die Gedanken des Kriminalhauptkommissars um den Täter, der drei Menschen auf dem Gewissen hatte, der ihm trotz allem leidtat und für den er eine gewisse Sympathie nicht verhehlen konnte. Er versuchte sich vorzustellen, wie es Benedikt Spindler wohl ging, ohne zu einem eindeutigen Ergebnis zu kommen. Dafür reichte sein Erfahrungshorizont nicht aus. Wahrscheinlich befand sich der Mann in einem tiefen, schwarzen Loch, so ähnlich, wie er es bei seiner Vernehmung beschrieben hatte. Und wer weiß, ob er da je herausfinden würde …

Der erfolgreiche Abschluss des Falles Dünenhöhe in sehr kurzer Zeit hatte Angermüllers Chef in wahre Begeisterung versetzt. Jedem Einzelnen im Team gratulierte er persönlich mit einem warmen Händedruck. Aber am besten gefiel Appels daran vermutlich, dass er eine Pressekonferenz ansetzen und nichts als Erfolgsmeldungen verbreiten konnte.

Erfolg – für Angermüller hatte dieses Wort einen schalen Beigeschmack. Ja, sie hatten wirklich gut gearbeitet, wobei man nicht außer Acht lassen durfte, dass sowohl Zufälle als auch aufmerksame Zeugen zu dem schnellen Erfolg beigetragen hatten. Sie hatten den Täter ermittelt, den nun seine gerechte Strafe erwartete.

Gerechte Strafe? Gab es das überhaupt? Es war nicht zum ersten Mal, dass er sich nach Abschluss eines Falles diese Frage stellte. Zu oft hatte er Täter und Täterinnen erlebt, die in verzweifelten Situationen keinen Ausweg mehr gewusst und getrieben bis zum Äußersten den Tod eines Menschen auf ihr Gewissen geladen hatten.

Er hatte gehofft, bei erfolgreichem Abschluss der Ermittlungen das Missbehagen loszuwerden, das ihn seit einiger Zeit begleitete. Doch all seine Überlegungen waren nicht dazu angetan, die Freude wiederzuerwecken, die ihm vor Kurzem noch seine Tätigkeit bereitet hatte. Schon während der Arbeit an dem Fall hatte ihm oft der innere Antrieb gefehlt, von der Fähigkeit, sein Team zu motivieren, ganz zu schweigen. Er musste etwas tun. So ging es nicht weiter, und die vage Idee, über die er schon oft nachgedacht hatte, nahm immer mehr Gestalt an.

Derya war am Dienstag zurückgekommen, glücklich, weil es ihrem Vater inzwischen richtig gut ging und sie wieder zu Hause war. Sie hatten den Abend und die Nacht zusammen verbracht, und sich seither nicht gesehen, da Derya sich in Lübeck sofort in die Arbeit gestürzt hatte. Noch in Istanbul hatte sie einen großen Catering-Auftrag für Freitagabend hereinbekommen und musste den heute ausführen.

Georg war am Abend allein zu Hause. Es war ihm nur recht. Er fühlte sich müde und ausgelaugt und freute sich auf das vor ihm liegende Wochenende wie lange nicht mehr. Für Sonnabend hatte Derya ihn eingeladen und eine Überraschung versprochen. Am Vormittag wollte sie vorbeikommen und ihn abholen.

»Du brauchst dich um nichts kümmern. Das wird ein absolutes Verwöhnwochenende für dich!«, hatte sie angekündigt, »und iss nicht so viel zum Frühstück.«

Pünktlich um zehn am Vormittag stand Derya mit ihrem kleinen, roten Lieferwagen vor seiner Tür.

»Das ist ja unglaublich, wie das duftet. Hab ich einen Hunger!«, stöhnte Georg nach dem Einsteigen, »ich hab nur einen Tee getrunken.«

»Gut so. Aber ein bisschen musst du noch durchhalten«, Derya tätschelte mit einer Hand seinen leicht gerundeten Bauch, »das schaffst du schon, Herr Kommissar.«

Sie ließen die Stadt hinter sich und fuhren in Richtung Süden. Draußen wurde es grüner, Wiesen, Felder, Mischwald säumten die Straße, Sonnenstrahlen brachen sich auf dem Wasser des Ratzburger Sees, der linker Hand neben ihnen auftauchte. Als Derya schließlich nach Westen auf kleine Landstraßen abbog, begann Georg zu ahnen, wohin die Fahrt gehen sollte.

»Ich glaube, ich weiß, wohin du mich entführst.«

»Ach ja?«

»Zu deinem absoluten Lieblingspicknickplatz!«

Und so war es. Bald fuhren sie einen letzten Hügel hinab, und vor ihnen lag der Elbe-Lübeck-Kanal, die Ufer mit blühenden Kastanien geschmückt, der die Hansestadt mit Lauenburg verband. Sie schafften Klapphocker, Picknickdecke, Korb und Kühltasche zu einer Senke in Ufernähe und machten es sich bequem. In der Sonne war es angenehm warm. Derya breitete all die mitgebrachten Köstlichkeiten vor ihnen aus. Dann ließen sie sich ein türkisches Frühstück vom Feinsten schmecken mit Spezialitäten wie Dolma, Omelett mit Sucuk, Börek und einigem mehr, die Georg mittlerweile gut kannte und schätzte. Sie nahmen sich Zeit, tranken zwischendurch süßen schwarzen Tee und aßen dazu Fladenbrot und Joghurt.

Der kulinarische Genuss, die herrliche Landschaft und das strahlende Wetter machten, dass Georg plötzlich tiefe Dankbarkeit und ein stilles Glück empfand. Das Leben konnte so schön sein. Nicht zuletzt wegen der Frau an seiner Seite.

»Weißt du noch, vor zwei Jahren?«, fragte Derya und musste plötzlich lachen.

»Allah, wie peinlich!«

Glucksend hielt sie sich die Hand vor den Mund.

»Was meinst du denn?«

»Ich habe damals geglaubt, dass du … War für mich logisch, wo du doch das Haus von Steffen und David gehütet hast.«

Jetzt musste auch Georg lachen und erinnerte sich. Irgendwann später hatte sie ihm ihren Irrtum eingestanden.

»Aber hat eine ganze Weile gedauert, bis du es gemerkt hast.«

Derya hielt sich beide Hände vors Gesicht.

»Erinner mich bloß nicht dran. Und was ich dir alles erzählt habe! Du kannst dir nicht vorstellen, wie unangenehm mir das damals war!«

»Doch, aber inzwischen haben wir alle Zweifel ausgeräumt, oder?«

Er legte den Arm um sie, und sie gaben sich einen Kuss.

»Das war eine klasse Idee mit dem Picknick, eine gelungene Überraschung. Vielen Dank!«, sagte Georg, »aber jetzt bin ich dran. Ich habe nämlich auch eine.«

»Oh, echt? Was denn? Mann, bin ich gespannt!«

Ungeduldig klatschte Derya in die Hände.

»Es ist etwas, das ich schon lange als Idee vor mir her schiebe. Ich hab nämlich das Gefühl, ich brauche ein bisschen Abstand, damit mein Job nicht zur lästigen Routine wird. Und jetzt mache ich endlich Nägel mit Köpfen. Also, was hältst du davon, wenn wir im Sommer für ein paar Wochen verreisen? Zum Beispiel in die Türkei, nach Istanbul.«

»Was? Ehrlich?«

»Ganz ehrlich. Ich brauche eine Auszeit. Und da habe ich mir überlegt, dass ich ein Sabbatjahr nehme. Gleich morgen werde ich es beantragen.«

»Ehrlich?«, fragte Derya erneut, »ein ganzes Jahr?«

»Na, mal sehen«, Georg hüstelte verlegen, »zumindest ein halbes habe ich mir fest vorgenommen. Aber das ist doch besser als nichts, oder?«

»Das ist die schönste Überraschung überhaupt«, freute sich Derya, umarmte ihn und überschüttete ihn mit einer ganzen Kaskade von Küsschen.

»Ach, Georg, das wird bestimmt wunderbar!«

Plötzlich sprang sie auf, holte ein Piccolofläschchen Sekt aus ihrem Korb und goss zwei Gläser ein.

»Darauf trinken wir! Şerefe – Istanbul, wir kommen!«

ENDE

ANHANG

AUS KAROS REZEPTEN

Salat von schwarzen Linsen

Zutaten für 6 Portionen:
300 g Beluga Linsen in einem Gefäß abmessen
Wasser, das doppelte der Maß Linsen
1 frisches Lorbeerblatt
1 mittlere Zwiebel, grob gehackt
Olivenöl
Salz
frisch gemahlener, schwarzer Pfeffer
10–12 getrocknete, saftige Aprikosen,
in groben Stücken
½ Bund Petersilie, gehackt
2–3 Karotten, geputzt, im Ganzen in Salzwasser
bissfest gegart, in Scheiben geschnitten
2–3 EL Balsamico Essig
2–3 EL Oliven Öl
1–2 EL Ahornsirup
½ Bund Frühlingszwiebeln, in feine Ringe gehackt

Die Zwiebel und die Linsen mit dem Lorbeerblatt in einem Topf in etwas Öl kurz andünsten, mit dem Wasser aufgießen, zum Kochen bringen und 20–30 Minuten auf kleiner Flamme köcheln lassen. Zum Ende der Garzeit salzen und pfeffern, abkühlen lassen, falls noch Kochflüssigkeit im Topf verblieben ist, diese abseihen.

Die Aprikosen und Karotten dazugeben, ebenso die fein gehackte Petersilie.

Aus Balsamico, Olivenöl und Ahornsirup ein Dressing mischen und unter die Gemüse rühren, ggfs. nachwürzen. Ein paar Stunden gekühlt durchziehen lassen. Vor dem Servieren mit den Frühlingszwiebelringen bestreuen.

Wer es etwas schärfer mag, kann dem Dressing getrocknete, zermörserte Chili (eine oder mehr, nach Geschmack) beigeben. Für eine orientalische Geschmacksvariante empfehle ich eine Baharat oder Ras el Hanout Gewürzmischung aus dem Bioladen. Das Rezept für den Linsensalat ist auch für Veganer geeignet.

Karotten-Haselnuss-Taler

Zutaten für 4 Portionen:

75 g Grünkernschrot
100 ml Wasser
1 TL Gemüsebrühe
200 g Karotten, fein geraspelt
1 mittelgroße Zwiebel, gewürfelt
1 TL Salz
1 TL Cumin ganz, im Mörser etwas zerdrückt
½ TL Kurkuma
1 kleine, getrocknete Chili, zermörsert
50 g Haselnüsse, fein gemahlen
50 g Haselnüsse, grob gehackt
3 EL Soja- oder Kichererbsenmehl

evtl. Semmelbrösel
Erdnussöl zum Braten
Joghurt 10% nach Belieben

100 ml Wasser mit der Gemüsebrühe zum Kochen bringen, den Grünkernschrot darin kurz aufkochen und anschließend 20 min quellen lassen.

Nun alle Zutaten zu einem Teig verarbeiten, sollte er zu flüssig sein, evtl. Semmelbrösel zugeben. Nun 8 gleichgroße Bällchen formen und zu max. 1 cm dicken Talern drücken.

In eine tiefe Pfanne einen knappen halben Zentimeter hoch das Erdnussöl gießen, auf großer Flamme heiß werden lassen und die Taler hinein geben. Nach 1 Minute die Hitze ein wenig drosseln, die Taler wenden und in 10 bis 15 Minuten unter mehrfachem Wenden ausbacken. Weniger fett, aber auch weniger knusprig: Auf einem mit Backpapier ausgelegten Blech im vorgeheizten Backofen bei 200 Grad 30 bis 40 Minuten backen.

Zu den Talern Joghurt reichen. Wer mag, mischt zerdrückten Knoblauch hinein. Auch eine süßliche Chilisauce passt gut.

Dazu schmeckt Reis mit Rosinen und Mandeln, oder ein Weißkohlsalat oder auch ein Kartoffelsalat mit Äpfeln, Zwiebeln und Essig/Öl Dressing. Auch mein mauritischer Salat aus »›Nebelschleier‹ – Angermüllers 3. Fall« würde gut passen. Ohne Joghurt sind die Karotten-Haselnuss-Taler für Veganer geeignet.

Mines Frites – Gebratene Chinanudeln (nach Mauritius Art)

Zutaten für 4–6 Portionen:
400 g chinesische Nudeln ohne Ei
Erdnussöl
2 Eier

Variante 1:
125 g Shrimps, 125 g Hühnchen und
125 g Fischfilet, beides gewürfelt (1,5 mal 1,5 cm)

Variante 2:
400 g Tofu, gewürfelt (1,5 mal 1,5 cm)
und 125 g frische Champignons, geviertelt

125 g Chinakohl, in feine Streifen geschnitten
125 g Karotten, grob gerieben
Sojasauce
Pfeffer
2 Knoblauchzehen, enthäutet, fein gehackt
2–3 cm Ingwer, geschält, fein gehackt
100 g Sojasprossen
4 Frühlingszwiebeln, in feine Ringe geschnitten

Die Nudeln nach Vorschrift gar kochen, abgießen, eventuell etwas Öl untermischen, damit sie nicht verkleben.

Den Chinakohl und die Karotten in einer Schüssel mit etwas Sojasauce und Pfeffer würzen und durchziehen lassen.

Variante 1: Ebenso jeweils getrennt Hühnchen- und Fischwürfel sowie Shrimps marinieren.

Variante 2: Ebenso jeweils getrennt Tofuwürfel und Champignonviertel marinieren.

Die Eier mit einem Schuss Sojasauce und Pfeffer aufschlagen und in einer Pfanne mit heißem Erdnussöl zu einem flachen Omelett backen. Dieses auskühlen lassen und in feine lange Streifen schneiden.

In einem Wok 4–5 El Erdnussöl erhitzen und darin Variante 1 unter Rühren für 2 Minuten auf recht großer Flamme anbraten. Für Variante 2 den Tofu 6–8 Minuten im Öl backen, dann erst für 2 Minuten die Champignons hinzufügen. Nun Karotten und Chinakohl zugeben und für 2–3 Minuten weiter pfannenrühren. Jetzt die Hitze etwas drosseln und die Nudeln, den Knoblauch und den Ingwer darunter mischen und ggfs. mit Sojasauce und Pfeffer nachwürzen. Danach die Sojasprossen und die Frühlingszwiebeln unterrühren. Vom Feuer nehmen und die Omelettstreifen darüber verteilen. Wenn man das Ei weglässt, ist Variante 2 auch für Veganer geeignet.

Heiß mit chinesischer Chilisauce servieren. Oder aber mit der mauritischen Knoblauchsauce, einem Rezept aus »Nebelschleier«, Angermüllers drittem Fall:

Knoblauchsauce

Zutaten:

6 Knoblauchzehen, fein gestiftet
2 EL weißer Essig
2 grüne Chilis, fein gehackt

2 EL feingehackte Korianderblätter
1 TL Salz
3 TL Zucker
250 ml Wasser

Alles zusammen in einen Mixbecher geben und durchmischen, bis sich Zucker und Salz aufgelöst haben. Passt zu Mines Frites aber z.B. auch zu den Karotten-Haselnuss-Talern. Die Sauce hält sich in einem verschlossenen Gefäß im Kühlschrank mehrere Tage.

Buchteln

Zutaten:
500 g Mehl
20 g Hefe
¼ l Milch, lauwarm
80 g Butter
80 g Zucker
1 Päckchen Vanillezucker
1 Prise Salz
3 Eigelb
Butter und Zucker für die Form
Puderzucker

Das Mehl in eine Schüssel geben und in die Mitte eine Vertiefung drücken. Die Hefe hinein bröckeln und mit der lauwarmen Milch und wenig Mehl vorsichtig verrühren. Ein Tuch über die Schüssel decken und den Vorteig an einem warmen Ort ungefähr 15 Minuten gehen lassen. Inzwischen 80 g Butter verflüssigen, abkühlen lassen, mit 80 g Zucker, dem Vanillezucker, einer Prise Salz und den 3 Eigelb verrühren. Diese Mischung mit dem Mehl zu einem glatten Teig verarbeiten und 15 Minuten gehen lassen. Anschließend aus dem Teig eine Rolle formen, in 12 gleichgroße Stücke teilen und diese zu Kugeln rollen.

20 g Butter einem Bräter (ca. 30 x 20 cm) schmelzen, 1–2 EL Zucker darüber streuen und die Kugeln da hineinsetzen. Noch einmal 20 g Butter schmelzen, die Buchteln damit bestreichen und noch ein letztes Mal 20 Minuten gehen lassen. Den Backofen auf 180 Grad vorheizen, die Buchteln auf der mittleren Einschubleiste 20–25 Minuten bei 180 Grad Umluft goldbraun backen. Die einzelnen Buchteln sollen in der Form quasi zusammenwachsen. Nach dem Backen mit Puderzucker bestreuen.

Warm aus dem Ofen genießen, entweder pur oder mit Vanillesauce und/oder Pflaumenkompott oder Dörrobst. Kalt schmecken Buchteln ebenfalls köstlich, gern mit Marmelade, z.B. Mutter Angermüllers Pflaumenmus.

Zitronen-Mohn-Kuchen (Poppy Seed Lemon Cake)

Zutaten für eine Kastenform:

180 g Butter, zimmerwarm
120 g Zucker
1 gute Prise Salz
3 Eier, zimmerwarm
4 EL Vanillejoghurt, zimmerwarm
abgeriebene Schale 1 unbehandelten Zitrone

Saft ½ Zitrone
2 TL Vanilleextrakt
200 g Mehl
1 TL Backpulver
30 g Mohn

Für den Guss:
2–3 EL Zitronensaft
1 EL Rum
200 g Puderzucker

Den Backofen auf 180 Grad vorheizen, eine Kastenform mit flüssiger Butter ausstreichen und dünn bemehlen.

Butter und Zucker mit einer Prise Salz schaumig rühren. Ein Ei nach dem anderen einarbeiten, sodass eine lockere Creme entsteht. Nun Vanillejoghurt, Zitronenschale, Zitronensaft und Vanillextrakt hinzufügen. Zum Schluss das mit Backpulver und Mohn gemischte Mehl portionsweise unterrühren, bis man einen glatten Teig erhält. Diesen in die Form geben und unter Beobachtung 40–60 Minuten backen. Mit einem Holzstäbchen oder einer Stricknadel kontrollieren, ob das Backgut durchgebacken ist.

Nach dem Erkalten aus der Form nehmen, aus Puderzucker, Zitronensaft und Rum einen glatten Guss rühren und den Kuchen damit überziehen. Gut passen würde auch der köstliche Frischkäseüberzug von Davids sagenhaftem Carrot Cake aus »Unglückskeks«.

Rhabarber Vanille Torte

Zutaten für den Teig, alle zimmerwarm,
für eine Springform von 26 cm Durchmesser:

2 Eier
125 g Zucker
100 ml geschmacklich neutrales Pflanzenöl
100 ml Milch oder Fruchtsaft
150 ml Mehl
1 Prise Salz
½ Päckchen Backpulver

Den Backofen auf 180–200° vorheizen. Die Eier mit dem Zucker cremig schlagen, Öl und Milch einrühren. Nun Mehl, Salz und Backpulver zufügen und alles zu einem glatten Teig verrühren. Diesen in die gefettete Springform füllen und im unteren Drittel des Backofens ca. 20 Minuten backen. Nach dem Abkühlen auf eine Tortenplatte legen.

Für die Rhabarberfüllung:

500 g Rhabarber, geputzt,
in ca. 2 cm langen Stückchen
100 g Zucker
1 Päckchen Vanillepudding

Den Rhabarber in einem Topf mit Zucker und Vanillezucker vermischen und über Nacht in den Kühlschrank stellen. Anschließend den ausgetretenen Saft auffangen und ggfs. mit Wasser auf 200 ml ergänzen. Bis auf 6 EL die Flüssigkeit wieder zu dem Rhabarber geben und diesen auf dem Herd für ca. 5 Minuten leise kochen lassen. Das mit den 6 EL Flüssigkeit angerührte Puddingpulver dazu geben, nochmals kurz aufkochen und dann abkühlen lassen. Den Rand der Springform um den Tortenboden legen und den abgekühlten Rhabarber darauf streichen.

Im Herbst schmeckt die Torte auch sehr lecker mit Cranberries. Dazu 400 g Cranberries mit 150 g Zucker aufkochen, bis die Früchte platzen und gelieren. Abkühlen lassen und auf den Tortenboden geben.

Für die Vanillesahne:

250 g Sahne
1 Päckchen Sahnesteif
2 Päckchen Vanillezucker
250 g Schmand
ca. 75 g Baiser
50–75 g Mandelblättchen, geröstet

Die Sahne mit Sahnesteif und Vanillezucker aufschlagen und wenn sie ausreichend fest ist, den Schmand darunter ziehen. Auf die Rhabarberfüllung streichen. Den Baiser in eine Plastiktüte geben, verschließen und z.B. mit einem Fleischklopfer vorsichtig in große Krümel klopfen und diese anschließend auf der Vanillesahne verteilen.

Die Mandelblättchen rund um den Tortenrand andrücken, den Rest gleichmäßig über den Baiser streuen.

Semas Huhn

Zutaten für 4 Personen:

1 Freilandhuhn 1–2 kg, in acht Teilen
12 mittelgroße Kartoffeln, gewaschen, mit oder ohne Schale, geviertelt
2 große Zwiebeln, geachtelt
2–4 Knoblauchzehen (nach Geschmack), ohne Keim, längs in Viertel geschnitten
2 frische Lorbeerblätter
12 eingelegte, milde Peperoni
Wasser
Olivenöl
Meersalz

Den Backofen auf 230 Grad vorheizen. Den Boden einer ausreichend großen Kasserolle mit ca. ½ cm Wasser bedecken und die Hühnerteile mit der Haut nach unten hineinlegen. Etwas Meersalz darüber streuen, mit Olivenöl begießen und für ca. 20 Minuten in den heißen Ofen geben. Danach die Kartoffeln, Knoblauchzehen, Zwiebeln und Lorbeerblätter dazugeben, die Hühnerteile umdrehen und auf die Gemüse legen, nochmals Meersalz und Olivenöl über allem verteilen und für ca. 15 Minuten bei 230 Grad garen. Anschließend die Peperoni beifügen und alles zusammen für 30–45 Minuten bei 160 Grad im Ofen backen. Zwischendurch eventuell etwas Wasser nachgießen. Danach sollte das Huhn innen saftig und außen knusprig sein. Aber: Jeder Backofen ist anders – gegebenenfalls die Garzeit verlängern und ab und zu mit der Bratflüssigkeit übergießen.

Dazu passt frisches Fladenbrot (köstlich, wenn man es in den Bratenfond tunkt!) und ein frischer Blattsalat. Geht aber auch einfach solo.

Ragout mit Polenta

Zutaten für 4 Personen:

750 g Fleisch (z.B. Wildschwein, Hirsch, Biorind)
in Würfeln wie für Gulasch
1 große Zwiebel, grob gehackt
1–2 Knoblauchzehen, grob gehackt
1 Lorbeerblatt
3–4 Zweiglein Thymian
2–3 Möhren, geschält, klein gewürfelt
Olivenöl
200–300 ml Rotwein
etwas Wasser
ca. 800 g geschälte Tomaten (Konserve)
oder 800 g gut gereifte, frische Tomaten
im warmen Wasser enthäuten, entkernen
Salz
frisch gemahlener, schwarzer Pfeffer
1 EL Zucker evtl. mehr
½ TL Zimt evtl. mehr

200 g Polenta
750 ml Wasser
Kräutersalz

geriebene Muskatnuss, falls gewünscht
1 Stich Butter

In heißem Olivenöl das Fleisch unter mehrfachem Rühren kurz anbraten, Zwiebel und Knoblauch hinzufügen, ein paar Minuten weiter braten, dann Lorbeerblatt, Thymian und Möhren hinein, nochmals kurz weiter braten. Nun mit Salz und Pfeffer würzen, anschließend mit Rotwein ablöschen und ca. 15 Minuten auf mittlerer Flamme kochen. Nun die Tomaten hineingeben und auf kleiner Flamme ca. 2 Stunden köcheln lassen, bis die Sauce dick und sämig ist. Falls zu schnell zu viel Flüssigkeit verkocht, ggfs. etwas Wasser hinzufügen. Zum Schluß die Sauce mit Zucker und Zimt abschmecken und eventuell noch einmal nachsalzen und pfeffern.

Dazu paßt wunderbar der nussige Geschmack von Polenta. Um die zeit- und kraftraubende traditionelle Zubereitung zu sparen, empfehle ich Schnellkochpolenta aus dem Bioladen. Da brennt nix an und kocht nix über. Die Polenta nach Packungsanleitung herstellen, mit Kräutersalz, ggfs. einer Prise Muskatnuss und Butter würzen.

Zitronen Tiramisu

Zutaten für 8 Portionen:
ca. 200 g Löffelbiskuits
Zitronenlikör/Limoncello
abgeriebene Schale je einer unbehandelten

Zitrone und Limette
Saft einer halben bis ganzen Zitrone
100 g Puderzucker
250 g Mascarpone
200 g Schmand
in Streifen gerissene Schale einer halben Zitrone
Minzeblättchen

Mit der Hälfte der Löffelbiskuits den Boden einer passenden Glasschüssel/-form auslegen und mit Limoncello beträufeln. Die Oberfläche sollte feucht, die Kekse aber nicht durchgeweicht sein.

Den Puderzucker mit ca. 40 ml Limoncello verrühren, den Mascarpone, den Schmand, die Zitronen- und Limettenschale dazugeben und alles mit dem Handrührgerät zu einer Creme schlagen. Diese mit dem Zitronensaft abschmecken. Die Hälfte der Creme auf die vorbereiteten Löffelbiskuits streichen, die zweite Lage Löffelbiskuits darauf verteilen und wieder mit Limoncello beträufeln. Die andere Hälfte der Creme darüber streichen.

Von einer Zitrone die Hälfte der Schale mit dem Zestenreißer in dünnen Streifen abziehen und zusammen mit einigen Minzeblättchen als Dekoration auf der Creme verteilen. Eine Nachspeise von wunderbar frischem Citrusgeschmack!

Mutter Angermüllers Pflaumenmus

(nach einem Rezept der genialen Marmeladenköchin Gisela T.-B. aus Neustadt/Holst.)

Zutaten:

5 kg reife Pflaumen oder Zwetschgen

5 El. Essig

1,5 kg Zucker

5 El. Wasser

Gewürze wie Zimt, Nelken und/oder Anis nach Geschmack

Die Pflaumen waschen und entsteinen, in einen Bräter geben, Zucker, Essig, Wasser darüber verteilen und etwas durchschütteln. Nun über Nacht durchziehen lassen und am nächsten Tag 3,5 - 4 Stunden bei 150 Grad Umluft im Backofen kochen. Während des Kochens keinesfalls rühren! Anachließend in einen großen Topf geben, pürieren, mit Gewürzen abschmecken (manche mögen es auch mit einem Schuss Rum) und noch heiß in heiß ausgespülte Schraubgläser geben. Diese schließen und 10 Minuten auf den Kopf stellen.

Penne mit Salsiccia

Zutaten für 4 Personen:

400 g Penne
500 g frische Salsiccia oder andere rohe, grobe Bratwurst
1 Knoblauchzehe
1 TL Fenchelsamen
1 kleine, getrocknete Chilischote
3 EL Olivenöl
frisch geriebener Parmesan

Die Nudeln nach Anweisung in Salzwasser bissfest kochen. Die Bratwurst aus dem Darm nehmen. In einem Topf Olivenöl erhitzen. Die Chilischote zermörsern und zusammen mit einer ganzen, enthäuteten und leicht gequetschten Knoblauchzehe ins heiße Olivenöl geben und diese etwas Farbe annehmen lassen. Wer es nicht so scharf haben möchte, lässt die Chilischote ganz und entfernt sie nach dem Anbraten wieder, ebenso den Knoblauch. Nun die Bratwurstfülle zugeben, mit den gemörserten Fenchelsamen würzen und gar braten. Vor dem Servieren mit den bissfest gekochten Penne mischen und über jede Portion reichlich frisch geriebenen Parmesan streuen. Buon Appetito!

Duett von der Jakobsmuschel auf Rucola mit Balsam-Essig und auf Rote Beete Carpaccio mit Ingweröl

(nach einem Rezept von Toni aus dem Al Giardino in Kellenhusen)

Zutaten für 4 Portionen:

8 Jakobsmuscheln
Salz
neutrales Pflanzenöl

100 g Rucola, gewaschen, peputzt
1 Mango, geschält, halbiert, in dünne Streifen geschnitten
1 kleine rote Zwiebel, in sehr feine Ringe geschnitten
3 EL Olivenöl
3 EL Balsamico Essig
Salz
schwarzer Pfeffer aus der Mühle

1 mittlere Rote Beete, gekocht, geschält, in sehr dünne Scheiben geschnitten
Ingwer Öl:
50 g Ingwer, geschält, fein gewürfelt
1 kleine Schalotte, fein gewürfelt
2 EL Balsamico Essenz weiß
4 EL Olivenöl
1 kleine Prise Salz

Wenn Sie keine schon küchenfertig vorbereiteten Jakobsmuscheln haben, die Muscheln öffnen, den Muskel auslösen und sauber putzen, waschen und auf Küchenpapier sehr gut abtropfen lassen, bzw. abtrocknen. Falls die Muscheln sehr dick sind, eventuell vor dem Braten halbieren.

Für das Ingwer Öl den Ingwer und die Schalotte mit Balsamico Essenz, Olivenöl und Salz verrühren und ca. 1 Std. ziehen lassen.

Rucola mit den Streifen von der Mango und der roten Zwiebel vermischen. Pro Person auf der Hälfte eines großen, flachen Tellers die Rote Beete Scheiben anrichten und auf der anderen Hälfte die Rucola Mango Mischung verteilen.

Nun die Jakobsmuscheln salzen und in einer beschichteten Pfanne in wenig Öl von beiden Seiten jeweils 1 bis 2 Minuten braten.

Auf den vorbereiteten Tellern zwei gebratene Jacobsmuscheln auf jede Hälfte dekorieren.

Für die Rucola Seite Balsamico und Olivenöl vermischen, darüber geben, mit etwas Salz und Pfeffer aus der Mühle würzen und über die Rote Beete Seite das Ingweröl träufeln. Genießen!

Fisch auf Linsen

Zutaten für 4 Personen:

150–200 g Fisch pro Person (z.B. Filets oder Loins vom Heilbutt, Kabeljau, Seelachs – für ökologisch unbedenklichen Fischeinkauf gibt es Ratgeber u.a. bei Greenpeace oder dem WWF)

Salz
Wasser
80 g Butter

200 g grüne oder Dupuy Linsen in einem Gefäß abmessen
Wasser, das doppelte der Maß Linsen
1 frisches Lorbeerblatt
1 Zwiebel, gewürfelt
1–2 Knoblauchzehen, geschält, gehackt
1 mittlere Möhre, geschält, gewürfelt
Olivenöl
1 Zweiglein Thymian
schwarzer Pfeffer aus der Mühle
½ TL Zimt
1–2 EL Balsamico
½–1 TL Zucker
Salz

Den Fisch waschen, abtrocknen, in 4 Portionen teilen, salzen und über Nacht in den Kühlschrank stellen.

Die Linsen mit der Zwiebel, dem Knoblauch, der Möhre, dem Lorbeerblatt und dem Thymian in einem Topf in etwas Öl kurz andünsten, mit dem Wasser aufgießen und 20–30 Minuten auf kleiner Flamme cremig köcheln. Zum Ende der Garzeit salzen und pfeffern, mit Balsamico, Zucker und Zimt abschmecken.

In einem größeren Topf ausreichend Wasser zum Kochen bringen, die Fischstücke hineinlegen und 10 Minuten garziehen lassen. Die Butter in einem Töpfchen bräunen.

Zum Servieren die Linsen auf die Teller geben, den

Fisch darauf legen und braune Butter darüberträufeln. Dazu gibt es Polenta Ecken.

Polenta Ecken

Polenta wie in Angermüllers Rezept »Ragout mit Polenta« zubereiten und kalt und fest werden lassen, vielleicht schon am Vorabend. Die feste Polenta in Stücke schneiden und in einer Pfanne in Butter hellbraun braten.

Davids Orangen Parfait (Dank an Jochen und Martin für das Rezept!)

Zutaten für ca. 8 Portionen
(entspricht 1 l Packung Eis):
- 280 g Bitterorangenkonfitüre
- 1 ½ EL Zitronensaft
- 4 cl Orangenlikör
- 30 g Zucker
- 4 Eigelb von frischen Eiern aus tiergerechter Haltung
- 0,4 l Sahne

Die Bitterorangenkonfitüre mit dem Stabmixer pürieren, bis die Orangenschalen max. ½ cm lang sind, Zitronensaft und Orangenlikör dazugeben. Die Eigelbe mit dem Zucker zu einer Creme schlagen (Elektroquirl/Küchenmaschine), die Sahne steif schlagen.

Eigelbcreme und Konfitüre vorsichtig mischen und anschließend behutsam die Sahne unterziehen. Die Masse in eine verschließbare Gefrierdose füllen und in den Tiefkühler stellen. Das Orangenparfait ist so mehrere Monate haltbar.

Kurz vor dem Servieren aus dem Tiefkühler nehmen, mit dem Messer in gewünschte Scheibengröße schneiden und auf Desserttellern servieren. Dazu passen Georgs unglaublich köstlicher Schokoladenkuchen aus »Rosenwahn« oder ein paar von Jo Anns Brownies aus »Geschmacksverwirrung«. Das Schokoladengebäck neben dem Parfait in kleinen Stücken auf den Desserttellern verteilen.

ELLA DANZ
Geschmacksverwirrung

978-3-8392-1248-6 (Paperback)
978-3-8392-3827-1 (pdf)
978-3-8392-3826-4 (epub)

»Ein neuer Fall für Kommissar und Genießer Georg Angermüller.«

Kommissar Georg Angermüllers Stimmung passt zum grauen Novemberwetter in Lübeck. Erst vor kurzem zu Hause ausgezogen, fühlt er sich in den neuen vier Wänden noch ziemlich fremd. Und dann wird ausgerechnet in der Nachbarwohnung der Journalist Victor Hagebusch tot aufgefunden. Der Mann ist an Gänseleberpastete erstickt, die ihm mit einem Stopfrohr eingeführt wurde, und sitzt, nur mit einer Unterhose bekleidet, blutig rot beschmiert und weiß gefedert an seinem Schreibtisch. Alles sieht nach einer Tat militanter Tierschützer aus. Hatte der Journalist etwas mit der Szene zu tun? Angermüller folgt vielen Spuren, bis er auf eine überraschende Verbindung stößt …

ELLA DANZ
Rosenwahn

978-3-8392-1056-7 (Paperback)
978-3-8392-3483-9 (pdf)
978-3-8392-3482-2 (epub)

»Ella Danz schreibt Krimis wie Gourmetköche ein Drei-Gänge-Menü kochen.«

Unter einer betörend duftenden Rosa alba im Garten eines leer stehenden Hauses bei Eutin wird ein Skelett gefunden. Zwar wissen Hauptkommissar Georg Angermüller und seine Kollegen schon bald, dass es sich um die sterblichen Überreste einer jungen Türkin handelt, doch von der Lösung des mysteriösen Falls sind sie weit entfernt. Und es kommt noch schlimmer: Als ein heftiger Regen am Neustädter Binnenwasser etwas ans Tageslicht spült, beginnt auch Angermüller sich ernsthafte Sorgen zu machen …